招かれざる公爵

キャサリン・コールター
杉本ユミ　訳

MIRA®

THE DUKE

by Catherine Coulter

This edition published by arrangement with NAL Signet,
a member of Penguin Group (USA) Inc.
through Tuttle-Mori Agency, Inc., Tokyo

Published by Harlequin K.K., Tokyo, 2012

招かれざる公爵

■主要登場人物

ブランディ・ロバートソン……………………………没落貴族の令嬢。

コンスタンス…………………………………………………ブランディの妹。

フィオナ………………………………………………………ブランディの妹。

レディ・アデラ・ウィクリフ・ロバートソン…………ブランディの祖母。ペンダーリー伯爵未亡人。

クロード………………………………………………………レディ・アデラの甥。

バートランド（バーティ）………………………………クロードの息子。

パーシヴァル（パーシー）………………………………ブランディのいとこ。

イアン・チャールズ・カールー・カーマイケル……第五代ポートメイン公爵。

レディ・フェリシティ・トラマーレイ………………イアンの婚約者。

ジャイルズ・ブレイドストン……………………………イアンのいとこ。

1

ブラエコート伯爵家長女、レディ・フェリシティ・トラマーレイは、幼いころから敬愛する母親に、自分がどれほどの権限を生まれ持ってきたかをいやというほど叩《たた》きこまれてきた。ポートメイン公爵との婚約で、そこにまた多くの権限が加わることは目に見えている。なんといっても、結婚を承諾してあげたのだ。この自分から承諾を勝ち取っただけでも、公爵にはお手柄のはずだろう。素直で従順で、まさに羊のような女と思われているのはわかっている。そしてそれこそが彼の求める資質だということも。精いっぱい自分をそう見せかけてきた。片時も手を抜かず一生懸命に。母にこの美しい黒髪をなでながら言い聞かされてきた。がんばれば、必ずほしいものは手に入るのよ、と。ああ、でもときには、がんばることがものすごく大変なときもある。公爵が訪ねてきて、その訪問理由を告げられた今なんて特に。フェリシティはひたすら口を閉じ、彼に話をつづけさせた。先週、『ガゼット』で正式に婚約を発表したとはいえ、まだまだ気は抜けない。そう、今はまだここに来た理由を例の横柄な早口で、身勝手としか言いようのない口調で告げられても、金切り声をあげるわけにはいかない。

フェリシティは声に甘さを漂わせて言った。「ねえイアン、今回の相続のこと、それがたとえスコットランドの爵位と領地でも、わたくしは心から喜んでいますのよ。でも、何もわざわざ、こともあろうか社交の季節に視察に行く必要はないんじゃないかしら。何百年も放置されていた廃墟《はいきょ》同然の古城だというじゃありませんの。夏まで先延ばしにしたって、小塔が崩れることもないでしょう？　周囲にはいまだ堀もないんですってね。人々もひどく不健康だとか。楽しい社交の季節を棒に振ってまでそんなところに行く人なんていませんわ」

自分のためにやめてほしいとは、ひと言も言わなかった。婚約して、未来の公爵夫人と認められた今、財力も権力もある有力貴族の彼のおかげで、周囲からはすっかり一目置かれている。いまだその事実を受け入れていない年寄りがふたりほどいるけれど、結婚したあかつきには、たっぷりと思い知らせてやるつもりだ。

第五代ポートメイン公爵、イアン・チャールズ・カールー・カーマイケルは黒っぽいおおらかな瞳で、目の前に腰かける上品で芳《かぐわ》しい、まさに淑女の見本といった女性を見つめた。見つめるだけで頬がゆるみ、おのずと心が浮き立つ。じつに美しい女性だ。公爵夫人にふさわしい柔らかな口調、公爵夫人にふさわしい優雅な物腰。そう、やはりこの判断は正しかった。

「ああ」公爵はようやく口を開いた。「きみの言うとおりだよ、フェリシティ。そこまで領地の管理に熱を入れる者はいない――せいぜいぼくと、そう、亡くなったおじのリチャードぐらいだな。ぼくはそのおじから、自分の所有物は気にかけておくようにと教えられてね。自分が気にかけなければ、ほかの者が気にかける。そうなればいずればかを見ると。行かなければならないんだよ。今週中に発《た》てば、月が変わる前には戻ってこられる。きみならわかってくれるだろう？　義務に背を向けることはできない。たとえそのせいでさらなる楽しみを犠牲にすることになろうとも」いや、じつを言えば、それが何よりも大きな理由だった。あのけばけばしく慌ただしいだけの社交の季節から逃れるためなら、きっとどんな口実にも飛びついただろう。だらだらとつづく退屈なパーティや舞踏会には心底うんざりだ。

もちろん、淑女の面々があの手のことを楽しんでいるのは承知している。どうあれ、こちらも紳士だ。だが今なら紳士の体面を保ちつつも、あれを逃れることができる。一点も罪悪感を感じる必要のないすがすがしい開放感をイアンは心からありがたく受け止めていた。

フェリシティは自分の言い分をこともなげに切り捨てられ、体を硬直させた。わたしとロンドンに残るより何もない片田舎に行くほうがいいですって？　思わず飛びでそうになる辛辣な言葉をぐっと胸に抑えこみ、フェリシティは適度なユーモアを交えて言った。

「でもイアン、あなた、あちらの方々とは面識がないとおっしゃっていなかった？　しかもスコットランド人は……危険な野蛮人だとかいうじゃありませんの。わたくしにはイングランド人が歓迎されるとは思えませんわ。ここは代理人のジャーキンに任せて、彼を遣わせたらいかがかしら？」

公爵は、目尻がかすかに切れ上がった、柔らかな葉緑色の瞳を見つめた。その瞳が亡き妻を思い出させる。だめだ、今ここでマリアンヌを思い出すわけにはいかない。それは礼儀に反する。マリアンヌのことは忘れなければ。フェリシティを公爵夫人に迎えれば、彼女がマリアンヌの立場につく。フェリシティのためにも、いつまでも亡き妻にとらわれるわけにはいかない。

イアンは言った。「きみの言うことも一理あるが、それでも、ペンダーリー城をこの足で訪ねて、今後を決めるのがぼくの務めなんだよ。なんといっても、きみの言う、その攻撃的な野蛮人は血のつながりは薄くともぼくの血縁なのだからね」

「わたくしは攻撃的じゃなくて、危険なと申し上げたの」

「それは失礼。どちらにしてもぼくには似たようなものだ。ともあれ爵位は、いまだペンダーリーに住んでいるという大おばを介してぼくに譲られることになった。数年前からららしいが、スコットランドもずいぶんと奇っ怪な法を定めたものだ。この社交の季節のまっただなかにきみひとりを残していくのは心苦しいんだが」少なくともそれを口にするときは、彼女の顔を直視しないだけの礼儀は備えていた。「きみに行きたい場所があれば、どこへでもジャイルズがエスコートしてくれるから。彼のことは気に入っていただろう？　気が利くし、愉快な男だ。ダンスもうまい。おまけにロンドンじゅうのあらゆる噂話《うわさばなし》にも精通している。まったくどうやってあれだけの情報を集めるのか」

公爵は当惑顔を浮かべてから、首を振り、にやりと笑った。

「しかし、彼のあの格好にきみが耐えられるかな？　なんせ大きな銀ボタン付きの黄色縞《じま》のベストにひわもえぎ色の上着を合わせるような男だ」

その格好で悦に入るジャイルズがイアンには目に浮かぶようだった。それではまるで尾羽を広げた孔雀《くじゃく》じゃないかと言うと、当のいとこからはただ腕で小突かれ、そっちが着るものに無頓着すぎるだけ、はっきり言って野暮なだけだと言い返されたのだった。

フェリシティが今ここで、ジャイルズの服装のセンスはすばらしいと、彼の着こなしは公爵の地味すぎる格好よりはるかに品がいいと本音を告げたら、公爵はきっと目をむいて驚くのだろう。すらりと細く、公爵よりはるかに華奢《きゃしゃ》で、威圧感の少ないジャイルズをすてきだと言っても、笑い飛ばすにちがいない。この人は何もわかっていない、とフェリシティは思った。自分が今この瞬間、歓喜した父から公爵との婚約を聞いたとき、兄のセイヤー卿《きょう》からからかい混じりに言われたみだらな言葉を思い出して、胃の痛い思いをしているることも、何も。兄は笑いを含んだ目でフェリシティの小柄な体をざっと眺め、いつものからかうとき特有のしぐさでフェリシティの顎を軽くねじった。

〝お嬢ちゃん、わかっているのかい？　公爵は山のような大男だよ。前に一度リングで対戦したことがある。そのとき彼の裸を見たよ。贅肉《ぜいにく》など少しもない、見事な筋肉の塊だった。もちろんほかの部分も同じだろう。この意味がわかるかい？　いや、わからないほうがいい。なんせ、おまえは処女のねんねだ。きっと彼との初夜は大変だぞ。たぶんおまえは何日もまっすぐ歩けないな〟

フェリシティは自分が公爵を恐怖に似たまなざしで見つめていることに気づき、はっと目をそらした。イアンは公爵なのだと繰り返し自分に言い聞かせる。公爵を賛美することはあっても、彼に恐怖の目を向ける者などいない。公爵夫人になれば、彼の寝室で耐えるだけの見返りは得られる。跡継ぎさえ産めば――それがみんなの願いなのはわかっている、愛娘《まなむすめ》が夫に犯されなければならないことを深く嘆いた母でさえも――公爵も気がすんで、あとは愛人と戯れてくれるだろう。

レディ・フェリシティはなんとか公爵にほほえみかけた。これ以上彼の決定に逆らうのは得策ではない。逆らう気配を見せただけで、態度がよそよそしくなったことがこれまで何度もある。フェリシティは胸を張って背筋を伸ばした。がんばろう。ポートメイン公爵夫人になってしまえば、そう、こんな辛抱をする必要もなくなるのだから。

フェリシティはどうにか笑顔を保ちつづけた。「あなたがいらっしゃらないとわたくしがどれだけ寂しいか、ご存じでしょう、イアン」

公爵は水色のブロケードの長椅子から立ち上がると、自分の巨大な手で彼女の小さな手をしっかりと握りしめた。「ぼくも寂しいよ。だがきみが道理を理解してくれて心からうれしく思う。すぐに戻ってくるよ、約束する」

道理はまったく理解していなかったが、フェリシティは無言を貫いた。公爵に頬へのキスを許す。彼の唇は温かかった。これならまだ大丈夫。夫の行為がキス止まりならなんの文句もないけれど、キスどころではない行為も我慢しなければならないと母から聞かされている。かわいいあなただけじゃなくて、淑女はみんな耐えなければならないのよ。母はそう言って、頭をなでてくれた。

執事の手を借りながら外套《がいとう》を羽織る公爵に、フェリシティは言った。「八月なんて、ずいぶん遠い先に思えますわね、イアン。結婚式までまるまる六カ月もあるなんて。今年、聖ジョージ教会で執り行われる最大の結婚式になりますわ。国じゅうの主立った方々が皆さま、出席してくださるもの」

呼びもしないのに、最初の妻マリアンヌの姿がまざまざとまぶたに浮かんだ。彼女とも聖ジョージで式を挙げた。主立った人物は全員、進んで参列してくれた。あれは人生最良の日だった。マリアンヌ、美しいマリアンヌ。彼女は現実に遠い先に行ってしまった。永遠に。

イアンはフェリシティを見た。彼女といると、久しく忘れていたときめきが戻ってくる。姿形も驚くほどマリアンヌに似ていた。そして人柄も知れば知るほど、マリアンヌと同じく物静かで慎み深く、さらには穏やかで優しいことがわかった。

再婚の時期が来ていることは否定できない。二十八歳、いまだ足元が定まっていない。跡継ぎをもうける必要性だけをとっても、誰もが身を固めることを願っている。マリアンヌとフェリシティ、このふたりの女性に巡り合えたとはじつに幸運だ。

イアンはもう一瞬彼女に目を留めてから、その場をあとにした。

その日、ポートメイン家のロンドン邸の図書室で、ジャイルズ・ブレイドストンは細い指でブランデーグラスの華奢な脚をまわしながら、いとこであるポートメイン公爵に自らの見解を告げた。「スコットランドに行くんだってね。フェリシティから聞いたよ。まあ、ぼくからしてみれば面倒で危険な行為としか言いようがないけど、きみはその手のことが好きだしね。慌ただしく延々と移動して、おまけに次の宿のベッドは、宿で飼われている犬より蚤《のみ》だらけ。そうそう、当然、フェリシティはきみの決断にかなり動揺していたよ。いや、あれはいわゆる古き良き不機嫌さってところだな。フェリシティは不機嫌の表現がじつにうまい——鼻をつんと澄ましたり、唇を引き結んだり、目の色を不愉快そうに曇らせたり。感心するほどうまく機嫌の悪さを匂わせる。あれは学校を出る前に母親から教わったものじゃないかな」

　イアンは大きなオーク材の机に広げたスコットランドの地図に身を乗りだした。「いやあ驚いたよ、ジャイルズ。この分だとペンダーリー城まで少なくとも五日はかかりそうだ。それにどうやら途中の道はどれも轍《わだち》だらけで、馬車より羊のほうが似合う状態らしい。やはり、東海岸沿いにベリックオントウィードに向かうとするかな。いや、申し訳ない、今なんの話をしていた?」

「きみの婚約者のことだよ、イアン。それと彼女の不機嫌さ」

　イアンはわけなく言い放った。「もしもぼくの決心を覆してほしいとフェリシティに頼まれてきたなら、忘れてくれ。どうあろうとぼくは行く。それが義務だ。彼女のことはきみに頼むよ」

「もちろんそれは喜んで引き受けるとも、ぼくのほうも楽しめるからね。なんせきみの代理となると、周囲からの扱いがちがう。たとえ名目上とはいえきみの相続人である特権だ。めいっぱい楽しませてもらうよ、ありがとう、イアン」

　イアンは、ほんのひと月前ジャイルズの債権者に支払うようパブソンに命じた請求書の山を思い出した。このしゃれ者のいとこのことは気に入っている。それでも自分よりはるかに余裕があるのだからとこちらの現金箱にまで手を入れようとする態度は別だ。癪《しゃく》に障る。ジャイルズが取り憑《つ》かれているのが、賭博台ではなく銀のボタンや風変わりな外套でよかったとイアンは心底思った。

イアンは言った。「代理といっても、好きにしてくれていい。ぼくからの頼みは、フェリシティが快適に過ごせるようにしてやってほしいというだけ。頼めるだろう、ジャイルズ？」

「もちろんだとも。彼女が眉を寄せたら、その皺《しわ》を伸ばしてみせるよ。まあ、眉間に皺など寄せないように母親からしつけられているだろうけどね。そんなことをしていたら、若いうちから額に皺が寄る。フェリシティは自分の母親とやけに似ている気がしないか？」

イアンは間髪入れずに返した。「きみはぼくのいとこだ。そのきみが彼女をエスコートしたところで、おかしな噂が立つこともないだろう。フェリシティは街中の暮らしが好きらしくてね。その点もマリアンヌ……いや」イアンは顔をそむけ、ひとつ深呼吸してからつづけた。「とにかくフェリシティが夜会や舞踏会を望むなら、彼女を失望させたくはない」

ジャイルズは懐中時計を吊《つ》るした黒いベルベットのリボンを前後にゆらゆらと揺らしていた。「ぼくにはね、イアン、きみのスコットランド行きがどうもタイミングがよすぎる気がするんだよ。ひょっとして社交の季節のパーティ巡りを避けたかっただけじゃないのかい？　それでこういう抜本的手段に出た」

「パーティ巡り？　なんとかわいい表現を。まあ確かに、社交の季節は反吐《へど》が出るほど退屈だ。いや、きみにはちがうかもしれないが、ぼくにとってはそうでしかない」

「今の言葉、きみの婚約者には聞かせないほうがいい。伯爵令嬢に〝金だけ払う野暮男〟と解釈されて、そう扱われるのがおちだ」

イアンは手を振り、彼の言葉をはねつけようとしたところで一瞬思案した。慎重にスコットランドの地図を巻き戻し、短い革のリボンで留める。「ひょっとすると、きみは口が達者なだけでなく目も鋭いのかもしれないな。そこまで言うなら本音を話そう。そう、ペンダーリー城に行くのは、それが義務だということもあるが、この牢獄《ろうごく》から脱出する目的のほうが大きい。ロバートソン家の親族に興味があるのも事実だし、あの土地を見ておく必要があるのも確かだ。だがそれより、社交の季節のあいだじゅうまた婚約者に付き添いつづけるのかと思うと。ベッドカバーを頭までかぶって大声で叫びたくなる。正直言って、社交の季節に二度とロンドンに来ることがなくなっても、ぼくはいっこうにかまわないね。それどころか、自分を誰より幸運な男だと思う」

「それをフェリシティに言わなかったのは、じつに賢明な判断だよ。前にも言ったが、彼女から好ましい返事が返ってこないのはわかりきっている。そんなことを言ってみろ。彼女、きみ用に創り上げた従順な外面を保つのに四苦八苦だ。いいかい、イアン、あの顔は外面、仮面だよ。なぜそこに気づかないのか、ぼくには不思議でならない」

「確かに失望はするだろうが、ジャイルズ、彼女は親切だし、思いやりのある寛大な女性だ」

ジャイルズが疑わしげな目を向けた。「あきれた男だな、イアン。確かに見た目は驚くほどマリアンヌにそっくりだよ。だが似ているのはそこまで。いつだったか、フェリシティから、きみが最初の妻のことを何も話そうとしないと嘆かれたことがある。彼女がマリアンヌに関心を抱くのは、言わば自然な流れだと思うよ」

「フェリシティは、気が進まないことまで無理やり訊《き》きだそうとする女性じゃない。それに女性のことなら、彼女のような髪や瞳の色の女性が好みだとは話したことがある」

「おいおい、それどころかこの五年、きみの愛人は全員黒髪に緑の瞳じゃないか。フェリシティがその事実を知っただけで、彼女の穏やかな気性とやらの限界がわかりそうなものだ」

イアンの目が陰りを増したのを見て、ジャイルズは両手を上げた。

「言葉がすぎるのは許してくれ、イアン、これ以上は何も言わない。しかしだ、きみがフェリシティとの結婚を望んでいるとすれば、理由はどうあれ、考え直せと言える人間はぼくしかいないだろう?」

2

「きみの熱の入った助言には感謝しよう。だがフェリシティの人柄について言わせてもらうなら、どういう形であれ、彼女はおそらくぼくの望みどおりの妻になってくれると思っている――たとえ、今現在はふさわしいと思う人柄でないとしてもだ」

その気取った、尊大とも言える言葉を発した瞬間に、イアンは口に出したことを悔やんでいた。言うべきではなかった。そのつもりではなかったのだが、言ってしまったことは取り返せない。どうすればいい？　彼にこれ以上、この件に口を挟ませないようにするしかない。そうだ、話題を変えよう。

「うちのマブリーも同じだよ、ジャイルズ。どうしても悲観的なことばかり考えてしまうらしい。だから言ってやった。おまえがそれほど同行するのがいやだと言うなら、自分は年寄りでこの旅には耐えられないかもしれないと不安になるなら、代わりにジャッパーを連れていくと。そのとたん黙りこんでね。自分がそばにいなくて、ぼくがベストやネクタイをつけ忘れたら困るから、死ぬ気でついていくと断言した。もう二十八だというのに、いまだぼくを大人とは認められないらしい」

ジャイルズは無意識のうちに自分の完璧な形に結んだネクタイを指でいじっていた。肉体的資質こそ、いとこのそびえるような長身や広い肩幅やたくましい体型にかなわないが、それでも自分のほうがはるかに上品な外見を擁していると自負している。洗練された男。女主人たちの理想。どこで何を言い、何をすべきかをわきまえた男。この目から見れば、イアンなど犬と同じだ。真面目で、自分の考えに固執しすぎる。身につけているものを見れば明らかじゃないか。

「マブリーはもう年だよ、イアン。たしか、きみのお父さんの近侍だったんじゃなかったか？　そろそろ暇をやったらどうだ、年金を与えて」ジャイルズはあくびをした。

ジャイルズらしい、とイアンは思った。称号の利得や財産だけを見て、責務のことは何も考えていない。

イアンは言った。「いや、だめだ。マブリーがいなければ困るのは目に見えている。マブリーだって、ヘシアンブーツが一ダース、自分に磨かれるのを待っていなければ途方に暮れるだろう。だが由緒正しき近侍の話はここまでにして、ぼくがペンダーリー伯爵を継ぐ経緯について、何かフェリシティから聞いているか？」

「たしか、大おばがどうのこうのと。イングランド人女性で、スコットランドの裁判が滑稽で、とかなんとか。じつは言いにくいんだが、途中でマダム・フルーケから新しいパーティドレスが届いてね。彼女、すっかりその話に関心を失ったんだよ。ドレスをどう思うか、ぼくの意見を聞きたがって。しかたないだろう」

「ああ、しかたがない。だが幸いなことにぼくにはきみの意見を求めるようなベストもない。したがってきみは、ぼくの話に耳を傾けるしかないわけだ」

ジャイルズは片めがねを軽く揺らして、長椅子に背中を寄りかからせ、おどけたしぐさで少し苦しげな表情を浮かべてみせた。「どんな詩が聞けるのか、待ち遠しくて胸がどきどきするよ」

イアンがロバートソンの名を口にする間もなく、執事が図書室の両開き扉を静かに開けた。「失礼いたします、公爵さま。ドクター・エドワード・ムルハウスさまがお会いしたいとおいでになっておりますが」

「エドワード！　おお、何カ月ぶりだろう。ここへ通してくれ、ジェームズ。エドワード・ムルハウスを覚えているかい、ジャイルズ？　たしか、この前きみがカーマイケル・ホールを訪ねてきたときに会っているはずだ。ちょうどよかった。彼にも話を聞いてもらおう」

エドワード・ムルハウスは日焼けした引き締まった顔を輝かせて、公爵の薄暗く上品な図書室にずかずかと入ってきた。手足の大きい、熊のような大男だ。だがジャイルズはひと目見て、エレガントさは自分に遠く及ばないまでもなかなか小粋な服装をしていると、即座に判断をくだしていた。エドワードとイアンは子供のころからの親友だった。

握手を交わし、イアンは友人の肩をがしりと抱いた。「きみの患者がよくサフォークを離れるのを許してくれたな」

「なあに、発《た》つときには脚の弱った馬が一頭いただけだ。おできの患者もいない。探しまわっても、捻挫した足首ひとつ見つからなかったよ。誰にも必要とされていなければ、求められてもいない。そう思うとがっくりきてね。となると、やることといったらロンドンの歓楽街に繰りだすか、父を訪ねるくらいのものだろう。ついでにきみを訪ねて驚かせてやろうと思った。で、こうしてここに来たわけだ」

「じつにうれしいね。エドワード、覚えているだろう？　いとこのジャイルズ・ブレイドストンだ」

「もちろん覚えているとも。また会えてうれしいよ、ジャイルズ」

樫《かし》の木並みの体格の男に、折れた脚をつかめば鼻息ひとつ荒らげずにもとの位置に戻せそうな男に、手を握りしめられてジャイルズはじっと耐えた。

そしてため息をついて言った。「さあ、腰を下ろしてくれ、エドワード。これからぼくたちふたりをイアンが死ぬほど退屈させてくれるらしい」

「きみは聞いているかな、エドワード？　ぼくは今度スコットランドの伯爵位を継ぐことになってね。これからジャイルズにそのいきさつを話すところだった」イアンはエドワードにシェリー酒のグラスを手渡した。「だがまずはその前に、カーマイケル・ホールの様子を聞かせてくれ。ダンヴァーズは相変わらず関節痛に苦しんでいるのかい？」

ねたみの気配すら感じさせることなく、エドワードは公爵のサフォーク領カーマイケル・ホールとその地に住む多くの住人について語った。「ダンヴァーズの具合は、相変わらずだよ。それでも、イアン、きみの執事にはひょっとすると彼が領主なんじゃないかと錯覚しそうになる。あの品格は半端じゃないね」

「イアンは自分の身分を誇示するために、彼を雇っているんだよ」

「何を言うんだ、ジャイルズ。何かを誇示するのが好きなのはきみのほうだろう」

「きみも同じさ。ただそれに慣れきっていて、意識していないだけだ」

ひょっとしてそうなのだろうか？　イアンはふと不安の芽を感じた。しばらくこうした会話がつづいたところで、エドワードが首をかしげて言った。「カーマイケル・ホール、ロンドン、国王、それに身分うんぬんの話はもういいだろう。そろそろ、スコットランドの伯爵位の件に入らないか、イアン？」

「ああもう」ジャイルズがうめいた。「せっかく彼の気をそらしたと思ったのに」

「そうはいかないよ、ジャイルズ。語るべき事実が少ないのがじつに残念だ。きみのために延々と話したいのに」

ジャイルズが天に向かって目をぐるりとまわしたが、イアンはまったく意に介することなく、思いに耽《ふけ》るように長い指で頑丈な顎の線をなでた。

「妙な話でね」そしてようやく口を開いた。「領地と称号は、大おば経由でぼくに譲られることになった。彼女は祖母の唯一の妹でね、ボニー・プリンス・チャーリーが王位に挑んだ、あの直後にアンガス・ロバートソンと結婚したらしい。これはある意味法的混乱だな。とにかく裁判所が彼の爵位と領地をぼくが相続するものと裁定したんだそうだ。男系子孫がぼく以外にいなかったものだから」イアンは一瞬言葉を切り、きらめく視線をいとこに向けた。「同じロバートソン家でも、ローランドに住む一族とハイランドに住む一族は一緒にしてはいけないんだそうだ」

「当然だ」ジャイルズはヨーク司教のような澄ました顔でうなずいた。「ぼくは何があろうと一緒にはしない。少なくとも現世は、いや来世でもね」

「事務弁護士の話だと、相続権のあるスコットランド人男系子孫はいないんだそうだ。伯爵家に唯一残っていた息子も一七九五年に三人の娘を残して亡くなっている」

ジャイルズは透きとおるような白い手でそっとあくびを隠した。「古臭い昔話は退屈だと思わないか、エドワード?」エドワードの笑みに後押しされ、ジャイルズはつづけた。

「ありがとう。イアン、さっさと話を現代に進めてくれ。それで、その大勢いる娘たちのこと、まさかフェリシティには話していないだろうね? 三人だって? 彼女が眉間に皺《しわ》を寄せて、母親に叱られるのは必至だ」

「フェリシティが機嫌を損ねる必要はないさ。おそらく、今話に出た娘たちは全員子供だ。少なくとも大おばの手紙からはそう受け取れる」

エドワード・ムルハウスが驚きの表情を浮かべた。「まだご存命なのか？　おいおい、だとしたらもう化石じゃないか？　ひょっとすると旧約聖書に出てくるノアの洪水も目のあたりにされたかもしれん」

「ぴんぴんされているらしい。少なくとも七十、いや、八十か百歳か。まあ正確なところはわからないが」

ジャイルズが哀れみの表情で顔を曇らせて、立ち上がった。「気の毒に、イアンは口うるさいばあさんの世話役と騒々しいちびどもの後見人ってわけか。それじゃあ、ぼくはこれで失礼するよ。残ったエドワードと思う存分自分の運命を見つめ直してくれ」

「新しいベストがきみの視察を待っているのか、ジャイルズ？」

「そのとおり。暗赤色のストライプには金と銀、どちらのボタンが合うか、決めなくちゃならない。当然のことながら、ボタンの形状と大きさも問題になるしね。この手の類にはとにかく時間がかかる」ジャイルズはエドワードを振り返った。「ブルック・ストリートの我が家も訪ねてくれ。ここにいるイアンは週末までにはスコットランドに発つ予定だから。イアン、出発前にまた会おう。スコットランドで待ちかまえているのは、どうせ気持ちのいい歓迎じゃない」

ジャイルズが部屋を出ていったところで、エドワードは言った。「同感だ。カロデンの戦いから五十年ほどがたったとはいえ、スコットランド人は概してイングランドの隣人にいい感情を抱いていない」

イアンは静かに告げた。「それはぼくも考えたよ。だからマブリーだけを連れていくことにした。彼らがイングランド人をどう思っていようと、召使いたちや荷物を積んだ騾馬《らば》の列を連れて乗りこんで、わざわざ反感を買うこともないからね。それにしてもジャイルズのやつ。彼にはばあさんと小娘たちのことしか気にならないのか。さてと、ぼくの話はこのくらいにして。エドワード、教えてくれないか。ロンドンに滞在中、どこの歓楽街に繰りだすつもりでいる?」

じつのところ、エドワードは自分でも感心するほどのリストを作り上げていた。何しろめったにロンドンには来ないし、しかも今回は久しぶりなのだ。

「おいおい、エドワード」友が話し終えたところで、イアンはあきれた声をあげた。「そんなのに付き合ったら、ぼくはブランデーでふらふらになりながらロンドンを発つことになる。いや、戻ってもまだ酔っているかもしれん」

そう、エドワードはにやりと笑った。それこそまさに望むところだ。サフォークはいいところだが、今必要なのは歓楽街。

「スコットランドに着くまでには酔いも醒《さ》めるさ、イアン」エドワードがかちんとグラスを合わせた。

「しかし楽しそうではあるな。ひょっとすると二日酔いに苦しむ価値はあるかもしれない。なあ、きみは医者だろう？　あとで苦しくないようにすることはできないのか？」

「無理だな、悪いが」エドワードは陽気に答えた。「さてと、もうすぐ午後の四時だ。そろそろ今夜の計画を立てようじゃないか」

イアンは愛人であるいとしいチェリー・ブライト――芸名であってほしいとずっと願っている名だが――を思い出し、ため息をついた。「その計画に、マダム・トレヴァリアの館のような場所は入れていいのかな」

「もちろんだとも」エドワードは言った。「それどころか望むところだ。こっちは半年も田舎に閉じこめられていたんだぞ。いるのは、身持ちの固い地主の娘か既婚女性だけ。娘たちはくすくす笑ったり目をつり上げたりして、いらいらさせるばかりだし、ご婦人方はこっちが縮み上がりそうな大胆な視線を向けてくる。ほかには羊しかいない。この哀れな医者をどうしてくれる？」

「わかった、わかった」イアンは言った。「きみが満足するまで、ありとあらゆる歓楽街を訪ねよう」

「それじゃあ、リストを見てくれ、イアン。そう、ずっと下まで。お勧めの場所で、どこか抜けているところはないか？」

「このとんでもないリストをどこで手に入れた？」

「宿泊先のガグル・グース・インの厩《きゅう》務《む》員からだ。彼の娘がまたかわいいんだが、その娘《こ》には近づかないようにしている」

イアンはため息をついた。「荷物を持って、六時にここに来い。きみをガグル・グース・インなんぞに泊めておくわけにはいかない。この屋敷に滞在しろ。好きなだけ泊まっていってていい。それからぼくのクラブで食事をして、きみのリストに取りかかろう」

友を失望させるわけにはいかない。とりわけ六つのころから一緒に狩りや釣りや、数えきれないほどのいたずらをしてきた友は。

3

ペンダーリー伯爵未亡人レディ・アデラ・ウィクリフ・ロバートソンは使い古した漆黒の杖《つえ》を持ち上げ、その丸くなった先を孫娘に向かって振り下ろした。「だめだよ、ブランディ。猫背はおよし。それじゃあまるでモラー湖のモラーグじゃないか。おまえはロバートソン家の人間なんだよ。しかも体にはイングランドの淑女の血も流れている。淑女は絶対に猫背にならないものだ。いいね？」

「アイ《はい》、おばあさま」ブランディは答えると、背筋を伸ばした。伯爵未亡人の大きな円形の応接間にはいつも冷たい隙間風が吹いていて、ついぬくもりを求めて体を丸く縮めてしまうのだ。

石壁は年代物の分厚い羊毛のタペストリーで覆われていたが、北海から吹きつける湿った冷気が長い歳月のあいだに繊維の奥まで染みこんでいた。ごつごつした石壁に海風が荒々しく吹きつけたときなど、タペストリーのほつれた繊維が前方に振れるのを目にしたのも一度や二度ではない。ブランディは月日が黒ずませた暖炉の炎にさらに身を寄せた。

「あの話は本当なの、おばあさま？　またいとこのバートランドに聞いたけれど。新しい伯爵は本当にイングランドの公爵？　本当にその人がここの新しい主人になるの？」

「そう。前にも話したとおり、その公爵の祖母がわたしのたったひとりの姉でね」アデラはそこで鼻を鳴らした。「弱々しい人だったよ。血はパンがゆ、心は水でできているみたいな。姉妹でいながら、なんと異なる道を歩いたものか……」

レディ・アデラの声がしだいに弱まり、ブランディは祖母の心が自分を離れて、長く漠然とした遠い過去をさまよいだしたことに気づいた。少しのあいだそのまま待ってから、身を乗りだして祖母の黒いサテンの袖を揺らした。

「おばあさま、その人はペンダーリーにいらっしゃると思う？　そのイングランドの公爵は？」

「その人？」レディ・アデラは背筋を伸ばし、色褪《いろあ》せた青い瞳で孫娘を見つめた。「ああ、公爵ね。ここに来るか、どうかって？」彼女はここ三十年男性とキスひとつしていない薄い唇を歪《ゆが》めた。「まあ、それはないだろうね。せいぜい黒いぴかぴかのスーツを着た馬面の代理人をよこして、こっちの様子を確認するってところだろう。おそらくわたしたちはこのまま、不在のイングランド人の主人を仰いで住みつづけることになる。地代の値上げしか頭にない主人のもとでね。アイ、どのみちここが空っぽになるまで奪い尽くすだろうよ。あの古くて錆《さ》びついた大砲まで持っていくかもしれないねえ」

表情豊かなブランディの顔が真っ赤に染まった。「でも、わたしたちには地代なんて払えないわ。ここには何もないのよ。領民たちだって、漁に出なければ飢えてしまうくらい。おばあさま、おばあさまはきっとまちがっているわ――わたしの体に流れる淑女の血がイングランドのもののわけがない。だってイングランドの淑女がしないようなことを、イングランドの紳士がするはずないもの」

レディ・アデラは椅子の背に寄りかかり、杖の湾曲した取っ手に関節炎で歪んだ指を打ちつけた。イングランド人を憎みきることなど無理だ。自分もイングランド人なのだから。それでもカロデンの戦いだけは忘れられない。長年つづいた残忍なイングランドからの報復、農場や領地の略奪、誇り高き氏族の解体。あのときはロバートソン家をどうにか救おうと必死だった。ハイランドの氏族ではないが、あのときはカンバーランド公が敵はとことん叩《たた》きのめすと豪語していたから。そして実際その言葉を実行した。男も女も、子供たちまで無惨に殺された。ハイランド地方には、救いようのない怒りと骨の髄まで染みこんだ復讐《ふくしゅう》心以外何も残らなかった。

ほんの十年前までは、あの罪のないバグパイプまでが禁じられていたのだ。英国政府があの悲しげな荒い音色が氏族を再度結合させ、はるかに遠い輝かしい過去を呼び起こさせるなどとほざいて。それでもわたしが骨の随までイングランド人であることに変わりはない。五十年以上、この世間から隔離された、北海に面する不気味な城で過ごしていても。

レディ・アデラは深い吐息をついてから、ゆっくりと言った。「そうだね、ブランディ。そのイングランドの公爵をそんなふうに言うのはまちがいだった。わたしの血縁というだけでなく、おまえたちの血縁でもあるんだからね。彼がどういう人間かは時が来ればわかる。きっとさほど悪い人間でもないだろう」

目の前で、ブランディの一風変わった琥珀《こはく》色の瞳が狭まり、鼻孔がふくらんだ。これこそまさしくイングランド人の血の証《あかし》だとレディ・アデラは思った。誰かにやり方を教わる必要はない。この娘《こ》は誇り高い。頑固なばかりで脆弱《ぜいじゃく》なロバートソン家からではなく、これはわたしから受け継いだものだ。

この娘が男の子に生まれついていたなら、今ごろこんなことにはなっていなかったのに。イングランド人がスコットランドの称号と領地を相続することもなかっただろう。

ブランディが突如、祖母の足元にある小さな四角いクッションの上で、これまでバランスを失わないように膝を抱えていた腕をほどいた。物憂げに背伸びをしてから、両腕を頭上に持ち上げて背筋をそらせる。

レディ・アデラはまるで別人を見るような目で孫娘を見つめ、目をしばたたいた。視力もすっかり落ち、何事もはっきり見えなくなっていたが、それでも孫娘の胸が古びた青いモスリンのドレスから大きくせりだしていることは、視力とは関係なくはっきりわかる。ウエストの細さは背筋の曲線からも明らかだ。どうしてこれまで気づかなかったのだろう。

ブランディはおそらくもうとっくに初潮を迎えている。レディ・アデラは眉を曇らせた。

「いくつになった、ブランディ？」

祖母の言葉にブランディが振り返った。豊かなブロンドを編みこんだ二本の三つ編みが色褪せたカーペットに触れそうなほど前方に揺れる。「十九よ、おばあさま、今度の聖ミカエル祭で。忘れたの？」

「生意気な口を叩くんじゃない。だったら十八ってことだろう。聖ミカエル祭だなんて、それならつい先だって十八になったばかりじゃないか。もちろん、誕生日ぐらい覚えているとも。この先行きの暗いロバートソン家全員の誕生日をね。このわたしをもうろくばあさん扱いするんじゃないよ」

「とんでもない。頑固で横柄だけど、もうろくはされていないわ。それにちょっと独裁的だけど、手がつけられないってほどでもない」

「おまえはそうならないように気をつけるんだね」その言葉に、ブランディは返事につまった。

レディ・アデラは目を閉じ、お気に入りの椅子の柔らかな背もたれにゆったりともたれかかった。十八、次の聖ミカエル祭が来れば十九。結婚適齢期だ。いや、もう遅いくらいだろう。それにあとにはコンスタンスが控えている。そうか、それならあの娘はもう十六なわけだ。そして小さなフィオナ。今ではもうさほど小さくはなくなった。レディ・アデラは心の中で年数を数えた。フィオナを産む途中に亡くなった哀れなエミリー――そうか、あれからもう六年か。たしかそれと同じ年に、おかしなフランス人たちは同じ国民同士で殺し合ったのだ。それから、気立てはいいがひ弱だった次男のクレイブが、三人の娘を残して逝った。岸から百メートルも出ないうちに嵐で船が沈んで死んだのだが、それまでもどれだけ鬱々とした暮らしをしていたことか。

ブランディはタータンチェックのショールを肩にきつく引き寄せると、胸の下でしっかりと結びつけた。四月の終わり、ヒースが紫色の花をつけるころまでこれはとても手放せそうにない。でもそれから先はどうすればいいだろう。ショールでは温かすぎるし。何か考えないと。

暖かくてさわやかな春の気候を考えただけで、ブランディの頬はゆるんだ。そんな時期でもときおりは、海流に冷やされた冷たい風が岩壁に吹きつけるのだけれど。でも今年は、幸せをもたらすと言われている白いヒースの群生を見つけた。ひょっとすると幸運が訪れるかもしれない。

ブランディは最近急に小さくなってきた室内履きの中でひりひりと痛む爪先をよじって、座る姿勢を変えた。祖母が追憶に入りこんでいるときは、できるだけ邪魔をしないほうがいい。そのときふっと祖父が思い出され、ブランディは祖父のいない悲しみを感じた。正直言って、とりわけ祖父が好きだったわけではない。家族の中でも特別厚かましくて品のない人だった。とりとめのない下卑た冗談ばかり飛ばして、ひょっとしてこっちが決まり悪くなるのを喜んでいるのかと思ったこともある。クロードおじさまの廃嫡を取り消さないまま祖父が亡くなったのは、残念としか言いようがない。クロードおじさまさえ次のペンダーリー伯爵になってくれていれば、見も知らぬイングランド人がこの土地を奪いに来ることもなかったのに。

ブランディは、炉棚の上に酔っ払った水夫のような角度で鎮座する古い置き時計に目をやった。そろそろ四時、お茶の時間だ。レディ・アデラが五十数年前に、夫の不平不満をはねつけて断固定着させた習わし。そのとき、クラブの聞き慣れた重い足音が聞こえてきた。

樫《かし》材の扉を叩く音。レディ・アデラの目から、うわぐすりをかけたような表情がゆっくりと消えた。「そうか、お茶の時間だね」祖母が声を張り上げた。「さっさとお入り、クラブ。ぐずぐずするんじゃないよ、目でも悪いのかい」

長身で頑丈な体つきのクラブが、大きな手でそっと銀のティートレイを持って居間に入ってきた。その背後にいとこのパーシヴァルが控えている。

「パーシヴァルさまが奥さまにお目にかかりたいといらしています」不必要ながら、クラブが告げた。

ブランディはレディ・アデラの羊皮紙のような顔にくしゃくしゃと笑みが広がるのを失

望の思いで見つめた。いつもこうだ。ブランディはぶるりと身震いしてゆっくりと立ち上がり、祖母の背もたれの高い椅子の背後に退却した。パーシーが嫌いだった。恥ずかしげもなくレディ・アデラにおべっかを使うからだけでなく、自分自身が彼に恐怖心を抱きはじめているから。

パーシーから最初にその奇妙な目を向けられたのは、前の聖ミカエル祭、つまりブランディの誕生日のことだった。重く伏し目がちな緑色の瞳に、なぜかはわからないが心の奥底に引っかかる表情が浮かんでいた。その表情の意味を冬じゅう思い知らされた。心底怖かった。

レディ・アデラが言った。「さっさとしないか、クラブ。そんなところにばかみたいに突っ立っていないで。ティートレイをテーブルの、ここ五十年と同じ場所に置けばいいだけだ。そう、それでいい。おまえはこれでお下がり――そうそう、料理人に今夜もまたレンズ豆とお米のスープはごめんだと伝えておいておくれ。あれは胃袋にもたれる。まずい食事はもうたくさん。孫息子も来ていることだし、今夜は何か特別なものを用意するように言っておくれ」

レディ・アデラはパーシヴァルに目をやると、向かいにある色褪せた緑色のベルベットのソファーを杖の先で示した。

「それじゃ、ぼうや、次はおまえの番だ。そこへお座り。ブランディ、お茶はおまえが淹《い》れておくれ。今日はこの指が、まるで杖みたいにこわばっている」

ブランディは気まずい思いを抱えたまま祖母の椅子の後ろからそろそろと歩みでた。ティーポットの銀の取っ手をつかもうと身を乗りだした瞬間、パーシーの手が手首を覆う。

「やあ、ブランディ。元気そうだね」彼の手に力がこもり、指がそっと手のひらをなでてくるのを感じた。

ブランディはいっそティーポットで頭を殴ってやりたくなったが、ポットは古くてもろく、これ以上へこみができたら――それどころか、割ってしまったらと思うととても実行に移せなかった。どうにか口を閉じたまま、彼の手を振り払う。レディ・アデラの前で醜態はさらせない。そして、スカートで手のひらを拭った。

パーシヴァルがふっと笑い声をあげて言った。「それにしてもおばあさま、おばあさまは年々お美しくなられる」彼は深々と頭を下げ、祖母の青筋の浮いた手に軽く唇を寄せた。

「おまえはくだらない男だね、パーシー。だがわたしの好きなくだらなさだよ。さてと聞こうか。どうしてわたしが呼んだときに来なかった？　悔やみを述べに来るのは、三カ月遅いだろう。正直言うと、ここでおまえがお詫《わ》びに今後いっさいエディンバラでの娯楽をやめると宣言しても、驚かないくらいだよ」

「ぼくは偽善者ではありませんからね。アンガス卿《きょう》が逝去なされば、悲しむ親族が全員、いずれこの湿った岩の塊に戻ってくることはおわかりだったはず。ほかより少し遅れる人間がいたとしても不思議じゃない」

「お茶をどうぞ、パーシー」

「おお、暗がりに射《さ》しこむ一条の光。ありがとう、ブランディ。きみはどんどんきれいになるね。まるで摘まれるのを待つアネモネのようだ」

「子供にそんな比喩の使い方をするんじゃない、パーシー」パーシーの遊び慣れた男の目が自分より先にブランディの変化に気づいていたことを察し、レディ・アデラが鋭い口調でたしなめた。

「おばあさま、わたしは失礼していい？　コンスタンスとフィオナを散歩に連れていくと約束したの」

「そうかい。だが遅くなるんじゃないよ。わたしが冷めたスープが嫌いなのは知っているね」

ブランディは膝を曲げ、いとこに気まずくお辞儀をすると、スカートをたくし上げて一目散に扉に向かった。部屋を出たとたん、背後から含み笑いが聞こえた気がして、思わずむっとした。

「あの娘はもう子供じゃありませんよ」パーシーが廊下のブランディにも聞こえるほど、大きな声で言った。

「あの娘にちょっかいを出すのはおよし、パーシー。まだまだ幼くて、世間知らずだ。おまえの言っている意味などわかりはしない」レディ・アデラはこわばる指をカップの取っ手に固定すると、残っている歯の隙間から焼けつきそうに熱い紅茶を音をたててすすった。パーシーが腫れぼったい緑色の目を挑むように狭めるのが見え、レディ・アデラはほくそえんだ。まったく、ロバートソンの男どもときたら似たり寄ったりもいいところだ。見かけ倒しの弱虫ばかり。自分たちは女にとって絶対的な存在だと信じこんでいる。まるで、発情したオコジョだね。ほしいものが手に入らないとなるとすぐに哀れな泣き声をあげる。そしてほしいものはいつだって別の女。

「おばあさまの永遠の繁栄を祈って」パーシーが自分のカップを掲げた。

レディ・アデラは羊皮紙がかさつくような笑い声をあげた。「ああ、そうさせてもらうよ。わたしはアンガスより長くこの世にしがみつくと誓ったからね。医者から死期が近いと告げられたとき、あの人は心底怒り狂っていた。あの痛風じいさん、もしいくばくか手元に現金があったとしても、わたしの手に遺《のこ》すくらいなら自分で燃やしただろうね」

「自分はあの世で煉獄《れんごく》の炎に炙《あぶ》られているときに、あなたとぼくがここでこうしていると知ったら、どんな気分でしょうね」パーシーは、声に皮肉が混じりそうになるのをこらえてつづけた。「少なくともこれでぼくは好きなときにペンダーリーに来られるようになった」

レディ・アデラは自分の手を、そして脇の小さなテーブルに置いたティーカップを見つめてから、パーシーににやりと笑いかけた。「わたしがおまえを嫡出子にするつもりだと言ったら、どうするね？」

パーシーは突如こめかみがずきずきとうずきだすのを感じたが、慎重に声は平静を保った。「軽んじられたこの長い年月を埋め合わせてくださると？　アンガス卿が墓場から出てきて、おばあさまを絞め殺しますよ」

「おもしろいこと。わたしが埋葬したあの深い穴から布に包まれた骨が這《は》いでてくるなら、見てみたいね。でもおまえはそれがもたらす利益に目をつぶれる男じゃない。どうだい、パーシー？」

「利益？　まあ確かに、どこかの女相続人と結婚できる可能性は高まるでしょうね。だがここからは何も得られない。それでもペンダーリーと称号はイングランドの公爵に相続権があるんでしょう？」

「たぶんね。だがそれでも、おまえはなんの遠慮もなくロバートソンの姓を名乗れるようになる。ダボナンの息子はロバートソン家の私生児だと呼ばれるのがわたしにはたまらなくいやでね。はらわたがよじれそうだった。よしておくれ、パーシー。そんな悪魔みたいな目で見るのは。わたしがきれい事を言ったり、事実を否定できる人間でないのはわかっているだろう。おまえが嫡出子になったら、どうなるかは誰にもわからない。だが、おまえの気持ちはどうなんだい？」

パーシーはエディンバラの裕福な商人の娘で、しかもその財産の女相続人でもある、小太りで近視のジョアンナ・マクドナルドを思い出した。大きく勘が外れているのでなければ――これまでなかったので、確かだとは思うが――彼女はぼくに夢中だ。嫡出子となれば、あのお堅い父親もむげに反対はできないだろう。パーシーはレディ・アデラにほほえんだ。そのふくよかで官能的な唇に、数多くの不注意な女性の心をよろめかせ、ベッドへと誘いこんだ少年のような笑みを浮かべて。「ぼくは、嫡出子と認めていただきたいに決まっているじゃありませんか。債権者たちもそれ相応の反応を見せるでしょうし。それにぼくが法的に認められた場合、ペンダーリーの相続権がどうなるかも気になります」

「イングランドの公爵に跡継ぎができなかった場合ってことかい？」

「もしくは、そのイングランドの公爵が病に伏せって、そのままってことになった場合」

レディ・アデラは孫息子に意地の悪い目を向けた。「ああ、なるほどね。だがそのイングランドの公爵はまだ若者だよ。たしか二十八とか。何かしら外的要因でもなければ、この世から去るには若すぎる。跡継ぎにしたって、公爵は結婚していて、子供部屋いっぱいのちびたちがいる可能性もあるだろう。それがまだでも、おじやいとこくらいはいるはずだ。跡継ぎになれる人間は、捜せば結構出てくるものだよ」

「別に殺人計画を立てているわけじゃありませんよ。ただちょっと気になって訊《き》いてみただけじゃありませんか。意味のないことです。ただの戯言《ざれごと》ですよ。しかもおばあさまから始められた戯言だ」

レディ・アデラはうんざりして鼻を鳴らした。「そうかい。まあ、クロードの息子のバートランドも、あそこまで意気地なしでなかったら同じことを訊いてくるんだろうね。一方は非嫡出子の孫息子、一方は廃嫡された大甥《おい》か。まったくアンガスにも困ったものだ。いつだって、干し草の荷車につながれた驢馬《ろば》並みに愚かな頑固者だった。いいかい、パーシー。もしわたしがおまえを嫡出子にして、クロードとバートランドの廃嫡を撤回したら、そのイングランドの公爵はロンドンから一歩も出ずとも自分のスープに毒を盛られたことに気づくだろうよ」

パーシーは老女の悪意に満ちた無情な口調を聞いて、いまだ衝撃を隠せなかった。もうとっくに慣れていてもよさそうなものなのに。「何をばかなことを言っているんですか、おばあさま。アンガスはクロードとバートランドの廃嫡を撤回しなかったじゃないですか。ぼくが嫡出子になって、イングランドの公爵を除いた唯一の相続人になるんでしょう?」

「クロードとバートランドのことを考えると、胆汁が喉までこみ上げてくるかい、ぼうや? おまえの相続権など、仮にわたしがダグラスの息子の廃嫡を撤回したらなんの意味もないからね」レディ・アデラはパーシーをまじまじと見つめながら、薄い肩をすくめた。「いずれ時が教えてくれるよ、パーシー。おまえの相続権については。時と、もちろん、このわたしがね」

パーシーは一瞬唖然《あぜん》とレディ・アデラを見つめた。つまり、この老女は肥大化した蜘蛛《くも》ってわけか。蜘蛛の巣を張り巡らせ、臆病者と罵って獲物をおびき寄せている。ぼくたち全員を争わせようっていう魂胆か？　ちがうな。ひょっとして、ぼくに誰かを襲わせようとしているのか？　パーシーは意識的に身を離した。まあいい。さしあたり、ぼくを嫡出子にしてもらえるなら。

パーシーは立ち上がって、レディ・アデラの手を取った。

「でしたら、この話がはっきりするまでこの城に滞在させてもらいましょう。できればエディンバラには、嫡出子の名とともに戻りたい」

「好きにおし」レディ・アデラが言った。「クラブに、明日マクファーソンをここへ呼ぶよう言っておくれ。あのじいさんにわたしから指示をしよう」

「アイ、おばあさま」パーシーはそう言うと、その場を離れようと背を向けた。

「パーシー」

彼が振り返った。

「ブランディにちょっかいを出すんじゃないよ。あの娘はまだまだ子供だ。男のあしらい方もわかっていない」

レディ・アデラはもう下がりなさいと顎で示しながら、孫息子の目に抑えた光が宿るのを見て思った。この子は自分が憎みきっていた祖父にどれだけ似ているかわかっているのだろうか。

ひとりになると、レディ・アデラは口元をゆるめ、上の歯すべてをむき出しにする傲慢な笑みを浮かべた。法律のことは少々わかっている。アンガスがようやくこの世を去って悪魔と暮らしだしてくれたのだ。とことん法律の壺《つぼ》を引っかきまわしてやる。

マクファーソンならぐだぐだ言わずに命令どおりにやってくれるだろう。裁判所もしかり。ロバートソンの名にはいまだそれぐらいの力はある。パーシーを嫡出子にして、それからクロードとバートランドの相続権も回復してやろう。あとはイングランド人の公爵がこの計画に気づかないかどうかだが。レディ・アデラはふっと薄い肩をすくめた。なんといっても、遠く離れたロンドンで安穏と暮らしている人間だ。こんなところに来るはずもない。

レディ・アデラは足元の小さな四角いクッションに目をやった。ブランディのクッション。孫娘、すでに女の体の曲線とくぼみを備えた娘。レディ・アデラはいらだたしげに杖を床に打ちつけた。三人の孫娘、このままでは三人とも結婚の見込みもなければ、わずかな持参金すら持たせてやれない。名目上の後見人はイングランドの公爵だが、見も知らぬ彼が見も知らぬスコットランドの親族のために、自分の財産を大盤振舞してくれるかどうか。突拍子もない考えなのは承知しているが、それでもその希望も捨てきれない。まあいい、こういうことは時が教えてくれる。もしそういう時が来れば、ほんの少し口添えしてやればいい。

少なくともパーシーは、こっちが嫡出子にするように取り計らってやりさえすれば、あとは自分で行動できそうだ。ハンサムで、お気楽な男だ――かつての、そう遠い昔のわたしと同じだ。パーシーの母親に自分の名を与えなかったとは、ダボナンはつまらぬ男だった。いや、もともと奇妙な男だったのだ。あのとき、ダボナンが女性と関係を持っていると聞いただけで大喜びしたのを覚えている。だが当然ながら、長くはつづかなかった。一年もたたないうちに、小さくなんの力もない息子を母親のもとに残し、筋骨たくましいアイルランドの男と出奔した。今となってはなんとなく、ダボナンならあのフランス人の愛人と嬉々《きき》としてギロチン台にのぼったんじゃないかと思う。退廃的な体から役立たずな頭を切り離されて当然な、フランスの放蕩《ほうとう》伯爵と。だが少なくともパーシーは父親からその手の性癖は受け継いでいないらしい。

レディ・アデラは頭を時計に向けた。そろそろオールド・マルタを呼んで、夕食の着替えを手伝ってもらわなければ。そこで突如笑いがこみ上げた。オールド・マルタねえ。かつては生意気なふしだら女だったのに。

それでもまあ、あの女に子供を産ませなかったことだけはアンガス卿に感謝だね。

4

バートランド・ロバートソンは分厚い台帳に身をかがめ、羽根ペンの先を見つめて考えこんでいた。唯一の使用人である地獄耳のフレーザーから、パーシーが戻ったことをたった今聞かされたのだ。あの悪党。今度は何が目的なんだ？　いや、訊《き》くまでもない。どうせ、金だ。しかし彼に渡せる金など、一スーたりともここにはない。せいぜいレディ・アデラに、眉が美しいとか頭が切れるとか、見え透いた言葉を並べ立てていればいい。それで何かが変わるわけでもないんだから。もちろん、あの老女がパーシーに嘘《うそ》をついて、あれこれ約束をしたとしてもなんら驚きもしない。なんだろうと、やりかねない女性だ。

バートランドはふたたび数列に意識を集中させ、会計帳簿に何列もきれいに数字を書きこんだ。数字はごまかしが利かない。ひどいものだ。収支の計を見ると腹がきりきりと痛む。

ペンダーリーは今年に入って領地を減らした。アンガス卿《きょう》の死で債権者に支払いを求められたからだ。そのうえスターリング市場で黒顔羊の毛に期待していたほどの値がつかなかった。このこともイングランドの公爵の不興を買うのは目に見えている。

バートランドはいつものごとく額に落ちてくる真っ赤なくしゃくしゃの髪を、インク染みのついた指でかき上げた。廃嫡された相続権のない大甥《おい》とはいえ、アンガス卿は能力を認め、こうして領地からのわずかな収益のやりくりを任せてくれていたのだ。バートランドは焼けつくように熱くなった目を、貧弱な数に、ほとんどなんの役にも立ちそうにない数に向けるうち、急に現実が押し寄せて恐怖を覚えた。そのアンガス卿が亡くなった今、もはや自分と痛風病みの父はいつ何時、前触れもなくペンダーリーを追いだされてもおかしくない。イングランドの公爵がよこすであろう代理人にどう説明すれば、自分はなんとか経済を支えようとしたのだとわかってもらえるだろう。城もこの離れも崩壊寸前なのは、修繕資金を調達できなかったからだと信じてもらえるだろう？　きっと冗談だとしか思われない。資金の調達？　そんなもの、かつてならどうということはなかった。

そこでふと目を上げた。恰幅《かっぷく》のいい体つきに似合わず足音をたてないフレーザーが、日あたりのいい小部屋に丸い顔を突きだして控えめに咳払《せきばら》いをしたのだ。バートランドは顔を上げてうなずいた。

「バートランドさま、じつはその、パーシヴァルさまがお城に来られたのがお父さまのお耳に入ったらしくて。さっきからおろおろなさってるんです。はっきり言葉にできねえんですが」

「アイ、フレーザー、わかるよ。すぐに行くと父に伝えてくれ。パーシーのことは何も心配いらないからと。今ぼくたちが案じるべきは、パーシーのことじゃない。待て、これはぼくが自分で話そう。おまえは心配しなくていいよ、フレーザー」

「旦那さまはそうおっしゃいますけど、今ここでパーシヴァルさまにしゃしゃりでられるのは、まずいでしょう」フレーザーはいつもの張りつけたような笑みをわずかにしぼませて、灰色の頭を振った。

「心配するな、フレーザー」バートランドは繰り返した。「パーシヴァルはただうるさく飛びまわる蠅《はえ》みたいなものだ。なんの意味もない。今ぼくたちが襟を正すべき相手は、イングランドの公爵、つまりここの新しいご主人なんだよ。下手をすると、一撃で吹き飛ばされかねない。そうなったらみんなで、ほかに生活の糧を探すしかないだろう。おまえ、釣りはできるかい、フレーザー？」

「ちょびっとなら。あわびが好物ですが、あわびを自分でとるのはとても無理で。ほんとにそうですね、バートランドさま。そうなったら、あたしらはお手上げだ。その公爵さまもやっぱり、凶悪なカンバーランド公みたいな人なんですかね？」

バートランドは椅子から立ち上がりながら、にこりともせずに笑い声をあげた。「今は一七四五年じゃない。イングランドの公爵はそのころまだ生まれてもいないよ。だがまあ、高慢な男にはちがいないだろう。ほかのイングランド人同様、スコットランド人を見下してもいると思う。おそらくロンドンから代理の誰かをよこして、あちこち嗅ぎまわっては、自分の財産を奪ったと責めてくるんじゃないかな」

フレーザーは顔と同じように丸い、知性を感じさせる寄り目がちな茶色い瞳を狭め、黙って話を聞いてから、口を開いた。「さあ、ぐずぐずしている場合じゃねえですよ、旦那さま。さっさとお父さまの部屋にお行きになってください。お父さまが杖《つえ》で床を叩《たた》かれているのは音でわかるんですから。あたしはお茶を淹《い》れて、あとからお持ちします」

バートランドは重い足取りで執務室を出た。住居と風通しの悪い父の寝室のある二階に向かって老朽化した階段を上がっていく。一段ごとに気の重さは増していった。

「おお来たな、バーティ。そんなところに突っ立っていないで、中に入れ。いちいちフレーザーにおまえを呼んできてもらっていると、話したかったことも忘れそうになる。さあ、もっとこっちへ。それで、何かわたしに報告することはないのか？　今朝よりうちの現金は増えてないのか？」

「それよりお加減はどうです、お父さん？　まあ、見たところお元気そうですけど。あいにくうちの現金は少しも増えていませんよ。今日の午後も今朝と変わらずひどいものです」バートランドは部屋の奥に向かった。父のクロードは泥炭がうなるように燃えさかるすぐ脇で、頭から爪先まですっぽりと分厚いタータンチェックの毛布にくるまっている。たとえ地獄でも、この部屋ほど暑くはないだろうに。バートランドは眉を拭った。あと十分もすれば、冷水の桶《おけ》に頭を突っこみたくなりそうだ。それからさらに二十分もすればひどい頭痛に襲われて、海を見下ろす断崖に飛びだし、吹きすさぶ風にあたらずにはいられなくなる。父と会うのは試練だ。試練でなかったときなど思い出すのも難しい。

「おまえにも目はあったか、バーティ。見てみろ。わたしの足はすっかり肥大して、もはや役立たずの塊だ。おまえのせいってわけじゃないがな。しかもこの部屋は寒くてたまらん。フレーザーに言っておいてくれ。冷えるせいで体がますます痛むとな。もっと泥炭が必要だ。あれに言って、泥炭を持ってこさせてくれ」

「フレーザーに言いつけておきますよ」バートランドは、布にもパイプにも歳月の臭いが染みついた椅子に腰かけ、父が用件を切りだすのを辛抱強く待った。とにかく頭痛が本格的に始まる前に言いたいことを言い終えてくれと祈るような気持ちだった。

「頭を少し左に寄せてくれんかね、バーティ。わたしの日光を遮っておる。日光が特別好きなわけではないが、骨を温めてくれるからな。骨はずっと温めなきゃならんそうだ。でないと曲がってしまう。そうなったら人として終わりだろうて」

バートランドは父の向かいの、革のひび割れた袖椅子に移動した。額に手を走らせる。暖炉からの熱気ですでに体が汗ばみだしていた。頭痛が始まるのももう時間の問題だ。大の男が頭痛とは。しかしどうすることもできない。かまどの中みたいなこの部屋は大嫌いだ。

クロードが言った。「パーシーが戻っているのは、もちろん知っておるな。アンガスじいさんが墓の中でうじ虫に食い荒らされる前に、禿鷲《はげわし》が骨をしゃぶりに舞い下りてきたってわけだ」

バートランドはため息をついた。「お父さん、パーシーがどう出ようとたいしたことはありません。彼にしゃぶれるのはせいぜい骨。我々にはなんの価値もない。はっきり言って、パーシーのことなどどうでもいいではありませんか」

クロードが怒鳴った。「おまえがどれだけ立派な若者だろうが、わたしをその辺の頭の鈍い年寄りと一緒にするんじゃない。おまえ、あの私生児のまたいとこをアデラが嫡出子にしようとしているのを知っているのか?」

「またまたばかばかしいことを。おかしな妄想をふくらませないでください。そんなふざけた話をいったい誰からお聞きになったんです?　くだらない、じつにくだらない。そんな話、さっさと忘れるんですね」バートランドは知らず知らず両手で椅子の袖を握りしめていた。くそ、落ち着け。バートランドは両手をほぐした。

父が身を乗りだしてきた。一瞬痛みで痙攣《けいれん》したのか、頬に浮かぶ無数の皺《しわ》が深まる。

「クラブが教えてくれたんだよ、このお澄ましぼうや」父は息子の青ざめた顔をしげしげと眺めた。「クラブはなかなかの男だ。我関せず顔で、情報はすばやく察知する。あの男には長年の貸しがあってな。だがまあ、それはさておき、パーシーの件が何を意味するかはおまえにもわかるな?」

あのばあさん、殺してやる、この手で必ず。バートランドは肩をすくめ、平静を装った。

「単に、あの敬愛すべき大おばがますます風変わりになりつつあるってことでしょう」

「笑わせるな! あの女の意地の悪さは、例のパグ並みだよ」

「それってお父さんの足に小便をかけた犬のことですか?」

「そうだ、あれだ。レディ・アデラはもともといかれておったが、最近ますますひどくなってきた。卑劣で、器量が狭くて、醜い老婆だ。ほかにまだ言いようがあるか?」

あなたには、せいぜいそこまででしょう。バートランドはそれは口には出さず、ただ肩をすくめた。「あとはそうですね。彼女は貴族だ。生まれたときからとんでもなく長く。それ以外は、アイ、全部言われたかな。そうそう、このことはお話ししましたか? 死期が近づいたアンガスから、金を払うから自分が死ぬ前にレディ・アデラを殺してほしいと頼まれたこと。あなたは支払う金などお持ちでないと言ったら、あんな強欲女はただでも殺したいと思っているはずだと言われましたよ。ぼくとしては、笑ってやりすごすしかないじゃないですか。あのときは、アンガス卿が持ち直すんじゃないかと思っていたので。でも、もちろん、そうはならなかった。思っていた以上に長く持ちこたえてくれましたけれどね」

「その話を聞くのははじめてだぞ、バーティ。どっちでもいいようなことだが、しかし、息子というのは父親に何もかも話さなきゃならん。聞いているのか？　何もかもだぞ。しかし、アンガスは本当にあのばあさんをおまえに殺させようとしたのか？　アイ、おまえが嘘をつく人間でないのはわかっている。残念ながらな。だがそのときはそのとき、今とは事情がちがう。目隠しをせずに、よく考えてみろ、バーティ。例のイングランドの公爵に跡取りがいない場合、おまえのまたいとこがペンダーリーの次期相続人になるってことだぞ。それがどういうことか、わかるだろう」

そのときクロードは、腹の奥に抱えていた意地の悪い欲望を成し遂げた。冷静沈着で理性的な息子からその分別を吹き飛ばしたのだ。バートランドは食いしばった歯の隙間から積年の恨みがずしりと積もった声を絞りだした。「あの私生児。これまでもさんざんペンダーリーから金をくすねて、エディンバラでおもしろおかしく暮らしてきたくせに。なんて野郎だ。いや、それはレディ・アデラも同じだ。あの魔女、やっぱり絞め殺しておけばよかった。とんでもない女だ！　アンガスの言ったとおりだ。あの女が、あの女の陰謀がなければ、この世はもっと暮らしやすくなる」

クロードは不敵な笑みを浮かべて椅子にもたれかかり、両手の指先を合わせた。「おまえの体にも赤い血が流れているとわかってうれしいよ、バーティ。ときどき、ひょっとしたらおまえの母親は不貞を働いたんじゃないかと疑うこともあったぐらいだ」

バートランドは唖然《あぜん》として父を見つめた。わざと仕向けたのか？　まさかこの父にこんな論理的なやり方ができるとは。しかもこのさりげなく残酷な言葉はどういうことだ？

「そのうえレディ・アデラは我が父の廃嫡も取り消すつもりだと言ったら、どうする？」

その瞬間、バートランドの瞳に父親のものと同じくらい鮮やかな炎が宿った。ペンダーリー。ああ、あの崩れかけた湿った小塔を、何世紀にもわたって北海からの重い空気に浸されてきたひとつひとつの岩を、ぼくがどれだけ愛していることか。ペンダーリーのためなら魂も投げだせる。すでにかなりの部分を投げだしてきた。アイ、できることはなんでもやってきた。だがそれでもまだじゅうぶんではなかった。もし父が相続権を取り戻したら、ひょっとするといつの日か、バートランド・ダグラス・ロバートソンがペンダーリー伯爵になる日が来るかもしれない。このぼくが主人になる日が。そうなると自分の思いどおりのことができる。あの老いた魔女と駆け引きをする必要もない。アイ、責務だけでなく満足感も自分のものとなるのだ。バートランドはこみ上げる喜びに息を奪われた。

そのときだ。苦々しいことに、父の言葉でつらい現実に引き戻されたのは。「ネイ、レディ・アデラは曲者《くせもの》中の曲者だ。どちらも中途半端な立場にして、物笑いの種にする気かもしれん。だがわたしはな、今はじめてあの女には生きていてほしいと思っておる。アンガスにそそのかされて、おまえがあの女を殺さなくてよかったとな。廃嫡が取り消される前に死なれては、我々は一巻の終わり、終わりなんだよ。わたしはあの女が計画を実行する可能性は高いと睨《にら》んでおる。あっちのロバートソンから不名誉を取り除くなら、こっちからも取り除くだろう。あの女とて、パーシーのごろつきなんかより、我々のほうが価値があると見ているはずだ」

ああ、ときどき論理的で現実的な人間でいることが苦しくなる。それでもバートランドはどうにか落ち着いた穏やかな声で言った。「お父さん、仮説だけで計画を練るのは無理がありますよ。たとえレディ・アデラがぼくたちの廃嫡を取り消したところで、ぼくたちが何かを得られるわけでもない。インググランドの公爵にだって相続人はいるでしょう」

「まるでわたしを楽観主義の守銭奴みたいに言いおって。まずは、廃嫡の呪いが解けるのがだいいちだ。あとはそれからだな」父がほとんど歯のない口で笑いかけた。レディ・アデラのほうがクロードより歯が多く残っているのは奇妙な話だ。たしか父のほうが二十五は若いはずなのに。

「しかしお父さんだって、彼女が駆け引きや策略を好むのはご存じでしょう。マクベスに出てくる魔女どもみたいに周囲を引っかきまわしているだけですよ。ぼくはお父さんに起こりえないことを夢見てほしくないんです」

「ひょっとするとおまえの言うとおりかもしれん。あの女を信じるのは愚かなことかも。だがな、彼女の魂には重い罪悪感がのしかかっておる。どのみち、死ぬ前にその埋め合わせはせねばならんだろう。ひょっとしたら、あの女がアンガスじいさんがあの世に行くのに手を貸したのかもしれん。あのろくでなしが生きているかぎり、我々のこともパーシーのこともどうしようもないからな」

これって、自分のおばが殺人犯だと言っているのか？「罪悪感、とおっしゃいましたね、お父さん？　そろそろぼくたちの血筋がどうしてこんな憂き目に遭うのか教えてもらえませんか？　なぜ曾祖父は祖父のダグラスを勘当したんです？」

バートランドは自分がいつしか息を止めていたことに気づき、ゆっくりと、きわめてゆっくりとその息を吐いた。ずっと不思議だった。不思議で不思議でしかたなかった。だが父にいつも、おまえには関係のないことだと言われつづけてきた。さらには〝詮索好きで鼻につく小僧だ〟とも。

クロードが音をたてて燃えさかる炎をしばらくじっと見つめた。「ネイ《いや》、わたしの口からは話せん。ひょっとするとわたしが死ぬ前には、おまえも真実を突き止めているかもしれんがな」

「一度レディ・アデラにも尋ねたことがあるんです」バートランドは膝のあいだで両手を組んで、身を乗りだした。

「おまえはときどきびっくりさせるな、バーティ。それでアデラはなんと言った？」

「杖を振り上げて、出ていけと怒鳴りましたよ。その場でくたばるんじゃないかと思った。もちろん、そうはなりませんでしたけど」

「ことによると」クロードは息子を見つめながら、静かな口調で言った。「まさしくことによると、おまえは母親の紡ぎ綿みたいなおつむを受け継がなかったのかもしれん。たいした根性だよ、バーティ。さてと、そろそろ愛想のよいフレーザーを呼んできてくれ。今夜は城で夕食をとろう。その場でわかることも多いからな。なよなよパーシーとおばをふたりにしたくない。おまえがそばで口先を突っこまないと、レディ・アデラは何をしでかすかわからんぞ」

5

「ねえ、パーシーってすっごくハンサムだと思わない、ブランディ？　しかもあのきれいなベスト、見た？　黄色地にかわいい花柄よ。それにぴったりしたニットのパンツ。あの脚、ほれぼれしちゃうわ。あんまり男らしくてすてきだから、わたし、歩く姿から目が離せなくって。ああいう人をおいしそうな人って言うんじゃないかしら」

パーシーの脚がなんですって？　まさか、彼が歩くのを追いかけて見ていたの？　男らしい？　もうなんてこと、こんなこと思ってもいなかった。コニーが――たった十六歳の娘が――男性の脚に興味を示すなんて。けれどブランディには思いあたることがあった。妹が鏡の前で練習しているのを知っていたのだ――ほほえんだり、わずかに眉を寄せてみたり、少しだけ口角を上げてみたり。男性を誘うしぐさの練習。あれがまさかパーシーのような遊び人を誘惑するためだったなんて。ああ、だめよ。

ブランディはにっこりとほほえんで肩をすくめた。「ネイ、わたしはパーシーをハンサムだなんて思わないわ。それにおいしそうなんて、食べ物に使う言葉よ。ふしだらな男性に使う言葉じゃない」

「ふしだらだって女性に使う言葉じゃないの、ブランディ。男の人にはあてはまらない」

「パーシーはふしだらよ、コニー。それは確か。人柄だっていいとも思えない。彼はわたしたちのことなんてなんにも考えていないわ。考えているのは自分のことだけ。いい人のわけがないじゃない。わたしを信じて」そこでブランディは一瞬言葉を切った。自分がここまで言いきったのははじめてかもしれない。ああ神さま、どうか妹に彼の本性に気づかせて。「コニー、お願いだからパーシーには近づかないで。あなたにふさわしい人じゃない。だいいち、わたしたちのいとこじゃない。握手はしても、ニットズボンの脚のことなんて考えちゃだめ。男らしいとも思っちゃだめ。よく見ていれば、彼がふしだらな人だってことはすぐにわかるから」なのに、どうしてコニーにはわからないんだろう。パーシーが信用できない人だってことが、自分のことしか考えない恥ずべき放蕩《ほうとう》者だってことが。

　コンスタンスがふさふさとした濃いまつげをばたつかせた。きれいなまつげ。でも十六歳のこの娘《こ》には、これだけきれいなまつげは不幸でしかない。しかもそのまつげの下から上目遣いに見つめて、その効果を最大限に利用する術《すべ》すら身につけている。こんなこと、いったい誰に教わったの？

「どうして、ブランディ？　どうしてわたしをパーシーに近づけさせまいとするの？　彼、すてきじゃない。このあたりで会うどんな男性よりもすてきだわ。ひょっとして自分が彼を手に入れたいとか？　それが本音？　アイ、図星ね。そうでしょう、それぐらいお見通しなんだから」

ブランディは妹を引っぱたきたくて手がうずうずした。だめよ、ちゃんと冷静に言い聞かせなきゃ。でないと信用してくれるはずがない。

「コニー」ブランディは落ち着いた口調で言った。「たとえほかには悪魔しか残っていなくても、わたしはパーシーを選んだりしないわ」コニーが信じていないのは明らかだった。まったく聞く耳持たずという様子だ。「考えてもみて、パーシーはもう中年《おじさん》よ。たしか、三十近いはずだわ」念のために身震いまでしてみせた。「それに大酒飲みだし――クロードおじさまみたいに、そのうち痛風になるんじゃないかしら。それで、おじさまみたいに鼻の血管が赤く浮きでたりして。おじさまと同じなら、ほとんど歯もなくなるわね。おおいやだ、そんな人と結婚なんてまっぴら」

「くだらない。ブレンディ、そんな長い三つ編みばかり編んでるから、脳みそまできつく引っ張られたんじゃないの。パーシーが中年？　ばかばかしい。彼は完璧だし、ずっと完璧なままよ」

ブランディはがっくりと肩を落とした。草に覆われた断崖に近づき、海を眺める。大きな白い波頭、潮の様子、黒ずんできた水平線。どうやら早春の嵐が近づいてきているようだ。わたしのボート、しっかり係留所につなぎとめておいたかしら？　ブランディは記憶をたどった。この様子だと、荒い波が入り江まで押し寄せてきそうだ。

「今夜は風が強くなりそう」妹に向けてというより、まるでひとり言のようにブランディは言った。断崖から小石を蹴る。小石は弾みながら狭い岩だらけの坂道を落ちていき、浜辺の砂の上に着地した。ブランディは振り返ると、断崖近くに群生するブルーベルと野生のアネモネの上にゆっくりとひざまずいた。青紫色の花の甘い香りを吸いこむと、一瞬、パーシーのこともませすぎている妹のことも頭から消えた。

「ブランディ、そろそろ戻る時間よ。またスカートに染みをつけて、オールド・マルタからおばあさまに言いつけられても知らないから」

ブランディはため息をついて、のろのろと立ち上がった。風がスカートを足首にまとわりつかせる。ブランディは肩に巻いた分厚いタータンチェックのショールをしっかりかき合わせた。「パーシーが来ているから、夕食には着替えなくちゃだめね、きっと」

パーシーの名をまたも口に出したことをブランディは悔やんだ。コンスタンスのすばらしくきれいな目が、色っぽいまなざしを向けてきたのだ。コニーったら、こんな目つきをどこで覚えたの？

ブランディは別の角度から攻めてみることにした。「でもね、たとえあなたがパーシーをハンサムだと思っていても、あなたはまだ十六、彼にはただの子供でしかないと思うわ。わたし、おばあさまから聞いたことがあるの。パーシーはふくよかで、柔らかくて、愛の技巧に長《た》けた女性がタイプなんですって。それってどういう技巧か尋ねたら、おばあさま、クッションを投げつけて大笑いを始めたんだけど。でもまあ、それはどうでもいいわ。肝心なのは、パーシーはただいとこってだけじゃなくて、あなたと年齢が離れすぎているってこと。わたしとだって離れすぎているわ。だってわたしとあなたはふたつしかちがわないんだから。彼のことは忘れるのね、コニー」ブランディは一瞬声につまって、やがて笑いだした。「あ、でも彼が貧乏ってことは忘れちゃだめよ。何はどうあれ、お金を持っていないのではどうしようもないでしょう」

言うだけのことは言った。ブランディの目の前で、コンスタンスが癇癪《かんしやく》玉をふくらませていくのがわかる。そのせいで体が大きくふくらんだようにさえ見えた。「わたしが、子供? どうせ妬《や》いているんでしょう。いい? 子供用のドレスを着ているのは、あなたのほう。おまけにそのみすぼらしい三つ編みに、ぼろぼろの古いショール。ほんと、みっともないったら。わたしはね、こんな汚らしいところで未婚のまま、ひとり貧しく枯れていくのはごめんなの。今にも崩れそうな石に囲まれて、くだらない野花を摘みたいなら、ブランディはどうぞここにいて。わたしは、お金持ちで上品な淑女になるから。パーシーだって、お金持ちになるかもしれないじゃない。だってとっても頭がいいんだもの。まあ見てなさい。彼、あっという間にお金持ちになるから」

コンスタンスは黒っぽい髪を肩になびかせて向きを変えると、しなやかな足取りで岬から城に向かって歩きだした。歩き方まで色っぽくなって、とブランディは思った。いったいどこで覚えたのかしら？　見送りながら、ブランディは妹に告げたくなった。わたしだってこんなところでこのまま朽ち果てたくなんてないわ。結婚して、家庭も持ちたい。淑女になりたい。

　妹を呼び戻そうかと思ったが、コニーの背中がひどくこわばっていてとても声をかける隙がなかった。それにこれ以上言い争いもしたくない。最近コニーとはいつもこんな調子だ――言い争い、けなし合い。でも、妹との二歳の差は大きい。わたしにはパーシーが自分の力でお金を稼ぐなんて、とても信じられない。

　ブランディは結局、強まりだした風に負けじと叫ぶように声をかけた。「コニー、道に出たところで待ってて。フィオナを捜してくるから」

　妹が足を止め、振り返るのが見えた。顔から、地面に打ちつける爪先までじれったさが表れている。

　ブランディは急いで崖の縁に駆け寄り、今にも崩れそうな岩や小石を慎重に踏みしめながらくねくねとした岩だらけの坂道をくだりはじめた。「フィオナ」口の前で両手を丸く筒状にしてさらに三度妹の名を呼ぶ。「フィオナ！」ブランディはフィオナの真っ赤な髪を追い求めて、荒涼とした浜辺までの道に何度も目を走らせた。浜辺の岩場はたくましく大きく育った雑草に覆われているが、そこで何かが動く気配はなかった。波の音以外に聞こえるものといえば、夕食を求めるカオジロコクガンやアカアシシギのかすれた鳴き声だけだ。一瞬ブランディの目が、白い波間に見え隠れしている大きなイルカに吸い寄せられた。ミヤコドリがイルカのすぐそばまで降下してきている。

「ブランディ、ブランディ、わたしはここよ。ここだってば！」

声のほうを振り返ると、フィオナが自分に向かってちょこちょこと駆け寄ってきていた。きれいだった三つ編みが、ぐっしょり濡《ぬ》れ、真っ赤なもつれ毛となって小さな肩で揺れている。毛織りのドレスも湿っているのか、痩せっぽちの脚にまとわりついていた。まちがいなくドレスも砂だらけだ。

けれどもブランディがドレスを汚したことを叱る間もなく、フィオナが腕をつかんで声を張り上げた。「見た、ブランディ？　あの子、イルカでしょ？　ずっと水面で仰向けになっていたの。わたしが声をかけたら、鼻をくいくいって動かしてご挨拶してくれた。ね、かわいいでしょう？」

もう、この子ったら。「ええ、見たわよ、フィオナ。でももうあの子も行っちゃったでしょう。夕食のあわびを探しに。だからわたしたちも、見習わなくちゃ。遅くなってはいけないから、そろそろ帰りましょう」ブランディは妹の飛び跳ねている赤い髪をくしゃりとなでて、きっぱりと体の向きを変えさせた。

コンスタンスはぶなの茂みの陰で、黒髪を指ですいていた。そしてフィオナの姿を見るなり、うんざりとした声をあげた。「やだ、フィオナったら、まるで小作人のところのちびみたいじゃない。そんな目で見ないで。そんなねずみの巣みたいな頭、わたしは絶対にといてあげないからね」

「わたしたちだって、フィオナみたいなころがあったでしょう」ブランディは言った。「覚えていない、コニー？　泳ぎに行ったり、流木を集めたり、砂のお城を作ったりしたこと。古い歌もよく歌ったわ」

コンスタンスは頭がどうかしたのかと言わんばかりの目を向けた。

「あのころは子供だったの」彼女はにべもなく言った。「でももう大人になった。少なくともわたしはね。二度と汚くなりたくないわ」

フィオナがそっとブランディに意味ありげな笑みを向けた。灰色のイルカを見た興奮でいっぱいの笑み。コニーがこの子の話を聞いてやってくれるかしら。

「この子のことはいいわ、コニー。わたしが身支度を整えるから。行きましょう、時間がないわ」

三人はくねった小道の湾曲部を曲がり、しゃくなげの植え込みが並ぶ大きな道に出た。目の前に、巨大な灰色の岩のようなペンダーリー城が現れる。その歴史的石の塊が、鈍い金色の夕陽《ゆうひ》に照らされていた。コンスタンスが足を止めてほのかな赤紫色の花を摘み、左の耳の上に挿した。「あなたにもひとつ摘んであげようかと思ったんだけど、でも、その貧弱な三つ編みだと落ちちゃいそうよね、ブランディ」

そうね。けれどブランディはそれを言葉にはせず、ただフルート型の小塔を見つめていた。忘れ去られ、今ではすっかり錆《さ》びついて、草に覆われた堀に山積みにされた大砲たちの、かつての居場所。敵の接近に敢然と立ち向かう、バグパイプの執拗《しつよう》な音色が聞こえてくる気がする。オールド・マルタが鼻歌交じりにしょっちゅう歌っていたハントリー伯爵のバラッドが脳裏に浮かんだ。

悲しいかな、ハントリー
いったいどこへ行ってしまった
マレイ伯爵は殺されて
今や草地に横たわる

ブランディはつかの間、幻想的な過去に浸りながら、そのバラッドを口ずさんだ。けれどもその過去も、ボニー・プリンス・チャーリーの敗北のあと、この地から永遠に奪い去られた。ブランディの脳裏に、憎むべきカンバーランド公爵の、イングランドの報復の鬼の伝え聞く仕打ちが次々と浮かんでくる。目の前の誇り高き古城を見つめながら、腹部に怒りがこみ上げた。このペンダーリー城が、生まれた場所が、家が、今また別の公爵、別のイングランド人のものになってしまうなんて。

「ねえ、裏手の岩場に波が打ち寄せる音がしない、コニー？　わたしの空耳かしら。え、今、何か言った？」

「だから、バートランドとクロードおじさまが離れから城に向かっていくのが見えたと言ったの。バートランドってほんと退屈なタイプね。クロードおじさまは若いころ、片っ端から若い女中を押し倒したって話なのに、息子の彼があんなに真面目な堅物だなんて、なんか変」

ブランディにはおじのクロードが女中を押し倒すどころか、小石を投げるところすら想像できなかった。おそらくここは妹に、そんな口の利き方をするものではないと言い聞かせるべき場面だろう。けれども言ったところで、聞く耳を持つはずもない。

「はいはい、ブランディ。言わなくてもわかっているわ。あなたの考えていることぐらいお見通し。そうよね、あなたはバートランドと同じぐらい几帳面《きちょうめん》な堅物だもの。あなたたちふたりなら文句なしにお似合いかも――どっちも若くないし、融通が利かないし。ふふ、ひと冬過ごすだけで、お互い死ぬほど退屈したりして」

人には聞き捨てならないこともある。ブランディは妹ににっと笑みを返した。きっと声にも悪意がにじんでいただろう。「バートランドが若くない？　彼、パーシーより年下よ、コニー。少なくとも四つは若いはず」

そこで一瞬ながら、歓迎すべき間が空いたが、長くはつづかなかった。「でも若くないのは確かでしょう」コンスタンスはそう言うと、きれいな黒髪を後ろに払いのけた。

「そうね、バートランドもわたしも」

ブランディはフィオナの小さな汚れた手を握りしめて、静かにほとぼりが冷めるのを待った。妹をなんとか理解しようとあれこれ考えを巡らせる。コンスタンスは何がなんでも自分は一人前の女性だと思いこもうとしている。だからわたしがいまだ楽しいと思うことをことごとく鼻であしらってくる。あの小さな船で釣りに出ることさえ、魚臭くて鼻が曲がりそうになるとか、べたべたした海水でドレスが濡れるのがいやだとか言って拒絶したくらい。もし一人前の女性になることが、そんなに見た目ばかりを気にして、パーシーみたいな人に人前もはばからず愛想を振りまくことなら、わたしはそんなものにはなりたいとも思わない。コニーにもなってほしくない。ひょっとするとコニーはただそういう時期なだけかもしれない。わたし自身も同じような経験をしたけれど、その期間が短すぎて、覚えていないだけなのかも。

ブランディは背中を丸めて、ショールをさらにしっかりと体に巻きつけた。でも少なくともコンスタンスはいいわ、わたしみたいに体型の異常さを気にする必要もないんだから。わたしなんて、ドレスのボタンがはじけないか心配で、思いきり深呼吸することもできやしない。ほんと、神さまも冗談がすぎる——こんなに痩せた体に乳牛並みの胸をつけるなんて。

そこでまたパーシーを思い出した。彼はどうして半ば閉じたようなまぶたの下から、いやらしいわざとらしい目で見つめてくるのだろう？　見かけや態度が原因でないのは確かだ。ひょっとするとこの土地が退屈なのかもしれない。ああやって不愉快なやり方でわたしをいたぶる以外に、することがないのかも。

ブランディがふと目を上げると、フィオナが古い大砲のひとつにまたがって、元気そのものの大声を張り上げていた。「進めえ、老いぼれ馬さん、進めえ、でないとお尻を引っぱたくよ」

ブランディはフィオナが手を離したことすら気づかなかった。「フィオナったら。ほら、ドレスを見てごらんなさい」駆け寄り、末の妹が顔や手を錆《さび》だらけにしているのを見て、彼女を大砲から抱え上げた。「もう、こんな姿をオールド・マルタに見られたら、絶対におばあさまに言いつけられるんだから。さあ、動きまわらずにじっとして。今きれいに拭いてあげるわ」

「ブランディ、見て。誰かがやってくるわ。なんだか、ほら、紳士が乗るっていう競技用の馬車みたい」コンスタンスが、広がる雲間から照らしつける夕陽を遮るように目の上を手で覆った。

ブランディは身を起こし、フィオナの汚れた手を握りしめた。今では自分の顔がすっかり銅錆の染みだらけだ。ブランディは近づいてくる二頭立て二輪馬車をただ穏やかな関心で眺めた。スピードを出しすぎじゃないかしら。車輪のまわりに渦巻くあの土埃《つちぼこり》の激しさといったら。

「すごい大きなお馬さん」フィオナが叫び声をあげ、興奮して飛び跳ねた。

「アイ、そうね、おちびちゃん。すごく大きな馬だわ。あんなのを走らせるなんて、どうかしているわね」

「あっちの古い大砲よりずっとすごい」

フィオナはそう言うと同時に姉の手を振り払い、痩せっぽちの脚を懸命に動かして馬車に向かって駆けだした。

6

「だめよ、フィオナ、今すぐ戻って。でないとヘアブラシでお尻をぶつわよ！」ブランディはスカートを膝まで引っ張り上げ、幼い妹のあとを追った。「フィオナ！」

恐怖で喉をつまらせながら、悲鳴のような声をあげる。疾走してきた馬が驚きに目を光らせ、後ろ立ちになって迫った。男性のくぐもった叫び声が聞こえる。ブランディはかすれた声をあげて、飛びかかるようにフィオナの腕をつかみ、力いっぱい引っ張った。フィオナが黄色いアネモネの野原に背中から転がったところで、怯《おび》えた馬たちのいななきと鼻息が聞こえてきた。ブランディは二度大きく息を弾ませてから、殺気立った目を妹に向けた。

「おちびちゃん、怪我《けが》はない？」ブランディは幼い妹の腕や脚に手を走らせ、もつれた三つ編み越しに頭を確認した。

「平気。ブランディにつかまれて腕は痛かったけど。わたしは大きなお馬さんと遊びたかったただけなのに」

ブランディは言葉に気をつけながら、毒づいた。以前、馬屋番のトミーがクロードおじさまの老いぼれ騾馬《らば》に蹴られたときに吐き捨てた言葉をまねたら、おばあさまから言いつけられたオールド・マルタにライ石鹸《せっけん》で口を洗われたのだ。なんてばかなことをするの、とブランディはフィオナを揺さぶりたい気分だった。

わずかに離れて立っていたコンスタンスが、華麗な身のこなしで二頭立て馬車から飛び降りた紳士を見て、目を見開いた。

「スカートを下ろして、ブランディ」コンスタンスが男の顔に目を向けたまま、唇の端で言った。

ブランディは着古したウールのストッキングをスカートで覆って立ち上がった。紳士が黒っぽい目を細め、日に焼けた顔を怒りで赤く染めて、つかつかと歩み寄ってくる。彼は見たこともないほど上等な外套《がいとう》を身につけていた。この人はどうして悪魔に追われているみたいに馬を走らせていたの？　どうしてこんなに怒った顔をしているの？　非があるのはこの人のほうなのに。こんな速度で馬車を走らせるなんて、どうかしている。

その彼の冷たい声が、まるで氷がガラスの杯でぴしりと音をたてるように空気を切り裂いたとたん、ブランディの頭から彼の上品さは吹き飛んでいた。「そんな子供を馬の前に飛びださせるとは、どういうつもりだ？」

フィオナが興奮で目を大きく見開いたまま、そびえるような紳士を見上げた。「すっごくかっこいいお馬さんだから。そばで見たくなったの。止まって、わたしになでさせてくれるんじゃないかと思って」

「これ以上近づいたら、きみの骨はばらばらに砕けるところだった。それに、きみ」紳士はブランディに視線を移して、つづけた。「きみのその勇気は無駄だ。ぼくは自分の家畜ぐらい完璧に制御できる。今のような考えの足りない離れ業は自殺行為でしかない」

間一髪だった衝撃で青ざめながらも、直接の影響は受けていないコニーが、黒髪を華麗に背中と肩になびかせて、ういういしい女性らしくにこやかにほほえんだ。「申し訳ありません、どうか姉をお許しくださいさい。ときどき考えもなく行動してしまう人なんです。もちろんわたしも、フィオナの行動には恐ろしくなりましたわ」そう言って、膝を曲げ、正式なお辞儀をした。

どうしてお辞儀？　と、ブランディは思った。この場では不合理よ。確かに一見上品そうな人だけど、でもだから何？　この人は不作法だし、しかもまちがっている。

ブランディは男のハンサムな顔を正面から見つめた。でも今はハンサムかどうかなんて関係ない。考えるのは、愚かな行動のことだけ。

「でもあなたは、血迷ったように馬車を走らせていらしたわ。あなたがご自分の家畜をちゃんと制御されるなんて、どうしてこちらにわかります？　あなたが妹を踏みつけるかどうか、わたしはただ見ていればよかったとでも？　もう行ってください、あなたのご立派な馬も連れて。もしここに銃を持っていたら、あなたを撃ってしまいそう。厄介な方ね。しかも怒る資格もないのに、わたしたちに腹を立てていらっしゃる。ここはわたしたちの土地よ、あなたのものじゃない。それなのにこんなに無謀に馬を走らせて。あなたみたいな人にはここの土地に立ち入ってほしくない」

冷ややかな怒りに満ちた、ひどく歯切れのいいイングランド人らしい口調が返ってきた。

「怪我がないことさえわかれば、こっちもうるさいだけの軽率な子供と言い争う気などない。そっちこそ、さっさと目の前から消えたほうが身のためだ。でないとその尻を思いきり引っぱたくことになる。ぼくが無謀に馬を走らせた？　よくもまあそんなことを！」

その横柄な口調からして、彼がブランディたちを小作人の子供だと思っているのは明らかだった。

ブランディはもはや自分を抑えきれなかった。「思い上がりもいい加減にして。そっちこそ、ペンダーリーからさっさと消えたほうが身のためよ。あなたがイングランド人とわかった時点で、礼儀作法の欠片《かけら》もない、育ちの悪い人だと気づくべきだったわ。いいから、さっさと悪魔のもとに行って。たとえ相手が悪魔でも、あんなふうに馬を走らせて近づいたら、逃げだすかもね」

ポートメイン公爵は長旅で神経をすり減らし、すでにくたくただったが、それでも自分に刃向かう生意気な子供に向かって、威嚇するように足を踏みだした。大きく情熱的な琥《こ》琥珀《はく》色の瞳を睨《にら》みつけ、そこで歩みを止める。だめだ、この娘《こ》はびくりともしない。

公爵は疲れた吐息をつき、観念して告げた。「そうだね、脅かしてすまなかった。ぼくの配慮が足りなかったのだろう。きみの言うとおりだ。ぼくが馬の扱いに長《た》けていることがきみにわかるはずもない」

女として目覚めはじめているのか、自分の稚拙な誘惑技巧を試す相手が現れたことに嬉々《きき》としているもうひとりの娘には目もくれず、公爵は目の前に並ぶ薄汚れたふたつの顔を見つめた。どうせならこの娘たちだけでなく、ひどく貧しいであろう娘たちの両親も喜ばせてやるか。公爵はベストのポケットからすばやく数枚のギニー金貨を取りだすと、もっとも幼い少女にほうり投げた。「これだけあれば、傷も機嫌も直るだろう。これからはちゃんと妹を見張っておけ。その子の安全に気を配ってやるんだ」

ブランディは口をぽかんと開けて、唖然《あぜん》とした。次の瞬間、男は背を向け、華麗な身のこなしでふたたび馬車に乗りこんでいた。

ブランディが遠い記憶をたどり、男が大喜びしそうな悪態を探しているあいだに、彼は馬に鞭《むち》を打ちつけて走り去った。

「ブランディったら魚みたい」コニーが言った。「口を扉みたいにぽかんと開けて、ばか丸出しよ」

「魚みたい、なんじゃないの？」

「ねえ、ブランディ、これって金よ。おっきな金貨。さっきの人、わたしたちに金貨をくれたの」フィオナが汚れた手でギニーを二枚握りしめ、誇らしげに見せた。

「わたしが預かっておくわ」ブランディは金貨をつかんだ。「ほんとにお金をよこすなんて信じられない」フィオナがぐずりだした。

コンスタンスがブランディの腕を叩《たた》いた。「さっきの紳士にどうしてあんなにひどい態度をとったの？　恥ずかしいったらなかったじゃない。あんなに若くてすてきな人をあそこまで怒らせるなんて。フィオナもフィオナよ、あんたなんてお尻を叩かれて当然なんだから」コニーは背を向けながら、さらに捨て台詞《ぜりふ》を吐いた。「おばあさまに見つかっても、わたしは関係ないからね。わかっているでしょうけど、おばあさまにはなんでも見つかるんだから。あの人はイングランド以上に目を光らせているの。お父さまか、アンガスおじいさまが生きていたら、あなたたちふたりとも絶対鞭で打たれたわよ」

ブランディはコンスタンスの背後でいったん拳を振り上げ、結局下ろした。彼女は末の妹を振り返った。「ぐずぐず泣くのはやめなさい、フィオナ。はなが出ているじゃない。ほら拭いて。そう、いいわ。そんな哀れっぽい声を出しちゃだめ。どこかのおちびちゃんみたいでしょ。さっきの人がギニー金貨をくれたのは、わたしたちを貧しい小作人の子供だと思ったからよ。わたしたちがこれをもらってはいけないの。わかった？」

フィオナのすすり泣きがいっそう激しくなった。ブランディは業を煮やし、妹の腕をつかんで城の脇にある小さな木製の扉から中に押しこんだ。さっきの男を頭から押しのけ、オールド・マルタの鋭い目をどうやって逃れるかに心を集中させる。そうなると、急がなければ。

「さあ急いで、フィオナ」声をひそめる。「誰にも見つからないように、わたしがきれいにしてあげるから。おばあさまがあなたに杖《つえ》を振り上げたら、わたしが覆いかぶさって守ってあげる」

フィオナの汚れをきれいに落とし、その小さな胃袋をコールドチキンとバタースコーンで満たして、ベッドに押しこむのに一時間近くかかった。モラグがフィオナの夕食をすでに用意してくれていたのには助かった。

「あたしはゆっくりしていられないんですよ、嬢さま」モラグは言った。「料理人が何カ月分もの食料を抱えておたおたしてるんで」彼女は表情のないしょぼついた目をブランディに向けた。「さあさ、嬢さまもご自分の支度をなさってください。おばあさまはすでに一階で皆さまとご一緒ですよ」

ブランディは蝋燭《ろうそく》を手に廊下を渡って自分の小さな寝室に向かった。一年の今の季節は部屋の暖炉に火は入っていない。おそらく親愛なるいとこのパーシヴァルの部屋では暖炉に赤々と炎が燃えているだろう。いつものようにオールド・マルタに甘い言葉でねだって、風呂用にたっぷり熱い湯も用意させたかもしれない。

ブランディは汚れたドレスと肌着を脱ぐと、冷えきった指で食いこんだシュミーズのレースを引き離した。歯を食いしばって、体に冷水を浴びる。それでも無数の錆《さび》色の染みが頑固にこびりついている。ざらざらしたライ石鹸がその役目を果たし終える前に、寒さで全身に鳥肌が立っていた。

タオルで体を拭き、清潔な肌着とシュミーズを手に取る。パーシーと、今日の午後彼に向けられたあのいやな目つきが脳裏によみがえった。ブランディは自分のふくらみすぎた胸を見下ろした。彼はひょっとするとこの部分だけを見ていたのかもしれない。ブランディは痛さをこらえて胸の上にぐっと肌着を引き上げた。鏡をのぞきこんで、効果のほどを確かめてみる。けれど期待していたほど平らになってはいなかった。とはいえ、これ以上できることは何もない。

ブランディは古い衣装だんすから水色のモスリンのドレスを取りだした。ハイネックで腰帯のついた少女用のドレスだ。それでも、胸元のボタンがどうしても留まらない。苦しまぎれに母親のチェストを探り、深緑と黄色のショールを取りだした。そして、長くたっぷりとした髪にすばやくブラシを入れた。腰まで届く長さの髪は、いつも三つ編みにしているせいで大きく波打っている。この髪がわたしの唯一の長所だわ、とブランディは思った。そこでまたパーシーの落ち着きのない目つきを思い出し、いつも以上にきつく三つ編みに編みこむと首の後ろでぐるぐると巻いて小さなお団子にまとめた。これでいい。どう見ても、味もそっけもない、ただ退屈なだけの若い娘にしか見えない。

ブランディはショールでしっかりと胸元を隠すと、蝋燭の火を消してそっと部屋を出た。長い廊下にはたいまつが一本だけ灯《とも》され、そのつんと鼻をつく煙の臭いが目を潤ませる。ブランディは広い樫《かし》材の階段を慎重に下りていった。絨毯《じゅうたん》がところどころすり切れていて、うっかりすると足を引っかけてしまう危険もある。

クラブはどこにも見あたらなかった。ブランディはそこでもパーシーが気にかかった。きっと彼の滞在が使用人たちに大きな負担をかけているのだろう。応接間のほうから声が聞こえてきて、あらためて自分が遅れていること――もはや、遅れたどころではすまないけれど――が気になり、敷石の摩耗した玄関広間を大急ぎで横切った。精いっぱい慎重に応接間の扉を押し開け、誰にも気づかれないようにと祈るような気持ちでそっと中に滑りこむ。

部屋の奥では炎が盛大な音をたてて燃えさかり、そこから押し寄せる暖かな空気にブランディは一瞬息がつまりそうになった。咳払《せきばら》いをしたくなったが、そうはいかない。祖母はすっかり色褪《いろあ》せた、長年暖炉の近くに置かれたせいで黒ずんでもいる、背もたれの高い椅子に腰かけ、そこから家族の会話を仕切っていた。その和気藹々《あいあい》とした光景を、無数の蝋燭が照らしだしている。

どこからか豊かな低い笑い声が聞こえてきた。一瞬、ブランディの目が声の主を捜し、そこで留まった。二頭立て馬車の紳士の姿を見つけて、口がぽかんと開く。いっきに頬に赤みが駆け上がり、根が生えたように足が動かなくなった。どうしよう。それしか頭に浮かばなかった。

どうしよう。わたしったらなんてことをしてしまったの？

祖母が何かしら声をかけ、彼が再度笑った。こうして部屋の反対側にいても、笑う彼のたくましく白い歯が見えた。記憶しているより、はるかに大柄な人だ。どこまでも白い雪の平原を思わせる純白のひだ飾り付きのシャツが、浅黒い顔をさらに引き立てている。輝く蝋燭の火に照らされた瞳は、黒いサテンの夜会服と同じくらいに黒かった。どこから見ても、非の打ちどころのない上品な紳士だ。しかもエディンバラから訪ねてくる祖母の友人の誰よりも裕福そう。

どうしよう。

「ブランディ、やっと来たね。すぐにこっちへ来て、ご挨拶をおし。ここにいるイングランドの公爵がいったい何を話してくれたと思う？」

ブランディは祖母に目を向け、まるでギロチン台に向かうように重い足取りで、頭を垂れ、前に進みでた。これまでの人生でもっとも長い道のりだった。どう軽く見積もっても、鞭打ちは逃れられないだろう。

「遅かったじゃないか。だがまあ無理もない。公爵がおまえたちとの興味深い出会いを話してくれたよ。おまえがどうやって彼に速度をゆるめさせたかもね。おまえが孫娘で、おまえの知識はすべてわたしが教えたものだってことは話しておいた」

どういうこと？　ここでいったい何が起きているの？

祖母から、ありったけの言葉を駆使して罵られるものと思っていた。けれど祖母の口調はどこか楽しげでうれしそうだ。何かがおかしい。ブランディは祖母の顔に視線を集中させたが、そこには本当に楽しさしか浮かんでいなかった。公爵。その事実にあらためて打ちのめされ、座りこみそうになる。この人がイングランドの公爵――この城の新しい主人。

「ミス・ブランデラ」公爵が豊かで穏やかな声で呼んだ。

何も考えず、反射的に言い返していた。「ブランディです。わたしの名前はブランディ」

「それでは、ブランディ」

「ご挨拶をおし、ブランディ」

ブランディはぎこちなく膝を折った。彼と顔を合わせたくなかった。背を向けて、部屋を出ていきたかった。夕食が冷めたかゆ《ポリッジ》になっても全然かまわない。たとえ今この瞬間、床がぱっくりと口を開けて、地獄へ堕ちることになっても。そこにはおそらく祖父のアンガスがいる。きっと再会を喜んでくれるだろう。いつだってわたしにわめき散らすのが大好きな人だったから。

レディ・アデラが声をかけた。「こんなにおとなしいおまえははじめてだね、ブランディ。いったいどうした？　彼がハンサムすぎて、目も向けられないかい？　まあ確かにハンサムだ、無理もない。だがわたしは目を向けられるよ。わたしにできるくらいなら、おまえだってできるだろう。なんせおまえはまだまだ男を知らない小娘だからね。いい加減にそのくだらない態度をやめて、わざわざ来てくれた親戚にご挨拶なさい。ポートメイン公爵だよ」

結局のところ小言は出た。けれどこの様子では鞭打ちはなさそうだ。「ようこそいらっしゃいました、あの、公爵」

「イアン、ぼくの名はイアンだ」公爵は歩み寄ると、長年の習慣から身についた優雅さで、スカートのひだからブランディの手を取り、軽くキスをした。「また会えてうれしいよ、またいとこ殿。ちょうど今お姉さんのコンスタンスが、先ほどの些細《ささい》な誤解の一件をご家族に披露してくれたところだ。きみにはなんの落ち度もない。今度こそ、ぼくの詫《わ》びを受け入れてくれるね」公爵はにやりと笑った。「ぼくは血迷ったように馬車を走らせていただろう？」

「いえ、あの、そういうわけでは。あなたがとっさに血迷ったようになられたのは、フィオナがあなたに向かって駆けだしたときです。わたしはただあの子のことが心配で。でもあなたがどなたか、気づくべきでした。口を開かれたとき、あんな——」

「イングランド人みたいな話し方をしたから、かな？」

「ええ、そうです」ブランディは言った。

おじのクロードがレディ・アデラの隣の席から割りこんだ。「公爵は勘違いされておる。ここにいるブランディが、長女ですよ。そろそろ十九になります」

パーシーが言った。「見た目どおりじゃないこともあるんですよ。ねえ、ブランディ?」

ブランディは彼を蹴ってやりたかったが、そうもいかなかった。祖母と、親戚筋にあたるイングランドの公爵の前でそんなことができるわけがない。ブランディは顎を上げて、パーシーを睨みつけた。

「この娘にかまうんじゃない、パーシー」レディ・アデラが声をかけ、手にしている扇で彼の腕を叩いた。「この娘にはまだおまえみたいな人間をどう扱っていいかわからないんだ。時間をおやり、時間をね。わたしが毎日少しずつ仕込んでおくから」

「でも、わたしもパーシーに同感です」コンスタンスが言った。「たいていの殿方はわたしを長女と勘違いなさるから」コンスタンスはほつれた柔らかな黒い巻き毛をそっともとに戻し、鏡の前で練習を重ねたうっとりとした表情で公爵を見つめた。公爵がひどくとまどっている。どうやらコンスタンスにはもっと練習が必要らしい。

「あののんだくれクラブはどこにいるんだい?」レディ・アデラが声を張り上げた。「さっさと始めてくれないと、みんな飢え死にしてしまうじゃないか。あれも年々動きが鈍ってくるね。台所で酒でも飲んでいるんじゃないだろうね」

「こんばんは、ブランディ」穏やかな教養ある声でバートランドが言った。「元気そうだね。いや、きみはいつもそうだ」

「こんばんは、バートランド、クロードおじさま。ご機嫌いかがです?」

「このいまいましい痛風はあるが、なんとかやっておるよ。バーティは同情もせずに知らん顔で元帳ばかり睨みつけているがな。睨んだところで代わり映えもせんのに」クロードはレディ・アデラと話しこむ公爵に目をやり、悪意の透けて見える口調でつづけた。「その点、公爵は哀れなバートランドよりずっと長けていそうだ。おそらく、何か引っかかることがあればはっきりと言うだろう。我らがバーティは気が弱すぎて、自分の気持ちも言えぬというに」

「お父さん」バートランドが低い声で言った。

「パーシーを見てみろ」クロードは息子を無視して、つづけた。「あいつはべたべたした毒蛇みたいな舌を持っておるが、少なくとも愚かな乳牛みたいに黙って胃の中のものを食《は》み返ししたりしない」

「彼は雄牛ですよ、おじさま」ブランディがはっきりとした声で言った。「その直喩を使うのであれば、ですけど」ブランディはバートランドに向かってすばやく、低い声で言った。「どうして公爵がここに? おばあさまは、彼はわたしたちに関心がないとおっしゃっていたわ。代理人か誰かをよこしてくるだろうって。腑《ふ》に落ちないわ。お金持ちなんでしょう？　王国の貴族よね？　いったいどうしてこんなところまで来たのかしら？」

「総合的に考えるしかないね。正確なところはぼくにもわからない。スコットランドの友人のところに来ていて、ふと貧しい親族も訪ねてみようかと思い立っただけかもしれないし。まあ時が来ればわかるだろう」

小作人たちのことが頭に浮かび、ブランディは眉をひそめた。顎が引き締まる。イングランド人はいつだって搾取するばかりだ。公爵はこの土地からどれだけ搾り取れるか、自分の目で確かめに来たにちがいない。どれだけ品のよい人でも、ハンサムの域に入る人でも、強欲な人であることに変わりはない。

クラブが扉を押し開け、苦しげにかすれた声で告げた。「夕食です」

ブランディは生まれてはじめて、恥ずかしさを覚えた。公爵にはずいぶん文化の遅れた連中と思われたことだろう。洗練されていないと。どうしてクラブは、教育の行き届いたイングランドの召使いみたいに、夕食の支度が整いました、ぐらいのことが言えないのだろう？

「待ちかねたよ、クラブ」レディ・アデラは杖をついて、ゆっくりと立ち上がった。パーシーが祖母の腕の下に手を滑りこませる。

「ブランディ、おまえは長女だから、公爵を夕食にエスコートなさい。先月釣り上げた大きなシーバスの話なんかして、公爵を退屈させるんじゃないよ」

「でも、おばあさま」コンスタンスが言った。「わたしは長女じゃないけど、でも見た目はブランディより年上だわ。公爵を夕食にエスコートするのはわたしのほうがいいんじゃないかしら?」

「だめだ、おまえはバートランドの腕をお取り。頑丈で、力強い腕だ。いい娘だから、わたしに口ごたえをするんじゃない。でなけりゃ、わたしはおまえが聞きたくもない言葉を言わなくちゃならなくなる」

ブランディは今にもはじけそうなボタンの上にさらにしっかりとショールを引き寄せながら、いたたまれない思いで、ぎこちなく公爵を待った。気配を感じたところで、顔を向けることなく腕を伸ばす。そして指に柔らかなサテンの感触を感じてはじめて、ちらりと公爵に目をやった。

7

公爵はまるで親切で忍耐強いおじといった風情でほほえんでいた。ブランディは彼とともに玄関広間を抜け、食堂に入った。ポケットの中にはさっきのギニー金貨が二枚入っている。レディ・アデラに渡そうと思っていたのだ。けれど今となってはどうすればいいのかわからなかった。

「過去が息づいているようだ」公爵は壁にずらりと吊《つ》るされたバグパイプを見て、感慨深げに言った。それどころか、別の時代、別の世界に迷いこんでしまった気さえする。空の甲冑《かっちゅう》から伸びる鎖帷子《くさりかたびら》の手に吊るされた大きな戦斧《せんぷ》。何もない洞窟のような暖炉の上には盾形の真っ赤な家紋。そのまわりに埃《ほこり》をかぶりながら垂れ下げられている、ロバートソン家の象徴色とおぼしき赤、黄、緑の格子縞《こうしじま》。

「ええ」ブランディが言った。「冬の嵐で、海風が吹きつける時期は特に。煙突から吹きこんだ風があの格子柄を揺らして、ふくらませるんです。まるで生きているみたいに」ブランディははっと口を閉じた。全員で二日がかりで食べたシーバスの話なんかして退屈させるなと注意されたばかりなのに。こんな話は彼を眠くさせるだけ。

イアンは隣にいる少女を見下ろし、そのきれいな曲線を描く眉が不安げに曇ったことに気づいた。ここはおのれのレパートリーにある詫《わ》びの言葉を総動員するしかないだろう。正直なところ、レパートリーはさほど多くないのだが。「午後のぼくの行為を思い出しているなら、ブランディ、もう一度許してほしいとお願いするよ。旅の予定が二日近く延びて、ぼくも疲れていてね。だがそんなことは言い訳にもならないな。じつを言うと、フィオナが馬の前に飛びだして、さらに彼女を追ってきみが飛びこんできたときには、ひるみ上がってね。十年は寿命が縮んだ気がした。ひょっとしたら明日の朝には髪が真っ白になっているかもしれない。ぼくを許してくれないだろうか?」

ブランディは自分をひどく小さく感じた。愚かで、進歩のない人間に思えた。この人は立派だ。公爵の持つべき資質を備えている。親切で、誠実で。しかもどこまでも気高い。わたしを子供だと思いこんでいるところだけは腹立たしいけれど。「もちろん、許しますとも。あなたは、怒鳴ったりされないし」

「怒鳴る?」

「ええ、あのときも顔を真っ赤にして、首の血管が大きく脈打つほど腹を立てていたけれど、それでもあなたは怒鳴らなかった。冷たく硬い声で、早口でまくし立てられただけ」

「いや、怒鳴ることはあるよ。だが……」イアンはそこではたと言葉を切った。〝子供相手にはしない〟そう言いそうになったのだ。だがそれは適切ではない。彼女は十八。もはや女性と呼んでもおかしくない年齢だ。しかし、不思議だ。髪をこんなにきつく後ろに束ねて頭が痛くならないのだろうか。身につけている古いドレスもどちらかと言えば、十五の娘に似合いそうなものだ。このおかしなショールはいったいどこから持ってきたのだろう？　言わせてもらえば、レディ・アデラ以上に年数をへたものとしか思えない。そのとき、イアンはこのうえなく強い罪悪感を覚えた。金がない、つまりはそういうことか。きっとこの家には、娘の衣装代にまわす金がないのだろう。イアンは自分をひどく間抜けに感じた。

なるべく穏やかな笑みで、彼女の注意を暖炉へと促す。

「この家紋にある三匹の狼《おおかみ》の顔――子供のころ、もし侵略者が来たら、この狼がうなり声をあげるとかって想像しなかったかい？」

「じつは今も。アイ、見ていると不思議な気持ちになることがあるんです。この狼たちはかつては誇り高く勇敢にこの城を守っていたんじゃないかって。でも悪魔の呪いで、今は生気を奪われてこの盾の中に閉じこめられているだけじゃないかって。なんだかロマンティックな想像でしょう？」

ブランディの琥珀《こはく》色の瞳にスコットランドの豊かで幻想的な過去が輝いていた――こんな瞳の色は見たことがない。イアンは何かしら気になる感覚を覚えた。胸が温かくなるような何かを、これまでに覚えのないものを。イアンは言った。「あの三色がロバートソン家の色？」

「アイ。あれも以前はもっと鮮明な深紅と黄色と緑色だったのですけど。今ではオールド・マルタがまったく手入れをしてくれなくて」

「オールド・マルタ？」

「祖母の侍女です。この城と同じぐらい古くてたくましい人。祖母から、祖父の愛人だから置いてやっているだけだと怒鳴られても平気だったって話だし。あ、いやだ、わたしったらこんなことまで話して」

「いいんだよ」公爵は魅入られたように言った。そこで急に、ほかの面々がすでに食堂に入っていることに気づいた。「行こうか、ブランディ。ほかの方々を待たせたくない」だがじつのところは、他人を待たせていることを気にしたわけではなかった。胸のぬくもりが消えるのを感じたのだ。現実という冷気を。そのとき彼女が例の弾むような声で言った。

「だからわたしのお風呂用のお湯がなかったのね。わたしはてっきりパーシーが来ているせいだと思っていたけど。彼、いつだって召使いたちにあれこれ要求するから」

イアンは黒い眉を上げた。またも胸に滑らかな蜂蜜のようなぬくもりが広がる。

ブランディが軽くイアンの袖を叩《たた》いた。「あなたのせいではありません、公爵。でも、変ね。モラグはどうしてあなたがいらしていることを教えてくれなかったのかしら？」

「頭を掻《か》いてばかりいる、あのだらしない感じの女性？」

「掻いてばかり、じゃありません。掻いているのは一時間の半分ぐらいかしら。しかたないの、お風呂に入らないから」

「それならうなずける」イアンはあらためてブランディに目を向けた。気高いまっすぐな鼻、しっかりとした強情そうな顎。早熟な少女だと思った。知性や魅力も感じさせる。いずれ、きちんとした教育さえ受ければ、きっとすてきな女性になるだろう。いや、そうじゃない。彼女はすでに女性だ。成人した女性ではないが、確かにその入り口には立っている。名目上といえど、今では自分がこの女性の後見人なのかとイアンは驚きの思いがした。

「こっちだよ、公爵」レディ・アデラが声をかけた。「あなたは伯爵の椅子に。いや、これからは公爵の椅子と呼ばねばならないね。ブランディ、おまえはいつもの席に着きなさい」

　公爵は長い食卓に目をやった。一見したところまるで中世だ。長い食卓と、その両脇に並ぶ彫刻を施された堅苦しい椅子。壁板は重厚な家具と同じくらい暗い色目で、暖炉の火や蝋燭《ろうそく》の明かりぐらいではとうてい隅々まで照らしきれていない。あとは床にいぐさが散らばり、暖炉の脇で巨大なマスチフが骨でもかじっていたら、まさに完璧だろう。イアンはブランディを席に着かせると、食卓の上座に向かった。凝った彫刻が施された伯爵の椅子は背もたれがイアンの肩とほぼ同じ高さまであり、ある意味生々しい権力を感じさせる。

その背にはロバートソン家の紋章である三匹の狼の顔が刻まれ、腰かけるとその顔が肩胛《けんこう》骨《こつ》を押す格好となった。

公爵はカーマイケル・ホールの整然とした優雅さを思い浮かべながら、居住まいを正した。

「さあクラブ、ワインを注《つ》いでおくれ。銀器を磨くとき舌でなめたりしていないだろうね、こののんだくれめが」

レディ・アデラの耳障りな声が食卓の端から聞こえ、イアンは顔をしかめた。ペンダーリーの使用人たちは全員、こういう侮辱を受けているのだろうか？　クラブは平然とした様子でゴブレットを満たした。

レディ・アデラは木のテーブルに自分のグラスを打ちつけた。「さあみんな、新たな我らがペンダーリー伯爵に乾杯しようじゃないか」その声からはたっぷりと嘲りが感じられる。しかも彼女はグラスをまずパーシヴァルに、それからクロードとバートランドに向けてから、イアンに向けてきた。

友好的歓迎もここまでということか。この老女はここにいる男性全員をいたぶって楽しんでいるようだ。「ありがとう」イアンは公爵らしい穏やかな声で言うと、重いワインを飲んだ。

モラグが目の前に湯気の立つボウルを置いた。おそらくスープだろうとは思うが、これまで目にしてきたスープとはまるで異なる代物だった。どうしても原材料が特定できなかった。それを知りたいかどうかもわからなかった。

　クロードがくわっくわっと笑い声をあげた。「ここはスコットランドですぞ、公爵。そいつはパータン・ブリー。イングランドのお方にはちと珍しかったかね」

「蟹《かに》のスープです」バートランドが感じのよい声で教えてくれた。「お口に合うといいのですが」

「我ら哀れなスコットランド人にとって、海があるのだけは幸運だった」パーシーが言った。「いくらイングランド人といえど、海だけは壊せない」

「それはイングランド人だけじゃありませんね。デーン族、バイキング、ピクト人、ブリトン人、さらにはほかの友好的でないスコットランドの部族も同じことだ」イアンはそう言って、パーシーに軽くスプーンで会釈した。

「パーシー、言葉にお気をつけ」レディ・アデラが声を張り上げた。「どうやらイアンのほうがずっと上手そうだ。なかなか機転が利くじゃないか、公爵。うれしいねえ。このところ、機転の利いた会話に飢えていたんだよ」

　イアンはパータン・ブリーをもっとよく見ようと頭を垂れた。パーシーは自分をレディ・アデラの孫と紹介した。だったら、なぜ彼が伯爵位を相続しなかった？　ひょっとするとそれが、彼のイングランド人全体、とりわけぼくに対する嫌味な発言に関係しているのだろうか。イアンは蟹のスープをスプーンで口に運んだ。身は口あたりよく濃厚で、クリームはわずかに舌にぴりっとくる。少なくともこのスコットランド料理の材料に関しては、まったく不満はない。

「ねえイアン」コンスタンスが柔らかな女性らしい声で言った。「あなたの召使いたちはどちらに？　イングランドの紳士は、普通でも数百人は召使いを抱えていらっしゃると聞いているけれど？　しかもあなたは公爵、ただ部屋から部屋へ移動するだけでもお付きの人がついてくるお立場でしょう？」

「それが運悪く途中で馬車の車輪が壊れてね。今ごろ、近侍のマブリーはガラシールズで鍛冶屋と格闘中だ。だから知ってのとおり、ぼくはひとり、二頭立て馬車でこちらにうかがった」

「お供の召使いはおひとりだけ？」

どうやら、この大人ぶった少女を失望させてしまったらしい。イアンは満面の笑みを向けた。「ぼくひとりだからね。屋敷全体とはわけがちがう」静かにため息をつく近侍が頭に浮かび、頬がゆるむ。あの頭を掻きむしるモラグをマブリーならどう思っただろう？

「ロンドンからいらしたんですか、公爵？」ブランディが尋ねた。

「そう、長旅だったよ。六日近くかかった。しかもたいして設備もない宿ばかりでね、どこに泊まっても盗人《ぬすっと》の群れがひそんでいた」

「でもどうして？」ブランディが言った。

イアンは蟹スープの最後のひと口をスプーンでボウルからすくい上げたところで手を止め、首をかしげた。「どうしてここに来たのか、って意味かな？」

ブランディが食卓に身を乗りだし、まっすぐに見つめてきた。「ええ、公爵。わたしたち、あなたがペンダーリーにいらっしゃるなんて思いもしなくて。だってイングランドの公爵でしょう。わたしたちに地代を要求されるなら、代理人をよこせばすむこと。でもあなたはわざわざここまでいらした。なぜです？」

彼女は自分がひどく大胆な態度をとっているとは気づいてもいなかった。だがイアンはそう思った。そしてその率直さにまたも惹《ひ》かれるものを感じた。レディ・アデラが孫娘に向かって言った。「またおまえったら、自分に関係ないことまで詮索して」だがそう言う老女の色褪《いろあ》せた瞳にも、長い中世風の食卓に着いているほかの面々と同様に、好奇心が燃えていることにイアンは気づいていた。

「まあ、きみが不思議に思うのも無理はないかな。しかしぼくがスコットランドの親族に見向きもしないと本気で思われていたというのも」

パーシーが形のよい口を皮肉っぽく歪《ゆが》めた。「うちのかわいいいとこが言いたいのはね、公爵、我々はあなたから完璧に無視されても結構だったってことなんですよ。ここの土地と地代があなたの関心を引きつけるのを恐れていただけで」

「パーシー、そういうことじゃないの。言いもしないことを言ったことにはしないで。少しはそういう意味もあったかもしれないけど、でもすべてじゃない」

イアンはわざと笑い声をあげた。「外からざっと見ただけでも、ここの土地もこの城もぼくの関心を必要としていそうだけどね。地代は法外なものになりそうだ」

レディ・アデラが言った。「あなたはわたしの姉の孫、つまりわたしの血縁になるわけだ、イアン。あなたが自分の所有地を訪ねてくれて、わたしはじつに心強いよ。少なくとも今のところはね。先のことはわからないけれど」

もしそのときレディ・アデラがパーシーに悪意に満ちた目を向けてから、満面に笑みを浮かべたのさえ見なければ、この突然の親切な言葉をイアンも素直に喜べただろう。

バートランドが口調こそ静かだが、身を乗りだし、活気あふれる態度で言った。「ここ数年、領地の管理はぼくがやってきたんです、公爵。ぼく自身もかかわることですし。どうでしょう、お時間があるときに、会計帳簿やぼくがこれまでやろうとしてきたことを説明させてもらえませんか。ここは原材料は豊富なんですが、再起を図って何かを始めるための資金が足りなくて」

「ああ、ぜひ。明日のぼくの予定はきみに任せるよ、バートランド」イアンが目を上げると、モラグが空のスープボウルを下げ、入れ替わりに大皿をでんと目の前に置いた。正体のわからない、わかりたくもないものがこんもりと盛られている。

「ハギスだよ」クロードがそう言うと、舌なめずりをした。

「ハギス？」イアンは深さのある巨大な銀皿に大量に盛られた気色の悪いどろどろとした物体を見つめて、繰り返した。

コンスタンスが身を寄せて、陽気な口調で言った。「オートミールとかレバーとか牛脂とか、そういったのを混ぜ合わせたものよ。料理人はたいてい、じゃがいもやルタバガを添えて出してくれるの。すごくおいしいから。試してみてね、公爵」

イアンは恐る恐るフォークで口に運んだ。

パーシーがたたみかけた。「しかもその材料をすべて羊の胃袋に入れて茹《ゆ》でる」

イアンは発作的にごくりとのみこみ、必死で吐きだすまいとした。羊の胃袋？　おいおい、ここの連中はいったい何者だ？　イアンはさらにひと口試してみた。強烈な黒こしょうの味。くしゃみが出そうになって、即座に濃厚で甘いワインで流しこんだ。

さらに数口を口に運ぶ。咀嚼《そしゃく》する。のみこむ。羊の胃袋のことは考えまいとした。視線を上げると、さまざまな目が固唾をのんで自分を見つめていた。ほほえんでいる目もあれば、悪意に満ちた目も、ただ純粋な好奇心だけを浮かべた目もある。

「おいしいよ。料理人と羊に感謝だね」よせ、羊を思い出すのは。胃の中のものがこみ上げてくる。

ブランディは、パーシーの落胆した表情を見て思わずにんまりした。パーシーがここまで感情を隠すのが下手だなんて。口を尖《とが》らせて、この悔しそうな顔。とはいえ彼はいとこだ。ブランディは一瞬、ほんの一瞬だけ、彼に同情を覚えた。

イアンはテーブルの面々が食事をする様子をざっと見まわした。大おばのレディ・アデラはテーブルの端に帝王のごとく鎮座し、まるでこのひと月何も食べていなかったように勢いよくハギスにむしゃぶりついている。少なくとも七十は超えているはずだ。ひょっとすると百か？　イアンは彼女の姉である、祖母の記憶をたどってみた。だがどうがんばっても、弱々しくはかない猫背の老女の姿がぼんやりと浮かんでくるだけだ。そばに付き添っていたイアン自身の母とともに、残された日々をただ快適なソファーに身を埋《うず》めて過ごしているような人だった。おそらく祖母は、レディ・アデラがおおいに享受しているような鉄の人格は持ち合わせていなかっただろう。レディ・アデラはなかなかの歓迎ぶりだった。しかしどうもそれもパーシーとバートランドにあてつけて楽しんでいたという気がしてならない。

イアンはクロードに目をやった。レディ・アデラの左隣で、残り少ない歯で夕食を満足げに音をたてて咀嚼している。彼は甥《おい》だと紹介された。その息子のバートランドは大甥だと。それならいったいなぜ、ここにいる男たちの誰かがペンダーリーを相続しなかった？　謎は嫌いだ。明日にはここのややこしい人間関係を紐《ひも》解くことにしよう。

イアンの目がコンスタンスをとらえた。自分を意識してほしくて、褒められたくて躍起になっているかわいい娘。さっとブランディに視線を移し、また戻す。このふたりが姉妹だというのはなかなか信じがたかった。片方は髪を色気のない三つ編みにし、もう片方はたっぷりとしたみずみずしい黒髪を丸みを帯びた肩に華麗にうねらせている。ブランディは時代遅れもはなはだしい不格好なモスリンのドレスに薄い黄色のショールを羽織り、コンスタンスは成熟の兆しを感じさせる胸を大きく見せた、襟ぐりの広い魅力的な紫色のシルクのドレスだ。それにさっき馬の蹄《ひづめ》の前に飛びだしてきた、あの赤毛のいたずらっ子フィオナ。彼女も目や瞳の色だけ考えると、ふたりの姉のどちらともまったく似ていない。イアンは食卓の奥にいるレディ・アデラに目を戻して思った。ここまで没落した貴族の集まりを見たのはこれがはじめてだろう。

レディ・アデラがその目をとらえて言った。「ここでは延々と料理がつづくなんてことはないからね、公爵。ハギスが終わったら、あとはトライフルだよ」

イアンはほっとしてほほえんだ。「トライフルか。それなら、ぼくもよく食している」

「いやいや、ここの料理人の作るものとはちがうでしょうよ」クロードがくわっくわっと笑った。そこにどこか痛そうな響きが感じられなければ、殴りたくなるほど不愉快な声だ。レディ・アデラから彼は痛風持ちだと聞いている。

「しかし少なくとも羊の胃袋の中では作られていないでしょう」イアンは言った。「そうだよね？」その言葉はブランディに向けた。

「ええ、羊は関係ありません」ブランディはそう言ったものの、盗人がたまたま献金皿を受け取ったときのような笑みを浮かべていた。数口口に運んだところで、イアンもクロードの言葉の意味を理解した。酸っぱいシェリー酒がケーキ自体を湿らせるほどかかっている。それでも礼儀作法から、モラグが皿に大きく取り分けてくれた分を残すわけにはいかない。イアンはワインをがぶ飲みして、口の中のしびれをいやした。しばらくしてレディ・アデラに目を向けた。スコットランドでもイングランドと同じように、淑女は先に応接間へ引き上げ、紳士だけが残ってポートワインを飲むのだろうか？

「ここでは応接間でポートワインを飲むことになっていてね」まるでイアンの心を読んだかのように、レディ・アデラが言った。イアンはほんの一瞬眉を上げて、ほかの面々とともに立ち上がった。

ブランディの脇を通りかかったとき、彼女が小声でささやいた。「あなたって礼儀正しい方なのね。わたしが誤解していたわ。ここの夕食を切り抜けるだけの教養と礼儀作法をお持ちだなんて。さっきのトライフル、ひどかったでしょう。きっと料理人はあなたに印象づけたくてがんばってしまったのね」ブランディは手で隠してくすくすと笑った。

そのしぐさにイアンはうっとりとせずにはいられなかった。「大変だったよ。十一口でどうにか食べきる以外、どうしようもなかった」そこで声をひそめた。「気の毒なクラブはのんだくれと呼ばれて気を悪くしないのかい？」

ブランディは下唇を噛《か》んだ。「ええ、公爵。でもその呼び名なんて、ほかの呼び方に比べたらまだ優しいほうじゃないかしら。あなたの前では控えてくれるんじゃないかと思っていたんだけど、わたしの判断が甘かったわ」そこでさらに小声でつづけた。「パーシーの相手にはならないで。彼、憎しみでいっぱいなのよ。ここの新しい主人というあなたの立場に嫉妬しているんだと思う」

さらに詳しく彼女に尋ねようとしたところで、レディ・アデラの目ざとさに遮られた。

「さあ、ブランディ、コンスタンス、こっちへ。公爵に、スコットランドが野蛮なところでないことをお見せするんだよ。楽しませておあげ」

レディ・アデラは、本心を言えばベッドと眠り以外何も求めていない公爵に目を向けた。

「この娘《こ》たちも淑女らしい教養は身につけているんだよ。コンスタンス、おまえのほうがあとから生まれて成長も遅いわけだから、おまえから公爵の前で何か披露をおし」

古いピアノの前に腰かけたコンスタンスは見た目こそ非常に魅力的だったが、小さくか細い声でのフランス語のバラッドの弾き語りは、どうかこの曲に何節も繰り返しがありませんようにと祈りたくなる代物だった。彼女がピアノから立ち上がって遠慮がちにお辞儀をしたときには、イアンは心の底から拍手を送っていた。

「なんだか錆《さ》びた木管みたいだね」レディ・アデラが言った。「これまでさんざんアドバイスしてやったのに、ひどいもんだ。おまえの声がどんなふうに聞こえるかをわからせるために、わたしが自ら歌ってまでやったのに。それでもまあ、公爵の耳には拷問だったろうが、格好だけは一人前だったよ」

イアンはためらいもなく嘘《うそ》をついていた。「よかったよ、コンスタンス。次はいつ聴かせてもらえるか、楽しみだ」

少女の顔から不機嫌そうな表情が消え、満足げな艶っぽい笑みに変わった。同じような賞賛を求めて、その目がパーシーに向かう。だが残念ながらパーシーの目はひたすらブランディに向けられていた。

「公爵はお優しいんだよ、コンスタンス。さあおまえはもう部屋で休みなさい。みんなにご挨拶をして。次はおまえの姉の番だからね」

コンスタンスは希望がないと見て取ったのか、彼女にとっては精いっぱい品よくお辞儀をして、気の進まない足取りで応接間を出ていった。

「おばあさま」ブランディが言った。「今夜はもう遅いし、公爵は長旅で疲れていらっしゃるんじゃないかしら。できればお聴きになりたくないかも――」

レディ・アデラはふんと鼻を鳴らすと、痩せた指でピアノを指さした。

「きみの演奏をぜひ聴かせてほしいね」今この瞬間、ロンドンの自宅で自分の好きなことをしているのならどんなにいいだろうかと思いながらも、イアンは言った。

「ぼくが楽譜のページをめくってあげよう」パーシーが立ち上がって、そばに近づいた。

ブランディはすぐに曲の選択を変えた。「せっかくだけど、大丈夫よ、パーシー。めくるページがないから」

「それじゃあぼくに歌いかけられるように、ピアノの隣に立とうか」ブランディがそのまじっと腰に両手をあてつづけると、パーシーはわざとらしいなだめるような笑みを向け、申し訳程度に頭を下げると、踵《きびす》を返してレディ・アデラの隣に向かった。

このやりとりをイアンはどこかいらだちを覚えながら眺めていた。レディ・アデラが低い声でパーシーをたしなめるのが聞こえた。「この娘にはかまうんじゃないと言っただろう、パーシー。おまえの意図がわかるような娘じゃない」

そんなことは誰の目にも明らかだ、とイアンは思った。パーシヴァルの返事は聞けなかった。なぜならそこでブランディが鍵盤に指を置いたからだ。三つの柔らかく物悲しい和音が部屋を満たし、低く豊かな声で彼女が歌いだした。

ああ、我が恋人は赤い、赤いばらのよう
六月になると現れる
ああ、我が恋人はメロディーのよう
優しく甘く奏でられる

海が干上がるまで
岩が陽射《ひざ》しで溶けるまで
このままおまえを愛しつづけよう
命の砂時計が尽きるまで

さよなら、いとしい人
しばしのお別れだ
必ずまた戻ってくる
一万マイルの彼方《かなた》からでも

その心に響く歌詞とその美しさに加えられた深い短三和音にイアンは一瞬言葉をなくした。詞のすべてが理解できたわけではなかった。彼女は軽快なスコットランド訛《なま》りで歌ったから。

レディ・アデラが鼻を鳴らした。おそらくはそれが彼女なりの賞賛なのだろう。イアンは言った。「すてきなバラッドだね、ブランディ。作者は誰だい?」

ブランディがスツールに座ったまま振り向いた。「ロバート・バーンズ——わたしたちはラビィ・バーンズと呼んでいるけれど。四年前に亡くなったの。ここからそれほど離れていない、ダンフリースで」

「それじゃあ説明が足りないんじゃないか、ブランディ」パーシーが、例の、イアンがその口に拳を突っこみたくなる皮肉な口調で言った。「きみの最愛のラビィは大酒飲みの女たらしだった。だからこのあたりは、ちびでいっぱいだ」

レディ・アデラが孫息子よりさらにみだらな表情で言った。「わたし個人としては、我らがラビィにはあと四十年ばかり早く生まれてほしかったねえ。ああいう男と、一度は試してみたかった。いいかい、パーシー。〝アレもできない男には、ナニもできない〟ってね。アイ、どうした、言葉をなくしたかい？」

パーシーの顔が怒りでこわばっていた。この老女は彼の男性能力を侮辱したのか？　どうやらそうらしい。

振り返るとブランディがすばやくピアノの椅子から立ち上がるのが見えた。「わたしももう休ませていただきます、おばあさま。よろしければですけど」レディ・アデラはすでに興味を失ったらしく、お行きと言わんばかりに手を振った。ブランディは顔を伏せたまま、すばやく部屋をあとにした。どうしておばあさまはこんな常軌を逸した態度をとるのだろう？　公爵の前でわざと品のない振る舞いをしているとしか思えない。

イアンはゆっくりと立ち上がった。「ぼくもどうやら眠気が迫ってきたようです。そろそろ失礼して、休ませていただきます」

レディ・アデラが言った。「退屈したら、公爵、モラグの背中に手をあててみるといい。あれは無精なふしだら女でね、そういう役にも立つから」

イアンはうなずき、部屋をあとにした。背後からクロードの高笑いが聞こえた。

寝室に案内するために、クラブが外で待ちかまえていた。だが彼なしでも、迷うことはなさそうだった。なぜならイアンに与えられているのは老伯爵の寝室だ。そこは見事に周囲と切り離された、隙間風の吹きすさぶ長い西廊下の端にある。

クラブが飾りのついた黒っぽい両開き扉を開け、お辞儀をして公爵を中へ通した。家具はどれも食堂のものと同じで、色目が濃くて重苦しく、部屋の端のほうは暗く沈んでいる。せめてもう少し蝋燭があれば、この雰囲気も少しはやわらぐだろうにとイアンは思った。

クラブが、暖炉でくすぶる哀れな炎に落ち着いた目を向けた。「モラグが泥炭を入れましたから。お荷物はわたしが勝手に解かせてもらいました、公爵さま」

老人が立ち去ると、イアンは哀れな炎をどうにかしようと身をかがめた。泥炭はところどころ湿っていた。おそらくは今夜のこの嵐の最中、外から運び入れたのだろう。灰色の煙がわずかにちょろちょろ上がるだけなのも無理はない。

イアンは急いで服を脱ぐと、冷たいシーツのあいだにもぐりこんだ。カバーはわずかにかび臭かった。イアンは窓ガラスに打ちつける雨音と、城が立つ岸壁の足元の岩場に打ち寄せる波の咆哮《ほうこう》を聞きながら眠りに落ちた。

8

「新しい伯爵のこと、もっと教えて、ブランディ」フィオナが持ち上げたスプーンからポリッジをぽたぽた落としながら言った。

「ほら気をつけて、おちびちゃん。オールド・マルタがあなたのドレスからポリッジをこすり取るのが大嫌いなの、知ってるでしょう。あんまりぶつぶつ言うから、結局わたしがやることになるのよ。わたしだって、いやなのに」

フィオナが自分の顎を手で拭い、その手のひらをナプキンできれいに拭った。

「はい、よくできました」ブランディは笑い声をこらえた。「でもね、伯爵のこと、じつはわたしもあまり知らないの。それに、彼は公爵なのよ。少なくともイングランドではね。公爵は伯爵より地位が高いんだから」

「アイ」フィオナがうなずいた。「だからいい匂いがして、きれいな服を着てたんだ。アンガスおじいさまはときどきわたしを抱きしめてくれたけど、上着に決まって食べ物の染みがついてたの。それに息がひどかったのよ、ブランディ」

「ええ、そうだったわね」ブランディは同意した。「だからね、あなたも忘れずに彼のことは〝マイ・ロード〟じゃなくて、〝ヤー・グレース〟って呼びかけるのよ」

「あの人、女の子の名前なの？」

ブランディは笑った。「ネイ。それが礼儀なのよ。公爵に呼びかけるときはそう言うものなのよ。それはイングランドでもスコットランドでも同じ」

「あの人、あのすてきなお馬さんと遊ばせてくれるかなあ」

内心それは怪しいと思いつつも、ブランディはあえてほほえみつづけた。「そうしたいならもう絶対迷惑はかけませんってわたしに約束して、おちびちゃん。公爵はたぶん子供に慣れていらっしゃらないんだから。それにどのみちすぐに帰っていかれるわ。わたしたちに興味があるわけがないもの」

「興味がないなら、どうして来たの？」

「どうしてかしらね。さあ、おちびちゃん、早く朝食をすませてしまって。遅くなるわ」

じつのところまったく遅くなどなかったのだが、ブランディとしてはパーシーと顔を合わせる可能性を少しでも避けたかった。フィオナがポリッジのボウルの底をスプーンで掻《か》く音を聞きながら、窓から雑草の生い茂る堀に目をやる。昨夜の嵐の名残はどこにもなかった。すてきな春の一日になりそうだ。そよ風がブルーベルを揺らし、空気がほんの少しひんやりとした春の日に。

「これはうれしい驚きだな」

ブランディはびくりと椅子から立ち上がった。パーシーの見たくもない顔を見ることになるのを覚悟して。「あなたでしたか、公爵」声に安堵《あんど》感があふれていたのだろう、公爵が片方の黒い眉をくいと持ち上げた。

「あ、すごいお馬さんといた人だ」フィオナがそう言って、椅子から滑り下りた。大男を見上げる。「あなたは本当にグレースなの？　アンガスおじいさまみたいなロードじゃなくって」

イアンは目の前で自分を見上げる、痩せた幼い少女を見つめた。腰に手をあてて、首を大きくそらしている。髪はふさふさとしていて、深紅のベルベットのように明るい。きれいな髪だ。それに瞳は夏空のように青く澄んでいる。「ああ」イアンは言った。「本当にグレースだよ。きみはフィオナだね。ぼくのいちばん小さないとこ」

「アイ。でもブランディはわたしをおちびちゃんって呼ぶの。わたしはあなたをその女の子の名前で呼ばなくちゃいけない？」

子供というのは、頭に浮かんだことをなんでも口にするってことを忘れていた。イアンは真っ赤な巻き毛にそっと触れた。「いや、その女の子の名前じゃないほうがいいな。そうだな。もっと男らしい名前がいい。イアン、なんてどうかな？」

「イアン」フィオナが繰り返した。「うん、グレースよりずっといい。じゃあイアン、ポリッジ、食べる？　今朝のはあんまり水っぽくなかったんだけど、それでもわたしは顎にこぼしちゃって。ドレスにはつけなかったんだけどね」

「よくあることだよ」イアンは言った。「ポリッジはそろそろ固まっているころかな。この大きなボウルはいつからここに？」

「まだ十分もたっていないわ」ブランディは言った。「アイ」ブランディはポリッジを軽くかきまぜてつづけた。「まだ少し水っぽいところはあるけど、でも悪くないわ、本当に」

「ああ、少しだけなら完璧だ。さあ、テーブルに戻ろう、フィオナ。食事の邪魔をして悪かったね」

「アンガスおじいさまのベッドで寝たの、イアン？　おじいさま、あのベッドで亡くなったの。わたしたち、ひと月以上もずっと忍び足で歩かないといけなかったの。おじいさまが咳《せ》きこんだり、おばあさまに怒鳴ったりするのが聞こえてた」

「フィオナったら、もうそのくらいにして。アンガスおじいさまは誰彼なしに怒鳴っていたでしょう。それに、ペンダーリー伯爵は代々あのベッドで亡くなっているのよ。ほら、スコーンを食べて。アイ、そうそう、バターを塗ってね」

「過去の亡霊は誰ひとり、眠りを邪魔しには来なかったよ」イアンはそう言って、ポリッジを見つめ、たっぷりと頬ばった。ひと口嚙《か》む。よかった、と思った。ポリッジはおいしく、水っぽさはなかった。目を上げると、フィオナが眉をひそめて見つめていた。「ポリッジがぼくの上着にこぼれそうになっていたかい？」

「ネイ、そうじゃないの、イアン。わたしね、ブランディに訊《き》いたの。あなたはどうしてここに来たのって？　ブランディは言ったわ。ここにはあなたが興味を持つようなものは何もないって。だからあなたはすぐにいなくなるって」

ブランディは自分のスコーンを凝視した。バターが端からこぼれ落ちそうになっている。フィオナがもっとそばにいたら、平手打ちしてやりたい気分だ。

「ブランディは、ぼくがここに来た理由をなんて言っていた？」イアンはその一瞬、黒っぽい目をブランディの横顔に向けた。かわいい鼻だと思った。いい形だ。それに髪と同じく濃いブロンドの眉、感じよく引き締まった顎。頑固な性格なのだろうか？　髪はまたきつく三つ編みにまとめ、前にも見たすり切れたタータン模様のショールを肩に巻いている。

「ブランディも、どうしてかしらねって言ってた。ねえ、教えてくれる？　どうして？」

この幼い少女に、大の大人の自分が、ロンドンでまたも社交の季節を過ごすと思うだけで精神的に追いつめられていた、うんざりしていたなどとどうして言えるだろう？　本当はどこでもよかった。トルコでも、スコットランドでも、とにかくどこかへ行くという言い訳さえできればよかったなどと言えるわけがない。ただ逃れたかった。いや、そんなことを口にできるわけがない。イアンは迷うことなく言った。

「きみたちまたいとこに会いたくて来たんだよ」

ブランディの目がじっと顔を見つめてきた。彼女は嘘《うそ》だと見抜いている。自分の名と同じくらいはっきりと。

イアンは品のよい黒い眉を持ち上げると、フィオナに匹敵するほど無邪気な表情を浮かべてみせた。フィオナ自身はさっきからナプキンを人形の形に丸めている。

「フィオナ、これで疑問は解決したかな?」

「アイ。でもイアン、わたしはいつあのお馬さんたちに会える?」

「もう二度と彼らの前に飛びださないと約束できたらね。ぼくだってこんなに若くして、白髪頭にはなりたくない」

「約束する。ちゃんと約束する」

なかなか達者な嘘だ。ぼくとはちがって。

「おちびちゃん」ブランディの口調は、七人の子持ちだったイアンの大おばと同じぐらい母性に満ちたものだった。「公爵はお忙しいのよ、わかるでしょう。あまりご無理を言っちゃだめ」

効き目のない母親ってところかな。イアンは彼女を見てほほえんだ。怖い顔をしてみせようとしているが、うまくいっているとは言えない。

彼女にはどことなくいとおしさを感じる。まあ無理もないことだろう。いとこ、いやいとこみたいなものだし、しかもこんなに若いんだ。たとえ実年齢はそうでなくても、雰囲気も性格もずいぶん幼い気がする。

「おわかりでしょうけど」ブランディが言った。「あなたがペンダーリーを相続なさったのはあなたのせいじゃない。あなたがスコットランド人でないのもあなたのせいじゃない。イングランドで生まれればイングランド人。あなたにはどうしようもないことだわ」ブランディはお茶を注《つ》いだ。

「ありがとう」イアンは紅茶のカップを持ち上げ、小さく会釈した。「そう、きみの言うとおりだ。その点ぼくにはどうしようもない」

公爵がふたたびフィオナに顔を向けた。ブランディは気づくとその隙に思う存分彼を眺めていた。大柄な人。本当に大きい、これまでに見た誰よりも。でもそこがすてきだった。しかも身につけているものが何もかもすばらしい。こんな人からすれば、わたしたちなんてきっと野蛮人にしか思えないだろう。わたしのドレスなんて、少なくとも五年以上は着ているものだし。ニットで、しかも脚にぴたりと沿ったズボン。二月の雪のように真っ白なシャツ。あの、地面で汚れる前に溶けてしまった雪のように。そして体の線にぴたりと合った上着。美しい黒いブーツも含めて、彼の何もかもが優雅で品がいい。ブランディはスカートを軽く持ち上げた。わたしとは正反対だわ。わたしたちの誰とも正反対。わたしたちは貧しい親戚、それ以外の何物でもない。

イアンは彼女の表情の変化を見つめていた。すると驚いたことに、そこに突然不安そうな表情が浮かんだ。なぜだ？　ぼくは何もしていないのに。イアンは言った。「ここでの第一日目は周囲を見てまわりたいな。嵐もすっかりどこかへ行ったことだし、岸壁を散歩して海も眺めて、ほかにもきみたちお勧めの場所を見てみたい」

「ブランディとわたしもそうするつもりだったの」フィオナがナプキンをほどきながら言った。「砂で何か作るのは好き、イアン？」

イアンは黄褐色の乗馬服を思い浮かべた。清潔なまま残っている昼用衣類の最後の一枚。マブリーが残りの荷物を持って今日到着するという保証はない。「大好きだよ」彼は言った。「だけど、きみさえよければ、今日は濡《ぬ》れた砂には近づかないことにしよう。でなければ、ぼくは服を洗わなくちゃならなくなる。それが困ったことにね、ぼくは洗い方を知らないんだ」

「わたしもよ」フィオナは言った。

どこまでも礼儀正しい人ね。ブランディは彼にまばゆいばかりにほほえんだ。「それじゃあおちびちゃん、ショールを取っていらっしゃい」

フィオナは食堂から飛びだし際、幼い笑い声とともに肩越しに声をかけた。「ねずみが罠《わな》にかかる前に戻ってくるわね」

イアンは言った。「そんなにいつもショールを羽織っていて、暑くないのかい？」

思いもしなかったことに、ブランディの顔に、まるで顔にほくろが一ダースあると言われたような表情が浮かんだ。「とんでもない」彼女は言った。「ここはいつだって寒いわ……アイ、そうそれ。寒いから。八月まではショールを手放せないの。ときには夏じゅう羽織って、そうこうしているうちに、また冬が近づくこともあるくらい。そうなると、ほとんど一年じゅうショールを身につけなくちゃいけないの」ブランディはそこで肩を丸めた。長い三つ編みが一本、肩を越え、その先がボウルの底に残る温かなクリーム状のポリッジに浸る。

「ほら、三つ編みが、ブランディ」イアンが身を乗りだし、長い編み髪の先を手に取った。びくりとしたブランディが、イアンが髪を手放す間もなく即座に飛びのく。そして頭皮に走る激痛に歯を食いしばった。

イアンは彼女に水のグラスを渡した。「ほら、髪の先を水に浸して。きみを傷つけるつもりも、脅かすつもりもなかった」

「わかっています」ブランディは目をそらしたまま言った。三つ編みからクリーム状の液体を洗い流し、ナプキンの上で乾かす。「今、フィオナの声が聞こえたわ。用意はいいかしら、イアン?」

「アイ」イアンはその陽気なスコットランド訛《なま》りを口にして、その不思議な響きを楽しむと同時に、なんとなく満足感も覚えた。

「まさか、わたしをからかわれています、公爵?」

「公爵がいとこたちをからかうわけがないだろう？　礼儀正しい人間だ。しかも、いとこたちが大好きときている。さあ、行こうか」

三人は城を出ると砂利敷きの小道を通って草深い堀を渡り、しゃくなげの立ち並ぶ歩道を抜けて海を望む岸壁に出た。

ほどなく草に覆われた岸壁の端にたどり着くと、イアンはすっかり凪《な》いだ海を眺めた。海岸の近くは浅瀬になっていて、水は青緑色に澄みきっている。その青さは、岸から遠く離れるにつれて深まり、陽光が反射してさまざまな色合いを見せている。イアンは雲ひとつない青空を見上げた。少しひやりとしたさわやかな風が頬をなで、髪をくすぐる。彼は大きく息を吸いこんだ。

「気をつけて、おちびちゃん。あんまり汚しちゃだめよ」その声がイアンを物思いから引き離した。見ると、フィオナが細い脚で懸命に崖下の海岸に向かって、崩れそうな小道を駆け下りている。

イアンはブランディを振り返った。「フィオナ、脚を折ったりしないかな。あの道、ずいぶん荒波で傷んでいる」

「あの子は子山羊《やぎ》と同じよ。心配しなくて大丈夫」

「きみたちはすばらしい故郷を持ったね、ブランディ」

「今ではあなたの土地よ、イアン」ブランディは手で目の上を覆いながら、フィオナが無事に海岸に着くまで目で追った。

「やはり、気になるかい？」イアンは静かに尋ねた。

一瞬ブランディが黙りこんだ。そしてようやく口を開いたとき、声にわずかながら悲しみが感じられた。「ネイ、わたしが気にすることではないから。何もかも遠い昔のこと。認めたがらないスコットランド人も多いけれど、時代は移り変わるものだから。あなたのこともそう。さっきもお話ししたように、あなたがイングランド人だという事実はあなたにはどうしようもないことだわ。それにね、わたしは女よ、しかもなんの価値もない女。わたしの意見なんて誰も気にしないわ。わたしがどう思おうと、あなたの扱いや受け止められ方が変わるわけでもない」

「ぼくにとって、きみは価値ある女性だよ。それにぼくはきみの意見をおおいに気にしている。自分のことをそんなふうには二度と言ってほしくない」

ブランディは両手をショールの結び目にあてて、笑った。イアンったら、こんな取るに足らない会話でそんなにむきにならなくても。「おばあさまがいつもわたしをどんなふうに呼んでいるか、聞かせてあげたいわ。クラブが〝のんだくれ〟なら、わたしは〝塩入れのほうがまだましな、役立たずの雑魚〟よ。わたしを嫁がせる話になると、ありえないって顔でしょぼしょぼした目をぐるりとまわすの」ブランディは肩をすくめた。「あなたがここを相続されること、わたしは気にしていないわ。どのみち男性の親族の誰かが相続するんだもの。でなければ、わたしたちの血筋が完全にとだえてしまう」

イアンは、若い女性がここまで現実を正面からとらえ、率直に話すのを聞いたことがなかった。確かに、女性にはなんの権限も与えられていない。不公平だとは感じながらも、それでもその女性を守り、世話をし、不足がないように取り計らうのが、男である自分の務めなのだと思ってきた。だが、彼女を価値のない存在と評すのは、どこかしら胸に引っかかるものを感じる。

風が強まってきた。風に吹かれてほつれた髪が、頬や蜂蜜色の太い三つ編みの上でゆらゆらと揺れる。

「そうか、そういうことなら、ぼくはすぐにでも結婚して未来の相続人をもうけなくてはならないな。息子ができないまま猟馬から落ちて首の骨を折りでもしたら、そのときは、ペンダーリー伯爵の称号はぼくのいとこ、ジャイルズが継ぐことになる。きみたちとは血縁関係のまるでない男だ」

「だめよ、どうか首の骨なんて折らないで」

「折らないとも。だが人生というのは先の保証のないものだ。何が起こるか、誰にもわからない。それにぼくももう、跡取りがいておかしくない年齢だ」

「知らなかったわ、結婚されていなかったなんて。祖母も知らないんじゃないかしら。知っていれば、ペンダーリーじゅうに触れまわったでしょうから。そうね、跡取りのことも考えなくちゃならないわね」

「二十八だからね。きみたちみたいな若者からすれば、もういい年だ」

「そんなことないわ。わたしだって次の聖ミカエル祭で十九だもの。だからそんなに年齢も変わらない」

　言われてみればそうだ。ブランディは、ぼくが八月に結婚しようとしているフェリシティと年齢的にはさほど変わりない。だがこの娘《こ》はフェリシティとはずいぶんと雰囲気がちがう。マリアンヌとも。胸の奥に押し寄せるいつもの痛みをイアンは快く迎え入れた。痛みは、薄れかけた面影をよみがえらせてくれる。生きていればマリアンヌはもう二十六、すでに何人もの子供の母親になっていたかもしれない。彼女とのあいだに生まれた子供たちはどんなふうだっただろう。またもそんな思いが胸をよぎる。娘たちはきっと明るい緑色の瞳で、彼女のように繊細で美しかったにちがいない。それに、息子たちは――そう我が息子はぼくに似てきっとどの子も大柄で、誇り高く、たくましかっただろう。イアンは無言でただふっと彼女にほほえみかけると、頭上で甲高く耳障りな鳴き声をあげたかもめに注意を移した。

　ブランディの声が聞こえてきた。「見て、イアン、フィオナったらさっきからずっと砂でペンダーリー城を作ろうとしているの。でもかわいそうに、そのたびにフルート型の小塔があの子のほうに崩れてきて」

マリアンヌの面影を脇に押しのけ、イアンはフィオナに目をやった。おそらくあの炎のような髪は濡れた砂でとっくにざらざらだろう。「きみたち姉妹はあまり似ていないんだね。フィオナは誰に似たんだい、ブランディ？」

「祖母の話だと、フィオナだけはほんといろんな人に似ているみたい。あの子の髪や瞳の色は、母の姉のアントニアおばさまとそっくりだし。コンスタンスは、どことなく母の面影があるわ。それにわたしは、祖母いわく、どこかで取り替えられた子だそうよ」

「〝のんだくれ〟と呼ばれなかっただけましかな」

「気の毒なクラブ。以前は本名をもじって、もっとひどい呼び方をされていたの。魚っぽい呼び方。その侮辱がわたしには理解できないんだけど。彼が親族でなくてよかったわ。親族ならきっともっと容赦なかった」

「それがさっきの〝役立たずの雑魚〟？」

「そう」

「親族といえば、パーシヴァルはどういう関係だい？」

「彼はバスタードよ」

「ろくでなし《バスタード》かどうかじゃなくて、ぼくたちとの関係を訊いているんだけど」

「だから、私生児《バスタード》なの」

どうやらブランディは真面目に言っているらしい。だが、瞳は笑いを含んできらきらと輝いている。イアンも彼女に満面の笑みを返した。「私生児のわりには、ずいぶんと大きな顔をしている気がするが」

「アイ、残念ながら、祖母のお気に入りだから。取り入るのがうまいのよ。それだけは認めざるをえない」

イアンは一瞬はっとした目を向けた。ブランディはまるで気づかなかった。なぜなら突如膝をつき、広げたスカートの上に慌ただしく黄色いアネモネを摘みはじめていたから。

イアンもまた、今はいている黄褐色のズボンが最後の一枚であるのも忘れて隣にひざまずいた。そして唐突に一緒に花を摘みはじめた。「正確なところは、どういう生まれなのかな？」

ブランディはイアンの顔まで視線を上げ、感情を交えずに言った。「彼のお父さん、ダボナンはわたしのおじにあたるの。祖母の息子のひとり。ダボナンおじさまは若いころ、エディンバラで裕福な商人の娘と付き合っていたんだそうよ。でも彼女の妊娠がわかっても、結婚はしなかった。オールド・マルタから聞いた話とおばあさまがときおり怒って吐き捨てる言葉をつき合わせて考えると、どうもダボナンおじさまはペンダーリーを出てパリに行ったみたい。そこで十年ほど前に愛人のひとりと一緒に亡くなったらしいわ」

「ひとり？　愛人はほかに何人もいたのか？」

「アイ。でもあなたが考えているようなことじゃないの。ダボナンおじさまは女性が好きじゃなかったのよ。つまり」ブランディは隠しきれない敵意をにじませてつづけた。「パーシーはその事実を取り繕おうと絶えず努力をしているってわけ」

「きみにうるさくつきまとって、かな?」

「そういうこと」

おじのダボナンの男色を平然と受け止めているブランディにイアンは感心した。イングランドの若い女性なら、そういうことを偶然知りえたとしても、こんなふうに口にはしないだろう。いや、このおおらかさは、単に子供っぽい純粋さの反映なのかもしれない。無邪気なのだ。イアンは思わず口にしていた。「パーシーは子供ではなく、大人の女性に関心を向けるべきだ。ひょっとすると彼も彼なりに、一般的ではないのかもしれない」

9

ブランディはとっさにアネモネを投げつけて、立ち上がった。「言ったでしょう、公爵。わたしは十八で、もうすぐ十九になるって。子供じゃないわ。子供に見える？　どう？」

「いや、見えないよ。今のはぼくの失言だ。ただ、パーシーは純情ないとこではなく、もっと経験豊富な女性に目を向けるべきだと言いたかっただけだ。きみは純情な人だろう、ブランディ」

「それは、わたしがまだ処女だって意味？」

「まあ、それも一種の純情だが」

「処女に決まっているわ。だって、わたしから処女を奪いそうな人がどこにいるの？　もちろんパーシー以外で。それにわたし、彼が近くにいるときはいつも避けまわっているもの」

「それがいい。これからはぼくも避けることにしよう。彼、あざわらうように鼻を鳴らすだろう？　あれがどうも苦手でね。ああいう態度をされると、顔に一発お見舞いしたくなる。きみはどうだい？

「わたしは平手打ち」ブランディはそう言うと、身をかがめて、自分がさっき投げつけたアネモネを拾いはじめた。

「いい案だ。だが、教えてくれないか。パーシーはどうしてぼくをあそこまで嫌う？　イングランド人に恨みがあるというのならわかる。それなのか？　彼が私生児なら、自分が伯爵位に対してもペンダーリーに対しても相続権を主張できないことはわかっているだろうに」

ブランディは心の中で葛藤しながら、しばらく黙りこんだ。パーシーは確かにろくでなしだけれど、それでも彼はスコットランド人で、一方の公爵はイングランド人。けれど結局、公爵への好意が勝った。「問題はそれだけじゃないの。コンスタンスが立ち聞きしたんだけど、おばあさま、パーシーに嫡出子にするつもりだと話したらしいわ。そのうえでどこかの女相続人と結婚して、心機一転やり直してほしいと」

「そういうことか」

「〝そういうことか〟って？」

「嫡出子になった段階で、ぼくの相続に異議を唱えるつもりだってことだよ。わかるだろう？」

ブランディはうなずいた。「あの人はろくでなしよ。わたしは信用していない。レデイ・アデラが嫡出子にしたら、いったい何をしでかすか。とても信用できる人じゃない」

「ああ、想像がつくよ。それで、クロードとバートランドの立場はどうなんだい？　いや、ぼくの事務弁護士は、ここの波乱に富んだ人間関係を何もつかんでいなくてね。こういった男性親族がいたこと自体に、驚いたしだいだ」

「ご存じないの？　クロードおじさまもバートランドも廃嫡されているってこと」

イアンは彼女をまじまじと見つめた。「廃嫡？　おやおや、そうなるとドルリーレーンでかかっているメロドラマ以上にややこしい」

「ドルリーレーン？」

「ロンドンの劇場街だよ」

一瞬ブランディが考えるようなしぐさをしたのがわかったが、そのあと意外な話をつづけた。「わたしもね、大おじのダグラスがどうして廃嫡されたのか、正確なところは知らないの。アンガスおじいさまの兄にあたる人で、爵位は彼が継ぐはずだった。オールド・マルタの話だと、アンガスおじいさまの父、つまり当時の伯爵が文字どおり彼を領地からほうりだして、アンガスおじいさまを後継者に据えたんだそうよ。そのダグラスの死後、アンガスおじいさまはクロードおじさまとバートランドを領地内の離れに住むように呼び寄せたの。バートランドはこの六、七年、領地の管理を任されているわ」そしてきらりと目を輝かせてつづけた。「あなたがペンダーリーをどう思っているかはわからないけれど、バートランドはいい人よ。わたしたち全員を養って、さらにはあのおばあさまの気まぐれに合わせるのは容易なことじゃない。それをバートランドはほとんどひとりでやっているんだもの」

彼女はぼくがバートランドを領地から追いだすとでも思っているのか？　それとも彼に恋をしているのか？　奇妙なことに、イアンはそれがどうにも気に入らなかった。彼女はまだ若すぎる——いや実際そうでなくても、純情すぎて、見るからに世慣れていないバートランドには受け止めきれない。ブランディはある意味すばらしく複雑な娘だ。彼女にふさわしいのは、このすばらしい純情さとこのすばらしい複雑さを理解できる男。彼女がたとえばおじダボナンの男色を率直に口にしたときに、それを彼女の純情さとは関係なく受け入れられる男だ。「なるほど」

「それに、レディ・アデラはクロードおじさまとバートランドの相続権も復活させるつもりだと聞いたわ。パーシーを嫡出子にすると同時に」

「策士だな、きみのおばあさんは。そんなことをすれば周囲がいがみ合うだけだろうに。自分の足元で残酷な殺人事件を起こしたいのか？」

「それを楽しめる人なの。祖母を愛しているけど、彼女の中に悪意があるのも確か。でもパーシーを嫡出と認めたり、クロードおじさまとバートランドの相続権を復活させたりするのは、ただ過去の過ちを正そうとしているだけじゃないかしら。遠い昔に何があったのか、わたしにはわからない。廃嫡されるなんて、大おじのダグラスにはずいぶんむごい仕打ちだったにちがいないわ。それにあなたもご存じでしょう。祖母は自分らしくいることに誇りを持っている人だから」

おもしろい、とイアンは思った。「それじゃあ、きみは？　きみは何に誇りを持っている？」

ブランディはにっこりと魅力的な笑みを向け、肩をすくめた。「わたし？　公爵のあなたからすれば、わたしなんて、持参金も、頼りになる身内もいないただの田舎娘でしょう？」

その率直さに今度は不意を突かれ、さらに憤りさえ覚えた。そうだ、今はぼくがこの娘の後見人なのだ。この娘がこの先どうなるかは、この娘のとうてい明るくは見えない将来がどうなるかは、ぼくの肩にかかっている。イアンは心の中で彼女に最新流行のドレスを着せてみた。もうすぐ十九、結婚適齢期だ。フェリシティなら、彼女を社交の場に連れだしたり、面倒を見たりしてくれそうな気がする。そのときふと、案が浮かんだ。「今はぼくがきみの後見人だよ、ブランディ。それにきみはぼくにとって田舎娘なんかじゃない。じつは八月に、ある魅力的な女性と結婚することになっていてね。彼女はきみに喜んで社交界での身の処し方を教えてくれると思う。どうだい、ロンドンに来てみないか？」

ロンドン？　彼と彼の新婦と一緒に？　しかもその新婦がお上品な社交界での振る舞い

方を教えてくれる？　ブランディは怒りで顔が赤くなるのを感じた。またもアネモネを彼に投げつけて、声を張り上げる。「いやよ、そんなこと、絶対にいや。わたしをどこかの田舎娘みたいに扱わないで。紐《ひも》につないで、あなたの着飾ったお友達たちの前で見せ物にするつもり？　後見人になるならなるでいいから、名目上だけのことにしておいて」

イアンは唖然《あぜん》とした。言葉も出なかった。

たいしたものだ、有力なイングランドの公爵をここまで完璧に押し黙らせるとは。「わたしはフィオナの様子を見てくるわ。帰り道はおわかりになりますね、公爵？」ブランディは岸壁の小道を駆けだし、たちまち姿が見えなくなった。

イアンはそこでようやく舌を動かせるようになったが、舌は憤りで大きくふくらんでいた。まだ言葉も出せない。なんて小娘だ。こっちは寛大に申し出ているのに、あの態度とは？　紐でつなぐだと？　何をばかな。彼女に必要なのは強く揺さぶるか、いや膝に抱えて尻をぶつことくらいだ。

まったくなんて娘だ。イアンは岸壁の際に近づいた。ブランディが眼下の海岸まで下り、フィオナに駆け寄るのが見える。やはりフェリシティやジャイルズの言ったとおりだった。スコットランド人は粗野もいいところだ。

イアンは口のまわりを手で丸く覆い、声を張り上げた。「礼儀を身につけろ。これでは鞭打《むちう》ちだぞ。戻ってこい。鞭打ちの理由を説明してやる」

驚いたことに、ブランディがフィオナからくるりと背を向け、今駆け下りた道をずんずん戻りだした。それでもイアンの怒りはおさまる気配すらなかった。彼女は岸壁の上までたどり着くと、つかつかとイアンに歩み寄り、スカートのポケットに手を入れて何やら投げつけてきた。

足元に視線を落とすと、ギニー金貨が二枚、陽射《ひざ》しを受けてきらめいた。ペンダーリーに到着した日、フィオナを轢《ひ》きそうになって渡したギニー金貨だ。

「わたしが礼儀に欠けているですって、公爵？　よくもそんなことを！」ブランディは踵《きびす》を返し、またも海岸までの道を戻りはじめた。

「それはそっちだ、ブランディ。不公平だろう。悪いのはぼくじゃない。きみのほうだ」イアンは口を閉じた。もはや彼女は遠く離れて、聞こえそうにない。しかも、我ながらばかみたいなことを口走っている。やられた。完敗だ。ボクシングリングでジェントルマン・ジャクソンと手合わせしたときと同じように。くそ。

イアンはブーツの先で軽くギニー金貨を蹴り、それから身をかがめて拾い上げた。空中にほうり投げてはとらえ、またほうり投げる。ここまで他人にこけにされたのはいつ以来だろう？　腹立たしい娘だ。しかもぼくをこんなところにばかみたいに取り残していった。イアンは浜辺でフィオナと合流したブランディに目をやった。ふたりとも膝をついて、濡《ぬ》れた砂をおそらくペンダーリー城とおぼしき塊に積み上げている。イアンはズボンから砂を払い、踵を返した。なぜだ？　なぜ彼女はロンドンを訪ねる話に逆上した？　自分の言ったことを思い返してみる。だめだ、すべて正論で、怒りに触れるようなことは何も思い出せない。紐につなぐ？　くだらない妄想だ。

イアンは城に向かって戻りはじめた。せっかくロバートソン家と過ごす初日の朝だというのに、気分が悪い。

「公爵」見ると、バートランドが大股で近づいてきていた。まぶしい朝陽で髪が雄鶏《おんどり》の鶏冠のように輝いている。

「おはよう、バートランド」イアンは声をかけ、あえて唇に歓迎の笑みを浮かべた。あの面の皮の厚い女性のせいだと毒づき、存在を頭から追い払う。

「晴れた春の朝は気持ちがいいでしょう」バートランドが言った。

握手を交わしたところで、イアンは草の染みがついた自分のズボンを目に留めた。「残りの荷物が早急に着いてくれるといいが。でないと、きみからズボンを拝借するしかなくなる」

「なんなら父のキルトはどうです？」

スコットランドの男性が身につける伝統的な短いスカート。イアンはそれを着た自分を思い浮かべようとしたができなかった。

「ぞっとしますか。あなたの脚はキルト向きなんですけどね。ぼくなんかだと、下から風に煽《あお》られながら歩くなんて想像もできないけれど。アイ、誤解しないでくださいね。キルトの下が閉じていないって意味で言っているんです。風通しもよくて、健康的なんですよ」バートランドは笑った。今の公爵ほど愕然《がくぜん》とした表情の男性は見たことがない。「わかりました。とりあえずキルトはなしってことで」

「今のところはまだこのズボンで大丈夫だ。草染みとかそういうのはついているが。それとぼくの脚は、褒めてもらって感謝しているよ」

公爵の返事を聞き、バートランドはほほえんだ。「公爵がペンダーリーの帳簿に一度目を通されたいかと思って来たんです。小作人に会われて、ここでの暮らしぶりを確認されてもいいし」

「それはぜひお願いしたいね」イアンは言った。少なくともバートランドは寛大で知性もありそうだ。憎むべきイングランド人が不意に押しかけてきたことに動じているそぶりはまったく見られない。「ブランディからきみが長年ここの領地を管理していると聞いたが」

「アイ、仕事はすべて離れでやっています。これからおいでになっても、うちはいっこうにかまいませんよ。父はレディ・アデラに会いに城に行っていますから」

おそらくは伯爵位のことでも話しているのだろう、とイアンは思った。今さらどうしようもないというのに。「それじゃあ、そうさせてもらうよ、バートランド。それとぼくのことはイアンと呼んでくれ。身内なんだから」

ペンダーリー城の離れは二階建ての、風雨にさらされた石造りのコテージで、石と石のあいだにびっしりと緑の蔦《つた》がからまっていた。荒れ放題の城の周辺とは対照的に、コテージの東側に位置する庭は整然と手入れが行き届いている。

「ずいぶんきれいに暮らしているんだね」

「フレーザーがよくやってくれるもので。ほとんど自給自足なんですよ。野菜もすべて彼がこの痩せた土地で作ってくれている。ぶなの茂みのおかげで運良く潮風も防げますからね」

バートランドは小さな玄関扉の掛け金を外すと、公爵に身振りで首をすくめるように示した。

「ちなみに」バートランドが声をひそめて言った。「フレーザーの前ではモラグの名前は出さないでください。あのふたり、じつは夫婦なんですが、お互いを心底嫌っているんですよ。一緒に暮らしたのはたしか一週間ばかりじゃなかったかな」

「モラグというのは、あの掻《か》いてばかりいる女性かい？」

「アイ、風呂に入らないせいでね。それもあって、ふたりの幸せな関係もあっという間にだめになった。結婚前、フレーザーがなぜ、自分で選んだ伴侶のこうした欠点に気づかないのか、不思議でならなかったんです。当時は彼女も風呂に入っていたんでしょうかね？わかりませんけど。なんせ、父もぼくもフレーザーと話すときは、なるだけモラグの名は出さないようにしているので」

イアンが目を上げると、頭の禿《は》げかかった小太りの男が近づいてくるのが見えた。庭仕事の道具を手にしている。

「おやおや、バートランドさま、お父さまはお城ですよ。レディ・アデラがお話があるとおっしゃっていると若い使用人が呼びに来たもんで。つい小一時間前に行かれたばかりです」

「アイ、フレーザー、それはわかっている。こちらは公爵、つまりこの方がポートメイン公爵で、我らがペンダーリー伯爵になられたお方だよ」

「公爵さま」フレーザーは笑顔でお辞儀をした。

「フレーザー、悪いがお茶を淹《い》れてきてくれないか。公爵と一緒に書斎にいるから」

「アイ、バートランドさま」彼は移植ごてを手にしたまま公爵に会釈をすると、陽気な足取りで今来た方向に引き返していった。

「いい男でしょう」バートランドはそう言って、公爵を日あたりのいい小さな部屋に案内した。家具はどれも古く、色褪《いろあ》せていたが、見るからに質のよいものだ。大きな樫《かし》材の机の上に、山のような書類といくつもの分厚い台帳がきれいに積み上げられている。

バートランドはそれらの台帳をざっと眺めてから、足元に視線を落とした。左のこめかみにかかる赤い髪を手でつかむ。

「いや、どうお伝えすればいいのか。じつのところ、あなたはホリールード宮殿を相続なさったんじゃないんです、イアン」

「いいんだよ」公爵は穏やかに言った。「さあ、先へ進もう」

バートランドは公爵の隣に腰を下ろすと、台帳のもっとも最近のページを開けた。数字を慎重に声に出して読みはじめる。

数分後、イアンは笑顔で首を横に振った。「数字より言葉で伝えてもらうほうがわかりやすい。教えてくれないか、バートランド。ペンダーリーはこのままでやっていけるのか？」

バートランドは台帳を閉じながら、ためらうことなく言った。「アイ、小作人さえこの新世紀に対応できれば。ここの西南に位置する低地には肥沃な農場が広がっていて、そこはとうもろこしの栽培にぴったりなんです。ですがここの小作人にはそれを植える農具も経験もない。黒顔羊の世話を女房子供に任せて、本人たちは一年の大半、小さな村を離れて漁師たちと漁に出ているんですから」

そこで扉を叩《たた》く音が聞こえ、フレーザーが輝く銀のトレイを運んで入ってきた。「お茶ですよ、バートランドさま、公爵さま」そして会釈をすると、ポケットから移植ごてを取りだし、口笛を吹きながら出ていった。

「クリームは、イアン？」

「いただくよ」イアンは額に皺《しわ》を寄せて考えこんだ。「ここにはもっと羊は飼えないのか？」そう言って、ゆっくりとお茶を飲んだ。上等の中国茶だ。フレーザーはなかなか奥深い男らしい。

「飼えますとも。しかし羊をこれ以上抱えるのは、費用がかかりすぎて。それにもうひとつ。黒顔羊の毛はきめが粗いと言われているんです。頑丈なカーペットやそういったものを作るのにしか適さない。それもあって、元手を回収するのに時間がかかりすぎるんです。チェビオット種の羊の毛なら、上質の衣類が作れるんですが」

「羊には剪毛《せんもう》が必要だろう。剪毛の技術を持つ小作人は揃《そろ》っているのか？」

「ネイ、ですが剪毛の時期だけ季節労働者を雇うことはできます。羊を多く飼っているところはたいていそうしてますから」

「そして羊毛はグラスゴーに運ぶわけか？　紡績工場に？」

「アイ、ですがわざわざグラスゴーまで行かなくても、ここ十年で紡績工場がたくさんできましたからね。この近くにもいくつかできたんです」公爵が黙りこんだ。バートランドは両手を脚のあいだに挟んで、身を乗りだした。もしかしたら情けない管理人だと思われているんじゃないかと、惨めな気分で、不安げに新しいペンダーリー伯爵を見つめる。

公爵が紅茶のカップを置いて立ち上がった。一度部屋をゆっくりと歩いてから、腰を下ろし、ふたたびバートランドと向き合う。「どうだろう、バートランド、一緒にスターリングシャーの製造工場をまわってみないか？　羊かとうもろこしか、どちらがペンダーリーの将来に役立つか見極める必要がある」

バートランドは目をぱちくりさせた。「スターリングシャーをご存じで？」

「ああ。それにクラックマナンシアもね」公爵はにやりと笑ってつづけた。「ぼくだって何も調べずにここへ来たんじゃないんだよ。しかし残念ながら、スコットランドの工業についてぼくが調べたことなど、きみの知識からすれば親指の先ほどのものらしい。一からきみに教わるしかないな、バートランド。これでもイングランドでは、領内のことを気にかける領主で知られていてね。ここでも同じようにするつもりだ。おや、今ぼくにどう答えたものか迷っているだろう？　イングランド人の公爵がスコットランドの領地を気にかけるなど、信じられないと。ちがうかい？」

「そんなところです」バートランドが言った。

「いいかい、バートランド」公爵は言った。「イングランド人の不在地主は多いが、ぼくはそうなるつもりはない。これからも小さな城ときみの管理能力で、ペンダーリーを維持していってもらうが、その労働の成果をスコットランドから流出させる必要はない。きみさえよければ、今日の午後は小作人たちを訪ねて彼らに必要なものを訊《き》きだそう。それをリストにして、さらに城の修理に必要なもののリストも作らないとね」

バートランドはすぐには信じられなかった。どれほど途方もない空想を描いたとしても、ここまでは想像できなかった。公爵がペンダーリーに関心を持ち、しかもこの土地に資金まで投じてくれて、挙句利益はすべてスコットランドに残しておくと言ってくれるとは。

「なんだか自分がばかみたいだ」バートランドはようやくそう言った。「だけど、これだけは覚えておいてください、イアン。ぼくはあなたを絶対に失望させません。ペンダーリーはかつて豊かなところだったんです。だが時代と政治的問題と欲に駆られた愚かな人間たち、そして最後には大おじのアンガスが破滅的な結果をもたらした」

「過去は過去だよ、バートランド。今さら変えることもできない。だが未来なら、ぼくたちの手でどうにかできる。ブランディから聞いたよ。きみは有能な管理人だと。今後のことを不安に思う必要はない。その点ではぼくを信頼してほしい」

だがバートランドにとってこの時点で公爵を信じるということは、目隠しをされて黄泉《よみ》の国へついていくようなものだ。

「返事は別にいらないよ。時が来ればわかる。おそらくこの数日で、信じてもらえるようになるだろう」

バートランドはぐっと息をのんだ。「時は最大の敵だとずっと思ってきました。時と将来が。やるべきことはなんでもやるつもりです」

イアンはそこでブランディとその妹たちに思いを馳《は》せた。彼女たちの将来はバートランド以上に不安定だ。彼は言った。「今朝ブランディといろんな話をしてね。将来のことも含めてあれこれと。ブランディはすでに結婚適齢期に入っている。コンスタンスだって、あと二年もすればそうなる。ペンダーリーは孤立しているし、少し社会的な交流の場をもうける必要もあるだろう。もちろんあの娘たちの後見人として、持参金も用意するつもりだ。それもいくらか役立つだろうし」

「ご親切に感謝します、イアン、ブランディには願ってもない話です。しかしコンスタンスはいくらなんでもまだ若い。あの娘には社交の場も持参金も必要ないでしょう。ブランディにはありがたいことだと思いますが」

おやおや、とイアンは思った。長い黒髪と挑発するようなつり上がり気味の目をした小娘。長女と入れ替わってもおかしくない妹。その彼女にバートランドがほれこんでいる？おもしろい。唇が思わずほころびそうになるのを、イアンはぐっとこらえた。「同感だな、バートランド。コンスタンスのことはまだかまわずにおこう。今考えるべきはブランディのことだ」とはいえ、あのばかばかしい怒りようが頭から消えないが。

「フレーザーは料理も得意なんですよ」バートランドが立ち上がりながら言った。「よろしければ、話のつづきは昼食をとりながらにしませんか」

「それはいいね。今夜も夕食は城で一緒にとってくれるんだろう?」

「ええ喜んで」バートランドは言った。

イアンは午後遅く城に戻った。小作人を訪ねる件は延期せざるをえなかった。というのも、羊とうもろこしの優劣について調べるべきことがまだ山のようにあるのを実感したからだ。バートランドの熱意には頭が下がる。彼との話し合いの成果に心から満足していた。ブランディの言ったとおりだった。バートランドは善人で、ペンダーリーのことを心底考えてくれている。だがそれだけじゃない。優れた頭脳と綿密に処理する実務力も備えている。

イアンは正面の玄関広間に入った。午後もこの時間となるとずいぶん薄暗い。しかし、大きなシャンデリアがここの古臭いタペストリーや錆《さ》びついた甲冑《かっちゅう》に似合うとも思えない。人の気配がどこにもなかった。イアンは寝室に向かった。熱い風呂に入りたかった。おそらく今城にいるのは自分だけなのだろうと思いかけて寝室の扉を開けたとたん、公爵の夜会服を広げている年配の女性が目に飛びこんできた。灰色の髪を大きなモッブキャップの中にきれいにまとめ、痩せた体をぶかぶかの黒いウールドレスで包んでいる。イアンの足音で彼女が振り返り、背筋を伸ばした。

「公爵さまで？」彼女は低い声で尋ねると、返事を待たずしてお辞儀をした。

「そうだ。きみは？」

「マルタでございます。奥さま付きの侍女で。あのふしだら女のモラグがお気に召さないって聞いたんで、代わりにお召し物を用意したりしてました。ほかに何かご用はありますか、公爵さま?」

「ああ、風呂を頼みたい。湯を運んでくれる少年はいるかな?」

「アイ、ちびアルビー《ウィー》を台所仕事から出しましょう。いえ体は頑丈なんですよ。ただおつむがちょっと弱いだけで。意味、わかりますかね?」

「ああ、わかる」イアンは言った。

マルタが広い主寝室を出るとすぐに、イアンは衣類を脱ぎはじめた。タオルを見つけて、腰に巻きつける。

ちびアルビーは、プロボクサー並みに生傷だらけの大柄な少年だった。大きいだけのうつろな青い目で、前歯の隙間をむき出しにして満面の笑みを浮かべていた。

「お湯を持ってきたです」彼は言った。公爵さまという呼びかけやお辞儀をすることなど、彼の頭からはとうに吹き飛んでしまっているらしい。

「ありがとう、アルビー」

アルビーは大きな木の湯船から使い古した石鹸《せっけん》をすくい上げると、そこにぎこちない手つきでバケツの湯を入れた。湯船の底からちょろちょろと湯が染みだし、床を伝いはじめる。イアンはそこに興味を引かれたように、わざとその湯の流れを凝視してみせた。だがアルビーは、そんなことなど気に留めるそぶりすら見せない。彼は背を起こすと、にこにこしながらイアンを見つめた。「ほかになんかご用があったら、呼んでください」

「すぐに呼ぶことになる気がするよ」イアンは声をあげて笑いたかったが、その笑みが自分に向けられたものと、この少年に受け取られるのも悪い気がする。イアンはアルビーのばかでかい背中越しに寝室の扉を閉めてはじめて、頬をゆるめた。

そして湯船に体を沈めた。ささくれた木の表面が肌をちくちく刺すようだった。石鹸を体につけて泡立てはじめたところで、ようやくその石鹸が香りつきだと気づいた。まずいな、ソーホーにいる売春婦と同じ匂いがする。いや、石鹸の香りは上等だ。となればパリの売春婦ってところか。ひょっとするとこの石鹸はマルタがレディ・アデラのところからくすねてきたのかもしれない。

イアンはゆっくりと体をこすり洗い、湯が冷めて不快になってきたのを感じて湯船を出た。裸で水を滴らせながら、暖炉の前に立つ。

扉が開く音で振り返ると、戸口にブランディが立っていた。まるで走ってきたばかりのように息を弾ませて。

イアンは彼女を見つめながら、タオルはどこだと焦った。

ブランディはただ一心にこちらを見つめている。

そして驚きをこめて言った。「わたしと全然ちがう……なんてきれいなの」

10

イアンはブランディを見つめた。娘らしい恥じらいはどこにも見られない。怒り混じりの悲鳴も。裸の男の姿に逃げだすそぶりも。ブランディはただ見つめつづけている。この状態ではとうてい動けそうにない。

ブランディが静かに告げた。「お邪魔してごめんなさい、公爵。戻られているとは知らなくて。フィオナを捜していたんです。ふたりで隠れんぼをしていたから。あの子が隠れて、わたしが鬼。あの子、この遊びが大好きなの。ベッドに入る時間になると、特に」

「ここにはいないよ」イアンはまるで突然芝居にまぎれこんだような気がした。どんな台詞《せりふ》を言えばいいのかもわからない。これではただの道化、しかも裸の道化だ。

ブランディは礼儀正しくうなずくと、もう一度食い入るように見つめてから背を向け、寝室を出て静かに扉を閉めた。

そのとたん、全身に指揮系統が戻ってきた。イアンはタオルをつかんで腰に巻き、次の瞬間、自分がどれだけばかげた行動をしているかに気づいた。ブランディがまた戻ってくるわけでもないのに。

ブランディははじかれたように数歩公爵の寝室から離れた。フィオナのことはすっかり頭から消えていた。壁に背をつけ、ぎゅっと目を閉じる。公爵の裸体がまぶたにまざまざとよみがえってきた。突如乾いた唇に舌を這《は》わせる。男性の裸を見たのはこれがはじめてだった。想像していた姿とはまったくちがっていた。男性の裸がどんなふうか、それほど何度も考えたわけではないけれど、それでも少しくらいなら想像したことはある。誰だってそうでしょう？　でも公爵はそんな想像を吹き飛ばすくらいきれいだった。

それにしても、なんてことをしてしまったのだろう。彼の寝室に飛びこんで、こともあろうか、あんなに見つめてしまうなんて。彼にどう思われたか。純情な娘とは思われていない。絶対にそう。だって、あんなふうに突っ立って、まじまじと見つめてしまったんだから。体の奥がほんのりと温かく、柔らかくなり、そこに奇妙なむずがゆさを感じた。モラグのかゆみとはちがう――そう、そういうかゆみではなくて、ちょっと変わった心地よい感覚。いやだ、どうしよう、これは何？

「ブランディ、ほら、わたしはここよ。見つけられなかったでしょう。わたしの勝ち。これであと十五分はベッドに入らなくてもいいでしょ？」フィオナが突然廊下の先の小さな裁縫室から飛びだしてきた。そしてブランディが何も言わず、まるでその姿が見えないかのような表情でいるのに気づくと、あわてて駆け寄ってきた。「マルタが裁縫に使ってる、古い青の部屋にずっと隠れていたんだってば。ブランディ？」フィオナがさらににじり寄った。「大丈夫？　びっくりしすぎちゃった？」

自制心を取り戻さないと。難しい、すごく難しいけれど。ブランディは濡《ぬ》れた裸の彼のすばらしい映像をなんとかまぶたから追いだそうと、何度もまばたきを繰り返した。「ネイ、おちびちゃん。大丈夫、あなたのせいじゃない」嘘《うそ》、これがわたしの声？　まるでベッドのシーツみたいに薄っぺらくて軽い。なんだかばかみたい。「行きましょう。そろそろお風呂の時間よ。アイ、特別に寝るのを十五分延長してあげる」

イアンはすばやく身支度を整えたが、ネクタイを左右不揃《ふぞろ》いのおかしな形に結び、台無しにしてしまった。どうやら集中力がすっかり欠如しているらしい。最初はあれぐらいのこと、一笑に付してしまおうと思った。イングランドなら若い女性が紳士の寝室に駆けこむなどありえないと。そう、ここはなんといってもスコットランドだ。イアンは皺《しわ》だらけになったネクタイを外し、最後のひとつを手に取った。水のもれる木のバスタブもそう、しつけのできていない使用人もそう、畏怖と驚嘆を浮かべた大きな琥珀《こはく》色の瞳で見つめてくる若い娘もそう。〝わたしと全然ちがう……なんてきれいなの〟おもしろい娘だ。変わっている、彼女は。

イアンはふとマリアンヌを思い出した。慎み深くて内気な妻。彼女はぼくを美しいと思ったことがあっただろうか？　いや、ばかげた考えだ。ともに過《す》ごしたのはわずか一年だが、彼女はぼくが彼女の部屋に入るたび、ベッド脇の蝋燭《ろうそく》を吹き消していた。大切に優しく扱ったつもりだったが、抱いたあと、彼女が肩に顔を寄せてすすり泣いたのは一度や二度じゃない。

イアンはうんざりとネクタイを見つめた。これで我慢するしかしかたがないだろう。もはや皺のないのは一本も残っていない。こうなったら達人のマブリーが、明日にはトランクを持って到着してくれることを祈るしかない。

イアンは枝状の蝋燭立てを持って、寝室を出た。燃え立つオレンジ色の炎が薄暗い廊下にぼんやりと浮かび上がる。そうか、ぼくはきれいかい、ブランディ？　そう思うと、唇に小さな笑みが忍び寄った。

応接間が近づくと、レディ・アデラの強く威圧的な声とクロードの聞き慣れた笑い声が聞こえてきた。おそらくブランディも同席しているはずだ。自分から話しかけてみるしかないだろう。それしか、彼女が自分の行為を恥じていないかどうかを確認する術《すべ》はない。

イアンは、ノブにあたる部分がギリシア神のグリュプスの頭をかたどった大きな真鍮《しんちゅう》の取っ手をまわして、応接間に入った。レディ・アデラは高い背もたれのついた椅子に腰かけ、いつものごとくその場にいる全員を仕切っている。まさしく誇り高き過去の遺物そのものだとイアンは思った。彼女の突飛な行動はじつにおもしろい――少なくとも今はまだそう思えている。その態度に口を挟むのは、おもしろいと思えなくなったときでよさそうだ。レディ・アデラは雪のように真っ白な髪を頭上高くひとつにまとめ上げ、ソーセージ型の巻き毛を細い顔のまわりに薄く散らしていた。イアンは顔をしかめた。少なくとも四十歳は若い女性に似合いそうな髪型だ。

レディ・アデラの向かいにはクロードが座っていた。皺くちゃの放蕩者《ほうとう》といった風体で、年齢よりずっと老けて見える。おそらくは健康のせいだろうとイアンは思った。痛みは人を蝕《むしば》む。バートランドとコンスタンスは同じ長椅子に腰かけ、パーシーは、指を広げてシェリーのグラスを持ち、炉棚にさりげなく寄りかかっていた。そこでイアンはブランディの姿を捜した。いた、レディ・アデラの椅子に隠れるようにして小さなスツールに腰かけている。夕方に会ったときと同じドレスを着て、同じタータンチェックのショールを胸の下でしっかりと結びつけて。彼女が顔を上げて、見つめてきた。まるで銃身に気づいたうさぎのような顔だ。イアンは優しいおじのような笑みを向けた。なかなかうまくできたと、自分でも思った。

レディ・アデラが声をかけた。「やっとご登場だね、イアン。ここにいるバートランドから今日のあなたたちの楽しい出来事について今聞いていたところだ。羊とうもろこしの話に没頭していたって？　何より重要な話題は剪毛《せんもう》だったそうだね」まったく意地の悪い老女だ。

バートランドが大きな手で顔を覆うのが見えた。できればこんないらつく老女のことは気にするなと声をかけたいくらいだった。イアンは彼女の言葉を無視してすっと前に進み出ると、静かに告げた。「こんばんは、レディ・アデラ。あなたの一日がぼくの十倍も楽しいものであったことを祈りますよ」イアンは彼女の染みが浮きでた手に軽く唇を寄せた。

パーシーがゆったりとシェリーを口に運んでから、グラスを炉棚に置いた。「教えてくれませんかね、公爵。あなたが我々全員を農夫にして、羊の世話をさせるつもりだってのは本当のことですか？　これからは家畜小屋で糞《ふん》を掃除して、それから上流社会で自分を取り繕わなくちゃならないんですかね？」

公爵は感じよくほほえんだ。「バートランドと話したんだが、まだ何も決まっていないんだよ、パーシー。まあ待っていてくれ。採算の取れるとうもろこしを育てるには時間がかかる。しかしまあこれだけは認めるよ。確かに今のペンダーリーには羊の糞があふれている」

バートランドが小さく勝ち誇ったかのように鼻を鳴らし、クロードが自分の膝を叩《たた》いてくわっくわっと笑い声をあげた。

「これでおまえも口を慎むだろう、パーシー？」レディ・アデラが得意げに高笑いして、杖《つえ》をどんと床に打ちつけた。

「いつだってそうしたいときは慎んでいますよ、おばあさま」パーシーは細めた目を公爵の平然とした顔に向けて、言った。

「アイ、そうかい」レディ・アデラはいまだ蛇のような悪意を全力でパーシヴァルに向けつづけた。「公爵は言葉が巧みだろう？　わたしは、言うべきことがわかっている男が好きだね。アイ、新しい我らがペンダーリー伯爵は、じつに機知に富んだ男だよ」

何もそこまで言わずとも。パーシーが怒りで顔を真っ赤にするのを見つめながら、イアンは思った。しかしパーシーとて、ここでこの老女に城の小塔からほうり投げるぞと言うわけにはいかない。嫡出子になるのを望んでいるならなおさら。一瞬イアンはパーシーが気の毒になった。

「こんばんは、公爵」コンスタンスが柔らかな女性らしい声で言った。まつげの下から上目遣いに見上げてくる。うまいものだ。彼女はレディ・アデラがしたように、イアンに向けて手を差しだしてきた。

これは彼女なりの練習だろう、イアンはそう自分に言い聞かせた。「こんばんは。今夜は特にきれいだね」それは本音だった。彼女のドレスと姉娘のドレスはおそらく同じタンスに入っていたものではない。イアンは彼女の柔らかな手を取って、唇を寄せた。

コンスタンスはもう少し長く握っていてと言わんばかりの表情を浮かべながら、イアンが手を離したときも静かな笑みは崩さなかった。そしてパーシーに顔を向けた。

なるほど、とイアンは思った。この娘のお目あてはパーシヴァルなのか。

イアンはブランディに軽く会釈してから、クロードに向き直った。「皆さんはバートランドとぼくの計画にご賛同してくださるんでしょう？」

「それに答えるのは気が進みませんなあ」クロードが黒ずんだ歯を見せ、苦しげな声で言った。パーシーに顔を向け、高笑いする。「なんせ羊の糞の話なんて聞いてしまうと、人並みに道徳心ってものを思い出すもんでね」

「何をまた」パーシーが慇懃《いんぎん》ながら冷たい口調で言い放った。「男性機能がその脳みそみたいに縮み上がる前は、何度もそこで女中を押し倒されていたじゃないですか。あなたの道徳心なんて、その頭の中と同じくらい空洞ですよ」

レディ・アデラが頭をのけぞらせて笑い声を轟《とどろ》かせ、コンスタンスもくすくす忍び笑いをもらした。イアンはその言葉の品のなさに面食らっていた。だから、ブランディも若い娘が関知すべきでない事柄に、あそこまで率直だったのか。ここでがつんと言わなければ。言うしかない。だが、いったい何を？

ブランディが怒りに震える声で言った。「何を言うの、パーシー？　そんな話は応接間じゃなくて家畜小屋でするものよ。あなた、紳士じゃないわ。そのおぞましい舌、引っこめておいて」

イアンは彼女に満面の笑みを向けた。よくやった。

「おやおや、かわいい娘だ。男と倒れこむことを考えて怖くなったとか？　心配しなくていい。きみもきっと好きになるから。そのうちわかるよ」

イアンは言った。「ブランディが怖くなったとしたらね、パーシー、それはまちがいなくきみが応接間を家畜小屋に変えたからだ」

パーシーが喉の奥で低くうめいたが、レディ・アデラの声で振り返った。「言っただろう、パーシー。その娘にかまうなと。かわいいうぶな娘なんだ。おまえに耳まで真っ赤にさせられるのを見ちゃいられない」

「よしてくださいよ」パーシーは公爵を無視し、声をやわらげて言った。「かわいいうぶな娘と呼ぶべきはコンスタンスでしょう。ブランディは十八、もう一人前の女性では？」

「そんなことないわ、パーシー」コンスタンスが、パーシーの注意を引こうとして言った。

「わたしはもう一人前の女性よ」

「そのうちね」パーシーは言った。「そのうち」ふっと鼻を鳴らす。

そのときクラブが割りこんだ。「夕食の用意ができました、公爵」

レディ・アデラがレモンのように酸っぱい顔で言った。「おまえ、その耳を気の毒なくらいぺしゃんこにして扉にくっつけていたんだろう。まったくなんにもわかっちゃいないんだから……いや、もういい」レディ・アデラは周囲を気に留めることなく、ショールをいじくっていた。パーシーが身を起こし、ブランディめがけて歩きだしたのが見えた。イアンはすぐさま動いて、先まわりし、ブランディに腕を差しだした。

「席までエスコートしてもいいかな、ブランディ？」

ブランディは感謝の表情で立ち上がると、イアンの腕に手をかけた。

食堂に向かう途中、イアンは小声で言った。「あとで話したいんだが、いいかな？」

ブランディはうなずいた。背後のパーシーを意識しているのか、急《せ》かすように歩幅を広げる。

イアンが彼女をコンスタンスの隣の席に着かせようとしたところで、レディ・アデラが声を張り上げた。「おまえはこっちにおいで」

有無を言わせぬ態度でブランディにパーシーの持つ椅子を示す。

「いとこのことをもっと知ったほうがいい。おまえの視野が広がるかもしれない。それにこの男だって、こうして身内が集まっている前では何もできないだろう？」

このばあさん、今度は何を企《たくら》んでいる？　イアンは眉をひそめて見つめた。目には冷笑が浮かび、唇は薄い直線まで引き結ばれている。そこである意味衝撃を受けた。まさか、孫娘を使ってぼくとパーシーとの反目をさらにかき立てようって魂胆か？　彼女はただの変わり者じゃないな。とんでもなく根性が曲がっている。

ブランディはレディ・アデラにぎょっとしたとまどいの表情を向けたが、すぐにパーシーのそばに向かった。一瞬たりとも彼から目を離さず。パーシーは逆に声をあげて笑いだしそうになっていた。勝利を実感したから。レディ・アデラが彼女を花のように摘み取り、自分にほうり投げてくれたのも同然だったから。ブランディがしぶしぶ椅子の前に滑りこむと、パーシーは猫なで声で言った。「さあ、レディ・アデラが言ったように、ぼくたちは互いをもっとよく知り合おう。アイ、わかっている、ぼくも礼儀には気をつけるから」

「わたしはあなたの顔を見るのもいやなの、パーシー。ましてや一緒に食事だなんて、とんでもない。もし少しでもおかしなことをしたら、ナイフで突き刺すから覚えておいて」

パーシーはまったく動じる気配も見せず、ブランディの耳にだけ聞こえる低い猫なで声でつづけた。「きみは女になりたくないのかい？ ぼくには見えるけれどね。ふさふさとした長い髪を振り乱し、この汚れのない瞳を情熱で輝かせるきみの姿が」

「そこまでよ、けだもの。やめて」ブランディはフォークで彼の脚を突いた。というのもナイフは先にパーシーが取り上げ、自分の皿の脇に置いていたからだ。

レディ・アデラが意地悪く含み笑いをもらした。「おまえの負けのようだね、パーシー。その娘にエディンバラと旅行の話をしておやり。好色な性質の話はよしてね」

「それはいい」公爵は言った。「旅行の話をしてくれたら、ここにいる全員が楽しめるじゃないか。それによかったら、チェビオット種の羊の利点についてどう思うか、きみの意見を聞かせてくれないか」

「文句言いは何かにつけて文句たらたらだ。参考なんぞにはなりませんよ」クロードはそう言って大きな笑い声をあげた。

「お父さん、お願いだから余計なことは言わずに食事に集中してください」バートランドは、とにかくこの不運な会食が殴り合いにならずに無事に終わることだけを祈っていた。公爵の表情を見ると、パーシーを叩きのめしたくなる。彼の目に自分たちはどう映っているのだろう？　どうせ品のない愚かな連中とかかわってしまったと悔やまれているにちがいない。自分も新しいペンダーリー伯爵を嫌いになりたかった。だが今日彼とつかの間ともに過ごして、否応《いやおう》なく思い知らされた。公爵が自分の想像と、ここにいるみんなの想像とはまったく異なる人物だということを。ああ、今ここで銃を取りだして、パーシーを、この恥知らずを撃ち殺せたらどんなにすっきりするか。

「さすが、我らがバートランド、平和主義者だ」パーシーがフォークで皿の魚を刺した。

しばらく沈黙がつづき、イアンがバートランドに海岸沿いの釣り場について問いかけた。ブランディもできれば自分もこの穏やかな話題に加わりたいと思った。話せることと言ったら、奥まった穏やかな入り江につないである自分の小さな船のことくらいしか思いつかないけれど。口を開きかけたとき、パーシーが身を寄せてきた。ブランディは思わず身を引き、船のことも釣り場のこともその瞬間に頭から吹き飛んでいた。偶然コンスタンスに目が行った。彼女の緑色の瞳がきつい光を放って、こちらを睨《にら》みつけている。

ブランディは惨めな気分で皿に視線を落とした。だめよ、コニー。妹に向かって声を張り上げたかった。パーシーは恥知らずの遊び人。あなたが心を寄せるような人じゃない。

長かった食事が比較的穏やかに終わろうとしていたとき、レディ・アデラが立ち上がった。ブランディはただちに椅子を離れ、祖母が杖を床に打ちつける前にその脇に立った。

「今夜、淑女は先に引き上げることにしよう。紳士だけでゆっくりとワインを楽しまれるといい」レディ・アデラはもったいぶった口調で告げるとブランディを脇に従え、堂々と部屋を出ていった。コンスタンスも、パーシーに視線を残したまま名残惜しげにのろのろとつづく。

イアンはふと、レディ・アデラが今夜に限って男性だけを残そうと決めたのは、もっと悲惨に引っかきまわしたいからではないかと思った。おそらくそうだ。だとすれば、なんとしてでも理性を失わないようにしなければならない。

ブランディは祖母を燃えさかる暖炉のそばに落ち着かせた。レディ・アデラが静かに言った。「おまえは意気地なしだね。紳士のあしらい方もわかっちゃいない」

「パーシーは紳士と呼べないけど」ブランディはコンスタンスがそばにいるのを意識して、小声で言った。

「あれもじきにそうなる。あの狡猾《こうかつ》なマクファーソンが今日書類を用意してくれたからね。私生児でなくなったら、おまえも見直すんじゃないかい。あれが周囲を見る目も変わる。ちがうかい？」

「いいえ」ブランディは言った。「書類一枚で彼が紳士になったりしないわ」

「そうかね」レディ・アデラはうんざりした目をブランディに向けて、つづけた。「あれが正真正銘ペンダーリーのロバートソンになったら、公爵に言って、ちゃんとした所得を保証してやるつもりだ。それなら、どうだい？　ロバートソン家の男は頼りない夫になる。パーシーだって例外じゃない。要は、手綱の握り方だよ」

その瞬間ブランディは悟った。祖母はただふざけてからかっているだけじゃない。彼女の主な目的は公爵の鼻を明かすこと、誰がペンダーリーの支配者かを見せつけることだ。祖母はとんでもなく見誤っている。公爵とは知り合って間もないけれど、彼が親切で、紳士で、オコジョ以上に頑固なのは知っている。決して支配される側にまわる人じゃない。独裁国家の王子でもおかしくない人だ。他人に命令されて、自分が望みもしないことをやるような人じゃない。

ブランディはただ、告げた。「パーシーと結婚したがっているのはわたしじゃなくて、コンスタンスだわ」とはいっても、わかっている。公爵は自分の助けなど必要としていない。これっぽっちも。

「長女が先だよ」レディ・アデラは尖《とが》った顎を突きだして、言いきった。「コンスタンスにはバートランドが似合っている」

驚きすぎて、ブランディは言葉が出なかった。妹に目をやる。妹は見るからに退屈そうに、ガラスに映る自分の姿を眺めながらのんびり窓辺をぶらついていた。コンスタンスはバートランドを兄のようにしか見ていないのに、レディ・アデラはそれもわからないの？

でも今波風を立てるのは得策でないとブランディは思った。ここで思いきって反対の意見を口にしたところで、レディ・アデラを怒り狂わせるだけだ。

紳士たちがぞろぞろと応接間に入ってくると、レディ・アデラは湿っぽい目を上機嫌に輝かせながらも、鼻を鳴らしてみせた。「ワインを飲みながらもっとゆっくりしてくればいいのに。おかしいねえ。アンガスじいさんはセラーに上等のワインを保管していたはずだよ。話が弾まなかったのかい？」

「いいえ、パーシーからいろいろとエディンバラの話を聞きましたよ」イアンは言った。しかもパーシーはなかなかの話し手だった。ブランディのこととなると、礼儀を逸脱してしまうのはじつに残念な話だ。

「アイ」バートランドがつづけた。「肉屋の男が、自分の妻に腹を立て雌豚の耳をひそませた花束を贈った話なんてのは、じつに楽しかった」

「わたしには全然おもしろそうに聞こえないけれどねえ」レディ・アデラは失望を取り繕うと、コンスタンスを振り返ってピアノ演奏を命じた。

ブランディはパーシーが自分に向かってくるのに気づき、あわててレディ・アデラにささやいた。「わたしはそろそろ引き上げてよろしいでしょう、おばあさま。フィオナの様子を見てきたいの。あの子、今日はあまり体調がよくなくて。心配だから」

レディ・アデラは考えるような目をじっと向けてから、言った。「意気地なしな娘だね。

嘘も下手ときている。だがわたしも丸くなったものだ。いいだろう、お行き」

ブランディは安堵《あんど》の吐息をついてから、紳士たちに向かってわずかに膝を曲げてお辞儀をした。「お先に休ませていただきます」

イアンが言った。「待ってくれ、ブランディ。きみさえよければ、少し話がしたい」

パーシーが軽く笑い声をあげた。「それなら公爵のあと、ぼくも少し話す時間をもらおうかな」

「あなたは来世紀になるまで無理よ、パーシー」ブランディは蹴飛ばしてやると言わんばかりの表情で睨みつけた。

パーシーが肩をすくめ、自分の袖を引くコンスタンスに目を向けた。「ねえ、パーシー、そばでわたしの楽譜をめくってくれない?」

「階段のところまで送っていこう」イアンはブランディに言った。「すぐに戻りますから、レディ・アデラ」そうしてブランディとともに応接間を出た。

ブランディは部屋の外で立ち止まり、イアンを見上げた。「何をなさりたいの、公爵?」

イアンは背筋を伸ばして向き合い、優しいまなざしで見つめた。「パーシーのことできみをいたわりたくてね。彼のあの勝手気ままな口はどうにかしないとならないな。この先きみがこれ以上悩まないようにしないと」だが具体的な手段はまだ思いついていなかった。なんといってもあのレディ・アデラが理不尽なほどにパーシーの後押しをしている。

「不思議よね、ほんと不可解」祖母の理解しがたい言動がいまだブランディの脳裏を離れなかった。

「何が不可解なんだい?」

ブランディはほほえんだ。笑みにもならなかったが、とにかくほほえもうとはした。

「祖母が言ったの。コンスタンスをバートランドと結婚させるつもりだって。コンスタンスが首を縦に振るわけないのに」

どうやらあのばあさんの策略はとどまるところを知らないらしい。だがとりあえずその件は、ぼくには関係がなさそうだ。「なるほど」イアンは冷静に言った。そこで本来の目的を思い出して、穏やかにつづけた。「きみと話したいと思っていたんだよ、ブランディ。怒らせたことを謝りたくて」

ブランディは眉をひそめて見つめ返し、今朝彼の前で感情を爆発させたことを思い出してはっとした。ただ親切にロンドン行きを提案してくれただけだったのに、磨きをかけないかと申し出てくれただけだったのに。わたしったらあんな無礼な態度に出て。

「ネイ、公爵、いえ、イアン。謝るなんて、立場が逆だわ。不作法なことをしたのはわたしのほうなんだから」あのときわたしは、彼に粗野な田舎者扱いされたことを、礼儀作法を叩き直す必要のあるスコットランド娘と思われたことを怒っているのだとばかり思っていた。けれどそばから駆けだしたあとで気づいたのだ。自分が激しく動揺している原因は、そんなことではなく、彼や未来の公爵夫人とともに暮らすということにあるのだと。考えるだけでいらだたしかった。理由はわからないけれど。いいえ、じつを言えばわかっている。ただそう思いたくないだけで。考えたところで無駄だから。どのみち未来は変えられないから。

イアンは本心では大胆な娘だと思いながらも、言いきった。「いや、確かにきみの行動は予想しないものだったが、不作法とまでは言えない。考えてもみてくれ、きみにわかったはずがないじゃないか」彼女の顔にいまだ照れも恥じらいも見られないのが不思議だったが、それでもイアンはあとの言葉をつづけなかった。つづけなくてもわかるだろう。わかったはずがないのが、自分が寝室で裸のまま立っていたことだとは。

「でも考えればわかったはずだわ。あなたにすでに決まった方がいらっしゃることくらい想像できたはず」

公爵は目をしばたたいた。「ぼくが婚約していることがどう関係するんだい？　レディ・フェリシティが聞いたら、ぼくの軽率さに腹を立てて怒ったとでも？」

「それでもおかしくないわ、イアン。彼女がわたしをよしとするとは思えない」

「いいかい、ブランディ。この件とぼくの未来の妻にはなんのかかわりもない。ぼくは彼女にわざわざ話すつもりもない」

ブランディは胸の痛みがいっきに駆け抜けるのを感じた。「わたしがあなたの機嫌を損なったからね。わたしに対してもうその気はなくなったと」

イアンは目をしばたたいた。ここでその反応はおかしいだろう？　どうも話が食いちがっている。これもまた彼女の純粋さゆえか？　自分が何を言っているのか、わかっていないのか？「ここできみに対してその気になったら、不純な関係になるだろう、ブランディ。ぼくはただきみに照れ臭い気まずい思いをさせたくなくて、こうして話している」

ブランディは自尊心を取り戻して胸を張った。「その気がないなら、どうしてあんな……」そこで言葉を切って、顔をそむけた。「いいのよ、わたしは気にしていないから。それに二度とこのことを蒸し返すつもりもない」

イアンはますます混乱に入りこんだ。「だったらいいんだ。ぼくはただ、きみにさもしい気持ちは抱いていないとわかってもらいたかっただけだから。これから部屋でくつろぐときは、忘れずに鍵をかけるようにするよ」

そのときブランディは避けがたい感情を抱いた。スコットランドの言葉とイングランドの言葉はなんてかけ離れているのだろう。「扉に鍵をかけることが、このこととどう関係するの？」

「だから、扉に鍵さえかけていれば、きみが突然入ってくることもないだろう。いいかい、ブランディ。ぼくにとって自分の裸を若い女性に見られるなど、そう日常的にあることじゃない」

「裸？　ああ、あのこと。いやだ、そういうことだったの」

イアンは誰かが襟元から生え際までここまで真っ赤に染めたのを見るのははじめてだった。

「そうだったの」ブランディはまるでようやく夢から覚めたように小声でつぶやいた。「わたしはてっきり、あなたは今朝のことを謝っているのだとばかり。ロンドンの奥さまとの住まいに招待されて、わたしがかっとなったときのことを」

それでノックアウトされた。実際には一発も食らわずとも。ぼくとしたことが、なんとめでたい男だ。イアンは頭をのけぞらせて、大きく高笑いをした。そうか、つまりずっと話は食いちがっていたのか。「いや、いとこ殿、ぼくは今朝の話をしていたわけじゃない。いやあ、きみから急所に一撃を食らった気分だよ。きみはあのことを思い返しもしなかったわけか」

ブランディは胸にきゅんと締めつけられるような感覚を覚えた。なんとか彼の顔を見て、言う。「ネイ、そうじゃないわ、イアン」

イアンがどういうことか訊《き》き返す前に、ブランディはスカートをたくし上げ、茫然《ぼうぜん》とする彼を残して駆けだした。

11

翌朝イアンは、はっと目を覚ました。朦朧《もうろう》とした目を風雨にさらされた窓に向けると、灰色の霧雨がガラスを伝うのが見えた。肘をついて身を起こし、時計に目をやる。五時をまわったばかり。そこでもう一度目を閉じた。枕に顔を押しつける。チェビオット種の羊が頭に浮かんでしかたない。だめだ。眠りに戻れそうにない。イアンは小さく毒づくと、カバーの山を払いのけた。

木の床のささくれを気にかけながら暖炉に近づき、さらにたっぷりと毒づいたあとで、薪と泥炭からどうにかそれなりの炎を引きだす。そして肩をすぼめガウンを羽織ったところで、ふと思い立って、朝食の時間までフェリシティに手紙を書いて過ごすことにした。

紙と羽根ペンとインクの瓶を用意し、暖炉のそばの大きな袖椅子に腰を下ろす。そして書きはじめる前にしばらく羽根ペンの先を噛《か》みながら頭の中を整理した。それがいつもの癖だった。

そしてペンを走らせた。〈最愛なるフェリシティへ〉一瞬眉を曇らせてから、どこを見るでもなく目を上げ、やがてそのフールスキャップ紙をくしゃりと丸めた。

ふたたび書きはじめる。〈親愛なるフェリシティへ……〉その先に際限なく空白がつづいていた。イアンは一瞬顎をなで、再度羽根ペンに挑んだ。なんといっても婚約者には、ペンダーリーへのこの旅で大きな借りがある。


〈二日前、無事にペンダーリーに到着した。残念ながら、気の毒な近侍のマブリーは、ガラシールズ――ここから南西にある町だ――近くで災難に耐えている。今日あたり、なんとか到着してくれないかと星に願いをかけているところだ。到着したら、思いきり抱きしめてやるつもりでいる。到着しなかったら、またいとこのバートランド・ロバートソンに着替えを借りるしかない。バートランドは父親のクロード――第一級の気難しい老人――とともに領内にある離れに、ぼくの見るかぎりではつつがなく暮らしている。そしてバートランドには今後もこれまで同様領地の管理にあたってもらう予定だ。

クロードの父親ダグラスは前伯爵の長兄で、事情はいまだ不明だが、遠い昔に廃嫡され、相続系統を外されているということだ。それがじつに残念でしかたない。バートランドはペンダーリーを愛しているし、よい領主になるだろうに。さらに、前伯爵の未亡人レディ・アデラは何を企《たくら》んでいるのか、何かしらの裏技で廃嫡を覆そうとしている。すでにパーシヴァル・ロバートソンを嫡出子にする計画には着手したようだ。パーシヴァルというのはイングランド人全般、中でも特にぼくを憎んでいる生意気なやつだ。ここまでだけでも、ここの家族の複雑さがわかるだろう。彼らを見極めるまでぼくがどんな気持ちでいたかは想像がつくと思う。

ジャイルズが〝騒々しい〟三人娘と推察していたいとこたちは、それぞれが個性的でおもしろい娘《こ》だった。いちばん年下のフィオナは真っ赤な髪の小さないたずらっ子で、長姉のブランディ――ブランデラを縮めたのだろうが、おかしな呼び名だろう？――をいつも振りまわしている。真ん中の娘コンスタンスはまだ十六だというのに自分を大人の女性と勘ちがいして、パーシーに的外れな色目を使っている状態だ。だが、長女のブランディはふたりとまったくちがう〉

イアンはそこでペンを止め、椅子の背に寄りかかって指で顎の線をさすった。どういうわけか、ブランディのことは考えるだけですぐに言葉が湧いてくる。

〈不思議な話だが、その呼び名にぴったりな深い琥珀《こはく》色の瞳をした娘でね。ちょっと変わったところもあるが、今はパーシーのことでまいっている。この複雑な家庭内で、彼女を気に入り、その感情を露骨に表してくるからだ。しかし彼女のほうはまったく彼に関心がない。今度のミカエル祭で十九になるのだから、まさに結婚適齢期なんだが。そう、それ

も また問題だ〉

実のところ、この家族でいちばんすばらしいのは彼女だろう、とイアンは思った。考えると、頬がゆるむ。ブランディをロンドンに呼び寄せることはまだ言わずにおこう。その件はあとでいい。

〈ここでは誰もが柔らかなスコットランド訛《なま》りで話している。イングランドの俗物が使う英語とちがって、じつに耳に心地よい。いつの間にか、ぼく自身も彼らの話し方をまねているくらいだ〉

イアンのペンがまたも止まった。もはや一ページすっかり文字が埋まっている。これはいつもの自分らしくない。突然饒舌《じょうぜつ》になって、フェリシティが変に思うかもしれない。イアンはこれで終わりにしようと、数行書き足した。

〈今日、このうっとうしい雨がやんだらバートランドと出かける予定だ。チェビオット種の羊を買いつけるためだが、購入にいたらずともせめて視察はしたいと思っている。バートランドの話だとスコットランドの羊の中でももっとも収益性が高いそうだ。そのあとは、地元の紡績工場主たちと会うために、主要な町をいくつか訪ねるつもりだ。申し訳ないが、もともと考えていたより長くこちらにいることになりそうだ。ここペンダーリーにはやるべきことが山積みでね。きみが退屈しないように、ジャイルズが面倒を見てくれていると信じているよ。それでは。

イアン〉

フェリシティ宛の手紙をしたためたあと、イアンは立ち上がってゆったりと背伸びをし、みぞれ混じりの雨にうんざりとした視線を投げかけた。天気のせいで気分まで憂鬱になってはかなわない。イアンはブランディが歌っていたロバート・バーンズのバラッドを口ずさみながら、昨日の乗馬用ズボンとフリルのついた白シャツ、それにヘシアンブーツをすばやく身につけた。

みんなまだベッドの中らしい。朝の挨拶をしてくれたのは、一階にいたクラブだけだった。イアンは朝食室の扉を開け、ブランディの姿を見て、そのつもりはなくとも思わず相好を崩していた。彼女がテーブルにかがみこみ、物憂げにポリッジをかきまわしている。

「おはよう、ブランディ」イアンは彼女の姿を見て、気持ちが明るくなるのを感じていた。

「公爵――イアン。こんなに早い時間に、どうして？」

イアンは歩み寄りながら、彼女の頬がほんのり赤く染まったのに気づいた。なぜ顔を赤らめるんだ？　朝の七時だろう。なんて女性だ、こっちが裸のときは気にもかけなかったくせに。イアンはなんだかひどくうれしくなった。軽く咳払《せきばら》いをして喉を慣らしてから、告げる。「ぼくを寝坊な怠け者だと思っていたかい、ブランディ？　じつを言うとね、雨音で目が覚めて、眠れなくなった」

ブランディは彼の襟元と袖口の雪のように白いレースを見つめていた。昨日と同じ服だ。でもそんなこと、関係ない。それでも彼はすばらしい。ブランディは自分の膝に視線を落とした。でもわたしは惨めで、貧しい親戚。情けないだけの娘。

なぜ彼女は上から下までじろじろと眺めてくる？　イアンはにやりと笑った。「きみから見て、おかしなところはないかな？」

「近侍の到着もまだなのに、きちんと支度できているものだと感心していたところ」

「ありがとう、ブランディ。だがあと一日マブリーの到着が遅れたら、バートランドの服を借りるしかない状況だ。おや、ポリッジだね」まいったな。レアのサーロインステーキひと切れと卵のいんげん豆添えのためなら、なんだってしかねない気分だ。

「今朝のはいつもより粒が多いの。きっとまた料理人が恋をしたんだと思うわ」

「恋？　料理人が？」

「アイ。情にもろい人でね。半径八十キロに住む男性なら誰でもうちの厨房《ちゅうぼう》の扉を叩《たた》きさえすれば、何かしら食べさせてもらえるの。ときどき、そのうちの誰かを好きになることもあるみたい。そうするとわたしたちの食事ももちろん影響を受ける」

　ブランディはそれをボウルにたっぷりとよそい、テーブルの上座に置いた。

　イアンは席に着くと、茶色っぽいポリッジに料理人手作りのおいしいクロテッド・クリームと砂糖を加えた。「おちびちゃんのフィオナは今朝はどうしたんだい？」

「鼻をぐずぐずさせていたから、ベッドから出ないように言ったわ。それが苦手な子で、今日は逃げないように見張っておかなくちゃ」

「マブリーが朝のうちに到着したら、様子を見てやってほしいとぼくから言っておこう。いつも、おびただしい数の薬や軟膏《なんこう》やらを持ち歩いている男でね。たとえぼくが発《た》ったあとに到着しても、気にせずに活用してやってくれ」

「発ったあと？」どうして誰も教えてくれなかったの？　ブランディが息をのんだ。「でもなぜ？　到着したばかりよ。いくらなんでもまだ早すぎ――」

「バートランドと出かけるんだよ、イングランドに戻るわけじゃない。昨夜《ゆうべ》きみが休んだあとに決まったことだ。チェビオット地帯に行って羊を調べて、それから紡績工場のある町をいくつかまわってくる。そう長くはかからないだろう」

「どれくらい？」

「一週間ぐらいかな。はっきりとはわからないが」彼女は何を考えているのだろう。昨夜のちぐはぐな会話と、駆けだしていく前の彼女のそっけない言葉がまたも脳裏によみがえる。あのときの〝そうじゃないわ〟はどういう意味か尋ねたかった。いや、だめだ、うまく話を蒸し返すことなどできない。せいぜい彼女を真っ赤にさせてしまうだけだろう。またしても。イアンは言った。「考え直してくれたかな、ロンドンに来ること。できれば秋がいいだろう。社交の季節の春までに、流儀を学ぶ時間がたっぷり取れる」

　ブランディはイアンを見つめた。一度言いだしたことは、何があろうと引っこめない人らしい。自分の発するひと言ひと言がわたしの胸に突き刺さっていることにどうして気づかないのだろう？　ううん、気づかなくて当然。彼と彼の妻がふたりでいるところで過ごすと考えただけで、身を縮めて料理人の冬林檎《りんご》のひとつになりたくなるなんて、わかるはずがないのだから。ブランディはしばらく彼を見つめてから、小さく肩をすくめて言った。

「このスコットランドがわたしの生まれ育った場所よ、公爵。何もわざわざ、そんな礼儀作法もなっていないスコットランド娘をご立派なご友人たちや奥さまの前に引っ張りだして恥をかかせなくたって」そこで彼に聞こえないように、小さく咳払いをした。「今のままでいいんじゃないかしら。わたしのことも含めて全部」

「ぼくの見たところでは、ブランディ、きみは虫の居所が悪くなると突然〝公爵〟と呼びだす」目の前で、彼女の気の強そうな顎が数センチ上がった。「まあいい、この件はぼくが戻ってからにしよう。きみも気づいているだろう、レディ・アデラがおかしな態度をとっていること。きみとパーシーがかかわることでは特に。ぼくが留守のあいだ、じゅうぶんに気をつけるんだよ。パーシーがペンダーリーを離れる様子はまったくないからね」

それでも、まだ不安は拭えなかった。何かしらの手は打ちたい。だがどうすればいい？　脚でも折るか？　それならパーシーも少しはこたえる。そう思うと、イアンの気持ちは軽くなった。

「大丈夫よ、公爵――いえ、イアン。わたしも自分の面倒ぐらい見られるから。パーシーは口先だけ。すっとんきょうなことを言って、わたしを困らせるのが好きなの。キスを求めてくる勇気があるとは思えないわ」

パーシーがキスを求めたところで、さほど心配じゃない。心配なのは彼女を襲わないかどうかだ。やはり、脚でも折っておくか――しかし多少問題になって眉をひそめられるだろうし、ロバートソン家全員の不興を買うことにもなる。そのときふと、ブランディにそうと悟られることなく、パーシーの体の一部を傷つけることもなく、彼女を守る案が頭に浮かんだ。イアンはしばらく無言でその案を吟味し、それからポリッジに顔を伏せて満足げにうなずいた。よし、これなら彼女を怒らせることもなく、無事を確保できるだろう。ブランディはたとえパーシーが執着してきても、自分でどうにかできると思っている。そこが彼女のうぶなところだ。うぶと自信が一緒になっている。今度ばかりは彼女の判断はまちがっている。彼女にパーシーは手に負えない。

ブランディがイアンの虚を突く形で、突如切りだした。「あなたの未来の奥さまって、どんな方？　すてきな女性なんでしょう？　おしゃれで、きれいで、上品で」そしてあなたを夫にできることがどれだけ幸運なことか、わかっている人。だって彼女はいつでも好きなときにあなたを見つめて、触れて、キスをすることができる。

イアンは今はフェリシティの話をしたくなかった。できれば名前も思い出したくないほどだった。「まあそんなところだ」

変ね。自分の妻になる女性のことを話したくないの？「外見はどんなふう？」

どうしてそんなに興味を持つ？　イアンは言った。「髪は黒っぽくて、瞳は緑、全体に小柄だ。これで満足かな、マダム・好奇心？」

いいえ、全然。「アイ」ブランディはそう言った。ポリッジの残りをしばらくスプーンでかきまわす。「スコットランドをどう思う、イアン？　スコットランド人のことも？」

「人なんてものはどこでも同じじゃないかな。スコットランドに関しては、旅から戻ったあとのほうがちゃんと答えられそうだ」

「わたしたちのこと、軽蔑していない？」

「おいおい、ブランディ。ばかなことを訊《き》かないでくれ。どうしてぼくがきみたちを軽蔑しているなんて思う？」

「あなたはすごく礼儀正しいわ。たいていは礼儀正しすぎるくらい。そのうえすごく親切だし。バートランドはあなたを神みたいに思っている。最初は彼もわたしたちと同じように、どうせまた傲慢なイングランド人がやってきて、わたしたちの土地を奪って、泥のように踏みつぶすんだと思っていたのに」

イアンは落ち着いた声で言った。「きみはぼくをどう思っているんだ、ブランディ？」

「礼儀正しくて親切なだけじゃなくて、真面目で信頼できて、それでいて刺激的かも」ブランディは真っ赤になって椅子から立ち上がり、次の瞬間には扉のそばにいた。「旅の幸運を祈っているわ、イアン」

イアンは声をかけた。「昨日みたいに、そこにきれいって言葉を加えてくれたらもっとうれしかったな。親切で礼儀正しい、ももちろんいい。真面目で信頼できる、にも文句はない。だが刺激的って？　それはどういう意味なんだい？」

彼女はむきになって言い返すか、あわてて逃げだすものとばかり思っていた。だが意外にもこう返してきた。「わたしにとっては、あなたはそのすべてなの。だからそれ以上は訊かないで」ブランディはそう言って部屋を去り、背中の後ろで扉が静かに閉じた。

安堵《あんど》したことに、それから一時間もしないうちにマブリーが到着した。彼は主人との再会を喜びながらも、決してそれを顔に出そうとはしなかった。

「だらしない格好ですね、公爵」一緒に寝室に向かいながら、マブリーはいつも以上に気難しい声で言った。

「好きなだけ文句を言っていいよ、マブリー、だが大型鞄《かばん》に荷造りはしてくれ。ぼくは七日ほど留守にする。ああ、ヘシアンブーツは磨かなくていいから」近侍が今にも卒中を起こしそうな目でヘシアンブーツのありさまを見つめているのを見て、イアンは言った。どうやらマブリーをすぐにモラグと引き合わせないほうが賢明そうだ。モラグのあの臭いが及ぶ範囲に入ったら、その嫌悪感で彼の静脈の浮きでた鼻がどれほど激しく痙攣《けいれん》することか。イアンはぶつぶつ言いながら、部屋の中を歩きまわるマブリーをその場に残し、レディ・アデラのもとに向かった。天気が回復し、バートランドとともにペンダーリーを発つ前に彼女と会わなければならなかった。残念ながら、ぼくが先まわりをするよ、ブランディ。イアンはレディ・アデラの続き部屋が位置する城の海側に向かいながら、つぶやいた。心残りではあるが、これならパーシーの脚を折る必要もない。

部屋の扉は開いていた。近づくと、ふたりの女性の高ぶった興奮した声が聞こえてきた。ひとりはレディ・アデラ、そしてもうひとりはどうやら老女中のマルタのようだ。

「あなたって人は、なんて冷酷で、薄情なばばあなんです」

「ああ、ばばあで結構」レディ・アデラの轟《とどろ》くような声が聞こえた。「だけど、わたしは昔から誰かさんみたいな鶏《とり》がら女じゃない。おまえが主人のベッドを温めたとはねえ。あの人だっていやだったろうに、おまえで我慢しなくちゃならなかったんだろう。いいかい、あの人はいつだってわたしのところに戻ってこようとしていた。だからしかたなくわたしは扉に鍵をかけたんだよ」

「またそんな嘘《うそ》ばっかり。あの方はあなたに裏切られて、男として自信をなくしてあたしのところに来たんです。それからずっとあたしのものだった。ずっと」

「愚かだね、マルタ。それは勘ちがいってものだ。わたしは昔からずっと、このペンダーリーの女主人。あの人がおまえのスカートをめくり上げようがどうしようが、わたしには別の絶対的権力をくれたんだよ」

「あたしはあの方を愛してたんです」マルタの声は震えていた。

レディ・アデラが粗野な笑い声をあげた。「愛だって。ばかな女だね。おまえがあの伯爵から得たのは、赤らんだ男の象徴だけ。それだってね、マルタ、もうわかっているだろうが、わたしは気にもしちゃいない。あの男はただの獣。思うままに発情して、満たされたらいびきをかく。自分が色男になった夢でも見ながらね。ばかなじいさんだよ。あの男がおまえを満足させたなんて、哀れな嘘はつかないでおくれ。あんな男、山羊《やぎ》だって満足させられやしない」

「でもあなたはもうペンダーリーの女主人じゃない。公爵は、やわなロバートソン家の男たちとはちがう。強い人です。しかもすべてを思うままに動かすことに慣れてらっしゃる。礼儀正しく話されるのは、紳士だから。でも国王並みの誇り高さと気高さをお持ちです。あの方があなたなんかの思うままになるわけがない。あなたの企てにまんまと利用されるわけがない」

公爵は論理的思考を忘れ、まるで足に根が生えたようにその場から動けなかった。やわなロバートソン家の男たちと比べて好意的に受け止められているのは喜ばしいことだろう。しかし国王並みの誇り高さと気高さには賛同しかねる。ジョージ三世は正気ではないし、今ではそれを否定する人間はほとんどいないほどだ。

「何を企てだとお言いだい、このふしだらばあさん?」レディ・アデラの声はますます狡《こう》猾《かつ》になっていった。「わたしはただ、さかりがついた老いぼれた山羊の不始末を処理してやっているだけだ。ご立派な公爵がどうだって? 彼はどうせすぐにペンダーリーを出て、自分の居場所のロンドンに戻っていく。そのいまいましい口は閉じておくんだね、この歯抜けばあさん。でないと――」

「でないと、なんです? 台所の床磨きでもさせますか?」

レディ・アデラの声が静まり、イアンは神経を張りつめて次の言葉に聞き耳を立てた。

「いいかい、前々からわたしはパーシーの相手は女相続人じゃないほうがいいと思ってきた。マクファーソンのじいさんが無事に彼を嫡出子にできたら、ブランディにどうかと考えている」

「それを企てだって言ってるんです。なんて卑劣な。あの娘があんなにもパーシーを、あの恥知らずを嫌ってるっていうのに。あんな男とかかわったら、梅毒をうつされてしまう。あなただって、その縮んだ頭に目がついているなら、パーシーがペンダーリーにとどまりたがってないことぐらいわかるでしょう。ブランディのことだって、別に愛しているわけじゃない。あの娘が処女だから、それにそう、あの娘が自分を嫌っているから、興味をかき立てられてるだけ」

「どこまでロマンチストなんだろうね」レディ・アデラがあざわらうように低音で言った。「パーシーは梅毒なんぞ持っちゃいない。聞いて確かめた。気をつけていると言っていたよ。わたしに嘘はつかないだろう。せいぜい後押ししてやるつもりだよ。力ずくでブランディをものにして、子を孕《はら》ませてやれってね。そしてあの娘と結婚させる。まあ見ててごらん。そうしたらわたしの言いなりだ。自分では自分の意志で動いているつもりでもね」

「よくもそんなことを。ブランディはあの男を嫌ってるんですよ。あの娘に、ご自分と同じ惨めな思いをさせたいんですか?」

「お黙り。あれはまだ子供だ、自分の意志なんてありゃしない。わたしが言ったとおりにするさ。愛だなんだと、ぎゃあぎゃあ騒ぐんじゃない。おまえのいう愛なんて、汗まみれで豚みたいにうなる男を股のあいだにくわえこむことだろう」

「なんてひどい。かわいそうなアンガスだって、あなたがここまでひどいとは思っていなかったでしょうに」

重い木靴のぱかぱか鳴る音が聞こえ、イアンは廊下の隅に身をひそめた。とんでもない、このばあさんはいかれている。こうなったらなんとしてでもブランディを連れていかないと。彼女をこのままレディ・アデラの言いなりにはさせられない。

イアンはしばらくその場で待ってから、レディ・アデラの続き部屋に引き返した。いよいよだ、誰がペンダーリーの主人かを思い知らせてやる。レディ・アデラは、暖炉近くの背もたれの高い椅子に背筋をしゃんと伸ばして座っていた。足元には、ブランディのクッションがある。イアンは部屋を見まわした。これ以上は想像できないほど、冷たく不気味な部屋だ。

イアンは彼女の向かいに腰を下ろし、滑らかな口調で切りだした。「じつはひとつ気になることがありましてね、おば上。アドバイスをいただきたくて来たんです」

彼女の色褪《いろあ》せた青い瞳が険しくなった。「アイ、なんだい？」

「こちらの娘たちのことなんですよ。特に、長女のブランディ。今では法的にぼくが彼女たちの後見人でしょう。そうなると結婚持参金も持たせてやりたいし、ロンドンの社交界にも出してやりたいじゃないですか」

「わけがわからないね。なぜだい？」

「変だな」イアンは冷ややかに言った。「娘たちを手厚く扱えば、あなたも喜んでくださるものと思ったんだが」

「結婚持参金はペンダーリーの財源が潤うことにもなるし、反論はしないよ。しかしあの娘たちをロンドンの社交界に出すのはねえ。そもそもわたしの計画にはなかったことだ。

あの三人の心配は無用だよ。あの娘たちの将来はわたしがちゃんと考えているから」

「お言葉ですが、おば上、結婚持参金をペンダーリーの財源に入れるつもりはありません。持参金を出すのは、ぼくが正式に花婿を承認したときと考えています」

「はっきり言っておくよ。あの娘たちの将来はわたしが考える。自分に関係のないことには口を出さないでもらえるとありがたいね。あの娘たちに持参金を持たせてくれるのはありがたい。だが結婚相手を決めるのはこのわたし。若すぎて、自分の本分すらわかっちゃいないイングランド人じゃない」

「一度お話ししようと思っていたんですよ、レディ・アデラ。ぼくはあなたにその手の権限を与えるつもりはありません。あなたがそれを悪用されることに気づいてからは特にね。ペンダーリーの主人がぼくだということを思い出していただきたい。ご自分がもはや女主人でないとおわかりになるでしょう。要するに、今のあなたはぼくの意向ひとつでどうにでもできる存在というわけです」

自分の言動が行きすぎたことを察し、レディ・アデラは息をのんだ。しかしばかではない。すぐに話の核心に迫った。「つまり、何が言いたい？」

「あなたの企てでパーシーが嫡出子になろうとなるまいと、彼をブランディと結婚させるつもりはないってことですよ。それどころか、彼女の後見人として、これ以上彼がブランディを煩わせるのは許しがたいと思っている」

「あれがなんの邪魔になるっていうんだい？　ペンダーリーへの権利かい、それともブランディのことかい？」イアンは何も言わなかった。いずれにせよ、怒りは伝わっている。平常心を取り戻すまで、沈黙を保つほうがいい。レディ・アデラが精いっぱい甘い口調でつづけた。「パーシーはね、自分の力を試す機会を与えられずに来た。悪い男じゃない、野放しにされてきただけだ。いい妻が必要なんだよ。そうすれば、奥底のどこかに眠る本来の力も活《い》かせるようになる。考えてもごらんよ、公爵。あなたがブランディに持参金を持たせて、あの娘がパーシーと結婚したら、その金はそっくりペンダーリーにとどまるわけだ。あの娘は自分の気持ちがわからずに、パーシーをじらしているだけだよ。わたしはね、ブランディを妻に娶《めと》ったら、パーシーは必ず真っ当になると睨《にら》んでいる」

イアンは身を乗りだした。怒りをこらえ、ゆっくりと穏やかに切りだす。「いいですか、よく聞いてください。パーシーにはブランディに指一本触れさせません。ついでに言うなら、コンスタンスにも。これ以上あなたが彼をけしかけたり、ブランディに彼を受け入れろと迫ったりしたなら、ぼくの気持ちは決まっています。あなたにはペンダーリーの領地内から出ていってもらう。ささやかな寡婦給付財産だけを持たせてね。そして二度とこの一族にはかかわらせない。わかりましたね、レディ・アデラ」

彼女は背中をこれ以上ないほど強く椅子の背に押しつけて、身をのけぞらせた。「そんなことができるものか」

「できることはおわかりでしょう。あえてさせないでください」イアンは淀《よど》んだ老女の目をじっと見つめた。そしてつづけた。「パーシーとクロードの件でどんな悪巧みをされているかは知らないが、今権力を握っているのはぼくだということをお忘れなきよう。あなたがパーシーを嫡出子として届け出られるにしても、クロード、それにバートランドの廃嫡撤回を申し出られるにしても、あくまでぼくの許可を得てからということになる」

レディ・アデラははっと息を吸いこんだ。目の前の男を叩きのめしたかった。アイ、それどころか脇腹にナイフを突き立てたかった。「わたしを脅しているのかい、公爵。脅されるのは嫌いだね、とりわけイングランド人からは」

「脅しじゃありませんよ、レディ・アデラ。あなたがブランディの件でぼくの希望にそわない態度をとられたら、今お話ししたことを実行するというだけです。あなたの転居先は――グラスゴーはどうでしょうかね。遠く離れるが。モラグも一緒に行かせましょう。この件はよく考えてください。ぼくは有言実行の男で知られているので」

彼女はすぐさま自分の節くれ立った両手に視線を落としたが、イアンの言葉を信じたことは見て取れた。なるほど。少しは分別もあるらしい。イアンはひと呼吸置いてつづけた。「ご存じのように、ぼくはバートランドとともに午後にはペンダーリーを出発し、しばらく留守にします。あなたはおそらくこの先、何があろうとパーシーをブランディに近づけないようにしてくださるでしょう。そのうえで、あなたにはその影響力を駆使して、ぼくの結婚後ロンドンに来るよう彼女を説得していただきたい」

それにはレディ・アデラも、懐疑的な声で尋ねずにはいられなかった。「つまり、ブランディは今の計画をすでに知っていて、断ったと？」

「ええ。ですが旅から戻れば、あなたが彼女の決意を変えてくれているでしょう。さてと、レディ・アデラ」イアンは立ち上がりながら言った。「今お願いしたとおりにやっていただけますか？」

彼女は重く垂れ下がったまぶたの下から憎しみのこもった視線を投げかけると、血管の浮きでた手を振った。「アイ、とりあえずはね」

「別の手を考えつくまで、ってことですか？　ぼくの意にそわないことをすれば、グラスゴーの空気を吸うことになるのをお忘れなく」イアンは小さくお辞儀をすると踵《きびす》を返し、その後ろ姿を、殺してやると言わんばかりの目で見つめる彼女を残して部屋をあとにした。

昼食後まもなく、天候は回復した。イアンとバートランドはふたたび天気が崩れないうちに出発することに決めた。状況がさっぱり読めていない様子のマブリーが、主人に旅行鞄を手渡した。「どうかお気をつけて、公爵」

「ああ、気をつけるよ。そう長くは留守にしないから、マブリー。ぼくからの唯一のアドバイスは、モラグという名の女性を避けること。それだけだ。彼女とさえかかわらなければ、快適に過ごせるだろう」イアンはにやりと笑って近侍の肩を軽く叩き、出発した。

12

「濡《ぬ》れちゃだめよ」ブランディはフィオナの背中に向かって声を張り上げた。とはいえ、そんな言葉など妹の真っ赤な頭を素通りするだけなのはわかっている。ブランディは笑顔で首を振りながら、浜辺に向かって一目散に坂を駆け下りるフィオナを見守った。

ふっとため息をついて目をそらす。胸にぽかりと穴が空いたような寂しさの原因はわかっていた。一時間前にイアンがバートランドと一緒にペンダーリーを発《た》ったのだ。その彼の後ろ姿を蹄《ひづめ》の音が聞こえなくなるまで見送った。ブランディは照りつける太陽のもと、ショールを外してモスリンのドレスの袖を肘までたくし上げた。そしてほかにやることもなく、アネモネの野原に腰を下ろして、髪飾りでも編もうかと黄色い花を摘みはじめた。

不意に人の気配を感じて目を上げた。すぐそばにパーシーが脚を広げ、両手を腰にあてて立っている。彼は身をかがめてブランディのショールを拾い上げると、丸めて離れた場所にほうりなげた。

ブランディは冷ややかに彼を見つめた。「役立たずの大酒飲みが太陽のもとに出てくるなんて、どういう風の吹きまわし？　どうせなら暗い部屋でお酒でも飲んでいたらいいのに。どこかのあばずれといちゃついたり、ほかのろくでなしに自分がどれだけ立派かをほら吹いたりして。こんなところにいたって、おもしろくもなんともないでしょう。さあ、ショールを返して。わたしにはかまわないで」

「ぼくを侮辱するんじゃない、ブランディ。若い娘がそんな言葉を口にするな。男がどう反応するのか、わからないのか。それになぜショールがいる？　太陽がこんなにも暖かいのに」まぶたに半ば覆われた緑色の瞳がブランディの顔から胸、そしてウエストにさまよった。「誰もその変装の奥を見透かすとは思っていなかったんだろう。あいにくぼくは女ってものをよく知っている。そのドレスの下に、この目でじかに見て、触れて、なでたい胸があることぐらいお見通しだったさ。おまえだってきっと気に入る。約束してもいい」

ブランディはさらに高く顎を持ち上げた。不安だった。けれど不安を見せるわけにはいかなかった。「侮辱しているのはそっちでしょう。わたしはあなたが好きじゃないの。無礼で、品がなくて。もう一度言うわ。わたしにかまわないで。薄汚いろくでなしと一緒にいるのはまっぴら」

彼の目に危険な光が宿ったのを見て、ブランディはとっさに後ずさった。いけない、言いすぎた。

「ずいぶん偉そうな態度をとるじゃないか、お嬢ちゃん。ご立派な公爵さまからロンドンに招かれたせいか？　アイ、そう驚かなくてもいい。〝おまえの幸運〟ってやつについてはレディ・アデラから聞かされた」

さらに自分に対して露骨な注文までつけられたことは、あえて口にしなかった。あのばばあめ。

「教えてくれないか。いったいどうやってあの公爵から、ロンドン行きと持参金を引きだした？」

「そんなの、決まっているじゃない。公爵もあなたと同じよ、パーシー。わたしに服を脱いで、裸踊りをしろと言ってきたの。もちろん喜んで応じたわ。はした金とあのいまいましいロンドン行きのためにね。ばかばかしい。ほんと、くだらない人。さあ、さっさとどこかへ行って」

ブランディはゆっくりと立ち上がった。片方の足の後ろにもう片方を置く。パーシーはいまだ足を開いて立ったまま、ブランディを――いや、ブランディの胸を見つめている。捕食者のような顔。今襲いかかられたら、勝てる術《すべ》はない。その瞬間ぴんときた。たぶんイアンが内緒でレディ・アデラに何か言ったのだ。なんてことを。戻ってきたらただじゃおかないんだから。

ブランディは精いっぱい修道女のような穏やかな口調を心がけた。「よく考えて、パーシー。わたしはいとこよ。あなたはわたしを襲うんじゃなくて、守るべき立場でしょう」

効果はなさそうだった。それでもつづけるしかなかった。この人に道義心なんてあるのかしら？　パーシーは何も返さなかった。

「聞いて、パーシー。わたしはロンドンに行くつもりなんてないの。おばあさまが何にでも口出しして、自分の思いどおりにしようとする人なのは知っているでしょう。公爵がわたしたちに持参金を持たせようとしてくれているなんて、わたしは今の今まで知らなかったんだから」ブランディは肩をすくめ、さらに一歩後ずさった。

「きみは変わった娘《こ》だね、ブランディ」パーシーがついに言った。「いったい何を求めている？」

「何を求めている？」ブランディはゆっくりと繰り返し、眉根を寄せた。求めているものはわかっている。それが手に入らないものだということも。ブランディは海に目を向けた。浮くのがやっとといった小舟に乗った領民が数人、舟の上からぼろぼろの網を引いているのが見える。「夢を追う気はないわ、パーシー。自分の手で自分を不幸にするつもりはない。わたしが求めているのは現実に手にできるもの、今自分の手の中にあるものよ――おばあさま、フィオナ、そしてペンダーリー」ブランディはパーシーに視線を戻した。「あなたはここに残るつもり？　それともエディンバラに戻るの？」

　パーシーはレディ・アデラの冷たく、嘲るような声を思い出した。〝あの娘に手を出すんじゃないよ、このすけべ男。離れたほうが無難かもしれないねえ。おまえには、待っている女相続人がいるんだろう？」

「エディンバラに」パーシーは言った。「明日には発つつもりだ。女相続人に求婚するためにね。彼女の父親には――裁判所から新しい肩書きをもらうまでは内緒の予定だが」

「それがあなたの求めているものなのね、パーシー?」ブランディはわずかに自信を取り戻して、目を向けた。彼の声には、一瞬ながら同情を覚えずにはいられない苦悩がにじんでいた。

パーシーはブランディを見つめた。顔の周囲を彩る柔らかな巻き毛、そしてあのドレスの下に、きつく締めつけている布の下に明らかに隠されているふくよかな胸。「ネイ、ちがう、それは求めているものじゃない。手に入れなければならないものだ。ぼくが求めているのは、きみだよ、お嬢ちゃん」

ブランディがその意図に気づく前に、パーシーに肩をつかまれ、乱暴に抱き寄せられていた。驚きと恐怖の叫び声をあげたが、彼がその口に荒々しく自分の口を押しあて、舌を歯のあいだからねじこんでくる。彼の濡れた口の感触に、その狂暴さにぞっとした。引きはがそうとして、その顔に爪を立てようとしてもがく。

「抵抗はやめろ、ブランディ」唇を寄せて叫び声を封じたまま、パーシーが言った。「ぼくがどれだけ長く求めていたか知っているだろう」ヒップをつかんでブランディを抱え上げ、鮮やかな黄色い花の上に押し倒す。

一度大きな悲鳴をあげたところで、手で口をふさがれた。パーシーが覆いかぶさってきた。容赦なく体重をのしかけられ、肺に空気が入らない。

パーシーがドレスのボタンを引きちぎり、乱暴に胸をまさぐった。だめ。ブランディはパニックに陥った。このままだと強姦《ごうかん》される。ブランディは必死に身をよじり、彼の肩に拳を打ちつけ、髪を引っ張った。唇にあたる彼の息が熱い。硬くなった男性自身が腹部を圧迫している。動物の交尾を見たことがあった。彼が自分を突き刺そうとしているのはわかっている。もうだめ、絶体絶命。

「ブランディ！　パーシー！　自分たちばっかり。なんで誘ってくれなかったの？　わたしも一緒に遊んでいいでしょ？」

パーシーがのしかかったまま凍りついた。顔が衝撃で引きつっている。

「フィオナ」ブランディはドレスの胸元をかき合わせながら、声を張り上げた。「離れて、いやらしい人ね。さすがのあなたもフィオナの前では襲えないかしら？　ネイ、そりゃそうよね。たとえあなたでも、そこまで下劣になれるはずがない」

ブランディはパーシーを押しのけて、どうにか立ち上がった。パーシーはその場に座りこんだ。怒りで顔が真っ赤だ。小声で悪態をつくのも聞こえた。

「なんだ、わたしは一緒に遊んじゃだめなの？　ブランディはパーシーをどんどん叩《たた》くし、パーシーは痛がっているふりをして、まるで鉄砲で撃たれたみたいにうんうんうなったりぜいぜい言ったりしてたのに」フィオナがその目をまず姉に、それからパーシーに向けた。どうしよう。ブランディは首を振り、なんとか頭の中を鮮明にしようとした。「おちびちゃん、ゲームはもう終わったのよ。パーシーの負け。つづきはなし。わかった？」妹の困惑を見て、ブランディは今の悪夢をせいぜいお茶会レベルの日常に変えてしまおうとはっきり決意した。「あのね、今パーシーに教わっていたのは新しい種類のレスリングなの。さっき見ていたようにすると、わたしにも簡単に彼を叩けるってわけ」

ブランディはパーシーを蹴ってやりたい気分だったが、彼がフィオナの前では襲えないのと同様に自分もそれを実行することはできなかった。彼なんて本当は殺されたって文句が言えないのに。本音ではフィオナを抱きしめて、あなたのおかげで助かったとお礼を言ってやりたかった。けれど今はそれも無理だ。たいしたことはなかったように振る舞うしかない。今のはゲーム、ただのばかげたゲームだったふりをするしか。

内心は殺したいぐらい憎くても。

「また別の機会にするか」パーシーは立ち上がった。「今度は妹に邪魔されないときに。本当はきみもぼくを求めているんだろう、ブランディ？　認めたらどうだ、自分にもぼくにも。ただ照れているだけだろう。いいか、おまえみたいな態度をとる女は多いんだ。まあ、今にわかるさ」

ブランディはさらに一歩後ずさった。ここで悪魔の顔に一発お見舞いするのは、格好のいいことじゃない。「またの機会は来ないわ、パーシー」彼女はフィオナの小さな手を取って、言った。「絶対にない」

ブランディはマルタの好奇の目を無視してフィオナの世話を任せ、レディ・アデラの部屋に向かった。ドレスのちぎれたボタンを両手でかき合わせ、ひとつ大きく深呼吸してレディ・アデラの視線の先に進みでる。

「どこのふしだら女かと思ったよ。えらく乱れて、ドレスなんぞボタンまで取れているじゃないか」レディ・アデラはいらだった様子で、ブランディを上から下までとっくり眺めたあと、ふんと鼻を鳴らした。「少しは身なりをかまえないもんかね、妹みたいに」

ブランディは我慢が限界に達し、さらには容量を超えてあふれだしたのを感じた。「いいですか、おばあさま、パーシーさえ襲ってこなければ、わたしだって五月姫みたいに見えたはずです」

レディ・アデラの細い眉がさっと寄った。「襲ってきた？　パーシーが？」

「襲われかけました」ブランディは繰り返した。彼にのしかかられたと思うだけで、頭がかっと熱くなって取り乱しそうになる。ブランディは大きく息を弾ませて言った。「フィオナのおかげで助かったんです。あの子はゲームだったと思っていますけど。さすがのパーシーも、あの子の前ではつづけなかった。ああもう、彼を殺してやりたい」

「おや、フィオナのおかげで助かったのかい？　そりゃあ、ひと安心だね」祖母の薄い唇周辺の皺《しわ》が深まり、ほほえんだのがわかった。これって笑うようなこと？

「彼をどうなさるおつもりです、おばあさま？」

「いつかおまえに手を出すだろうとわかっていたよ。おまえにあれほどじらされてはねえ。何度も言っただろう、あれは弱いロバートソン家の男だって。それで、わたしにパーシーをどうしろっていうんだい？　ばかな小娘だねえ、パーシーの熱が冷めなきゃ、わたしにできることなんてあるわけないだろう。どこまでかまとぶるんだい？　おまえだって、男が女に何を求めているかぐらいわかっているだろうに。自然なことだ、とりわけパーシーにはね。パーシーは失敗したんだろう。だったらその口は閉じておくんだ。ましてや殺そうなんて、考えるんじゃない」

ブランディは祖母を愕然《がくぜん》と見つめた。「成功していたとしても、かまわなかったと？」

「もちろんそうなりゃ、かまったさ。状況は一変するからね。だが実害はなかった。正義感を振りかざして怒るのはおやめ。退屈なだけだ、メソジスト教徒でもあるまいし。好色パーシーはわたしが責任を持って明日発たせる。もうおまえを悩ませることはない」

「パーシーがわたしに襲いかかる前に言ったんです、おばあさま。わたしがロンドンに行くことをあなたから聞いたと。イアンからお聞きになったんでしょう？」

レディ・アデラは孫娘の憤りがうねりとなって押し寄せてくるのを感じた。パーシーのことはもはや頭にない。それなのにこの娘はこんなにも熱くなっている。ここは慎重に切りだしたほうがよさそうだ。たとえ公爵に本気で自分を追い払うだけの根性があるとは思えなくても。ブランディが相手なら、強気に出さえすればなんとでもなる。すぐにびくついて折れてくるだろう。レディ・アデラはありし日のメアリー女王のごとく尊大な口調で言った。「ああ、公爵から聞いたんだよ、このばか娘。おまえは自分の将来なんぞどうでもいいんだろうが、彼は後見人だ。おまえのことに口を出す権利がある」

「わたしは行きません。公爵にもそう言いました。なのにどうして彼はおばあさまにまでそんな話を?」

これでも折れないのか? おもしろいじゃないか。レディ・アデラは降参だと言わんばかりに節くれ立った両方の手を掲げて見せた。「ああわかった。無理やりロンドンに行かせたりはしないから。しかしおまえがここまで頑固者とはねえ。アンガスじいさんにそっくりになったじゃないか。あきれたよ」

ブランディはふっと安堵《あんど》の吐息をついた。「ありがとう、おばあさま。わたしはペンダーリーから離れたくないの。公爵がなんと言おうと」

「ああ、好きにおし。わたしはおまえが夫選びをしたいだろうと思っただけだ。イアンがそれ相応の紳士たちを大勢引き合わせると約束してくれたからね。だがそれをおまえが気に入らないというなら、希望を聞き入れてペンダーリーに残れるようにしてやろう――」

「感謝するわ、おばあさま」

「まあ、パーシーがあんなことをしようとしたあとで、おまえが彼でいいと言うとは思えなかったが、そういうことなら――」

ブランディは突如雷に打たれたように、身を引いた。「パーシー？　おばあさま、なんの話をしているの？　この件とパーシーにどんな関係があると？　よして、おばあさまだってわたしが彼を嫌っているのはご存じでしょう。彼とは結婚しないわ。絶対にしない」

「おやおや、クリームもほしいがボウルもほしいってかい？　この世の中、そうはいかないよ。ろくでもない未婚娘なんぞ、ペンダーリーには置いておけないからね。パーシーと結婚するか、ロンドンに行くか。どっちにするかは、おまえが選ぶことだ」

こんなこと、ありえない。ブランディは喉元にこみ上げる恐怖と嫌悪感の塊をぐっとのみくだそうとした。しばらくレディ・アデラの前で右へ左へと歩き、そしてくるりと振り返る。「おばあさま、おばあさまはわたしを不幸にしたいの？　どうしてそこまで憎むの？　わたし、おばあさまに何かした？」

「憎んでなんぞいるもんか、ばかな娘だね。どうかしているよ。わたしはあの世でじいさんに会う前に、おまえがちゃんと身を固めるのを見届けたいだけだ。あのすけべおやじ、ずいぶんおまえをかわいがっていたからねえ。おまえに対して祖母の役目を果たさなかったと、あの世でくどくど責められるのはごめんだよ」

ブランディは精いっぱい穏やかな口調に努めた。「でもね、おばあさま、おじいさまはわたしが不幸になるのは望まれなかったと思うの。おじいさまだってパーシーを嫌っていらしたじゃない」

レディ・アデラはそこでこれ以上話しても自分に勝ち目はないと気づいた。こんな脅しは空言だ。公爵がパーシーにこの娘を娶《めと》らせることなどありえない。レディ・アデラは彼の注文に力なく歯噛《はが》みしながら急いで方向転換をすることにした。こうなったら怒ってみせるしかないだろう。彼女は小さなテーブルの端に強く杖《つえ》を打ちつけ、それを床に倒した。

だがそれも無駄だった。ブランディは拳を震わせた。「わたしは逃げますから。聞いていますか、おばあさま。わたしは絶対に逃げとおしてみせます」

レディ・アデラはわずかに身を起こし、すっと息を吸った。「ああお逃げ、ブランディ。そうしたら二度とフィオナに会わせないだけだ」

じつのところ、その脅しが孫娘にどれだけ効果があるか、自信があったわけではなかった。だが勝利の結果はその目で確信できた。反抗心はたちまち消えていた。ブランディは打ちひしがれたように肩を落とし、ただ目の前に立ちすくんでいた。

「おやおや、なるほどねえ。フィオナはおまえの子供も同然だろう？　おまえが結婚するなら――もちろん、ロンドンで公爵夫妻と過ごしたあとでだが――あの娘も一緒に連れていかせてやろう。約束する」

「意地の悪い人ね、おばあさま。どこまでも意地の悪い人」

「そうかもしれないねえ。だからなんだっていうんだい？　悪いがさっさと消えておくれ。クロードおじさんと話があるんだよ。今ごろ、離れでわたしを待っているはずだ」

ブランディは踵《きびす》を返して、部屋を飛びだした。パーシーがいまだ近くにいる可能性も考えずに城から駆けだし、物見高い視線を逃れて一目散に閑散とした浜辺に向かう。そして水際まで駆け寄り、潮風を深々と吸いこんだ。この海の彼方《かなた》にも自分ほど惨めな人間がいるだろうかと、静まり返った水平線に遠い目を向ける。海水がサンダルをくすぐりだした。ブランディは満ち潮の到達地点を越え、大きな張りだし岩まで引き返した。

スカートを脚に巻きつけて、膝に顎を埋《うず》める。涙がこみ上げた。フィオナと離れ離れにはなりたくない。妹を失わないためなら、なんだってやる。たとえパーシーとの結婚だって。心にふっともうひとつの選択肢が浮かんだ。イアンと――そして彼の花嫁とロンドンに住むことだって。けれども考えただけで絶望感が押し寄せ、ブランディは涙をこぼすまいと指の節を目に押しあてた。毎日毎日、顔も知らない憎むべき妻が彼の心を、彼の愛をひとり占めにするのを目のあたりにしながら過ごすなんてとても無理。おのずと心に、先ほどパーシーに向けて発した言葉がよみがえる。〝夢を追う気はないわ〟

我ながらどうしようもない愚か者ね、とブランディはつぶやいた。公爵とどうにかなれるわけがないのに。いい加減にしないと。ブランディはこの苦い思いをぐっとこらえ、ロンドンに行こうと自分に言い聞かせた。社交の季節がどういうものか、正確なところはわからない。祖母の口調からすると、どうやらそれには誰と誰が結婚するかを決めるために、独身の紳士淑女に顔合わせをさせる目的もあるようだ。どんな紳士が集うのか思い浮かべてみようとしたが、ブランディの頭にはイアンの顔しか浮かばなかった。唐突に立ち上がり、サンダルの爪先で石を蹴る。どうしようもない愚か者だわ。ブランディはもう一度繰り返した。でもほしいのは彼。ほかの人はいらない。ブランディは身を起こし、海に目をやった。

今のわたしは夢を追っている。でもそれでもかまわない。夢がすべてのときだってあるんだから。

レディ・アデラは杖に寄りかかりながら、フレーザーに案内されて離れの小さな居間に入った。「ああ、そのままでいいよ、クロード」レディ・アデラはひねくれた口調で言った。「そっちまで痛い思いをすることはない」

フレーザーは彼女が座るのに手を貸してから、焼きたてのスコーンを差しだした。

「ストロベリージャムはいかがです、奥さま?」

「ネイ、フレーザー、何もつけないほうがわたしは好きでね。おや、バターが脇からにじみでているじゃないか」レディ・アデラはフレーザーを見つめ、色褪《いろあ》せた目をきらりと光らせた。「おまえが今も一緒に住んでいたら、モラグはさぞかし太っていただろうねえ。

クロード、ここにはえらい掘り出し物がいるじゃないか。どうだい、フレーザーをうちのモラグと交換しては?」

クロードがバタースコーンの欠片《かけら》がつまった黒い前歯を見せて、くわっくわっと笑い声をあげた。「フレーザーはここから動きませんよ。それにこの男をモラグに近づけたらどうなるか。たちまちエディンバラに逃げだしてしまう。なあ、フレーザー?」

フレーザーは断固として口を閉じたまま、愛想よくうなずいた。

レディ・アデラは杖の先で彼の脚をつついた。「たまにはベッドに女を連れこみたいとは思わないのかい、フレーザー? 最近モラグは頻繁に頭を掻《か》いているよ。察するに、今あの女を押し倒す男はいなさそうだ」

フレーザーの鼻孔がふくらんだ。「お言葉を返すようですけど、奥さま、モラグに必要なのは男じゃない。ライ石鹸《せっけん》で日に二回、徹底的に体をこすることです」

レディ・アデラがスコーンを喉につまらせ、フレーザーはそっと背中を叩いた。「率直にものを言う男がわたしは好きだよ、フレーザー。いいからもうお下がり。これからおまえの主人と少々退屈な話をしなくちゃならない」

フレーザーが静かにお辞儀をして部屋を出たあと、レディ・アデラはクロードに向き直り、唇を合わせ打ってパンくずを追い払った。

「さてと、これで存分に話せる。これから言うことをよくお聞き。この件はこれっきり二度と口にしないからね」

　クロードは目をぎらつかせて身を乗りだした。その瞬間痛風のことはすっかり頭から消えていた。

「いよいよ回復の時が来たのはわかっているだろう。マクファーソンは今ごろ、わたしが言いつけた仕事に歯ぎしりしているだろうよ。だが結局やり遂げる。そうしたら、おまえはペンダーリーの相続権を手にする。おまえのあとは、バートランドも。まあ実際に相続できるかどうかは、神のみぞ知る、だがね」

　クロードは声を荒らげた。「そんなこと、ただややこしい立場に追いやられるだけだ。わたしの廃嫡を取り消す前に、あのろくでなしパーシーを嫡出子にする気でしょうに。しかもあのイングランドの公爵……訊《き》きますけどね、あの公爵はどうするつもりです？」

　レディ・アデラは眉墨で描いた眉を跳ね上げた。「どうするか……わたしがボルジア家みたいに彼に毒でも盛るっていうのかい？　よしておくれ。アンガスがその存在でこの世を汚していたときだって、わたしにはなんにもできなかったじゃないか。彼が死んだあとだって、すぐには何もできなかった。公爵の権利が優遇されたからね。まあ見ていてごらん、クロード、あの公爵はイングランドに持つ資金をここに注《つ》ぎこんでくれる。井戸が涸《か》れるまでそんな蛇口を閉めさせたりできるものか。あとは見てのお楽しみだ。おまえ、バートランド、パーシー――おまえたちに赤い血が流れているなら、なかなかの戦いになるだろうね」

クロードは喉の奥で低い声をたてた。「あなたって人は、いつもそうやってわたしの自由を奪ってきたんだ。おまけに相変わらずまったく先も見えてない。公爵が権利を持っているかぎり、我々の誰にも利益はないんだ。ペンダーリーはこれから代々イングランド人に受け継がれ、永久に我らのもとには戻らない。あのいまいましいイングランド人公爵をバーティが褒めそやすのをわたしがどんな思いで見ているか、あなたにわかりますか？　もはやあの子は、自分の父親と自分がペンダーリーの正統な跡継ぎだってことすら忘れておる。いいですか、あなたは今や公爵に支配されている身、わたし同様、爪は隠しておくしかないんです」

レディ・アデラが身を乗りだして、静かに言った。「アイ、そのとおりだよ、クロード。だが覚えておおき、公爵にはいまだ直系の相続人はいない。今のところ継げる立場なのは、いとこ――しかもイングランド人のいとこがひとりだけだ。スコットランドの裁判所が、ロバートソン家と血のつながりも何もない、そのイングランド人のいとこを手放しで相続人と認めるとも思えんだろう」クロードの今にも反論しそうな顔を見て、レディ・アデラは手を上げた。「もういい。おまえとバートランドのために、わたしにできることはすべてやった。アイ、もちろんパーシーのためにもね。あとはおまえたちしだいだ。この件で、わたしに言えることはもう何もない」

「わたしは正当な権利を求めているだけだ」クロードはこみ上げる怒りを吐きだした。「あなたって人は、鞍《くら》だけよこして、馬を与えようとしない」小さな目に狡猾《こうかつ》な光が宿った。「父の廃嫡の原因が世間に知れたらどうなりますかね？　もしあなたが――」

レディ・アデラは首をのけぞらせ、笑い声を轟《とどろ》かせた。「ダグラスはおまえほど間抜けじゃなかったよ、クロード。もしそんなことをしたら、おまえをどうしようもない嘘《うそ》つきだと言って、スコットランド高地まで追い払ってやる。おまえの父親は死の床につくまで口をつぐんでいた。彼の唯一の失敗はおまえに話したことだ。わずかでもその頭に脳みそがつまっているなら、バートランドには話すんじゃないよ。どうもあの子は、公爵の足元にすり寄る意気地なしに思えてならない」

「うちのバーティをそんなふうに言わんでもらいたいね。バーティみたいな紳士よりパーシーのような下劣な男のほうがお好みに合うらしいが」

レディ・アデラがなだめるように手を上げた。「まあ落ち着いて、クロード。興奮したら心臓が破裂するよ」彼女は音をたてて紅茶をすすり、話題を変えた。「まだ話していなかったが、わたしはうちのコンスタンスをバートランドにどうかと思っていてね。まだまだ先の話だろうと思っていたんだが、どうやらあの娘は思っていたより成熟が早い。わたしの目に狂いがなけりゃ、おまえの息子もあの娘に熱を上げているようだし」

クロードが信じられないと言わんばかりに、頭をもとの角度に戻した。「あのちびっ子コニー？　いやあ、バーティは生まれてこの方あの子のことなど考えたこともないでしょうよ。村のふしだら女のことならあるかもしれんが」

「わたしのまわりは頭の鈍い愚か者ばかりかね。その目をしっかり開けて見てごらん。コニーはブランディとはちがう——自分をもう一人前の女だと思っている。バートランドからちょっとちょっかいをかけたら、すぐに男と女の関係になるだろうよ。誰に責められることもなく」

クロードは思案げに顎の無精ひげをさすった。「バーティの話だと、公爵は娘たち全員に持参金を持たせるつもりとか」

「アイ、だが今公爵がブランディに予定しているみたいに、コンスタンスがロンドンに行く心配はいらないだろう。もう二年待たなくちゃならないが、まあ見ていてごらん、そのころにはとっくにコンスタンスは処女じゃなくなっているだろうよ」

クロードは椅子に座ったまま、身の置きどころなく体を動かした。今日は痛風以外の痛みまで襲いかかってくる。「いいでしょう、バーティにはわたしから話します。だがバーティにあの小娘を手込めにできるとは思わんでください」

レディ・アデラもそれを思い描こうとしてみたが、できなかった。「ズボンをはいていないバーティはわたしにも想像できないね。それどころか、あのふたりがどうにかなるには、コニーがバーティを誘惑するしかない気がするよ」

13

　ブランディはそれからの二週間で、これまでしがみついてきた牧歌的な暮らしがどんどん退屈に思えてきたことに気づいた。ますます公爵のことばかり考えるようになっていた。彼は何をしているだろうとか、少しは自分を思い出してくれているだろうかとか。さらにはスコットランド訛《なま》りが奇跡的に消え、胸のふくらみも今よりずっと小さくなった上品な淑女の自分を想像してみたりもした。ロンドンの紳士たちに囲まれ、その脇に立つイアンが嫉妬に駆られている様子を。でもそれはありえなかった。公爵が嫉妬するなど考えられない。いったい何に嫉妬することがあるだろう。彼は知っている。叶《かな》えられないことなど何ひとつない立場も、自分自身も。

　物憂げに扇子を揺らしている自分を想像している途中、ごろごろと馬車の車輪の音が聞こえてきてブランディは我に返った。

　いったい誰が来たのだろうかと、ゆっくり城に戻りはじめる。きっとマクファーソンだわ。彼が来る予定だとおばあさまが言っていた。ブランディは城への道沿いに群生する最後のしゃくなげの茂みをまわったところで、突如足を止めた。城の階段前に、公爵の馬車が停《と》まっている。

そうなると俄然《がぜん》、自分の格好が女性として恥ずかしく感じられだした。海水で濡《ぬ》れた巻き毛が額に張りついているし、古いドレスも小作人の女房と変わりないありさまだ。正面玄関を迂回《うかい》して、使用人用の扉から忍びこんで裏の階段を上がろう。ブランディがそう思ったところで、自分の名を呼ぶ声が聞こえた。

「ブランディ!」

公爵とバートランドが馬車の脇に立ってこっちを見ている。ブランディはぐっと歯を食いしばり、ふたりに手を振った。近づいちゃだめ。距離を保たないと。

「いつもあんなふうに人魚みたいなんです」バートランドが公爵に言うのが聞こえた。

嘘《うそ》、ネズミイルカでしょうに。ブランディはそうつぶやくと、足を前に進めた。イアンに向かって少しずつ、けれど一歩ごとにどんどん足が重くなる。

「本当だ」公爵は笑顔で返した。そしてさわやかな潮風を深々と吸いこみ、ペンダーリーに戻ってきてほっとしている自分をあらためて意識した。目の前の巨大なだけの灰色の城も、もはや自分の財布を枯渇させようとしている崩れかかった廃墟《はいきょ》には思えない。まさしくスコットランドの豊かな過去の象徴だ。

「早く来いよ、ブランディ」バートランドが声をかけた。「ぐずぐずしないで。話したいことが山ほどあるんだ。同じ話を繰り返したら、刺激が薄れるだろう」

もはや望みはない。「おかえりなさい、バートランド、イアン。おふたりの旅は成果があったみたいね」少しあらたまった、品のいい口調。これならふたりとも口調に気を取られて、姿にはさほど目が行かないかもしれない。

「ああ、成果があったよ」バートランドは言った。「おいおい、どうした、体から潮の匂いがぷんぷんしているじゃないか」

その瞬間、ブランディは海を憎んだ。公爵の顔を見上げ、彼の目がユーモアたっぷりに輝いているのに気づく。あなたはわたしのおじじゃないんだから。ブランディは思わず彼をそう怒鳴りつけたくなった。自分の心臓の鼓動が爪先にまで響く。どうせわたしなんて、野暮ったくてむさ苦しい、ただの子供だと思っているんでしょう。腹が立つ。ブランディは言った。「わたし、ちょっと失礼して着替えてくるわ」

「まあ気にするな」バートランドが軽く肩を叩《たた》いた。「城に人魚がひとりいたって、どうってことない」

それはそうでしょう。彼はわたしのおじのつもりでいるんだから。イアンがいつものぞくりとするほど優しい口調でつづけた。「そうだよ、ブランディ。じつはエディンバラできみにプレゼントを買ってきたんだ。それも早く渡したいからね」

贈り物？　人形でも買ってきたってわけ？　ブランディはうなずき、その瞬間、ゆったりと扇子を揺らす上品な淑女となった自分の画像は頭から消えていた。

ブランディが脇を通り際、イアンはその眉の上で波打つ、海水にまみれた重いブロンドの巻き毛に指をからめたい衝動に駆られた。実行はしなかった。だいいち、その衝動がどこから生じたものなのかもわからない。衝動に、とりわけ自分で理解していない衝動に屈する類の人間ではなかった。

三人で応接間に入りながら、イアンはふとレディ・アデラは自分をどんな態度で出迎えるだろうかと思った。笑みがこみ上げる。別れ際は良好な関係だったとは言いがたい。

レディ・アデラ、クロード、それにコンスタンスは応接間でアフタヌーンティーの最中だった。イングランドの伝統に対する、レディ・アデラの唯一の譲歩というところかとイアンは思った。

「おや、羊の糞《ふん》転がしから戻ったかい」レディ・アデラは言うと、紅茶のカップを皿にかちりと音をたてて戻した。

「戻りましたよ、レディ・アデラ」ほんのわずかだが、イアンは彼女のその不快なユーモアさえ懐かしく感じた。「あなたもお元気そうだ」

「アイ、あなたには申し訳ないけどね。おおバーティ、戻ってきてくれて助かったよ。おまえがいないと、クロードはめそめそ泣いてばかりでね。一緒に暮らすのは、わたしよりおまえのほうがいいらしい」彼女はバートランドがコンスタンスと話しているのを見て、声を張り上げた。「だがおまえは、父親よりいとこが恋しかったわけか。まあ、この父親では無理もないけれどねえ」

「そうじゃありません」バートランドは穏やかに言うと、クロードに一礼した。「コニーに、イアンとふたりで数日エディンバラに滞在したことを話していたんですよ。観光をしたり、公爵の仕事や銀行の関係者を訪ねたりしたことを」

「何を観《み》た？」

「ひとつには、城ですね。まあ、それ以外にもいろいろと」バートランドが答えた。

「まさか、おまえが娼婦《しょうふ》街に関心を持つとはねえ、バーティ」レディ・アデラが指先を椅子の袖に打ちつけながら、陰険な口調で言った。

　イアンは声をあげて笑った。「もうそれほど退廃的なところじゃありませんよ、レディ・アデラ。エディンバラは美しい街です。ロンドンの北のライバルと言ってもいい。すばらしい店も数多くありますしね」

「アイ、そこでイアンがそういう店をのぞいてみようと言いだしましてね」バートランドがコンスタンスに熱い視線を向けたまま、つづけた。胸を張り、戸口に控えるクラブを指さす。彼は腕にいくつもの包装された箱を抱えていた。

「わたしにプレゼントを買ってくれたのね」コンスタンスが椅子から跳び上がるようにして、叫んだ。

「女性たち全員に買ってきたんだよ」イアンはレディ・アデラがどんな反応を見せるだろうかと、彼女に目を向けた。期待は裏切られなかった。

レディ・アデラはふんと鼻を鳴らした。だがイアンがきれいに包装された箱を差しだすと、さっさと両手を出してきた。

「なんだい、わたしの老いた骨を包む経帷子《きょうかたびら》かい?」無関心を装って尋ねる。

「ちがいますよ。ぼくはそうしようと提案したんですが、バートランドに経帷子の店を訪ねる勇気がなくてね。あなたがきっと気を悪くなさると言うもので、ほかのものにしておきました」

「陰険な男だね」レディ・アデラは鼻を鳴らすと、てきぱきと銀色の包み紙を解きはじめた。「おやまあ!」箱から出てきたのは、ノリッジシルクの見事なショールだった。レディ・アデラの手の中で空を紡いだような青のグラデーションがきらめいている。「老人向きじゃないねえ。顔の皺《しわ》が余計目立ってしまいそうだ。こんなのをつけたら、しなびた死人に見えてしまうよ」とはいえ、その目は逆の感想を物語っている。

「わたしも店員にそう言ったんですよ」イアンは言った。「飾り気のない平凡な黒のほうがいいんじゃないかと」そこでため息をつく。「でも彼の意見は逆でね。黒と取り替えてもらってきますよ」

レディ・アデラはむっとした表情を向けると、痩せた胸元にショールを抱きしめた。

バートランドがコンスタンスの待ちわびる手に包装した箱をのせてやるあいだに、イアンはブランディに彼女の分を手渡した。ブランディはこの贈り物にどう反応するだろう。年齢的には一人前の女性でもほかの面ではまだまだ幼い少女より、大人の女性向きのこの贈り物に。

ブランディは震える手で、何メートルもありそうな濃紺のベルベットを取りだした。ゆっくりと立ち上がり、そのドレスを体の前にあててみる。帯もベルトも見あたらなかった。ウエストはどこ？　ブランディは訝《いぶか》しげに公爵を見上げた。

「エンパイア・スタイルだよ。ナポレオンの妻のジョセフィーヌが流行《はや》らせた」イアンはほほえみながら言った。こういうドレスは胸のふくらみが強調されて男心をくすぐるからねと思わず付け加えそうになったが、そこで言葉をのんだ。彼女の胸はそこまでふくらんでいるだろうか。とにかく今はとまどわせることだけはしたくない。

「きれいだわ、本当にきれい。それにとっても柔らかい。こんなに贅沢《ぜいたく》で温かな感触ははじめてよ。でもどうしてなの、イアン。どうしてウエストがないの？　これって変に見えないかしら」

「それはない」イアンは彼女の顔から目を離さずに言った。「ウエストにゆるやかに沿って、まっすぐ落ちるようにデザインされているんだよ。ロンドンではこのスタイルが主流だ」

　ブランディはドレスの上身ごろに取られた小さなひだをまじまじと見つめ、そのひだが青いベルベットに生みだすささやかな余裕が、胸のふくらみを包みこむためのものだと気づいた。とたんに顔から血の気が引く。その理不尽さに大声で叫びたくなった。不公平だわ、どうしてわたしだけこんなに乳牛みたいなの？　どうしてこのドレスを作った人はこんなわずか五センチほどの余裕で、女性の胸のふくらみを覆いきれるなんて考えるの？

　イアンはその顔によぎるさまざまな表情を見守っていた。ブランディはとまどっている。ドレスが気に入らなかったのだ。彼女へのプレゼントにこれを選ぶのではなかった。くそ、しくじったか。

「ブランディ、そのスタイルが気に入らないなら、仕立屋に別のドレスを作ってもらうことにしよう。気にしなくていいから、本当に」

　ブランディはその美しいドレスを胸元に抱きしめた。「いえいいの、こんなにすてきな贈り物をもらったのははじめて。ありがとう、イアン。親切にしていただいて」

「いいんだ。喜んでもらいたかっただけなんだから」声がいつになくかすれた。イアンは喜びの声をあげるコンスタンスをはっと振り返った。おのずと顔がにやけてくる。コンスタンスへの贈り物はバートランドが選ぶべきだと言ったのは自分なのだ。濃い緑色のモスリンで、何段にも重なった繊細なレースが十六歳の少女にとっては大きすぎるような胸のふくらみを覆い隠すデザインだ。

ブランディは自分のドレスを丁寧に包んで、箱に戻した。イアンを見上げる。「フィオナのは、公爵？」

「きみのかわいいちびっ子《ウィー・ベーン》を忘れてはいないよ」イアンは笑顔で言うと、扉の近くの大きな木箱を手で示した。

ブランディが愛情あふれる目を向けてくる。どきりとした。ちがう、とイアンは自分に言い聞かせた。これは末の妹に向けられたものだ。フィオナのための表情、自分に向けたものじゃない。くそ、なんてことだ。それがどうしてこんなに煩わしい？

「フィオナを連れてくるわね」ブランディはわずかに膝を曲げてお辞儀をすると、部屋から駆けだしていった。

バートランドがコンスタンスに言った。「この緑、きみの瞳の色によく合っているだろう。もちろんこんな布地よりきみの瞳のほうがずっとぬくもりも明るさもあるけれど」

レディ・アデラがクロードに意味ありげな視線を投げかけた。「いつの間に詩人になったんだ、バーティ？」クロードははじめて見るような目で息子を見つめた。

「それで、この老いた父には何もないのか？」

「あいにくと、お父さん、女性にだけなんですよ」バートランドは即座にコンスタンスから目をそらした。コンスタンスは、まるでドイツ語ででも話しかけられたようにぽかんとした顔をおじのクロードに向けていた。

開いた戸口から真っ赤な髪の頭がちょこんとのぞき、子供らしい甲高い喜びの声がつづいた。フィオナは圧倒されたようにぽかんと口を開けたまま、無言で大きな木箱の前にたたずんだ。

「さあ、おちびちゃん、わたしが開けるのを手伝ってあげる」ブランディが言った。「何が入っているのかしらね？　イアンからあなたへのプレゼントよ。はるばるエディンバラで買ってきてくださったの」

「ぼくも手伝おう」イアンがフィオナの小さな手を木箱から引き離した。ブランディとふたりで脇の板を外し、上部を取る。

ブランディは愕然《がくぜん》とした。「まあ、すごい。信じられない」

「お馬さん」フィオナが声を張り上げ、実物そっくりのたてがみをやみくもに引っ張りだした。

「まあ待って、お嬢ちゃん」イアンは笑い声をあげた。「ぼくが箱から出してあげるから。さあ、ちょっとだけ、こいつのたてがみから手を離してやって」イアンは馬を完璧に木枠から取りだした。「鞍《くら》も手綱もついているよ」彼は言った。「しかも揺れるんだ。ほら」

「まあ、すごい」ブランディは同じ台詞《せりふ》を繰り返した。妹の隣に膝をつく。そしてイアンを見上げ、石でもとろけさせるほど柔らかな声で言った。「この子、こんなに立派なプレゼントをもらったのははじめてなの、イアン。子供は甘やかしちゃいけないけれど、でもわたし、あなたがそうしてくれてうれしい。フィオナはあまり贈り物をもらったことがなくて。それだけの余裕がなかったから。本当にありがとう」

　なんてことだ。ぼくを見上げるブランディがこんなにも美しく見える。しかも柔らかく、軽やかな声が温かな蜂蜜のように心に染みてくる。フェリシティ。その名が頭に浮かび、罪悪感の刃《やいば》がイアンのはらわたにねじこまれた。「どういたしまして」別の男が彼女に告げる声が聞こえた。ブランディに対してまたいとことしての感情以外抱いてはならないもうひとりの自分が。

「イアン、そろそろ」バートランドが切りだした。「ここにいるみんなに、ほかの買い物の話をしませんか？」

「ああ、ペンダーリーへのプレゼントに買った、あの大きな毛むくじゃらの生き物のことだね。冗談はさておき、じつはね、フォート・デイビッドにほど近いチェビオット地帯でとんでもなく頑固な老人から羊を買ったんです」

「ヘスケスって名前の人物でね」バートランドがつづけた。「お聞きになったことがありますか、レディ・アデラ？　ペンダーリーと同じくらいの歴史を感じる、大きな古い領主館をお持ちでした。長い鼻で、いつも耳を掻《か》いていらした」

「ヘスケスねえ」レディ・アデラはゆっくりと繰り返し、首を横に振った。喜んでますます興奮した声をあげるフィオナに、苦々しげな目を向ける。「ブランディ、この子と馬をどこかへやっておくれ。声を聞いていたら頭が割れそうだ」

「いらっしゃい、フィオナ、この馬でトロイの木馬ごっこをして遊びましょう」

ブランディはフィオナと木馬を自分の寝室の小さな暖炉の近くに落ち着かせると、銀色の包装紙から洗練されたベルベットのドレスを取りだした。着ているものをすばやく脱ぎ捨てる。シュミーズすら残さなかった。柔らかで光沢のある生地の感触をじかに肌で感じたかったからだ。ドレスを頭からかぶり、ゆっくりと体に滑り落としていく。背中の小さなホックをすべて留めるのは、ほんの少し厄介だった。硬い帯状の生地に縫いこまれた小さなひだが胸のふくらみを上前方に押し上げる。ブランディはためらいながら部屋の隅にある細長い鏡に向かい、自分の姿を眺めた。とまどいで顔が赤くなり、無言で自分を睨《にら》みつけることしかできなかった。

ドレスの身ごろから左右の胸が大きく盛り上がり、その丸みを帯びた白く輝くふくらみが喉元近くまで届いて深い谷間を形成している。いやだわ、これじゃあまるで乳牛。ぞっとするほど不格好。

「ブランディ、いつもと全然ちがう。女王さまみたい、とってもきれいな女王さま。それに真っ白」

ブランディは無駄と知りつつ、両手で胸を覆った。

「アイ、女王さまよ。トロイにとらわれてて、兵士たちが救いに来たあのヘレンみたいな女王さま。イアンはきっとブランディのこと、世界じゅうの誰よりきれいだと思っている」

「そんなことはないわ」ブランディは言った。「ネイ、そんなことはないのよ、おちびちゃん。イアンはあなたに木馬を買って、わたしにはこのドレスを買ってくれただけ。ね、すてきでしょう?」

フィオナが近づいてきて、いったん自分の両手がきれいなのを確かめてからドレスに指を触れた。「ふわふわしてる。うさぎちゃんみたい。でもわたしは馬のほうが好き」

不意にブランディは尋ねた。「ねえ、夕食にこのドレスを着ていってもおかしくないかしら?」

「パーシーがいたら、きっと大喜びするね」

フィオナのそのあどけない率直さがブランディを引き裂いた。確かにこの子の言うとおりだわ。でもどうしてこの子にそれがわかるの?　パーシーが襲いかかってきた場面に居合わせてはいたけれど、でもあのときはふたりでレスリングしていたと思ったはず。ちがったの?　まさか。ありえない。事実を察するにはこの子は幼すぎる。

フィオナは言った。「パーシーったらいっつもばかみたいな目でブランディを見ているもの。それでコニーはいっつも、パーシーにウィンクしてる」

おませな子ね、何もかもちゃんと気づいていたんだわ。ブランディは腹部や脚に触れるドレスの心地よい肌触りを楽しみながら、窓辺に歩み寄った。そのときちょうど、城の前に砂埃《すなぼこり》を巻き上げて停まった小型の馬車が目に留まった。パーシーが降りてくるのを見て、はっと息を吸いこむ。ブランディはすぐに窓辺を離れた。あの人、いったい何をしに来たの？

ブランディは鏡の前に戻り、しばらく自分の姿を眺めた。そしてゆっくりとベルベットのドレスを脱ぎ、箱にきちんとしまいこんだ。

イアンのことを考え、自分の外見をどうにかしなければと思った。でなければいつまでたっても野暮ったい子供だと思われる。ブランディは胴部のくびれたモスリンのドレスをすばやく身につけて、シュミーズのレースで胸をきつく締めつけたところで心が決まった。編みこんだ長い髪をほぐし、ふさふさと波打つ髪にブラシを入れる。そしてふたたび編み直した髪を頭上高くで輪留めにし、その輪から多めに髪を引きだして、毛先を指でカールさせてサイドに散らした。鏡に映った自分の姿には満足だった。少なくとも首から上の部分は。

その夜ブランディはいつもよりかなり遅い時間に応接間に入った。フィオナが木馬のことで興奮して、なかなか寝ようとしなかったのだ。挙句に隣に木馬を寝かせてほしいとまで言いだした。それにはさすがにブランディも声を荒らげるしかなかった。どうか人目につきませんように。けれども部屋に入った瞬間、そんな心配は杞憂《きゆう》だと気づいた。何より先にコンスタンスに目を奪われた。新しいドレスを着て、美しく、かつひどく大人っぽく見える。ブランディは嫉妬の痛みをぐっとこらえた。

　レディ・アデラがブランディの姿を眺めて、がなり立てた。「ばかな娘《こ》だよ、やっと醜いあひるの子を見ないですむと思ったら。そこの妹の隣に並んだら、まるで貧弱な雑草みたいじゃないか。まあ、子供っぽい三つ編みをほどいただけでもましかねえ。少しはよくなったよ。この程度じゃまだ不満だけれどね」

　パーシーがブランディから目をそらすことなく、レディ・アデラに言った。「おっしゃるとおり、我らが醜いあひるの子も少しは毛が生え替わったが、まだまだだ。お許し願えるなら、ぼくが自分の見せ方を手ほどきしてもいい。より効果的なやり方をね」

「効果的なってどういう意味、パーシー？」コンスタンスが尋ねた。

「きみのお姉さんはもう大人なんだよ、コニー。だが彼女はそれを隠そうとしている。だからぼくが自分の見せ方を伝授して、勇気づけてやろうと言っている」

「わたしはそうは思わないけど、パーシー」ブランディが言った。

　イアンは彼女の髪をすばらしいと思った。しかしなんてことだ、あのドレスは絶対に彼女に似合うと確信していたのに。

　ブランディが言った。「あのドレスはとってもすてきよ、イアン、本当に。でもまだわたしには似合わない。あれを着るにはもっと大人にならないと」そしてすぐに妹に目を向けた。「きれいよ、コニー。バーティも言っていたけれど、緑が瞳の色にぴったりだわ。それにドレスもよく似合っている」

コンスタンスは優雅に頭を下げた。緑色の瞳には優越感以外何も浮かんでいなかった。ほんと、おばあさまの言うとおり、ブランディったら貧弱な雑草みたい。今夜なら、きっとほしいものが手に入るわ。パーシーだってお姉さまじゃなくて、わたしを求めてくるはず。コンスタンスは、自分がブランディみたいでなかった喜びを爪の先まで感じていた。バートランドにすねたような笑みを投げかけてみる。だってさっきからずっと見とれているんだもの。それになんといってもこのドレスを買ってくれたのは彼だし。バートランドの目の色が深まるのがわかった。やった、ずっと練習してきただけの甲斐《かい》はあったわ。その成功でコンスタンスはすっかり気をよくした。ひょっとすると、とまだあどけない娘の知恵を振り絞る。このままもっとバートランドの注意を引けば、パーシーも関心を持ってくれるかもしれない。コンスタンスはバートランドを振り返り、舌先で唇を濡らしてみた。

「このドレス、ほんとに似合っている、バーティ?」

バートランドはその尖《とが》った舌先に注意を引かれるどころか、たちまちうっとりと魅了された。「アイ、もちろんだよ、コニー」バートランドは自分自身にすら物欲しげに響く声で言った。「きみはスコットランド一きれいな娘だ」

それでもパーシーはブランディを見つめていた。どういうこと? わたしにどうしろっていうの？　コンスタンスは焦った。バートランドはのぼせ上がった騾馬《らば》みたいにこっちを見ているけど、そんなことはどうでもいい。パーシーはどうしてそこまでブランディに関心を持つの？　どうしてブランディばかり見るの？

パーシーが小声でブランディに言った。「ぼくと顔を合わせても、それほどいやな顔をしないじゃないか。ひょっとして気が変わったのかな？　なんなら明日の朝、一緒に散歩でもしようか？　きみに必要なことはぼくが全部教えてやるから」

「悪魔はこの世のどこにひそんでいるかわからないって、ほんと、聖書に書かれているとおりね。悪魔はエディンバラに戻って、売春婦みたいな女性たちを相手にするんじゃなかったの？　そのほうが似合いなのに」

パーシーが頭をのけぞらせ、笑い声を轟《とどろ》かせた。

「夕食がご用意できました、公爵」扉脇でクラブが声を張り上げた。

「こそこそ入ってきて、おまえはカサガイかい、クラブ」レディ・アデラは無表情な彼の顔に怒鳴った。そして自分の冗談に耳障りな笑い声をあげる。「おいで、ブランディ、手を貸すんだ。どのみち見た目も淑女らしくないんだから、取り澄ました態度は脇に置いておいて、わたしにショールをかけておくれ」

パーシーが小声でささやいた。「きみも公爵から新しいドレスをもらったんだろう。それを着るのにどうしてもっと大人になる必要があるんだろうねえ」彼はブランディの平らな胸を見つめた。彼女がこの体の下でもがいていたときの感触がよみがえる。あともうひと息で抵抗をやめたのに。彼女の体から離れたあと、何度それを悔やんだことか。

ブランディはレディ・アデラの薄い肩に新しいノリッジのショールを丁寧にかけてから、冷ややかに言った。「どうしてペンダーリーに戻ってきたの？　恋人の女相続人に本性を知られて、捨てられたとか？」

「ずいぶんと毒舌だな。ネイ、恋人の女相続人はそばにいてくれとすがってきたよ」

「そんな恋人の願いも聞き入れないなんて、恥ずかしい人。わたしたちなんかより、あなたをずっと大切に思ってくれているのに」

「わたしも同感だね、パーシー」レディ・アデラが言った。「行儀が悪いのはよくない。ロバートソン流のまね事はおよし。でないとあとで悔やむことになるよ」眉間に皺を寄せて、じろりと見つめる。パーシーはぎくりとした。知っているのか、ぼくがブランディにしたことを。

突如不安に襲われた。この老女は、まだぼくを嫡出子として届けるのをやめられる。くそ、この娘のせいだ。自分だって求めていたくせに。それくらいこっちにはお見通しだ。どうせ純情ぶって、じらしているだけなくせに。パーシーはさらりと言った。「ぼくなんぞ、公爵がお買いになったチェビオット種の羊ぐらいおとなしいものですよ、レディ・アデラ」

「パーシーは自分が求められているとうぬぼれているんです」バートランドが黙っていられずに口を挟んだ。そしてその言葉を口にしたとたん、言うのではなかったと悔やんだ。イアンの顔に、驚きだけでなく明らかな嫌悪感が浮かんでいたからだ。

「はあ？　パーシーを求める？」レディ・アデラが言った。「ばかな。おまえを求めるなんてのはせいぜい債務者刑務所の警官か、エディンバラの東にいるだらしない売春婦ぐらいのものだ」

「そんな日々ももうじき終わる。そうでしょう、レディ・アデラ。もうじきだ。ぼくが正式にロバートソン家の一員になれば、何もかも変わる」パーシーは自信を匂わせるどころか、自信たっぷりな口調で言うと、さらには口笛まで吹きながら、広い食堂に向かった。

14

ブランディは馬小屋へと足早に急いだ。およそ十分の遅れ。もとは母のものだった古い、けれど着心地のよい乗馬服とあれこれ格闘していたのだ。しかもシュミーズのきついレースが胸に食いこんで、浅い呼吸しかできない。

それでも今にも崩れそうな馬小屋に近づくにつれ、足が重くなった。イアンににっこりとほほえみながら、乗馬が大好きだと言うなんて、本当にどうかしていた。朝のほんのひととき、彼をひとり占めしたくなってしまったのだ。今ではきっと足運びも優雅で滑らかな、すばらしい馬の乗り手だと勘違いされている。どうしよう、きっとがっかりさせてしまう。でもそうなったところで、身から出た錆《さび》。

それでもわずかながら、彼の期待を裏切ることなく今朝を乗りきる可能性は残っていた。なんといっても乗るのはオールド・マーサだ。いつからかわからなくなるほど昔から、馬小屋でただ幸福そうにのんびりと老いさらばえている馬。二時間ほど背中に乗ったところでオールド・マーサはそれがブランディだと気づきもしないだろう。それどころか、もう何も気づいていない気がする。好きなところに行かせてやろう。好きなだけゆっくりとした歩調で。ブランディは馬小屋を見つめ、はじめてイアンの目にどう映るかを意識した。糞《ふん》は何週間も掃除されていなかった。ちびアルビー《ウィー》はいつもこうだ。誰かがしつこく仕事を見届けるまで怒鳴りつづけないと、すぐに手を抜く。外れかけ、ペンキも塗られていない板が海からのそよ風でがたがた音をたてていた。屋根にも無数の穴が空いている。

「やっと来たね、ブランディ。望みを捨てかけていたよ」イアンはブランディの紅潮した顔を見て、ほほえんだ。城から急いで走ってきたのだろうか。「今朝はきれいだね。緑色のベルベットがよく似合っている。ずいぶんと決めてきたじゃないか」実際のところは、ドレスもタータンチェックのショールもいつもと何も変わらなかった。ただ髪型が、少女のものでなくなっただけだ。髪は昨夜と同じように編んで頭上高くでまとめ、額を覆うように羽根飾りのついた帽子をかぶっていた。

ブランディは薄いブラウスのボタンがはじけ飛ばないか不安になりながら、何度か小刻みに息を弾ませた。「ありがとう、イアン」その目をちらりと、彼のたくましい灰色の雄馬に移す。「あなたも決まっているわ」彼は黄褐色の乗馬用ズボンに揃《そろ》いの黄褐色の上着を合わせ、膝まで届く男らしいブーツを履いている。これが俗に言うヘシアンブーツなのだろうとブランディは思った。

「こちらこそ、ありがとう。ああ、カンターが気に入ったかい？　こいつはぼくのお気に入りでね。父親はウエスターフォードのケンジントン飼育場にいたマドラスだ。こんなふうに詳しく話すのはね、今朝、きみにはこいつに乗ってほしいからなんだよ。馬小屋にいる、あのかわいそうな老いぼれ馬を見たよ。これからお楽しみが待っているぞと話しかけたら、冗談だろうと言わんばかりの目で見つめ返してきた。どれだけにんじんをやろうと、びくりとも動こうとしない。そこでだ、ブランディ、きみはこのカンターに乗ってくれ。優秀な乗り手のきみにふさわしい馬だ。やんちゃだが、しつけは行き届いている。きみの乗馬技術なら、一も二もなく扱えるだろう」

一も二もなくどころか問題は山積みよ、とブランディは思った。だいいちカンターは、こんなに意地悪そうな、こそこそした目をしている。わたしを殺すつもりだわ。自慢話なんてするからよ。ただ自慢するだけじゃなくて、ためらいも後悔もなく嘘《うそ》なんてつくから。罰があたったんだわ。そしてこれからその報いを受ける。死ぬのね。でもそれも自業自得。カンターは、今は公爵に手綱をもたれておとなしくしているけれど、ブランディの場違いな手がその手綱を取るのを今か今かと待っているに決まっている。ブランディは息をのんだ。

「彼、元気がよさそうね、イアン。ひょっとするとわたしには元気がよすぎるかもしれないわ。こんなに立派な馬に乗るのは、久しぶり、いいえ、はじめてかも。もしかしてオールド・マーサもわたしがもっとにんじんを食べさせたら、態度を変えるんじゃないかしら。

かなりお腹《なか》をすかせていたし、そうしたら馬房から出てくるかも」

「無理だよ、それにカンターは元気すぎたりしない。ぼくのヘラクレス同様、すぐに全力疾走したがるのは事実だが、それでも根は紳士だから。そうそう、きみ用に片鞍《かたくら》を捜しだしておいた」ためらうブランディに、彼はつづけた。「ぼくに鞍がつけられるのか、なんて疑わないでくれよ。スコットランドでずいぶん実践を積んだんだから。ほら、きみが乗るのに手を貸そう」

ブランディは再度ぐっと息をのんでからうなずいた。こうなったらしかたない。ほらの自慢話を真実に変えるようにがんばってみよう。しょっぱなにさえ死ななければ、なんとかなるだろう。ブランディは彼が広げた指の上にブーツを履いた足をのせた。イアンがブランディの体を鞍に押し上げたとたん、カンターがかすかに動く。でも一歩も前には進んでくれない。万事休す。いいえ、だめ、なんとかしないと。でも難しい。カンターはじっとしたまま動いてくれない。

「礼儀正しくするんだぞ、カンター。背中に有能な女性を乗せているんだからな。今朝は最高のおまえを見せてやれ」公爵がカンターの鼻を軽く叩《たた》いた。手綱をブランディの手袋をした手に押しこみ、自分の馬のもとへ向かう。

ああ、神さま、このばかな女をどうか見守って。そしてブランディは声をかけた。「お願いよ、カンター、わたしを水路にほうり投げたりしないでね。柔らかな草の上に投げだして、あとで踏みつけたりもしないで。わたしが恥をかかないように協力してくれたら、あとでにんじんを十本あげる、約束するわ」

イアンがヘラクレスに乗って、隣に並んだ。ブランディはその技術に強い嫉妬を覚えた。

「行きたいところはあるかい、ブランディ?」

突如ひらめくものがあり、ブランディは満面の笑みで言った。「あなたが先に行って、イアン。わたしはあとをついていくから。このあたりは全部行き尽くしているし、たまには人についていきたいわ。あなたがどんなところに行きたいかもわからないし。ね、そのほうが楽しそう」

「きみがそう言うなら。最初は少しゆっくりめに走らせようか。あとでちゃんとお楽しみの時間が待っているからね。じつはバートランドと小作人を訪ねたときに、馬を走らせるのに最適な広い草原を見つけたんだよ」公爵がにっこりとほほえんだ。その笑みと美しい白い歯にブランディは一瞬うっとりと目を奪われていた。なんてがっしりとした顎かしら。あれを見るかぎり、彼はどんなに強情なオコジョより強情そう。

そこで現実に立ち返り、草原のことを思い出した。はてしなく長い草原が頭に浮かぶ。そこで馬を全力疾走させたりしたら、今にもはじけそうな母のブラウスのボタンがどうなることか。

公爵がヘラクレスをそっと刺激すると、ヘラクレスはゆるやかな駆け足で進みだした。

そうなるとブランディには合図する間もなかった。ヘラクレスがゆっくりと規則的な足取りで走りだしたとたん、カンターは手綱を引く力など気にも留めず、鼻息を鳴らし、頭を上げて、ブランディの手から手綱をもぎ取らんばかりに勢いよく進みだしたのだ。

ブランディは鞍の前橋を握りしめ、とにかく振り落とされないように神経を集中させた。うっかり目を下にやると、気が遠くなりそうになった。馬の背はどう少なく見積もっても、二階ぐらいの高さはある。イアンは前方だ。なんとしてでもこの順序だけは維持しなければ。鞍から振り落とされないように必死になっている姿なんて、彼には見られたくない。

公爵が手綱を引いてヘラクレスの足を止め、ブランディが並ぶのを待つそぶりを見せたときには、ブランディはそれでも苦心して、悲壮ながら笑みを顔に張りつけた。

「ペンダーリー周辺の雑木林を見ていると、カーマイケル・ホールのホームウッドを思い出すよ。カーマイケル・ホールというのは、サフォークにあるぼくの田舎の住まいでね。広い庭園の真ん中に立つ大きな古い建物だ。きみもきっと気に入ると思うよ。ホームウッドがあって、楡《にれ》や楓《かえで》や樫《かし》の木が無数に生えている。そしてそこに信じられないほどたくさんの鳥がいるんだ。ただまあ、裏口の扉を開けても海はないし、ヒースも生えていないんだけれどね」

ブランディはすてきなところねとなんとか返事はしたものの、全神経はカンターに、彼がヒップの下で揺れている様子に傾けていた。ホームウッドって何？　住んでいる場所はもちろんホームよね、それでそこに森《ウッド》があるから、ホームウッド？　そういうことね。よかったわ、死ぬ前に何かひとつでも新しいことを覚えられて。

「いや」公爵が周囲を見まわし、甘い朝の空気を思いきり吸いこんでからつづけた。「何があろうと、海とは比較にならないだろう。長く、くねった形の湖はあるんだよ。楓の森の真ん中にまるで美しい青い宝石みたいにたたずんでいる」

カンターの耳が倒れた。「一度見てみたいわ」ブランディはまるで頭に縫いつけられたように平たくなったその耳を見つめた。どうして？　カンターは何を怒っているの？　わたしは何ひとつ彼に要求していないのに。

「泳ぎは好きかい、ブランディ？」

その瞬間注意がそれ、満面の笑みを浮かべていた。「アイ、大好き。賭けてもいいわ、泳ぎならたとえあなたにだって負けないから。海流は泳ぎを鍛えるのに最適なの。この前バートランドと競争したときには、バートランドが水を飲んで溺れかかってしまってね。わたしが助けなきゃとあわてたくらい」

イアンは片方だけ黒い眉を上げ、隣のこのひょろりとした少女が荒い波間を泳ぐ姿を思い描こうとした。この娘がバートランドを、男を打ち負かしたって？

「ばかにしているんでしょう。信じていないのね。いいわ、一度一緒に海に入れば、きっと意識が変わるから。わたしは強いのよ。あなたもその皮肉っぽい眉を下げることになるんだから」

黒い眉をぴんと跳ね上げたまま、イアンはにやりと笑った。「確かにバートランドはきみを人魚と呼んでいたが、あれは泳ぎが達者だという意味じゃないと思うよ」

「ネイ、そう、あれはわたしがしょっちゅう濡《ぬ》れて潮の匂いをさせているから。彼はわたしをからかうのが好きなの。物心ついたころからずっと。でもね」ブランディは顎をくいと持ち上げた。「コニーのことはわたしと同じように見たくないみたい」

「そうか、きみもそっちに吹く風に気づいていたか。バートランドはきみの妹さんに夢中だよ。実際のところ、旅のあいだ、あんまり熱っぽい口調でくどくどときみの妹さんを褒めるものだから、こっちがまいったぐらいだ。何しろ眠らせてくれないんだよ。髪が美しいとか、瞳がすばらしいとか、鼻がまっすぐだとか——延々と語って。コンスタンスが彼の好意にいまだこたえていないのは残念だが、しかし彼女はまだ若い。時が来ればわかるだろう」

「それってただの決まり文句じゃありません、公爵？　時は関係ないわ。あなただっておわかりでしょう。だってあのパーシーがまた現れたぐらいだもの。ほんと憎たらしいったら」

イアンが声をあげて笑った。

「いやだどうしよう。憎たらしいなんて言葉、上品な人といるときは使うべきじゃないのにいつも忘れてしまう」

「まあ、今は取り立てて上品な気分じゃないから。いいんだよ、ブランディ。それに、きみの言うとおりだ。今のぼくの言葉はただの決まり文句。いや、つい口に出てしまうんだよ。今、きみに注意されて気づいた」

ブランディはため息をついた。「コニーが早く彼の本性に気づいてくれるといいんだけど。虚栄心が強いだけの気取った悪党だって。あれでは、恋人だっていう女相続人の方も気の毒だわ」

「ひょっとすると」公爵はまっすぐブランディを見つめて、静かに言った。「彼もロバートソンの名と女相続人を手に入れたら、手の届かないもののことはきれいさっぱり忘れるかもしれない」

「そういうことじゃないの。わたしが心配なのは、そういうことじゃない。おばあさま、一時はパーシーをけしかけていたけど、この前、わたしには近づくなって叱りつけてくれたのよ。これでもう二度と顔を見ずにすむと思っていたのに。それなのに昨日あなた方が戻ったすぐあとに、舞い戻ってくるなんて、どう考えてもおかしいでしょう？　彼、ペンダーリーに戻った理由をあなたに話した？」

イアンは首を横に振った。「そう心配しなくても大丈夫だ。ぼくがそばにいるかぎりは、パーシーも距離を保つと思うよ。パーシーはね、レディ・アデラによく似ている。人の困った顔を見るのが好きなんだよ。からかったり、あざわらったりするのを楽しんでいる。他人の侮辱から身を守るために、そうなったんじゃないのかな。私生児だというのは、生きていくうえで決して楽なことではないと思うよ。ここへ戻ってきたのは、エディンバラでバートランドとぼくの噂《うわさ》でも耳にして、里心がついたか何かだろう。本当のところはわからないが、本音を言えば、まったく気にもしていない」

彼のその言葉で、ブランディはカンターの背にいることをはたと思い出した。この五分間、死が間近に迫っていることをすっかり忘れていた。泳ぎのことなんて話したりして。パーシーのことなんて話したりして。わたしったら、本当にばか。

イアンが突如馬を止めた。「着いたよ、マダム・乗馬の達人。ここが草原だ。ぼくを足蹴にしたくてうずうずしているんじゃないのか？　よし、勝負だ。まずは陸路。きみさえよければ、この次は海路で勝負して、きみの力を見せてもらおう」

「男性ってほんと、大ぶろしきばかり広げるのね。恥をかくのはあなたなのよ。みんなになんて言うの？　〝アイ、レディ・アデラ、認めたくないんですが、ほんの小娘に負けました〟って？　きっとレディ・アデラは膝を叩いて、クロードおじさまより大声で笑うから。あなたは結局大恥をかいて、こっそり寝室に戻って、一週間は人前に出られなくなるのよ」

「そうかな？　まあしかし、お互い自信過剰だな。この競争に関していえば、カンターはヘラクレスに匹敵する脚を持っている。したがってハンデはなし。あの木立まで遅れて到着したほうが罰として、何か褒美を差しだすことにしよう」

ブランディは草原の彼方《かなた》に目をやった。こんなことで命を落とすことになるなんて、わたしはなんて愚か者なのだろう。でもたとえ草原の奥の木立まで八キロはありそうに見えても、死ぬのはきっとすぐだわ。本当はただ無能な嘘つきなのだと打ち明けようとブランディは口を開いた。けれど言葉が出なかった。公爵を見ると、その美しい笑みと挑むような目の輝きを見ると。ブランディの首がおのずと縦に振れた。とても言葉にはできなかったが、振れた。承諾を示して。そして無意識のうちに口走っていた。「ハンデはなくても、わたしのほうが絶対的に有利よ。覚悟はいい、公爵？　ご褒美をよろしく」こうなったらあとには引けない。ブランディは手綱をカンターの首に打ちつけた。

背後からイアンのはじけるような笑い声が聞こえた。

カンターが草原を駆けだし、その滑らかな走りにブランディはたちまち恐怖感を忘れていた。乗馬用の帽子が風で吹き飛びそうになり、それを手で押さえながらカンターの首筋に身を低くかがめる。イアンが急速に背後から迫ってくるのを見て、わずかに残っていた自衛本能すら吹き飛んだ。ブランディは踵《かかと》を打ちつけた。さらにカンターを刺激して、風速並みに速度を上げる。

遠くにぼんやりと見えていた木立がどんどん迫ってきた。このままだと木立に突進して、自分だけでなくイアンの馬も命の危険にさらしてしまう。なんとかしなければ。でもどうすればお尻の下の、この大きな馬を止められるの？　イアンが低い笑い声をあげて、前方に出た。木立の際でヘラクレスを滑らかに止め、ブランディに向き合うように馬の向きを変える。

ブランディは乗馬用の帽子から手を離し、両手でカンターの手綱を力いっぱい引っ張った。けれどカンターは速度をゆるめるどころか、びくりともしなかった。ブランディはさらに狂ったように手綱を引いたが、そのままイアンに向かって全速力で突進していくカンターに、ついには観念して目を閉じた。

15

大きな歓声が聞こえた。彼のこの笑い声が好きだった。でもこれが死ぬ前に聞く、最後の声になる。

カンターが前脚を跳ね上げ、後ろ脚立ちになった。ブランディは手綱を離し、全力で鞍《くら》の前橋を握りしめた。あっという間の出来事だった。カンターは息を切らしながら停止していて、ブランディはいまだ奇跡的に鞍の上にいた。そしてイアンは美しい黒っぽい瞳を楽しげに輝かせて、ブランディの馬の手綱を取っていた。

ブランディはいまだ自分が馬の背に乗っていることに、いまだ息をしていることに安堵《あんど》して、彼の声がほとんど聞こえていなかった。「どういうつもりだ、ブランディ？　ぼくをはじき飛ばして、自分が勝ったとでも主張する気だったのか？　バートランドと海で競争したときもどうせこの手を使ったんだろう。彼を押しのけたのか？　ぼくがどれほど驚いたと思う？　なのにきみは涼しい顔をして」

ブランディが言い返した。「速いのはカンターのほうよ、イアン。馬術はあなたのほうが優れていてもね。もう一度勝負しましょう。でも今日はだめ。明日か来年にでも。来世紀になってからでもいい」

彼は笑っていて、最後の台詞《せりふ》は聞いていなかった。「潔くないな、ブランディ。ぼくの勝ちだというのはわかっているだろう。さあ、認めるんだ。認めないつもりかい？　頑固なお嬢さんだ。いいだろう、もう一度勝負だ。日にちを決めよう」

そんな日が来るわけない、とブランディは内心で思った。

「来週」彼女は言った。「アイ、水曜日がいいわ」

「よし、水曜日に。ところで、ぼくは勝った褒美としてきみに何を要求できる？」

褒美。そうだわ、褒美のことを忘れていた。それで彼が来週の水曜の競争を忘れてくれるなら、なんだってあげる。ブランディは鐙《あぶみ》から足を外し、滑るように地面へと落ちた。ああ、いとしの地面。なんて頑丈なの。動きもしないし、鼻息も荒らげない。ブランディは彼を見上げて言った。「お望みのものを言って、イアン。なんでもいいわ」

イアンも馬から降りると、二頭をいちいの木の茂みにつないだ。「なんでもいいって？」にやりと笑って、歩み寄る。

ブランディはイアンを見上げた。彼の美しい口元に目が釘付《くぎづ》けになる。

「ブランディ」

ブランディはかすかに唇を開いて、半歩身を乗りだした。

それでもイアンは両腕を脇につけたまま、身を固くして、ただ立っている。ブランディは彼に気骨を示す隙を与えず、爪先立ちになって両手を彼の首にまわし、自分のほうへと引き寄せた。やり方を知っていたわけではなかった。それはどうでもよかった。ブランディはキスをした、心から熱く。彼のたくましさ、唇のぬくもりが伝わってきて、思わず吐息がもれる。キスを終わらせたくなかった。永遠に爪先立ちをすることになってもかまわなかった。彼の味、彼の匂い、彼の感触、すべてが心地よかった。

イアンは自制心を失いかけていた。こんなことは大人になってはじめてだ。だめだ、これだけはいけない。彼女は純情すぎる。自分が何をしているのかもわかっていない。自分がぼくに、石のように硬くなっている男にいったい何をしているのかも。イアンは断固として唇を開かなかった。最初は想像もしなかったほど彼女を味わいたくなっていたけれど。本当は舌を入れたかった。背中をなで、ヒップを抱き、体をぴたりと重ねたかった。愛撫《あいぶ》して、指を滑りこませて――だめだ、できない、できるわけがない。その想像と全身を貫く生々しい衝撃に体が震える。だめだ、できない。これまでの人生の何よりつらかったが、それでもどうにか自分の首筋から彼女の手を引きはがした。

「だめだよ、ブランディ、こんなことはしてはいけない」

そこでブランディは後ずさった。自分が歩けることすら驚きだった。地面に倒れこんで仰向けに横たわりたいほどの気持ちだったから。彼に抱かれたかった。キスをして、覆いかぶさられて――。「ご褒美よ、イアン」内心で乱れる感情そのままの生々しい声だった。

ああ、なんて繊細な娘《こ》だ。なんて純情なんだ。この娘をぼくから守らなければ。「こんな褒美を考えていたわけじゃなかった」ばかなことを口にする自分が、とんでもなく間抜けに思えた。

「でも、わたしがあなたにあげたかったの。だって、勝負に負けたんだもの。たとえわたしのほうが本当は乗馬がうまくても。あなたも来週の水曜にはわかるでしょうけど」

素直な娘だ。そう思うと彼女を抱きしめて、キスをしてやりたくなった。だが欲望の強まったこの状況でキスをすれば、きっと止められなくなる。彼女のすべてを知り、教えてしまうことになる……。

イアンは低くうめいて、手で髪をかき上げた。やめなければ。ほかに選択肢はない。

「ブランディ、よく聞くんだ。ぼくはきみの後見人だ。婚約者もいる。きみはまだ世間知らずの子供――というか、少女――いや、女性だ。とにかく、そんなきみにつけこんだなら、ぼくは誰より見下げ果てた男ということになる。わかってくれるね――」

「子供？　少女？　今の〝女性〟は機嫌を取るためにわざと付け加えただけでしょう？　いい加減にして、公爵。わたしは正真正銘の女性よ。年齢だってもうすぐに十九だわ。それなのに、子供だとか少女だとか。わたしを誰かと一緒にしないで。どうせその人はあなたにとってもっと大切な……いえ、もういい」

イアンが背を伸ばして、じっと見つめている。

ブランディは頭にきすぎていて彼の言い分を聞く気になれず、いっきにつづけた。「とにかく、わたしは自分が何をしたかぐらいわかっています。上から目線でくだらないことを言って否定しないで。別の女性と婚約？　ええ、だからわたしはロンドンに行ってその女性と同じ屋敷になんて住みたくないの——わかるでしょう？　彼女があなたにキスをしたり、抱いたりするのを見るなんて耐えられない。どぶねずみか何かを見るような目で見られるのもいや。そんなの、わかりきっているじゃない。ご立派な淑女なんでしょう？　非の打ちどころがなくて、上品で、自分の立場をわかっている人。わたしはきっと嫌われるわ。でもわたしのほうがもっと嫌い。どこの誰かも知らない人だけれど、でも彼女のことは爪の先まで大嫌い。わたしは行かないわ。あなたがどう言おうと。憎い女性と同じ屋敷になんて住めない。それぐらいならパーシーと一緒のほうがまだましよ——いい？」

ブランディは考えもせず、ただカンターに駆け寄った。茂みにつながれた手綱を手に取る。そして怖いという気持ちすら忘れ、鞍によじのぼった。

「ブランディ、待て、まだ話が残っている。きみに説明を——」

「ネイ、もううんざりよ、公爵」ブランディは叫んだ。踵《かかと》を打ちつける。カンターには、自分の背に乗った品のない人物が、馬どころか自分自身すら制御できないことなどお見通しだった。カンターは嬉々《きき》として鼻を鳴らし、草原を引き返しはじめた。

イアンは怒りが沸き立つのを感じながら、一瞬ただ彼女の後ろ姿を見送った。説明もさせないとはどういう了見だ。まったく、こんな奇っ怪な土地に来るまでは、こんなにややこしいことなどなかったのに。ブランディに出会うまでは。ブランディの髪がどんなに美しいか気づくまでは。一緒にいることが、話すことが、彼女の目を通してこの世界を見ることが好きだと気づくまでは。なんてことだ。

イアンはヘラクレスの背に飛び乗ると、全速力であとを追った。カンターが木々のあいだを抜け、大きな道に合流するところで追いつき、隣に並ぶ。そしてカンターの向きを変えようと鞍の上で大きく身をそらして手綱を引くブランディの手から、その手綱を奪い取ろうと身を乗りだした。それが主人の手だと気づいたカンターが突如前脚を跳ね上げて後ろ脚立ちになる。そして手綱をブランディの手から外させると、頑としてその場から動かなくなった。

「なんて馬なの」ブランディは手を伸ばしてイアンの手から手綱を奪い返そうとしたが、彼にすばやく避けられた。一瞬無言で見つめ合う。ブランディの怒りはしだいに静まり、いまや忘却を求めていた。さらに互いを見つめつづける。イアンは頭の中でブランディの髪をほどき、枕に広げた美しさを思い浮かべていた。その彼女に覆いかぶさり……。

イアンはやっとの思いで口を開いた。ひと言ひと言きちんと適切な口調で話すのが死ぬかと思うほど苦しかった。「きみさえよければ、ブランディ、ぼくは乗馬をつづけたいと思う。きみにこのまま、悪魔のもとから逃げだしたような姿で馬小屋まで帰ってほしくない。何より、きみのご家族から不適切なことが起きていると邪推されたくない」

ブランディはその穏やかで落ち着いた口調にとまどったように、見つめ返していた。声を出す自信がなかったのだろう、そしてただこくりとうなずいた。イアンはカンターの手綱を彼女の手に握らせた。それからふたり並んで、城とは逆方向に馬を進めはじめた。イアンは内心無言で自分に毒づいた。我ながら尊大でいけ好かない男の口調だ——尊大でいけ好かない、堅苦しいだけのイングランド人の。

三叉路《さんさろ》に差しかかったところで、イアンは分岐する脇道を選んだ。海岸に背を向ける格好で小作人たちの小屋の脇を抜けていく。空が危険なほど暗くなってきたことには気づいていたものの、ブランディが濡《ぬ》れないうちはかまわないだろうと自分に言い聞かせ、そのまま馬を進めつづけた。しばらくして、ようやくブランディに何かしら適切な説明をする自信を得て、小道から少し入った樹木の生い茂る静かな場所で馬を止めた。

「ここで少し休もうか、ブランディ？」イアンはそう言って、馬を降りようとした。しかしその言葉が口から出るや否や、目もくらむほどの稲妻が黒ずんだ空を引き裂いた。間髪を入れず、地響きするような雷鳴がつづく。

ブランディが短い悲鳴をあげた。稲光に視力を奪われ、怯《おび》えたカンターが鼻息を荒らげて前脚を跳ね上げ、後ろ脚立ちになってブランディの手から手綱を振るい落とし、次は後ろ脚を跳ね上げる。ブランディは必死で手綱をつかもうとしたが、手が届かなかった。狂ったように声を張り上げる。「イアン、助けて。わたしには止められない。手綱に手が届かない」ブランディは恐怖で頭が真っ白になった。自分の愚かさのせいで死ぬことになるとばかり思っていたのに。まさか、こんな起こるはずのない偶然の事故で死ぬことになるなんて。低く垂れ下がった枝が乗馬用の帽子をもぎ取った。でも、今ここで帽子を追えば、カンターの蹄《ひづめ》に踏みつぶされる。

またも鋭く白い稲光と大きな雷鳴が轟《とどろ》き、木の焼け焦げる臭いが漂ってきた。カンターが歩幅を広げ、生い茂る下草の中を速度を上げて駆けまわる。イアンが背後に近づく足音が聞こえ、ブランディの心にかすかな希望が灯《とも》った。彼との距離を確かめようと鞍の上で身をよじる。手を離れてぶら下がっていた手綱がカンターの蹄にからみ合い、必然的にカンターの脚をもつれさせた。

イアンがあともう少しで追いつくところで、カンターが片方の膝を折り、ブランディは前に投げだされた。彼女が蔦《つた》の茂みの真ん中に落下するのを見て、出かかったブランディの名が喉に張りつく。

イアンはヘラクレスを止めて、飛び降りた。とっさに彼女を抱え上げようとしたが、すんでのところで思いとどまった。脇にひざまずき、指を喉のくぼみにあてて脈を探る。脈拍はいくぶん速めだが安定している。イアンはそっと双方の腕をなぞり、骨が折れていないかどうか確かめた。それから脚も。問題はなかった。それでもまだ内臓が損傷している可能性もある。命の危険がないとは言えない。これほど不安な思いは生まれてはじめてだ。

「ブランディ」

イアンはぴくりともしない彼女の顔の上にかがみこんだ。頬を軽く叩《たた》いたが、意識は戻らない。イアンは愕然《がくぜん》とし、焦った。そのとき天は呪わしき稲光と雷鳴だけでは飽き足らず、突然大粒の雨までブランディの顔に注ぎだした。

「くそ」イアンは小さく毒づいた。なんとしてでも、雨を防がなければ。イアンは乗馬用の上着を脱いで、ブランディを覆った。反応のない彼女の顔を見て一瞬眉をひそめて、立ち上がる。さほど遠くない場所に、小作人の小屋があったはずだ。ブランディをそこへ運ぼう。そしてその家の子供をペンダーリーに遣いにやって助けを求めよう。

イアンがブランディを抱きかかえて、ヘラクレスの背に乗せたときには、雨はまるで分厚い灰色のシーツのように周囲を覆っていた。

片腕でブランディの体を抱きかかえ、もう片方の手にカンターの手綱を持ち、小さな騎馬隊は小屋に向かってゆっくりと移動をはじめた。

近づいてみると、その小屋は茅葺《かやぶ》きの屋根が今にも石壁の上にずり落ちそうになっている、ずいぶん以前からの廃屋だった。茅葺きは二本の細い柱でかろうじて小屋の前面に引っかかっているだけの状態だが、それでも馬たちの雨よけぐらいにはなりそうだ。

イアンはゆっくりと馬を降りると、ブランディの体重を右腕で支えながら馬たちをつないだ。ブーツの爪先で狭い入り口の扉を蹴り開ける。錆《さ》びついた蝶番《ちょうつがい》が不気味な音をたてたときには、小屋が屋根から崩れてくるのではないかとひやりとした。

目が中の薄闇に慣れると、ここには小さな部屋がひとつあるだけで、しかもその床がいまだ朽ちかけた板で覆われているのがわかった。イアンはおおざっぱな造りの暖炉に向かって慎重に足を進め、コートを敷いて、ブランディをその上に横たえた。

またも低く雷鳴が轟き、イアンははじかれたように立ち上がった。カンターは哀れな鳴き声をあげたものの、幸いなことに綱をちぎってはいない。そのとき、部屋の片隅に泥炭の塊が積んであるのが目に入った。よかった、少なくとも利用できるものがある。

泥炭はきれいなもので、火をつけるのにさほど苦労はしなかった。部屋には大量の煙が充満したが、それでもないよりはましだ。イアンはハンカチを取りだしてブランディの顔を拭いた。しっかりとした顎、まっすぐな鼻、こめかみ側がかすかにふくらんだ太い眉。ひどい無力感に襲われた。突如心の奥底に長く押しこんでいた記憶がよみがえる。もはやどれだけ手を尽くしてもマリアンヌを救えないと悟った、あの瞬間の身がよじれるようなやるせなさ。あと一歩でパリに、あの革命で疲弊した街に、夜の帳《とばり》にまぎれて忍びこめるというときでさえ、手遅れなのは察していた。直感でわかっていた。

だがブランディは何があろうと手遅れにはしない。

16

「ブランディ、目を覚ますんだ」イアンが声を張り上げる。

「そんなに怒鳴らないで、イアン」ブランディは小声でつぶやくと、どうにか目をこじ開けた。明らかな安堵《あんど》の吐息が聞こえたのだろう、ブランディの唇が痛々しいながらもほころぶ。

声が聞きたかったが、大丈夫だと確信したかったが、それでもイアンは言った。「痛むなら、無理に話さなくていい。どこが痛む？　いや、いい。休んでくれ。話はあとでいい。今は楽にしていてくれ」

ブランディはこみ上げる胆汁をぐっとのみくだした。腹部に吐き気が渦巻いている。吐いてはだめ、だめよ。ブランディは手を口元に持ち上げようとした。

「だめだ、ブランディ、じっとして」イアンがその手を脇に戻した。

「頭を打ったの。痛い」

「ああ、わかるよ。ほらここ、三つ編みの下に卵大のこぶができている」

ブランディはかすかに悲鳴をあげて、顔をそむけた。吐きたい。いっそ死んでしまいたい。でもそんなところを彼に見られたくない。

「どうして髪をこんなにきつく編むんだ？　わけがわからない。幼く見えるだけじゃなくて、ひどく不快だろうに」

「痛い」目に涙がこみ上げた。ああ、声を出さなければよかった。

「静かに。ぼくがなんとかするから。これ以上痛まないように」

ブランディの三つ編みは、ピンを使わず長く太く編みこまれていた。その縄の端を手に取り、ほどいていく。弾力のある髪が手の甲にからみつき、イアンは慎重にその大きなうねりをならしていった。重い三つ編みの圧迫感から解放され、ブランディが小さく吐息をつく。

「気分がよくなったかい？　それはそうだろう。もう髪を編むのはやめたほうがいい、ブランディ。頭の上でまとめ上げている場合は別として、ぼくはあまり好きじゃない」イアンは目をそらし、泥炭の塊をさらに数個、燻《いぶ》る暖炉にほうり入れた。なぜ、こんなことを言ってしまったのだろう？　彼女が自分の髪をどうしようが、関係のないことなのに。

公爵の言葉はふんわりとブランディの頭上を通りすぎていった。吐き気を堪えるだけで精いっぱいだったのだ。またひとつ吐き気の波をやりすごしたところで、ブランディはようやく少しはっきりと物事を考えられるようになった。彼に嘘《うそ》をついていた。わたしはほら吹きだ。ぺてん師だ。死ぬ前に真実を打ち明けなくては。「わたしね、嘘をついていたの、イアン」ブランディはただ彼を見つめ、返事を待った。

「なんの話だい？　嘘？　正気かい、ブランディ？　ぼくがちゃんと見えている？　ほら、今何本指を出しているか、言ってみてごらん」

「あなたは紳士ね、わざとごまかしてくれるなんて。何もかもわたしの惨めな自尊心のせいなの。今はその報いを受けている。たぶんこのまま死んでしまうと思うけど、でもやましい気持ちのまま死にたくない」

イアンは眉をひそめ、無意識に彼女の濃いブロンドの髪をかき集めて、汚れた床に触れないように顔の隣になでつけた。「ぼくにはなんのことかさっぱりわからない。このままそんな話をつづけるなら、大声を出して屋根を落下させるよ。自尊心がなんだというんだ？　いいとも、ぼくがきみを絶対に死なせない。だからきみもそんな話を繰り返すのはよせ」

「わからないの？　本当にわからない？」そんなはずがない。彼がわたしのしたことに気づかないわけがない。ちがうわ、彼は紳士らしく振る舞っているだけ。惨めな女性に優しくしているだけ。

イアンはようやくブランディが何を話そうとしているのかに気づき、ゆっくりとうなずいた。彼女の唇の感触、それからの怒りの言葉。そうか、今になって悔やんでいるのだろう。キスをしたことを、ぼくの唇を引き寄せたことを。彼女が悔やんでいると知って、おそらくここは安堵すべきところなのだろうが、どういうわけかイアンは切なさすら感じていた。

ブランディはひとつ息をついた。イアンに懺悔《ざんげ》するくらい、たいしたことじゃない。だってわたしは大ぼらを吹いたんだから。「わたしを軽蔑しない？　悪い人間だと思わない？　わたしを許せる？」

くそ、どうして彼女はこんなにもこのことにこだわる？　イアンは顔をそむけ、ぶっきらぼうに返した。「もちろん、軽蔑したりしない。許さなきゃならないことは何もない」良心の呵責《かしゃく》がさらに言葉をつづけさせた。「いいかい、ブランディ、あれはきみだけのせいじゃない。ぼくにも責任がある。いやぼくの責任のほうが重いだろう。男だし、きみより年上で、その、ああいったことにも経験があるわけだから。ぼくが自制心を働かせるべきだった」

「ネイ、イアン、あなたが責任を負うことはないの。何もかもわたしのせいなんだから。わたしはただあなたに臆病だと知られたくなかった。そして今その報いを受けている。でも一歩間違えば、あなたまで傷つけていたのよ。許されることじゃない」いっそなじるなら、なじってくれたほうがいい。たとえわずかでも。彼はおばあさまみたいに声を荒らげたりしないの？

話を聞くうち、イアンは、ひょっとするとこの会話は以前の夜と同じ類のものかもしれないと思いはじめていた。でもまあ今回は、水もれする木の浴槽の前で真っ裸で立っていないだけましなのかもしれない。イアンはふっと唇をほころばせ、ブランディの頬に軽く触れた。

「どうやら、ぼくたちの会話はまたちぐはぐになっているようだね。話を最初に戻そうか。今の臆病どうこうっていうのは、いったいなんのことなんだい？」

「ああ」ブランディも思い出した。「あなたが裸だったときのことね。わたしがてっきりロンドン行きの話だと思いこんでいたときの」ブランディが強いまなざしを向けてきた。イアンがまたも自分が裸なのかと思うほどに。

「よしてくれ、ブランディ、そのことは考えないでくれ。とにかく今は」

「わかっている。でもあの夜は勉強になったわ。男性があんなにきれいだなんて、思いもしなかったもの」ブランディは吐息をついた。

「それで、臆病の話は？」

「ええ。気づかなかった？　わたし、昔から動物が怖かったの。子供のころ、噛《か》まれたせいもあって。カンターはすてきな馬よ、本当に。ただ馬を見ると後ずさりたくなるだけ、ゆっくりと静かに。とにかく怖くてたまらなくて」

「馬が怖いのか」イアンは廃屋の壁と同じぐらい、がらんとしたうつろな表情で言った。

「そうか、すっかりきみを乗馬の名手だと思っていたな。カンターでぼくに突進してきたときも恐怖の欠片《かけら》さえ見えなかった。まいったな、あの草原を風よりも速くカンターを走らせていたじゃないか。あれが全部強がりだったとは。無謀な挑戦だったとは。あのとき、わざとぼくを踏みつけるふりをしたんだと勘違いしたが……じつのところは、カンターを止められなかったわけか？」

「アイ、わたし、あなたに愚かなやつだと思われたくなかったの。あなたはすべてに完璧で、でもわたしは――」

「ぼくが、完璧？　ばかなことを言わないでくれ。人並み以上に欠点の多い人間だよ。さっきの臆病ってことに関してだが、ぼくはきみをかなり勇敢だと思うね。いや、無謀と言ってもいいいかもしれない」イアンは一瞬言葉を切り、指先を膝に打ちつけた。「馬が嫌いだからといって、ぼくはきみを軽蔑したりしない。それともうひとつ、きみは自分の値打ちを誰かに証明する必要などない。わかるね？」

「本当に気にしていないの？　わたしをかわいそうに思って、嘘をついているんじゃなくて？」

「いや、きみをかわいそうになど思っていないよ。頭が痛いのは気の毒だけどね。それ以外は、忘れよう。もしきみが二度と馬に乗らなくても、まったく問題はない。いや、きみさえよければ、ぼくが馬の扱い方を教えよう。馬は心が通い合う相手だよ。話しかけることも、叱ることも、怒鳴ることもできる。こっちがどう出ても穏やかに受け止めてくれる。

いや、待てよ。まさかきみ、今になって泳ぎもできないとは言わないだろうね？」

「ネイ、それはないわ。泳ぎではきっとあなたに負けない。たぶんね。だってバートランドにも勝ったんだもの。彼が熱病から回復したばかりだったのは確かだけど、それでも正真正銘に打ち勝った。あなたが泳ぎ慣れているのはサフォークの小さな湖でしょう？　潮流や海流のこと、わかっている？　岩場に押し流されることもあるのよ」

「いやわかっていない。すぐに勉強するよ」

ブランディが突如身を震わせて、目を閉じた。どうも具合が悪そうだ。雨はすぐそこで滴り落ちている。いったいどうすればいい？　彼女を残しては行けない。

「頭かい、ブランディ？」

「アイ、痛いの」

「まだ動かないほうがいい。しばらくこのまま横たわって、打ち明け話をつづけてくれ。それ以上に、ぼくにできることがあるとも思えない」

ブランディがうっすらとほほえみ、イアンはふっと気が楽になった。根性のある娘《こ》だ。今の今まで自分が根性のある女性に惹《ひ》かれるとは思ってもいなかった。穏やかさとはかなさに慣れていた。優しい笑顔と優しい要求に慣れていた。自分が常に強い存在でいることに、相手に手を貸し、支える存在でいることに慣れていた。だがここにいる彼女は、見るからに痛々しい姿で朽ちかけた床の上に横たわっていても、涙も流さなければ、泣き言ひとつ言わない。

「だが、そうだな、せめてきみの濡《ぬ》れた上着を脱がせるくらいはできるだろう。うまくいけば、火のそばでその下のブラウスも乾く」イアンが上着を脱がせようとそっと上半身を抱きかかえると、ブランディは板のように体を硬直させた。「ほら、じっとして」いったいどうしたのだろうと訝《いぶか》りながら、イアンは言った。「まさかぼくを怖がっているんじゃないだろうね？　大丈夫、きみの尊厳を傷つけたりはしない」

ブランディはすっと息を吸った。気を失いそうだった。神さま、どうかお願い、彼をわたしの胸に気づかせないで。胸の前で開いたボタンのことを考えると、涙が出そうだった。あんまりだわ。こんな乳牛みたいな胸を見られたら、二度と褒めてもらえなくなる。

イアンは上着を脱がせると、すり切れた白いブラウスに眉をひそめた。彼女にはひどくきつそうだ――十歳ぐらいから着ている乗馬服なのか？

「どうだい、だいぶ気分はよくなっただろう、ブランディ？　あ、動くんじゃない。このまま抱いていさせてくれ。このほうが暖かいだろう。きみに寒い思いをさせたくない」

「あなたも濡れているわ、イアン」だが、ブランディは動かなかった。どうやら彼は何も気づいていない。よかった。ブランディの体がまた震えだした。今度は寒さからではなく、彼に強く抱きしめられたことに反応して。

イアンがさりげなく髪に軽くキスをした。ブランディは手を上げて、彼の頬に触れた。イアンがまたもさりげなく身をかがめて、今度は柔らかな口にキスをする。ブランディは頭痛も、胸のはだけたブラウスのことも忘れ、ためらうことなく唇を開いていた。

イアンは紳士として最後の抵抗を試みたものの、結局、手にからみつくふさふさとした滑らかな髪と、顎や頬や耳をくすぐる温かな唇の感触に負けた。額に、鼻筋の通った鼻にキスを返し、そしてついに、ついに、唇を重ねた。湿った髪をまさぐる彼女の指の感触が伝わり、自分の名を呼ぶ彼女の声が聞こえた。その声の響きに、イアンは欲望のおののきを感じた。

彼女の肩と喉をなで、その手をゆっくり胸元へ近づけていく。だが、衣類の層に行く手を遮られた。いったい何枚身につけている？　イアンはブラウスのボタンを外しはじめた。

ああ、どうしよう。彼が胸に触れたがっている。ブランディはとっさに身を離した。激しく動揺して、頭が痛んでいることすら忘れていた。いっそ朽ちた床から下に落ちてしまいたかった。見たところで嫌悪感を抱くだけだから、見ないほうがいいことをどう伝えればいいのだろう？

しまった、彼女を怖がらせた。純情な娘だ――どれだけ純情かをすっかり忘れていた。イアンは顔を伏せ、ひとつ深呼吸をした。もう少しで彼女を辱めてしまうところだった。イアンは自制心をなくした自分が腹立たしく、顔をそむけた。これではパーシーと同じだ、発情した恥知らずだ。

　イアンが引き下がったのをブランディは空気で感じ取った。彼が求めているのはわたしじゃない。公爵夫人になる予定の顔も知らない女性。ブランディは彼から離れ、膝立ちまで身を起こした。頭はまだ痛むが、もうさほどひどくない。吐き気も堪えられる程度だ。ブランディは髪をなでつけると、ゆっくり立ち上がった。彼はもう背中を支えようとはしてくれなかった。

　それからイアンも立ち上がり、ブランディと向き直った。詭弁《きべん》とは知りつつも、これ以外言葉が見つからなかった。「きみに必要以上の親愛の情を示したぼくを許してほしい」

親愛の情だって？　よく言えたものだ。「こんなことをするつもりはなかった。ふたりきりだったし、きみを心配しすぎたせいだと思う」ああ、そうだろう。だがそれが事実でないことは自分が誰より知っている。まったく、これではパーシー以上の悪党だ。

「アイ」ブランディは言った。「もちろんよ。わかっている。そろそろペンダーリーに戻りましょうか。雨も小降りになったことだし」

「そうだね。ぼくがカンターを引くよ。きみはただ鞍《くら》に乗るだけに集中してくれればいい。いや、きみはぼくの馬に乗せていこう。落馬の可能性は少しでも防いでおきたい」

　この言葉に、ブランディの胸は弾んだ。そうなれば、もう少し彼の間近にいられる。彼が身をかがめ、ふたりの湿った上着を拾い上げた。

ブランディは彼に背を向け、肩をすくめて上着を着せてもらった。濡れた上着を着ることに彼が驚いていたとしても、それを口に出さずにいてくれたことが、ブランディにはありがたかった。

ペンダーリーに戻る道中は想像していたほど楽しいものではなかった。彼に抱き寄せられていたけれど、あまりに密着していて心臓の鼓動が聞こえるほどだったし、ヘラクレスが一歩踏みだすごとに頭はずきずきと痛んだ。

ペンダーリーに戻るなり、伏魔殿じゅうが公爵の指示で円滑に動いた。ブランディはマルタから小言を聞かされ、軽く叩《たた》かれ、おそらく公爵の指示によるものに違いないアヘン剤入りの紅茶を少し飲まされてベッドに押しこめられた。

あれは彼の優しさね。ブランディは眠りに引きこまれながらも思った。顔を合わせる人ごとに、ブランディは避けがたい事故に遭ったと説明するなんて。そして眠りに落ちる寸前、最後に頭に浮かんだのは、命あるかぎり、二度と馬には乗りたくないということだった。

17

翌日の早朝ブランディは、かすかな頭痛と耐えがたい空腹、それに一刻も早く公爵と話したい欲求を抱えて目を覚ました。朝食室に向かって玄関広間を突っきっていたところで、クラブが驚きの顔を上げた。

「まだベッドを出ちゃいけません、お嬢さま」彼が声をかけた。「昨日はボラの胃袋みたいに真っ青だったのに」

「今朝は生まれ変わったみたいに元気よ、クラブ。公爵はもう朝食室にいらっしゃる？」

「ネイ、今朝はいつも以上にお早くて。バートランドさまとクラックマナンシアにもうお出かけになったようです。ほら、例のチェビオット種の羊ですよ。アイ、公爵さまが舵取《かじ》りをしてくだされば、ペンダーリーはまた豊かになりそうですね。羊かあ――あのきれいで、毛のむくむくした羊が長年夢見た以上の富をもたらしてくれるんですねえ。これで豊かになれる――考えただけでもわくわくしますよ」

ペンダーリーが豊かだったときなど、ブランディは記憶にもなかった。今日発《た》つなんて、公爵は言っていなかったのに。ブランディは失望を悟られないためにクラブの前を歩いて、朝食室に入った。そしてクラブがまるで過保護な母鳥のようにそばにまとわりつき、ぶつぶつ話しつづける中、大きなボウル一杯のポリッジを自分に用意した。

「パーシーさまも今朝早くに発たれましたよ」クラブはブランディのボウルにさらにポリッジを注《つ》ぎ足して、言った。「蜂蜜は、お嬢さま？　アイ、お嬢さまは蜂蜜を召し上がったほうがいいです。そうしたら若いほっぺに輝きも戻ってくる。アイ、それにしても、パーシーさまがいなくなられたのは、よかったですねえ」

「よかったわ、本当に」ブランディは言った。「あ、蜂蜜はそれでいいわ、ありがとう。そもそも彼はどうしてわざわざやってきたのかしら？　きっと混乱させたかっただけね。でももういなくなったわけだし、これ以上あれこれ考えることもないけれど」

「どうして発たれたかなら知っとりますよ、お嬢さま」どうやらクラブはそれを話したくてうずうずしていたらしい。おそらく知らないのはブランディだけなのだろう。なぜなら早々にベッドに入り、マルタがくれたアヘン剤のおかげでぐっすり眠っていたから。

ブランディは身を乗りだした。「話してもいいの、クラブ？　大丈夫？」

「アイ、それが大丈夫なんですよ、お嬢さま。昨夜《ゆうべ》レディ・アデラに出ていけと言われたんです。正式に私生児でなくなるまで、顔を見たくないと」クラブは見るからに作り笑いでつづけた。「せめて名目上だけでも、とね。まあ、パーシーさまは気に入らない様子でしたが、出ていく以外にしかたなかったんでしょう。玄関扉から出ていかれるのは、この目でしかと見ましたよ」

「それじゃあ、しばらくは平和ね。公爵はいつごろ戻られるとおっしゃってた？」

「すぐにと、バートランドさまから聞いとります。首尾よく行けば、今日じゅうに戻られるやもしれません。バートランドさまは、たとえ何も収穫がなくても、これだけ気持ちのいい日に馬に乗るのは悪くないとおっしゃってましたけど」

今日戻られるかもしれない。ブランディはそう思うと、頬がゆるみ、歌いだしたい気分になった。代わりにポリッジを頬ばる。

クラブは三分ほど食事の状況を観察していたが、やがてブランディが今回の落馬事故で息を引き取ることはないと納得したのか、うなずいて部屋を出ていった。ブランディはのんびりと、イアンのことを考えながらポリッジを平らげた。

羊を購入してペンダーリーに戻ってきたら、公爵がイングランドに戻る日もそう遠くない。昨日のようなことがあった以上、彼もわたしのせいで陥ったこの複雑な状況を捨てていくしかないだろう。公爵にも責任はあるけれど、でも始めたのはわたし。それはわかっている。先のことなんて何も考えずに、彼という男性に反応してしまった。すばらしいと思った唯一の男性に。いいえそれ以上に、愛している男性に。

愛しているのは明らかだ、火を見るより。そして彼が婚約しているのも、火を見るより明らか。そして紳士が淑女との婚約を破棄できないことも。彼はほかの女性のものになる。わたしに望みはない。どのみちあとから割りこんだよそ者。行儀の悪い人間。相手の女性は、おそらくロンドンで公爵を優しく思いやっているのだろう。彼が自分の夫になることを疑いもせず、信頼し、ブランディと同じ感情を彼に抱いているのだ。彼女には彼を愛する資格がある。公爵がロンドンに戻って、その女性と結婚するのは揺るぎようのない事実。

受け入れなくては。わたしが求めた唯一の男性は、決して手の届かない人だと。そしてそれはどうしようもないことだと。わたしはなんの価値もない人間。名誉も美貌もお金も、何も持たない貧相なスコットランド女。それに比べて彼はすばらしすぎる。今も、この先もわたしには考えられないほどの価値を持っている。ブランディは空になったポリッジのボウルを無言で見つめた。それから、ふっと頬をゆるめ、フィオナを呼びに子供部屋に向かった。城を離れたかった。ここは人目がありすぎる。ブランディはフィオナに温かな格好をさせ、自分の小舟を繋留《けいりゅう》している小さな入り江に連れだした。

ブランディがフィオナを連れて城に戻ったのは、午後も遅くなってからだった。ふたりとも海水のしぶきでびしょ濡《ぬ》れで、しかも風に吹かれて乱れ果てていた。城の前に見慣れない四輪馬車が停《と》まっていた。さらにもう一台、古びた馬車も疲れ果てた馬たちとともにその背後に停まっている。

「おばあさまのお友達かしらね」ブランディはフィオナに言うと、妹を正面玄関へと促した。そこで突如足がすくんだ。生まれてこの方見たこともないような美しい女性が目に入ったのだ。彼女は先頭の馬車の脇に立ち、ペンダーリー城を眺めていた。小柄で、ブランディが嫉妬のあまり吠《ほ》えたくなるほど見事に華奢《きやしや》な女性だった。金色の旅行用ドレスを着ていた。ごく普通サイズの胸の下で軽く絞られ、そこから優雅な靴先まですっぽりと流れるように落ちるスタイルのドレス。イアンがエディンバラで買ってきてくれたドレスも本当はこんなふうに見えるべきものなのだろう。目の前の女性はブランディとちがって、ドレスの胸元から胸が飛びださんばかりになったりしていない。優雅で、自信に満ちていて、当然ながらよく似合っている。頭上にはドレスと同色の金色の藁《わら》編みボンネット、それにはさらに濃い金色のリボンが房となってついていて、顔周辺の黒い巻き毛はからすの羽根のように艶やかだ。目は少し切れ上がり気味で瞳は濃い葉緑色、その周囲をふさふさとした黒いまつげが縁取っている。

そのとき意外なことに、イアンが馬車の脇をまわっていくのが見えた。女性が彼に向かって両手を差し伸べる。ブランディの見守る前で、イアンが彼女に近づき、その両手を取って持ち上げ、指にキスをした。そのとき女性がイアンに何かしら話しかけ、笑い声をあげた。イアンがほほえみ返している。その女性が公爵の婚約者だというのはブランディにもわかっていた。彼女が何者かはひと目見た瞬間にわかった気がする。感覚が教えてくれた。どう見ても、ふたりは同じ世界に属している。どちらも優雅で、自信に満ちていて、それ相応の生まれついての傲慢さも持ち合わせている。突如目の前の女性が、ブランディの気配に気づいたかのように振り返り、ひと言軽く震える笑い声をあげた。

そして通りのよいはっきりとした声で言った。「でも公爵、スコットランドって変わった国ですわね。ほらあそこ、召使いが正面玄関から入ろうとしている。ここは正面玄関なのでしょう？　灰色の石造りがひどく陰気で、それもわかりにくい感じですけれど。向こうの小塔なんて今にも崩れそうだわ。近づかないに越したことはありませんわね」

ああ、なんて意地の悪い人かしら。ブランディは目に映る彼女の美貌と優雅さが褪《あ》せていくのを感じた。今まであの優美な女性と一瞬でいいから入れ替わりたいと願っていたのに、今では叩《たた》きのめしたくなっている。視線がおのずとイアンの表情に向かった。彼は身じろぎもせずに立っている。まったくの無表情で。

「そうそう、気をつけないと、ここは未知の領域だからね」別の紳士が絹のように滑らかな声で、からかうように言った。彼はちょうど馬車から降りてきたところだった。声をかけながら、公爵と握手を交わす。これが別の機会なら、ブランディは上着やベストにところ狭しと金ボタンや切りポケットのついた、その風変わりな衣装に笑い転げていたことだろう。けれどもブランディは、目の前の淑女を怒鳴りつけたいけれどそれもできず、ただ惨めに押し黙ったままフィオナの手を痛いほど握りしめていた。人が悪魔にもなれることを、ブランディは今身をもって学んでいた。

「ブランディ、痛いってば」フィオナが声をあげて、ブランディの腕を引っ張った。ブランディがフィオナの手を放したところで、イアンが自分たちに向かって近づいてきた。フィオナが駆け寄り、大胆にも満面の笑みで両腕を上げる。イアンは笑ってフィオナを抱き上げると、頭上に持ち上げて揺さぶり、弾むような甲高い笑い声を引きだした。

「そろそろ下ろしてもいいかな、フィオナ。ブランディ、ここで会えてよかった。気分はもうよくなったのかい？」

「アイ、大丈夫」ブランディは一ミリたりとも彼に近づかず、そっけなく返した。

「レディ・フェリシティ・トラマーレイを紹介するよ。フェリシティ、こちらがブランディ、ぼくのまたいとこにあたる姉妹の長女だ。そしてこっちにいるかわいい元気の塊が末っ子のフィオナ」

「またいとこ？」フェリシティが唖然《あぜん》としたように言った。「このふたりがあなたのまたいとこ？」

「彼はそう言ったよ、フェリシティ？」もうひとりの紳士が言った。

「そう、そうね。うれしいわ、はっきりわかって」レディ・フェリシティは美しい首筋をかすかにかしげて言った。そう、だったらブランディのことは思いすごしね。フェリシティ宛の公爵からの手紙はどこか奇妙だった。それでわかった、すぐにぴんときた、ここは危険だと。でも、そう、完璧に勘ちがいだったようだ。まったくどうかしていた。伯爵家令嬢で美女の誉れ高い自分が、ポートメイン公爵がこんな、農民みたいな格好で魚みたいな臭いのする、だらしなくて薄汚い子供に関心があるんじゃないかと疑うなんて。そのうえ公爵ったら、もうひとりの腕白小僧みたいな子をうれしそうに抱き上げたりして。自分が何者かってことをこんなに早く忘れてしまったの？　しかもこのわたしが、未来の妻がわざわざ会いに来ているというのに。

ブランディがつい口を滑らせた。「フィオナと一緒に釣りに行っていたの」「アイ」イアンに地面に下ろしてもらい、フィオナが言った。「でも釣れなかったの。ブランディは頭が痛くて。何もしないで舟に座っていたから」

レディ・フェリシティの上がり気味の目に軽蔑の色がありありと浮かんだ。公爵を振り返る。「ここは何もかもが奇妙なところですのね。一日じゅう舟で過ごすだなんて、わたくしの母なら決して許してくれませんわ。日に焼けてしまうでしょう？　不潔だし。品もない。姿が見苦しくなってしまう」

ブランディは両脇で拳を握りしめた。気持ちはぎりぎりだった。今にもこの不愉快な女性に飛びかかってしまいそうだ。おじのクロードならきっといやな女だと言って、卑猥《ひわい》な笑い声をあげるだろう。どうしてこんな態度をとるの？　まるでここが野蛮な土地で、そんな土地の住民は自分のブーツを磨くのにすら適さないと言わんばかりの態度を。

切りポケットを多数つけた紳士が前に出てきた。かすかに楽しげに声をかける。「ブランディ、かい？　変わった名前だね、いや、じつにチャーミングだ。ぼくはジャイルズ・ブレイドストン。イアンのイングランド側のいとこだ」

ブランディは気が進まなかったが、それでも膝をかがめてお辞儀をした。よさそうな人だ。イアンに近い。それでもこのフェリシティと一緒に来た人なのだから、まだ信用はできない。侮辱の手段はさまざまにあるものだ。

「そのボタンは本物の金？」フィオナが汚れた手を伸ばして、尋ねた。「あなたってこの前見たきれいな孔雀《くじゃく》みたい。おばあさまが怒って、料理人に焼かせて夕食になっちゃったんだけど」

「光栄だね。その気の毒な孔雀みたいに、料理人に焼かれて死にたくはないけど。このボタン、気に入った？　そう、本物の金だよ。きみが手をきれいにしてきたら、触らせてあげてもいい。どうだい？」

「今洗ってくる。ちゃんときれいにしてくるから。待ってて」フィオナは階段に向かって駆けだした。「すぐに戻ってくるから。約束、忘れないでね」

ジャイルズは笑って、フィオナに手を振った。「忘れないよ」そう声をかけた。

「気でもふれましたの、ジャイルズ？」レディ・フェリシティが黒っぽい眉を跳ね上げた。「少しでも隙を見せたら、あの子、あなたの上着からボタンを全部引きちぎってしまいそう。困ったわね、きっとなくしてしまうわ」

イアンは眉をひそめた。フェリシティがなぜこんなに礼儀知らずなまねを？ 言葉遣いに気をつけろという台詞《せりふ》が喉まで出かかったとき、突如ペンダーリーとスコットランドに対する自分の第一印象を思い出した。確かに日ごろ彼女が接しているものとは、何もかも大きく異なっている。衝撃を受けたのも無理はないだろう。そのときフェリシティがうっとりするような目を――マリアンヌの目を――向けてきた。イアンは笑みを奮い起こした。

ブランディはその彼の表情を見て、思わず錆《さ》びついた古い大砲の中に入り、火をつけて、忘却の彼方《かなた》に飛びだしたい気分になった。「では、わたしはこれで」ブランディは誰にともなく言うと、さっさと階段に向かった。気力を振り絞って背筋を祖母の杖《つえ》以上にしゃんと伸ばし、誇り高く顎を上げて。

「そうか、ここがペンダーリー城か、イアン」つかの間の張りつめた空気をジャイルズが破った。「何はともあれ、きみはまだキルトを着ていない。その格好だけは今も耐えがたいか。それにしても、ずいぶんと壮大で古い建物だな。建築されたのはいつだ？ 少なくとも四百年はたっているだろう。ほら、あそこに並んでいる小塔を見ろ。フェリシティの言うとおりだ。あの端のやつなんて、今にも崩れそうじゃないか。海側のやつでないのが残念だな。あれなら海に崩れるだけで、人の手を煩わせることはないだろうに」

「ネイ、ジャイルズ、キルトはまだ着ていない。本音を言うと、その度胸がなくてね。だが別のまたいとこのバートランドによると、ぼくはキルト向きの脚をしているそうだ」

「ネイ、に、キルト?」レディ・フェリシティが、イアンの腹部をむずむずさせる、やけに甘ったるい声で言った。「あなたが英語をお話しにならなくなったら、わたくしはどうやってあなたを理解すればいいのかしら。不安だわ」

この段階でイアンが望むことは数々あったが、どんな希望より真っ先に叶《かな》えたいのは、手をひと振りしてあっという間にフェリシティとジャイルズをこの場から消し、ロンドンに戻すことだった。だがそれは叶わない。なんといっても、自分はもてなす側の主人なのだ。レディ・アデラの存在を思い出し、顔が歪《ゆが》む。まずいな、何事もなくはすまないだろう。「まあ、大目に見てくれ。クラブ――彼がペンダーリーの執事だ――にきみたちの来訪をレディ・アデラに伝えるように話しておいた。さあ、今日は気持ちのいい日だが、中へ入ろう。話のつづきは応接間で」

フェリシティはそれ以上は何も言わなかった。黙ってイアンについて荘厳な古い広間を抜け、錆びた甲冑《かっちゅう》を信じられない思いで眺めて、応接間へと入った。無言のまま、公爵が勧める、使用人の部屋から拝借してきたとしか思えない色褪せた古い椅子に腰を下ろす。

「さてと、これで全員揃《そろ》ったか」

「全員?」フェリシティは思わず口走ったが、イアンが振り向きもしないのを見て口をつぐんだ。

イアンはジャイルズに向かって言った。「それで、きみたちはなんのためにわざわざスコットランドまでやってきたんだい？　フェリシティには快適な旅ではなかっただろうに。六日はかかったはずだ」

「きみの婚約者がきみに会いたいとうるさくてね」ジャイルズはイアンにだけ見えるように、目をぐるりとまわして天を仰いでみせた。「もう、それはひどくて。この意味、わかるか？　いや、今はわからなくても、そのうちすぐにわかるさ。この一週間、ぼくはめったにないすばらしい経験をさせてもらった。今度はきみの番だ。残りの滞在を楽しんでくれ」

「確かにもともとの予定より長くロンドンを離れてしまったが」イアンはそう言いながら、自分の言葉をはねつけた。とは言っても、ロンドンのことを思い出した回数は左手で数えられる程度だ。「ここではやることがたくさんあってね。バートランドと羊を買いにチェビオットにも行ったし、それから、紡績工場の視察にあちこちに出かけて」そこではっと話を止めた。フェリシティがぞっとしたような目で自分を見つめているのだ。

「どういうことですの、イアン？　チェビオットの羊？」

「やれやれ、イアン、相変わらず退屈な男だな。ほんと、気の毒としか言いようがない。だから言っただろう、フェリシティ。イアンは自分の責任を忘れたりする男じゃないって。当分のあいだ、その責任を別の場所に置いているだけだ。それで、きみはチェビオットの羊をどう思うんだい？」

18

　レディ・フェリシティは怒りで体がこわばった。「まさか、公爵や貴族家の人間が羊飼いのまね事をしているとでもおっしゃっているの？　羊を買われた？　商人をお訪ねになった？　それに工場を視察？」

「そう、そのとおりだ。退屈はしなかったよ」イアンは冷ややかに言った。「知ってのとおり、ぼくが目指しているのはペンダーリーの経済的自立だ。必要な労働力をはじめとして、素材は豊富に揃《そろ》っている。足りないのは資本だけだ」

「そうですわね。確かにここは素材が豊富そう」フェリシティの声が尖《とが》った。疲労と不満とだまされた気分でいっぱいで、いっそ本心をぶちまけてしまいたいくらいだった。公爵のこの不条理な行動を本当はどう思うかを。そのとき公爵が一瞬、例の独裁者然とした強情な表情で目を細め、すぐにもとどおりの顔に戻った。おおいやだ、この表情大嫌い。結婚したら、こういうぞっとするような習性は全部やめさせなくては。悪い癖は叩《たた》きのめさなきゃ。スリッパで踏みつぶさなきゃ。

でも今はそんなに強くは出られない。煮え湯を飲まされるようでも穏やかに話さないと。

「誤解なさらないで。わたくしはずっとあなたが恋しくて、あなたがわたくしと離れて過ごされた時間がねたましくてつい今みたいな言い方をしてしまったの。結婚するお相手を恋しがってはいけませんか?」

せっかく笑顔で、愛らしく話したのだ。それに報いてやるか。イアンに異存はなかった。

「いけないわけがないだろう、フェリシティ」そしてそれ以上は何も言わなかった。こちらもばかではない。できた穴をさらに深く、落ちれば二度とよじのぼれないほどまで掘り下げるつもりはない。

ジャイルズが喉を鳴らし、さらに手の甲を口元にあててそっと咳払《せきばら》いをした。イアンが振り返ると、ちょうどレディ・アデラが例の堂々とした身のこなしで応接間に入ってくるところだった。

イアンは反射的に立ち上がった。「レディ・アデラ、こちらはいとこのミスター・ジャイルズ・ブレイドストン、そしてぼくの婚約者のレディ・フェリシティ・トラマーレイです。ふたりともわざわざイングランドから訪ねてきてくれたんですよ」

レディ・アデラは颯爽《さつそう》としたジャイルズに目を向けるなり、瞬時に見た目を気に入った。いいねえ、本物の紳士だ。財産にがつがつするような人間じゃない。それからレディ・フェリシティの隙のない上品な衣装と育ちのよい外見にも目を留め、この娘《こ》とひとつ屋根の下で暮らすのは、ブランディにもさぞかしいい勉強になるだろうと思った。

レディ・アデラは歓迎の意をこめて長い鼻を大きく上下に揺らし、ジャイルズに血管の浮きでた手へのキスを許した。「ご機嫌麗しく、奥さま」彼は調子のいい口調で言った。じつに調子よく。

レディ・アデラが脇を通り際、フェリシティは口を引き結んだまま笑みを向けた。なんてばかばかしい過去の遺物かしら。心の中でつぶやきながら、視線を落とす。黒いドレスはどう見積もっても三十年以上前のものだわ。それにあの髪型。細かいソーセージカールだけど、まるで古くて、手入れの行き届いていないかつらでもかぶっているみたい。フェリシティは指がむずむずした。あのソーセージカールを引っ張って、かつらかどうかを確かめてみたい。

「それで、イアンとはいつ結婚するの？」レディ・アデラが前触れもなくフェリシティに尋ねた。

「八月です。ハノーヴァー・スクエアの聖ジョージ教会で」

「それはまた、立派なこと。いいんじゃないかね。まあしばらく新婚旅行に出るだろうし、ブランディをやるのはそのあとにするよ。十月はどうだろうね、イアン？　そのころには新婚旅行から戻っているだろうし、ブランディを受け入れる準備もできているだろう」

フェリシティの口がぽかんと開いた。声を出そうとしたが、言葉が出なかった。ただ叫びたい気持ちを抱え、婚約者を見つめることしかできなかった。このときばかりはさすがに公爵も、自分のネクタイがかなりきつく狭まっていることに気づいたようだ。ついにイアンが言った。「それがレディ・アデラ、フェリシティはまだ到着したばかりで、この件について話していないんです」

ジャイルズが柔らかな口調で言った。「なぜなんだい、イアン？　フェリシティが着いてからたっぷり十五分はたっているし、それに、そうブランディともう挨拶を交わしたのに。なぜ先に話さなかったんだろう？　気になるな」

イアンはジャイルズを無視して立ち上がった。「レディ・アデラ、ミス・トラマーレイにはどの寝室を使ってもらえばよろしいですか？　長旅で疲れているでしょうし、夕食前にひと休みしていただきたいのですが」

レディ・アデラはうなずいて、声を張り上げた。「クラブ！　ぐずぐずしないで早くこっちへおいで、こののんだくれ。今日は客人がおいでだからね、おまえの仕事があれこれあるんだよ」

フェリシティがぶるりと身を震わせた。鼻孔が広がる。以前は賞賛の対象だった彼女の癖だが、今はどうにも気に入らなかった。彼女はレディ・アデラを、ペンダーリーを見下し、それをどうにか隠そうと苦心している。

「アイ、奥さま？」クラブが問いかけるような顔を女主人に向けた。どうせならその目を忌まわしき言動に苦痛を感じているらしき美しい女性に向けたかったけれど。紳士のほうはめかし屋で、パーシーさまタイプだが彼よりは奥がありそうだ。奥があるかどうかは時が教えてくれるだろうが。それにしてもこの人たちは何者だ？　公爵の友人なのはまちがいない。全員揃って口元をこわばらせている。

「マルタに言って寝室を用意させておくれ――いいかい、モラグじゃないよ。あのずぼら女のせいで大事な客人の体がかゆくなったら困るだろう。ああ、お待ち。イアン、レディ・フェリシティはあなたの主寝室の先にあるきれいな青の部屋に案内しておくれ。あの部屋なら彼女にぴったりだ。クラブ、こちらのいかした紳士の寝室はおまえが選んでおあげ。華やかで、このお方の心をぱあっと明るくするような部屋をね」

イアンは笑みを嚙《か》み殺してクラブに会釈すると、フェリシティに腕を差しだした。「きみはクラブが世話をしてくれるから、ジャイルズ」イアンは肩越しに声をかけると、恋人を促して応接間をあとにした。

イアンはすっかり黙りこんだフェリシティを連れ、主寝室の前を通りすぎ、ぼんやりと青みがかった客室に着いた。少し前、最初に城内の各部屋を見てまわったときには、調度品は平凡だが悪い部屋ではないと思った記憶があった。壁の塗料もはげてはいないし、古くてすり切れた印象だが、なんとなく魅力が感じられる部屋だと。窓下の長椅子にも趣があるし、真鍮《しんちゅう》の取っ手がついた時代物の大型衣装だんすはさらに趣深い。だがどうやらそのときの目は曇っていたようだ。今はフェリシティの目を通して鮮明に見えている。目の前の光景は決して美しいものではない。ただただ古くて、貧相で、みすぼらしい。

イアンは彼女が鋭く息を吸いこんだことをあえて無視して尋ねた。「まずは風呂はどうだい、フェリシティ?」口に出したとたん、ちびアルビー《ウィー》に水もれする木製の浴槽、そのどちらにも彼女が悩まされないように配慮する必要があると気づいた。

フェリシティが唇を引き締めたまま、うなずいた。「ぜひそうさせていただきたいわ、イアン。長旅で、心底疲れていますの」流暢《りゅうちょう》な口調でつづける。「作法のことはお気になさらないで、公爵。侍女も連れてきていますから」

「こちらに来ることを前もって知らせておいてくれればと思うよ。使用人は何人連れてきたんだい?」

「侍女のマリアとジャイルズの近侍のペルハムだけ。いくらこの城でも、この者たちの部屋ぐらいはありますわよね?」

「当然だろう」その言葉がやけにきつい口調で出てきた。イアンは懐中時計を取りだして、説明した。「夕食は六時だ。家族はその少し前に応接間で集まることになっている」

「いくらなんでも早すぎますわ、イアン。わが家では、八時前に食事をすることなどありませんのに。それに……」

「ここはきみの家ではない。スコットランドだ。ペンダーリーだ。レディ・アデラはぼくの母がこの世に生を受けるずっと前から、女主人としてこの地に君臨している。それが彼女の望みなら、それが規則だ。さてと、それじゃあぼくはきみの風呂を手配することにしよう」

「イアン、さっきの下品な女性の言っていたことはどういう意味ですの？　ブランディがロンドンに来るとかなんとか。まさかわたくしに、あのみすぼらしい子供をロンドンの社交界に連れだせとおっしゃるわけではないでしょう？」

「ブランディは子供じゃない。この秋で十九になる。外見に関しては、まあ、外に出せるようになるには時間がかかるだろう。彼女はとにかく釣りと泳ぎとボートに乗るのが好きでね」

「わたくしにあの娘を淑女に変身させろとおっしゃるわけね？」

なんて女性だ。イアンは彼女の肩をつかんで揺さぶってやりたかった。自分の声が、父が怒りに駆られたときと同じくらい冷ややかになるのがわかった。「彼女はすでに淑女だよ、フェリシティ。伯爵の孫娘だってことを忘れないでほしい。外見に関しては、適切な衣装で解決できるだろう」

「でもあの様子では、テムズ川で舟を出しそう。ひょっとしたらアストリー・サーカスで、曲芸馬の背中に乗りだすかも」

「ぼくのほうも肝心なことは話したし」イアンは、自分の声が氷上の魚ほど冷えて聞こえることに気づいていた。「きみの酷評もひととおりすんだようだから、そろそろ風呂の準備に取りかからせるよ」

　フェリシティはイアンが寝室を出ていくまで、静かに怒りを煮えたぎらせた。そして彼が出ていくなり、ベッドカバーに拳を打ちつけた。埃《ほこり》がもうもうと舞い上がる。くしゃみが出た。なんてこと、ここはどこまで悲惨なの？　寝室を端から端までうろうろと歩く。わたしの気持ちを無視するにもほどがある。ここまで軽んじるなんてどういうつもり？　フェリシティは黒い巻き毛の上にかぶった今流行のボンネットを取り外し、すり切れたブロケード織りの椅子にほうり投げた。そして怒りがおさまるまで、陰気で小さな部屋を何度も何度も往復した。そもそもどうしてわたしがこんなに動揺しなくちゃいけないわけ？　公爵が気を悪くしたところで、どうってことないじゃない。彼ぐらい、なんてことない。猫をかぶって甘い声でも出せば、頬をゆるめて、こっちの勝ち。そうよ、結局勝負はわたしのもの。

　ああ、でもあのぞっとする娘はどうすればいいの？　あれでもうすぐ十九？　あきれた、とてもそんなふうには見えなかった。

　イアンはクラブにフェリシティの風呂の準備を頼むと、階下の応接間に引き返した。開いた戸口に近づくと、ジャイルズがレディ・アデラの近くに腰かけているのが見えた。あの女主人は、どうやらいとこにすっかり魅了されている様子だ。レディ・アデラが楽しげな笑い声をきしませた。「アイ、そうだね、当時はチャールズもかなり評判が高かったからねえ。彼が首相の妻に何をしたか言っても、きっと信じないと思うよ。なんて名前だったかねえ。そうそう、クロリンダ。それ。そのクロリンダを裸にして、馬小屋の彼女の雌馬の隣に閉じこめたんだから。みんな、あれこれ噂《うわさ》したもんだよ。彼女があんなところの藁《わら》を巻きつけて出てきたもんだから。チャールズはろくでもない男だよ。まあ、いい男にはちがいないけどね」レディ・アデラがくわっくわっとクロードのような笑い声を発した。そうか、彼のあのいらだたしい癖は彼女譲りだったわけだ。

イアンは部屋に入った。「お話しのところ失礼、レディ・アデラ。そろそろジャイルズを二階に案内してきます。でないと夕食までに最高の身支度を整えられなくなりますからね」

レディ・アデラは気をそがれた様子で鼻を鳴らした。「それなら、まあしかたがないね。まだ話す時間はたっぷりあることだし」彼女はジャイルズに痩せこけた手を振ってみせた。「次までに、もっと話術を磨いておいておくれ。五十年分の噂話を聞きたくてうずうずするよ。あなたがいらしてくれて、本当によかった」

「ご満足いただけるよう、微力ながら全力を尽くします」

ジャイルズはいつもの笑いを含んだ滑らかな口調で言うと、イアンについて応接間をあとにした。

「すごいもんだ」階段をのぼりながら、ジャイルズが言った。「彼女、コヴェンポース卿《きょう》が酒と女で身を持ち崩して自殺したって知っていたよ。じつは孫のオルダスが今、そっくり同じ道をたどろうとしていてね。コヴェンマナーは何重にも抵当に入っているし、大半は限嗣相続されている。ほんの一年前まではきっぷのいい男だったんだが。今や、自分の境遇に泣き言ばかり言うありさまだ」

イアンは鼻を鳴らした。ジャイルズはどうしてそういう自堕落な連中とばかり付き合うのか。

ジャイルズが階段をのぼりきる寸前に足を止め、背後の古い玄関広間を振り返った。「なんというか、ひどく風変わりなところだな、イアン。カーマイケル・ホールを彷彿《ほうふつ》とさせるところがどこにある?」

イアンはサフォークにある自分の広大な屋敷を思い出して、首を横に振った。四十もの寝室と、あの持て余すほど大きな舞踏場。「確かにペンダーリーは風変わりかもしれないな。だがここには歴史と伝統が息づいているんだよ、ジャイルズ。きみだって認めるだろう、ここから見える海の景色は絶品だ。ここはロンドンのような欲望で薄汚れた場所じゃない。冷酷な人殺しもいなければ、賭博場もない。人々の欲望を過剰に満たすものは何ひとつないんだよ」

ジャイルズは疑わしげに眉をくいと持ち上げて言った。「まあ、どうあれ正しいのはきみの意見だ。心から同意するわけじゃないけど、きみがそう思いたいなら、それが事実になる。なんせ公爵だからね。すべてはきみの意のままだ」

「きみってやつはわけのわからないことばかり、まるでモラグのしらみ並みだ。それとも今のは隠語か何かか？　はっきりわからないが」

「おいおい、何を言うんだ？　隠語？　しらみ？　頼むよ、イアン、なんでも言うとおりにするから、その女性だけはぼくに近づけないでくれ」

イアンは声をあげて笑った。イアンはジャイルズを自分の主寝室とは反対方向にある客間に案内しながら、尋ねた。「それにしてもジャイルズ、どうしてここにフェリシティを連れてきた？　ぼくが彼女には来てほしくなかったこと、きみだってわかっているだろう。ここに彼女の居場所はない。彼女だってここが気に入っていないし、気に入る可能性があるとも思えない。どうしてなんだ？　どうして？」

「そうぼくを責めるなよ、イアン、頼むから。彼女をその気にさせたのは、きみの手紙なんだぞ。実際のところ、この件に関してはぼくに選択肢なんてなかった。きみが彼女に付き添えと言ったんじゃないか。ほかにどうすればよかったっていうんだ？」

「ぼくのなんだって？」

ジャイルズは唇に笑みの残影を漂わせて、首を横に振った。「手紙だよ、イアン。まったく、きみが手紙にあれほど熱い言葉を並べ立てているのははじめて見た。ブランディのことばかり、あれやこれやと書き連ねて。フェリシティのあのきれいな瞳がどれだけ嫉妬に燃えていたか。本音を言うと、だ」そこでジャイルズは言葉を切り、警告のまなざしをいとこに投げかけた。「ぼくがきみなら、あんな口やかましい女に足かせをはめられるなんて、もう一度どころか、もう二度も三度も考え直すね。彼女はきみが思っているような女性じゃないよ、イアン」

「きみがフェリシティをけしかけたわけじゃないってことは信じるよ、ジャイルズ。きみは誰よりわかってくれていると思うが、ぼくは義務に背を向けられる男じゃない。ブランディに関していえば、ぼくは彼女の後見人だ。彼女のためにできるだけのことはするつもりでいる。ブランディがロンドンに来れば、フェリシティがきっと面倒を見てくれるだろう。適切だと思われることはやってくれるはずだ。きみが言うようなことは何もない」

「当然だろう、ぼくがフェリシティをけしかけたりするものか。スコットランドへの道中だって、さんざん彼女に八つあたりされつづけたのに」ジャイルズは、イアンが客間の扉を開けたところで、ぎょっと足を止めた。

「まいったな。頼むから、ここはぼくの近侍が泊まる部屋だと言ってくれ」

「口を慎めよ、ジャイルズ、城の改修に取りかかる時間がなかったんだからしかたがないだろう。ここだって部屋としてはじゅうぶんじゃないか。さっきもフェリシティから似たような感想を聞かされたが、お高くとまりすぎだぞ、ふたりとも。しかしせっかく来てくれたんだ、きみにはここで芸術の才能を存分に発揮してもらいたいと思っている。きみの意見を取り入れるかどうかはわからないが、レディ・アデラの歓心を買う以外のこともやってみてくれ」

「これではどこから手をつけるのか、決めるのさえひと苦労だな」ジャイルズは上着の裾で椅子の表面の埃を払った。「ここはぼくの美的センスでは手に負えないだろう。ぼくのセンスではどうにもならないって意味じゃない。ここに必要なのは大工の大群と家具職人の大群と、それから――」

「そこまでだ、ジャイルズ、駆け引きはもういい。わかった、好きにやってくれていい。きみの近侍――たしか首凝りのペルハムだったな――に言って、この部屋は好きに変えてくれ。言っておくが、ぼくのところのマブリーも最初はショックを受けていたが、今はすっかり楽しんでいるよ」

ジャイルズはそっと悩ましげにため息をつき、窓辺に近づいた。「ぞっとするぐらい湿気が多いのも無理はないね。海がここまで間際に迫っているんだから。ぼくがここへ来るようあの氷の処女に説得された件だけどね。いやだと言いたかったよ。実際考え直してくれないかとも頼んだ。だけどそのとき彼女がなんて言ったか、わかるかい？」

19

「いや、なんて言った?」

「何度も何度もしつこくきみの新しい領地を見てみたいとね。公爵は自分に会いたがっているにちがいない、自分は彼を幸せにしたい、それには自分が顔を見せることがいちばんなんだと」ジャイルズは首を横に振った。「もちろん、それが本心のわけがない。さっきも言ったが、すべてブランディがらみだろう。いいかい、イアン、彼女はまさしく氷の処女だ」

「氷の処女? ぼくにはただ口やかましい女に思えるが」

「あいにく、我らがフェリシティはその両方だろう。ぼくの勘が正しければ、夜は氷のように冷ややかで、昼はとげとげしく怒ってばかりのやかまし女だな」ジャイルズは上着の袖から埃《ほこり》を払い、声を落とした。「なあイアン、わかっているだろう、彼女はマリアンヌとは似ても似つかない女性だ」彼はいとこが唇を引き締め、顔色を変えたのも無視してつづけた。「そりゃあ姿形や見た目はそっくりだよ。ただの政略結婚でかまわないというなら――」

「口がすぎるぞ、ジャイルズ」イアンは両脇で拳を握りしめた。「マリアンヌは六年前に死んだ。彼女のことは関係ない。フェリシティの性格についても、夜の顔だろうが昼の顔だろうが、きみよりぼくのほうがずっと知りうる立場だ」

「まあそう熱くなるなよ、イアン。確かにきみの言うとおりだ。だがきみだって彼女と週の大半を一緒に過ごしたことはないはずだよ」

「ジャイルズ、あんまり煽《あお》るとそのきれいな顔に拳骨を食らうことになるぞ。その話はこまでだ。ぼくを信じろ。フェリシティには毅然《きぜん》とした態度で接すれば大丈夫だ。前にも言っただろう、彼女はぼくには従う」

「どうせ、子馬にはじめて鞍《くら》をつけたときみたいな声を出されるだけさ」ジャイルズはさらに何か言いたげな表情を浮かべたが、ただ肩をすくめた。「フェリシティの兄のセイヤー卿《きょう》とは親交があるんだろう？」

「博打打《ばくち》ちで、かなりの女道楽らしいが、馬術家としては優秀な男だよ。ぼくは嫌いじゃないね。堂々としているし、潔く自分をさらけだしている。きみの友達のオルダスみたいに、泣き言も言わない。どうして彼のことを？」

ジャイルズはかすかに身震いして、きれいにマニキュアを施した自分の指をじっと見つめた。「いや、ただぼくには下品で、無遠慮で、どちらかというと卑しい人間に思えるものだからね」

「どうして？　皿みたいに大きな金ボタンをつけていないからか？」

「利口じゃないなあ。何もわざわざ自分のセンスの悪さをさらけださなくても」ジャイルズの目と声に笑いがはっきり浮かんでいた。

公爵は両手を上げた。「おいおい、そろそろそういう辛辣な物言いはよさないか。きみやパーシーはいつもそうやって楽しむ」

「パーシー？　誰だい？　ほかにもスコットランド人の親族がいるのか？」

「私生児でね」イアンはそう言って、ごまかすように満面の笑みを浮かべた。だがジャイルズに眉をつり上げられ、しぶしぶつづけた。「父親はすでに故人だが、レディ・アデラにふたりいた息子のひとりだ。出生は庶子だが、嫡出子にするべくちょうど今手続きの最中らしい」

「おやおや」ジャイルズは手をこすり合わせながら言った。「こっちはどんなに退屈かと思っていたら」

「どうやら、ペルハムが来たようだ。それじゃあぼくは、ちび《ウィー》アルビーに風呂の準備をさせることにするか」公爵はまたも声をあげて笑った。いったい何がそんなにおかしいんだ？　ジャイルズは首をかしげながら、出ていくいとこの後ろ姿を見送った。

イアンはようやく自分の寝室に戻ると、そのだだっ広く薄暗い部屋を見まわした。自分にも最初からここが暖かく感じのよい部屋に見えたとは思えない。カーマイケル・ホールで居室にしている立派な続き部屋とはあまりに差がありすぎる。それでも今の自分には、この部屋がたとえこの手入れが必要な状態のままでも、さほどひどくは思えなくなっている。そのときふとブランディのことが頭に思い浮かんだ。彼女が自分の公爵邸を見たらどう思うだろうか――次の瞬間、イアンは木の椅子に歩み寄り、暖炉に向かって乱暴に蹴飛ばしていた。

マブリーがせかせかと部屋に入ってきて言った。「ぐずぐずなさっているお暇はありませんよ、公爵さま。レディ・アデラが夕食前に応接室に集まられることをどれだけ重視なさっているか、ご存じでしょう。クラブに聞いたんですよ。以前客人が十二分遅れられたとき、テーブルに着かれたその方の頭の上からクラブに皿の中身をぶちまけさせたとか」

「それはぞっとするな」イアンは言った。「首筋をハギスが滴るのはごめんだ」

イアンは近侍の禿《は》げた頭とふくよかな顔に目をやり、マブリーもすっかりここになじんだようだと頬をゆるめた。

「支度は好きにしていいよ、マブリー。おまえに任せる。ぼくの希望はひとつだけだ、ジャイルズのように派手にはしないこと」

「はいはい、そういたしましょう。それにしても、この椅子、いったいどうしたんでございましょうね？」

ブランディは自室のすり切れたカーペットの上を行ったり来たり歩きながら、フェリシティの客間に向かって何度も拳を振り上げていた。上品なイングランドの淑女か何か知らないけど、わたしを使用人ですって？　いけ好かない人。ほんと、いけ好かない。イアンはどうしてあんな女に耐えられるの？　いいえ、そんなことは考えたくもない。だってわたしを使用人呼ばわりする女よ。

ブランディは鏡の前ではたと足を止めた。そこに映る姿を見て、怒りが音をたてて崩れ落ちる。まるで小作人だわ。そうにしか見えない。結んだ髪は風に吹かれてぼさぼさだし、顔も手も海水の塩分でべとべと。しかも強烈な魚の臭いまで発している。いやだ、こんな姿を見られるなんてあんまりだわ。

そのとき、まるで見計らったように、興奮状態のコンスタンスが今にも踊りだしそうな足取りで部屋に入ってきた。「ブランディ、わたし、見ちゃった。ねえ、あなたも会ったんでしょう？　あのドレスと豪華なボンネット、見た？　それに彼女、小柄よねえ。わたしなんて、隣に並んだら完璧にでくの坊だわ。あの背丈じゃ、イアンの肩にも届かないんじゃないかしら。髪だってわたしよりずっと黒々としているし、緑色の瞳なんて、スラナカーの森に生える苔《こけ》みたいにきれいな色」

「そんなに特別な印象は受けなかったけど」ブランディは言った。

どうせならその新しい女神を道の轍《わだち》と比較してやってもよかったかもしれない。なんせコンスタンスはブランディの意見などまったく気に留めていないのだから。「ああ、それにあの紳士――ジャイルズ・ブレイドストン。なんて上品で、なんておしゃれな人なのかしら。公爵よりずっとすてきじゃない。おばあさまの話だと、イアンのいとこにあたる人なんですって。おばあさまは口が悪いから、おしゃべり男って呼んでいたけれど、あの様子では絶対に気に入っているわね。うわっ、魚臭い。ブランディ、あなたお客さまをうんざりさせる気？　見かけも臭いもまるで魚屋の女房じゃない。いいから、お風呂に入りなさいよ。わたしの新しいドレス――あの緑色のなら、レディ・フェリシティにもおしゃれに見えるかしら」

コンスタンスはブランディの鏡に駆け寄り、自分の黒い巻き毛をまじまじと見つめた。そこではじめて、姉がやけにおとなしいことに気づいた。何を見るわけでもなく、ただ両脇で拳を握りしめたまま突っ立っている。コンスタンスは眉を寄せ、顔をしかめた。

「ああ、そういうこと」彼女は言った。「あの人がここに来たことで落ちこんでいるんでしょ、ブランディ？」

「彼女の行動をどうしてわたしが気にするの？　いいこと、コニー。彼女は無礼でいやな女性よ。あの人があなたに礼儀正しく接してくれるとでも思う？　とんでもない。自分はわたしたちよりうんと高いところにいると思っているんだから。わたしたちのことを不作法で野蛮な人間だと見下しているの」

「それはそうかもね」コニーはゆっくりと言うと、姉の顔をまじまじと見つめた。「でも彼女は公爵と結婚するわけでしょう。たとえどんなに感じよく接してくれても、この世で最高にすてきなお嬢さんと呼んでくれたとしても、あなたが彼女を気に入ることなんて、ありえないわ」

「くだらないことを言わないで、コニー。ほんと、くだらない。今みたいなことは二度と口にしないで。そんなこと、聞きたくもない」

コンスタンスは肩をすくめた。「いいけど。どのみちわたしには関係ないし。そうだ、ブランディ、今夜はイアンが買ってくれた新しいドレスを着れば？」ブランディは何も言わなかった。「じゃあわたしはそろそろ行かなきゃ。今夜はマルタに頼んで念入りに髪を整えてもらおうっと」コンスタンスはイングランド民謡を口ずさみながら、ブランディの寝室を出ていった。

コンスタンスが出ていったあと、ブランディは一瞬あの美しいベルベットのドレスに思いを馳《は》せたが、すぐにあきらめの吐息をついた。あんなドレスを着たら胸が大きくせりだして、イアンに乳牛みたいだと思われてしまう。華奢《きやしや》ですらりとしたフェリシティとても同じようにはいかない。眉だってこんなだし。ブランディは閉じた扉に目を向けた。わたしったら、コニーにも気づかれるくらい感情をあらわにしていたのかしら？　きっとそうだわ。これからはもっと気をつけないと。

風呂が自由に使えるようになるまでたっぷり一時間待たされているあいだに、ブランディは名高い――少なくともレディ・アデラは名高いと言う――ロバートソン家の自尊心にかけて今夜をしっかり乗りきらなければと自分に言い聞かせた。長い髪はギリシア風に結い、美しいベルベットのドレスにはあえて目をそむけて、腰のくびれた緑色のモスリンのドレスを選んだ。そして何より肝心な胸元は母親の色褪《いろあ》せたショールでしっかり覆い隠し、一階へと下りていった。

フェリシティはあれこれと気まぐれを言ってさんざん侍女を翻弄してからようやく納得のいく姿に仕上げ、ひどく薄暗い廊下を応接間へと向かった。数分時間に遅れているのはわかっていたが、そんなことは気にもかけていなかった。ひとつひとつイアンに指示させるつもりは毛頭なかった。今後のことを考えれば最初が肝心だ。これからは自分の利益になるときしか、イアンの意向には従わないつもりだ。そして今はそのときじゃない。本当は夕食も自室でとりたいぐらいだった。でもこんな石を積んだだけみたいな屋敷、トレイなんてものがあるかどうかも疑わしい。

イアンはフェリシティにとりわけ愛情がこもっているようにも見えない表情を向けて無言でうなずくと、手短にクロード、バートランド、コンスタンスと紹介していった。フェリシティはコンスタンスをまじまじと見つめた。この娘《こ》は姉に似ていない。黒髪を丁寧に整え、緑色のドレスを着て、ういういしい美しさがある。そう、この娘は愛らしい、あと二年もすれば美人と呼べるようになるかも。それなのにブランディはどうしてあんなに野暮ったいの？　まったく理解できないわ。そのときフェリシティに人生最大の衝撃が襲いかかった。

「遅い」レディ・アデラには、相手が客であろうが誰であろうが同じことだった。「わたしは冷えたハギスが好きじゃない。二度とこんなことはしないでおくれ。でないと好ましくない結果を招くことになるよ。さあ、腕を貸しておくれでないかい、お若い人」レディ・アデラはジャイルズに声をかけると関節炎を患った手を差しだした。

フェリシティは内心この不作法な老女に金切り声をあげたかったが、それが得策でないのはわかっていた。彼女は黙ってうなずいた。それでも公爵から差しだされた腕を取ったときには、まつげの下からすくい上げるように彼を見上げた。彼はきっと老女の無礼を責めていて、よく耐えたねと感心してくれているはずだと思いながら。それなのに、ほほえみひとつ向けようとしない。なんて人なの。この人までわたしが遅れたことに怒っている。いいわ、どうせすぐに忘れることになるんだから。わたしがにっこり笑って、ちょっとじらしたりすればね。けれども彼は険しい顔で近寄りがたく、黒く落ち着いた服を着ているせいかひどく恐ろしく見えた。

この一週間は、陽気でおしゃれなジャイルズとともに過ごした。イアンと彼のいとこはまるで似ていない。残念だわ。ふと彼の大きな手が目に入り、フェリシティはかすかに身を震わせた。長くて、先端ですらこんなにも太い。彼が自分に触れる。そう想像しただけで、またも体に震えが走った。

イアンは長い食卓に彼女を着かせると、穏やかな声で言った。「レディ・アデラにとって、全員が夕食の時間を守ることがどれだけ重要かはわかっておいたほうがいい。これからはきみももっと時計に注意を払うんだ。そうすれば彼女の毒舌は避けられる。好ましくない結果がどうこうと脅されることもね。まあその結果というのが煮えたぎる油なら、もっと穏やかな罰を選ぶようにぼくが進言することにしよう」イアンは軽い冗談のつもりだった。ふたりのあいだの緊張をほぐすための。だが彼女は目を向けようともしなかった。ひと晩じゅう腹を立てているつもりか？　イアンは大きく深呼吸して、返事を待った。

彼が反応を待っているのはわかっていたが、フェリシティはひと言も返さなかった。まだほほえんでなんてあげるものですか。フェリシティはイアンを無視して、ジャイルズと話しているレディ・アデラに目を向けた。「ダドリーのこと、もっと話しておくれでないかい。わたしは彼のおじいさんに憧れていたことがあってね。ほら、ちょっと悪い男だろう。フォックスに刃向かった人物だそうじゃないか――当時は誰もフォックスに逆らわなかったし、そんなことをして無傷ですんだ者もいなかったのに――それでケント州にある田舎屋敷に二年も潜伏するはめになったとか」

　ジャイルズは快く記憶をたどったが、なんせその出来事は自分がこの世に生を受ける前の話で、話せるのは彼の孫息子のことだけだった。「おもしろみのない人物ですよ。今ではケント州の外れの地主で、半ダースの子供たちも全員自分の息のかかるところに置いている。祖父の大胆さなどみじんも見られない。まあ、彼の場合はありふれた平凡な人生ってところでしょう」ジャイルズはイアンにいたずらっぽい視線を送って、つづけた。「そういうところ、ここにいる我らがイアンとそっくりじゃないかな。公爵という立場や利点は気にも留めていないし、ただ広い領地内をうろうろしていれば満足なんだから。そうだろう、イアン、きみは都会生活が嫌いだ。それに希望を言えば」ここで意味ありげな目をフェリシティに向けた。「子供も半ダースはほしいんじゃないのか。ねえ、レディ・アデラ、彼の体つきからすると、子供はみんな巨人になると思いませんか。きっと揃《そろ》って、所有地内にある樫《かし》の木みたいに頑丈になる。数は、そうだな、一ダースはいきそうだ。いや、それ以上はさすがに奥方が気の毒になる」

「ぼくにはきみをつまみ上げてハギスの中に落としたりできないと思っているんだろう、ジャイルズ」イアンは言った。「だがきみの寝室に忍びこんで、窓から下の大砲めがけてほうり投げるぐらいならできるぞ」そこまでは満面の笑みで言いながら、イアンはすぐに真顔をフェリシティに向けた。「しかし、ぼくが田舎暮らしを好ましいと思っているのは事実だ。カーマイケル湖で釣りをして、釣った鱒《ます》を夕食に料理人に焼いてもらうのは最高だよ。東の牧草地で馬たちを走らせるのも好きだし、楓《かえで》の森で雉《きじ》撃ちをするのも楽しい。ローマ時代の遺跡も探検できるし、近くには十六世紀にヘンリー八世が破壊した古い修道院もある。平和で静かなところだ。ロンドンではすぐに瓦礫《がれき》と化すものも、あの地にあれば永遠に意味を失うことのない歴史になる。それにもし小さなフィオナが半ダースも生まれてくるというなら、ぼくは大喜びで子孫と一緒にサフォークで暮らすと思うよ」

フェリシティは皿の上の名前も知らない料理の中にフォークを落とした。まじまじとイアンを見つめる。そして首を横に振って、言った。「イアン、ご冗談でしょう？　そうに決まっているわ。田舎は確かにすばらしいところよ。雪の降るクリスマスのころはね。そりで出かけて、クリスマス用にぴったりの薪を見つけたりするのはそりゃあ楽しいもの。でも、あんなばかげた遺跡のことなんて、いったい誰が気にかけるかしら？　かつては修道院だったという、あの蜘蛛《くも》の巣だらけの岩の塊のことだって。それに、そうそう、赤毛の子供って、庶民的というか、ひどく下品な気がしませんこと？」

フェリシティは椅子に座り直すと、その場にいる面々ににっこりと笑みを向けた。

20

ブランディはワイングラスをつかむと、イアンには聞き覚えのあるひどく冷たい声で言った。「わたしの妹を下品だとおっしゃりたいの、レディ・フェリシティ？　でも下品というのは、そう、他人の感情をむやみに傷つけたりする、人間の資質を表す言葉じゃありません？　礼儀知らずというか、しつけがなっていないというか、本人は甘い言葉で隠しているつもりでも底意地の悪さを隠しきるだけの知恵もない人のことだと思いますけど」

フェリシティはわざとらしく笑い声をあげたが、そこに陽気さはまるでなかった。「ミス・ロバートソン、侮辱するつもりはなかったのよ。そういえば、あなたと妹さんは一緒に釣りをなさるのよね？」

イアンがきつい口調で言った。「それだけじゃない、フェリシティ。ぼくが見たところ、ブランディはフィオナを妹というより我が子のように思っている——わたしのちびっ子《ウィー・ベーン》、スコットランドではそう呼ぶんだ」

「ちびっ子？　ほんと、おかしな言葉ばかり。イエスがアイ、ノーがネイ、小さい《スモール》がちび《ウィー》。

きっとここは外国なのね。ちゃんと英語を話していただけないものかしら、お願いしたいわ」

「ここは外国ですよ」ブランディは言った。「ここではみんな、スコットランドの言葉を話しているんです。わたしたちにあなたの言葉を話させるんじゃなくて、あなたがわたしたちの言葉を話されたらどうかしら？」

　クロードは、この嫌味の応酬に参加する気など毛頭ない様子で、いつもの耳障りな笑い声をあげた。「まあ、ここはあなたが正しいんじゃないかね、レディ・フェリシティ。あなたみたいな淑女のためなら、話し方ももてなしも、こっちが気を遣ってあなたの慣れたやり方にするべきだ。確かにここはスコットランドですがね、あなたは我々の客人なわけだから」

　フェリシティは彼の言葉にも皮肉が混じっているのではないかと探ったが、結局何も見つからず、ひょっとしたらロバートソン家でもこの人物だけは――老いて歯がないにもかかわらず――物事の本質を見抜く力を持っているのかもしれないと判断をくだした。クロードに向かって愛想よく会釈する。それにしてもあの娘《こ》、このわたしを知恵がないなんてよくも言ってくれたこと。

　けれどもレディ・アデラはまだ話に固執した。「何かい、あなたは都会生活のお楽しみに関心がないのかい、イアン？　社交の季節にうちのブランディを上流社会に送りだしてもらおうと頼りにしていたのに」

レディ・フェリシティは冷たく言い放った。「レディ・アデラ、公爵とわたくしはかなり長い新婚旅行に出るつもりですの。ほかにふさわしい親族はいらっしゃいませんの？　そう、エディンバラにでも。エディンバラの社交界のほうが彼女には似合っているし、無理がないのじゃないかしら」

ジャイルズがフェリシティに辛辣な目を向け、その口が強情そうに結ばれているのを見て、肩をすくめた。まぶたの下からそっとブランディの様子をうかがう。どうやらフェリシティはこの大きな琥珀《こはく》色の瞳に気づいていないようだ。琥珀色か？　いや、少なくとも色はそうだ。この薄暗い照明のもとでも、琥珀色に見えている。いずれにしても、ロマンティックな明かりだ。だだっ広い部屋の影の部分を柔らかくぼかし、残酷な皺《しわ》もすっかり消し去っている。

瞳だけじゃない。フェリシティは服装に惑わされて、生身のブランディも見ていない。本当は美しい娘だ。自分の愛するものを攻撃されないかぎり、口から蛇のように毒を吐くこともない。だが、フェリシティはおのれの意地の悪さを隠すだけの知恵もない女だ。そう、ブランディはまちがっていない。フェリシティは少なくともときにはそういう一面を表に出してくる。しかし感心したことにそれ以外のときは、貧しい音楽家にバグパイプを差しださせるほど魅力を振りまくこともできる。それが彼女のやっていることだ――いつも――イアンに対して。

「ネイ、ブランディをエディンバラにやる気はないよ」レディ・アデラはフェリシティの侮辱に気づいた様子もなく、穏やかに言った。「イアンがこの娘にしかるべき持参金を用意してくれると言っているし、なんといっても、この娘にはイングランドの血が混じっているんだからね。ロンドンでふさわしい夫を見つけさせたいんだよ。伯爵の孫娘だ。金持ちにしてやりたい。大丈夫、この娘ならどこに出しても通用するよ」

「わたしは、おばあさま？」コンスタンスが戦闘態勢に入るかのごとく、身を乗りだした。

クロードが大きくにんまりと笑い、バートランドの脇腹を小突いた。「おまえには別の計画があるんだよ。将来のことは何も心配しなくていい。すぐにってわけじゃないけどね。な、バーティ？」

「お父さん、何事にも適切な時と場所ってものがあるんですよ」バートランドが硬直した背筋と同じく声をこわばらせた。「それは今話すことじゃない。お父さんもレディ・アデラも、ぼくのことはぼくに任せておいてください」

バートランドはコンスタンスのすっかり困惑した顔を無視して、ハギスを食べることに専念した。だがさっぱり味がわからなかった。コニーはぼくの気持ちにまるで気づいていない。しかたがないだろう、まだ若いし、跳ねっ返りなんだから。今はまだ一人前の女性になろうとあがいている最中だ。彼女があれこれ試そうとしているのを見るのが好きだった。あのむかつくパーシーにかかわるとき以外は。そうして人知れず彼女の変化や成長を楽しみにしてきたのだ。不謹慎なことを口走ってふと考えこむような表情を見せたり、かと思うとこちらをうならせるようなことを言ったり。今の彼女に必要なのは時間だ。レディ・アデラや父にせっつかれることじゃない。まったくこのふたりときたら。

「ぐずぐずしているあいだに白髪頭にならないよう、気をつけるんだね」レディ・アデラはそう言って、自分のフォークを振ってみせた。

イアンが荒れ狂う海も静まり返るほど、心地よく染みとおる声で言った。「バートランドの判断はいつだって的確ですよ」そこで料理人が食卓にトライフルを出そうとしていることに気づき、あわててつづけた。「それにしてもすばらしい夕食だった。料理人は腕を上げたようだ。ぼくとしてはデザートはあとにして、いったん応接間に戻りたいんだが、どうだろう?」

ブランディがいたずらっぽい笑みを向けて、イアンをどきりとさせた。「でもイアン、トライフルはイングランドの料理よ。本当に食べなくていいの? この前料理人があなたのために用意してくれたときは、大好きだと言っていらしたのに」

イアンは気持ちを落ち着かせた。にっこりとほほえんでみせる。今に見ていろと言わんばかりに。「きみが言ったというなら、言ったのだろう。それじゃあ、レディ・アデラを応接間にお連れしてくれるかな?」

「アイ、司令官」ブランディは小声で言ったつもりだろうが、はっきりと聞こえていた。そこで思いがけず、ジャイルズが助け船を出してくれた。立ち上がって、さっさとレディ・アデラの移動に手を貸したのだ。

「全員移動するんだろう、イアン？　応接間に引き上げるのは早ければ早いほうがありがたい。まあ、紳士が自分から口にできることではないけれどね。杖《つえ》をどうぞ、レディ・アデラ。先ほどはどこまで話しましたっけ？　そうそう……ドワイヤーだ。あの気難しいドワイヤー子爵を覚えておられますか？」

「ドワイヤー、ドワイヤー」レディ・アデラはゆっくりと繰り返した。「覚えているとは言いがたいねえ」レディ・アデラは落胆もあらわに、眉間の皺をさらに深めた。

「しかたがありませんよ」ジャイルズは口あたりよく言った。「それほどの人物じゃないんですから」じつのところジャイルズの知るかぎり、ドワイヤー子爵など存在もしていない。イアンは視線をとらえて警告したが、ジャイルズは無視した。こっちはせっかく楽しんでいるんだから。

「そういえば」レディ・アデラが応接間の椅子に落ち着くなり言いだした。「あなたのご家族の話はまだだったねえ。それに公爵の家族の話も。姉の娘が寸足らずの小男と結婚したのは知っているよ。なのにどうしてイアンがこんなに大柄になったのか、そのわけを知りたいものだ」

「その姉君の娘さんが小男を裏切っていたりしてね」

そこでレディ・アデラが声高に笑い声をあげ、ブランディは祖母の口が食べ物でいっぱいでなかったことに胸をなで下ろした。いつものごとくクロードも声高に笑う。ブランディは振り返り、ジャイルズの埃《ほこり》ひとつついていない肩を軽く小突いた。

ブランディは、イアンがフェリシティを椅子に腰かけさせる様子を見ていられず——あれではまるで無力な赤ん坊みたいだと、内心で鼻息を荒らげたが——ジャイルズと祖母に近づいて尋ねた。「冗談ではなくて、ジャイルズ、わたしたちはあなた方のご家族のことをほとんど知らないの。イアンは話してくれないし——」

「本当に？　華麗なる祖先たちのことを話していない？　それはいけないな」

ジャイルズはいとこに向かって満面の笑みを向けていたが、その目に嘲りの色が浮かんでいることにブランディは気づいた。

「我が一族の華々しい家長はその誇り高き血統をいまだ公にさえしていないのか。そうか、イアン」彼はいとこに声をかけた。「ぼくがきみの地位を吹聴《ふいちょう》できるように取っておいてくれたわけだな。いいだろう。そういうことなら、ぼくから話そう」

「ほどほどにしてくれよ、ジャイルズ」公爵は言った。「それでも紅茶のカップに頭を突っこみたくなるほどにはご婦人たちを退屈させるな」

フェリシティは公爵が——公爵だから、困ったものなのだけど——自分の高名な一族を軽く扱うことが好きではなかった。ふさわしくない。冒瀆《ぼうとく》していると言ってもいい。「公爵ったら、どうしてあなたの気高いご先祖のことをそんなに軽く扱えますの？　歴史の本のページを埋める方々ですのよ。戦に勝利をおさめて、国王に仕えて、政治に携わり、美しく広大な土地を買い、それから——」

「そう、それから選挙区も買った」イアンが言った。「自分たちに媚《こ》びへつらうごますり連中のためなら、選挙の票だって、なんらためらうことなく買っただろうね。でもまあ、彼らの大半は貴族院だから、小金を費やす必要もなかったわけだけれど。彼らはただ演説で人々を死ぬほど退屈させただけだ」

ブランディが、いつになく甘く作りものじみた声で言った。「アイ、イアン、王国のそんなに自慢の貴族だなんて、すてきなことじゃない。あなたの偉大なご先祖さまのお話を聞いても、わたしは絶対に退屈しないと誓うわ。さあ、わたしは感動する準備万端よ。ジャイルズが、おばあさまが快適に過ごせるようにしてくれているし」

フェリシティが陸軍中尉のごとき口調で言った。「おわかりかしら、ミス・ロバートソン。カーマイケル家は高貴で誇り高い血筋なの。純粋なイングランド人よ。いいこと、外国人の血には汚されていないんだから」

「おや、ド・ヴォー伯爵夫妻のことはもうお忘れかい？」ジャイルズがよく通る滑らかな声で言った。

「ジャイルズ！」公爵の怒号が飛んだ。

ブランディはじっとジャイルズを見つめた。それでも、どうしても自分を抑えられなかった。「ド・ヴォーって誰なの、ジャイルズ？」

「ぼくからは言えないな。答えられるのは我らが公爵だけ、ぼくじゃない」

フェリシティがきっぱりと言った。「ジャイルズ、わたくしはド・ヴォーのことはなんの影響もなかったと思うわ。だって結局、ポートメイン公爵家にフランス人の血は混じらなかったじゃありません？」

「まあ、そうだね」ジャイルズは同意し、植物柄のベストのポケットから嗅ぎたばこ入れを引っ張りだした。

「ブランディ」公爵が突如、司令官口調で告げた。「一曲演奏してくれないか。スコットランドのバラッドが聴きたい」

ブランディは公爵を振り返った。けれども彼の目はただジャイルズに向けられ、しかもあまり楽しそうではなかった。ブランディにはこの奇妙な展開が意外すぎて、断ることもできなかった。

結局ロバート・バーンズの悲しいバラッドを歌ったが、その見返りに得たのは、ミス・トラマーレイのあざわらうような批評だけだった。「言葉の意味もわからないのに、歌を楽しむのって難しいわね」

結局ブランディは邪魔をされ、イアンの家族と謎のド・ヴォーについてそれ以上知ることはできなかった。フェリシティがかすかにあくびをして立ち上がり、かわいらしく公爵に自室への同行を頼んだのだ。

「廊下がすごく暗いから、迷いそうで不安ですわ。がたついている板につまずくかもしれないし。錆《さ》びた釘《くぎ》も出ていそうだし。カーペットもほつれているから、注意しないと。お願い、一緒に来てくださらない？」

「いっそ足首でも折ればいいのに」コンスタンスが悪意をこめて、ブランディに耳打ちした。

「だめよ、コニー」ブランディはささやき返した。「足首なんて折ったら、いつまで居座られるか。わたしたちが世話をさせられるじゃない」

クロードが痛風を病んだ足で痛そうに立ち上がり、レディ・フェリシティの手にうやうやしくキスをした。

「年寄りの冷や水が」レディ・アデラが鼻を鳴らした。その低く深い音には、誰もが慣れきっていたが、ジャイルズとフェリシティだけは別だった。ふたりは驚いて彼女を凝視したが、レディ・アデラはそれに気づきもしなかった。「レディ・フェリシティだって、おまえみたいな関節炎持ちに興味を持たれたら迷惑だよ」

レディ・フェリシティはどうやらそれには賛同していないらしく、臣下に満足を伝える女王陛下のようにクロードに向かって優雅にほほえむと、孔雀《くじゃく》のようにつんと澄ましこんだ。そしてその場の面々にそそくさと曖昧な挨拶をすると、その細く白い手をイアンの腕にかけて部屋をあとにした。

公爵はいらだっていた。いらだっていること自体が気に入らなくて、レディ・フェリシティに話しかけたときも、いつものようには声をやわらげなかった。

「きみに会えたことはうれしいが」婚約者と階段をのぼりながら、公爵は言った。「今夜のきみはひどく礼儀に欠けていた」

いらだっているのはレディ・フェリシティとて同じだった。彼女は息を吸いこみ、淑女らしからぬ悪態をつかないようにぐっと歯を食いしばった。難しかった。だが断固として口は開かなかった。公爵はいかにも険悪な雰囲気だ。

公爵はつづけた。「ここの何もかもがきみには奇妙に映るのはわかっている。それでも楽しそうに振る舞ってもらわないと。誰彼かまわず批判したりせず、不満を言わず、みんなに感じよく接するくらい、どうということないだろう。ここにいるのはほんの短いあいだだ。無理なことを頼んでいるわけじゃない」

無理よ。フェリシティは母親に教わったことをすっかり忘れて、金切り声をあげた。「楽しそうにですって?」夫になるはずの大男を振り返り、皮肉たっぷりに告げる。「ほんと、こんな虫食いだらけの屋敷で楽しそうにするのはさぞかし簡単でしょうね。それにあなたのお力添えがあれば、楽に楽しそうにできますわ。あのぞっとするくらい下品なフィオナに似た子供一ダースとサフォークに住みたい、なんて話してくださるわけだもの。あの巨大で陰気なカーマイケル・ホールに閉じこめられて、雌馬か何かを育てている自分を想像するなんて、ほんとに楽しい。でもよろしい？　もしわたくしがロンドン暮らしをあきらめると思っていらっしゃるのなら、それは完全に思いちがいというものですから、公爵」

「それはつまり、フェリシティ、ぼくの子供を産みたくないってことかな？」

フェリシティの視線が無意識に宙を泳いだ。彼女の嫌悪感が伝わってくる。確かにぼくは大柄な男だ。しかし彼女を傷つけないことぐらい、とりわけベッドではそんなことをしないことくらいわかっているだろう。マリアンヌのときも優しく接した。彼女もわかっているはず――いや、ひょっとしたらわかっていないのかもしれない。だから怯《おび》えているのだ――処女だから。

「応接間でもあれこれ言っていたね」イアンは自分が彼女をこの階段から突き落としたいのか、それとも無理なくやっていこうと安心させたいのかわからなくなっていた。いや、今はとにかく返事が聞きたい。「ぼくの子供はほしくないってことなのか、フェリシティ？」

フェリシティとてばかではなかった。胸の前で両手を広げ、慎重に息を吸った。「なんてばかばかしい質問をなさるの。わたくしは疲れているの。きっとそのせいだわ。長旅でしたもの。今夜はゆっくり休みたい」

「そうだね」

イアンはそう言うと、フェリシティの寝室の扉を開けた。マリアンヌのときと同じように寛容にならなければならない。そう思うと今夜は少しきつく接しすぎただろう。今となっては悔やまれる。思いやりが足りなかった。今夜の彼女の言動はすべて、疲労から来たものなのだ。理解してやらねば。イアンはフェリシティに手も触れず、ただ笑みを向けた。

「それじゃあ、また明日の朝に」イアンはそう言い残して、立ち去った。

21

子供部屋からはペンダーリー城の正面の道が見渡せた。その見晴らしのよさのおかげで、ブランディは公爵が青いベルベットの美しい乗馬服を着たフェリシティをカンターの背に乗せるのを目のあたりにすることとなった。嫉妬で、息が止まるかと思った。フェリシティは背筋を伸ばして鞍《くら》に座り、すっかりくつろいでいたからだ。ひるむことも落馬することもない、完璧な乗り手。ほんとにそう。あの女性は上品で、自信に満ちていて、公爵にぴったりのお相手。イングランドの公爵の。貴族の孫娘とは名ばかりの貧しいスコットランド娘とはわけがちがう。こんなことはやめないと。だけどフェリシティがカンターに乗ろうとしている。ブランディの馬に、乗って死にかけたあの大切な馬に。でも物語はもはや最終章に差しかかっている。今から結末が変わるはずもない。あきらめなくては。ブランディは目をそらし、フィオナの勉強を再開した。

今朝はスコットランドのブランデンストーンの歴史に関する分厚い本は脇にやり、代わりに皺《しわ》だらけのイングランドの地図を見つけだしてきて、フィオナにサフォークの位置を探させた。自虐行為を楽しんでいる。そうとしか自分でも説明がつかなかった。

「サフォーク」フィオナが発音すると、その言葉が不思議とスコットランド風に響いた。

「サフォークってどこ、ブランディ?」

「イングランドの地方よ、おちびちゃん。イアンはロンドンにいないときは、そこに住んでいるの。そこにカーマイケル・ホールというお屋敷を持っていてね。そこには湖だってあるのよ。イアンはその湖で泳いだりするの」ブランディの脳裏に湖から一糸まとわぬ姿で上がってくる彼の姿が浮かんだ。水滴を滴らせ、体を揺さぶりながら。そう、突然彼の部屋に入ったあの夜に見た、浴槽から出て濡《ぬ》れたままのあの姿。だめよ、だめ、こんなことはもうやめないと。

「そうか」フィオナが言った。「それが公爵領の邸宅なんだ」フィオナはイングランドの東側に沿って短い指を走らせた。

「よく知っているわね、おちびちゃん、どこで聞いたの?」

「おばあさま」フィオナはイングランドの地図に集中したまま答えた。「ブランディ」そして目を上げて言った。「公爵領って何?」

ブランディは頭をのけぞらせて大声で笑った。「あらあら」陽気な声を出す。「あなたが言うと、ネズミイルカと同じように聞こえるわね。いいえフレーザーがバートランドやクロードおじさまに作る飲み物かしら。公爵領というのはね、イアンの領地を表す言葉よ。

イアンは公爵でしょう。ふたつの言葉は仲間なの」最善の説明ではなかったが、フィオナは納得した様子でうなずいた。

人差し指でサフォークを指し、姉を見ようと視線を上げる。「あの意地悪な人はいつついなくなる？」

ブランディはため息をついた。「さあね、わからないわ、おちびちゃん。あの人は、イアンと結婚する女性なのよ」

「どうしてイアンはあの人と結婚するの？　ここでわたしたちと一緒のときはしょっちゅう笑っているじゃない。パーシーがいるときだって。でもあの人と一緒に住んだら、絶対に笑わなくなる。ねえ、ブランディがやめてって言えば、イアンはやめてくれるかも」

「わたし？　わたしにはなんの力もないわ。ごめんね、でもしかたがないの」

「あの人、どうしてここに来たの？　わたしたちを嫌っているのに。どうして？」

「いい質問ね、フィオナ。わたしにはわからないとしか言いようがないけど」

「そうかあ、あの人がイアンを連れて帰らなければいいなあ。彼女のベッドにひきがえるを入れちゃおうか――」

ブランディはフィオナをぎゅっと抱きしめた。「だめよ、おちびちゃん。そりゃあわたしだって、そのときの彼女の顔を見てみたいわよ。ペランポースの沼で跳ねまわっているおっきなひきがえるをベッドで見つけたときのね。でもだめ。イアンが許さない。彼女は彼の奥さんになる人なんだから。たとえ胃が痛くなっても、わたしたちはおとなしくしていなきゃいけないの」そのときブランディはふと思った。イアンは今ごろ何をしているのだろう。フェリシティと何を話しているのだろう。

イアンは崖沿いの道をフェリシティと並んで無理のない速度で馬を走らせていた。ふと脳裏に疑問がよぎる。ぼくはなぜペンダーリーにとどまることにここまで固執しているのだろうか。チェビオット種の羊の件が落ち着くまではとかなんとか、もっともらしい理由が頭に浮かぶが、おそらくそれを声に出せば、あまりの白々しさに愕然《がくぜん》とするのが目に見えている。ちがう、この地を離れられないのはブランディがいるからだ。もはやそれは否定できなくなっている。まいった。今だってそうだ、このぼくをまるで自分にとって誰より大切な人間であるかのように見つめるブランディの姿が頭から離れない。

小屋でブランディと過ごしたときのことがまたもよみがえる。あの美しく柔らかな唇。キスをしたときに口の中に受け止めた、嘘《うそ》偽りない喜びの吐息。

「イアン、よろしければ速度を落として。速駆けはいやよ。こんな轍《わだち》のついた道ではなおさら。あの海岸までまだ十五メートルはあるでしょう。こんな片田舎、まともな道もなさそうだし」

イアンはひと呼吸ついて手綱を引き、フェリシティに顔を向けた。「申し訳ない。気づかなくて」

「イアン、いったいどうなさったの？　あなたらしくないわ。すっかり変わってしまわれて、なんだかわたくしはうれしくない。まるでここの下品な人たちと戯れているほうが楽しそうなんですもの。ごめんなさい、でも本当のことでしょう？　ここの人たちはあなたの遠縁にあたるというだけ。あなたが必要以上にかかわられる必要なんてどこにもない。あなた、ご自分のお仲間のもとにお戻りになりたくないの？」

「フェリシティ」イアンは手綱を操り、ヘラクレスをカンターの脇に寄せた。「きみはなぜペンダーリーに来たんだ？　ここでの滞在が延びることは手紙で説明しただろう。楽しそうだって？　ああ、そうだ。ぼくは親族との交流を心から楽しんでいる。ここの人たちはみんな、裏表がない。わずかな歯を見せて高笑いするクロードも、ここの料理人が作るストロベリージャム並みに苦みの強いレディ・アデラさえもね。さあ、聞かせてくれ。きみはどうしてペンダーリーに来た？」

　フェリシティは正直に話す気などなかった。母にイアンから目を離さないように勧められたことも、イアンが突然フェリシティのいるイングランドを発《た》ったと知って母がひどく心配していたことも。

〝いくらなんでも離れすぎているわね〟母は頬を優しくなでて言った。〝殿方ってね、ちゃんと見張っていないとすぐに面倒を引き起こすものなのよ。そうね、あなたもできればその退屈な場所に行って、彼をいるべき場所に連れ戻すほうがいいわ。殿方はよそ見するものよ。どのみちよそ見されるなら、離れたところでよりそばでされるほうがましだから〟だめ、こんなこと、イアンに言えるわけがない。

フェリシティは明るく笑った。声に魅力を振りまいて、頬をばら色に染めて。「言ったでしょう、イアン、わたくしはあなたに会いたかっただけ。自分の婚約者を訪ねるのだもの、それだけでじゅうぶんじゃありません？」

黒い眉が二センチはつり上がった。「おいおい、フェリシティ。それではるばるスコットランドまで、と？　カーマイケル・ホールならいざ知らず」

フェリシティは手袋の皺を伸ばした。そうすると少しは彼への怒りも抑制できた。「なんだか」ようやく出てきたその声は、意図したよりずっとずっと冷ややかなものだったが、自分ではどうしようもなかった。「問いつめられているみたい。やはり変わられたわね、公爵。さっきも言いましたけれど」

「変わった？　それはただこれまでロンドンの知人たちと離れた場所で、ぼくに会ったことがなかったせいだ。それに白状すると、ぼくには意外でしかなかった。まさかきみが、この社交の季節の最中に自分のお楽しみを犠牲にしてまで、こんな、明らかに軽蔑している場所にやってくるとはね。せっかくだが、時間の無駄だったね。もうわかっただろう？ここにきみが来るほどの理由はない。まったくね」

わたしをばかだと思っているの？　この目が節穴だとでも？　沸騰して、縁ぎりぎりまで煮え立っていた鍋がそこでついに噴きこぼれた。「わたくしの気持ちがそんなに信じられません？　それとも、わたくしにお楽しみを邪魔されたからいらだっていらっしゃるのかしら？　あなたって人はどこまで傲慢なの。わたくしにはブランディが、あのふしだらな小娘が、あなたに地位も、わたくしへの責任も忘れさせようとしていることぐらいお見通しなんですのよ。あんなあきれるぐらい野暮ったい服や子供じみたお下げ髪にごまかされるものですか。彼女があなたを見る目。にやにやとわけのわからない薄笑いを浮かべて、あなたと少しもおもしろくない冗談を言い合ったりして。あなたもあなただわ。手紙にあれだけ彼女のことを好ましく書いておきながら、わたくしが気づかないとでもお思いでしたの？　それともそんなことは気にもならなかったとか？」

イアンはまじまじと彼女を見つめた。これほどまでの癇癪《かんしゃく》が、これほどまでの毒舌が、目の前の美しい唇から、柔らかくて穏やかだと信じていた口から飛びだすとは信じがたかった。手綱を持つ手に力がこもり、ヘラクレスが後ろ脚で立ち上がる。イアンは馬を落ち着かせ、それがまわりまわって自分の気持ちを落ち着かせるのに役立った。彼女はどういう返事を待っているのだろう？　ブランディはふしだらな娘だということに同意することか？　自分の気持ちは気にならなかったのかと尋ねていた。否定できるだろうか？　彼女の気持ちを気にかけていただろうか？

イアンはようやく低く穏やかな声で言った。「つまり、何が言いたいのかな、フェリシティ?」これ以上怒らせるのは愚かだとわかっていたが、知り合ってからはじめて、彼女のことが理解できなくなっていた。いや、今となっては、これまでも理解していたとは言いがたい。腹立たしいが、ジャイルズの言うとおりだったようだ。なぜそのいとこの言葉にこれまで耳を貸さなかった? だが今はとにかく彼女の話を終わらせたい。イアンはもう一度、問いかけた。「要するに何が言いたいんだ、フェリシティ?」

フェリシティは顔をそむけ、どうあろうとわたしはブラエコート伯爵家の長女、スコットランドの荒野のうわついた薄汚い小娘とは格がちがうのだからと自分に言い聞かせた。そして肩をすくめた。「こんな文化の欠片《かけら》もないようなところですもの。あなたがそういう気晴らしを望まれるのはしかたのないことなのでしょう。わたくしたちの階級の殿方のあいだでは、たとえ淑女と婚約していても、愛人だの娼婦《しょうふ》だのって存在がごく普通の遊びだってこともわかっています。でもわたくしたちの結婚後、愛人をロンドンにお連れになることはやめていただきたいの。たとえこの先何かの拍子に彼女をロンドンに連れてくることがあっても、わたくしの見えるところには、そして友人たちの前には出していただきたくない」

「そうか、ぼくは公爵だから、愛人を持つのも売春婦を訪ねるのも当然だと。つまり貞節の誓いや節度を理解も尊重もしなくていいってことなのかな?」

「肝心なのはそこじゃありません。わたくしが言いたいのは、愛人や売春婦は、節度や貞節の誓いとはなんの関係もないってこと。それはただそういうものだというだけなんです」

「ぼくにとってはそうじゃない。ぼくは一度約束や誓いを立てたら、それを守る。ほかの人間に気を取られたりしない。どうせきみにこんな話をしたのは、お兄さんのセイヤー卿《きょう》だろうが」

「兄は、あなたなら、わたくしもお気に入りの愛人も同じように扱うだろうと言っていました。それにわたくしが跡取りを産めば、その段階で見向きもしなくなるとも。紳士というのはそういうものだと。でもそう考えているのは兄だけじゃない。わたくしにだって目はついていますのよ、公爵。結婚されたご夫婦を何組も見ています。しばらくは親しくされていても、そのうちご主人は愛人を、奥さまは恋人を見つけているわ」

「憂鬱な話だが、確かにそうだ」公爵は言った。「だがそれでも言っておく。ぼくはちがう。ぼくの知り合いには、幸せな結婚をして細君に忠節を尽くしている紳士も大勢いる。もちろん細君のほうも夫君に忠節を尽くしている。ともかく、話を核心に戻そう。きみがわざわざペンダーリーまで来たのは——ぼくがブランディのことを手紙に書き、彼女を愛人だと邪推したから、そういうことなんだね？　なんだかきみという人がようやくわかりかけた気がするよ」

そう、ようやくわかった。彼女の行為はすべて、自分の立場を、いやポートメイン公爵夫人になったときの自分の立場を考えてのいらだちと嫉妬からだったのだ。

「あなたを信頼することにします。彼女をロンドンにはお連れにならないわね？　友人たちの前でわたくしに恥をかかせたりされないわね？　わたくしたちが結婚するまで慎んで、そのあとも人目につかないようにしてくださるわね？」

「結婚しようとしまいと、ブランディを愛人としてロンドンに連れていくことはない。なんといっても、ロンドンに来ることはブランディが拒否している。ぼくは来てほしいと思っているけれどね。彼女には社交界に出て、社交の季節を楽しんで、好きになれる紳士に、結婚したいと思える紳士に巡り合ってほしいと願っている。だがさっきも言ったように、彼女が首を縦に振らない」

イアンはフェリシティが口を挟む前にぶっきらぼうにつづけた。

「昨夜《ゆうべ》尋ねただろう、ぼくの子供を産みたいかと。今、きみの口からその返事を聞かせてほしい」

22

フェリシティは内気な乙女そのものの姿で目を伏せたが、その声は平静を保ててはいなかった。「もちろん、義務は果たします」

「義務」イアンは足元の海岸そのものの平坦《へいたん》な声で繰り返した。なんてことだ、ぼくの目はどこまで節穴だったのか。フェリシティがどういう人間かここまで気づかなかったとは。

「あなたには跡継ぎが必要だわ。それはわたくしの母も同意見です。貴族には皆、家名と爵位を継ぐ息子が必要だから。今のところ、あなたの名目上の相続人はジャイルズだけれど、彼はあなたより二歳若いだけだから、爵位を継ぐまで生きているとはかぎらない。安心なさって、公爵。わたくしは期待は裏切りませんから」

「きみはぼくを愛しているか、フェリシティ？」

フェリシティは驚きのあまり思わず手綱を強く引いてしまい、狭い崖沿いの道から馬が大きく足を踏みだした。イアンはあわてて後ずさったが、彼女は笑い声をあげ、鞍《くら》の上でふたたび体勢を整えると、美しい手袋をはめた両手を大きく広げてみせた。「ずいぶんおもしろいことをおっしゃるのね、公爵。やっぱりこの未開の地で頭が混乱なさっているのかも。もちろんわたくしはあなたにも、あなたのご家族にも心からの敬意を抱いているわ。未来のポートメイン公爵夫人として求められているのはそのことでしょう？　愛なんて概念が似合うのは、下々の者や、ロマンティックな戯言《ざれごと》であふれた小説を読んでいる愚かな女たちだけ」

「公爵や公爵夫人というのは、そんなにほかのみんなとはちがうものかな？」

フェリシティがおかしな目を向けていた。忍耐とそれに少し軽蔑の混じった目だ。「公爵や公爵夫人は生まれの劣る人たちの手本にならなければいけませんのよ。涙もろい感傷が入る隙なんてあるはずないでしょう。まさか、ポートメイン公爵夫人に人前でべたべたしろ、なんておっしゃいませんわよね？　舞台の上でもあるまいし。わたくし、そんなふうには育っていませんから。そんな品のないまねはできないわ」

イアンは彼女を見つめ、心が沈んだ。おそらく以前の自分なら賛同したのだろう。だが今はできない。今も彼女が正しいことは頭ではわかっている――だが自分の中で何かが変わった。もはやそのとおりだと断言できなくなっている。たぶんもとからこういう人間だったのだろう。ただ自分で気づかずにきただけだ。知らなかっただけだ。イアンはため息をついた。たとえ公爵でなかったとしても、それでも紳士には変わりない。紳士たるもの、正式に公表した婚約を自分から破棄することなどできない。たとえ目の前の女性と残りの人生を過ごす気になれなくても。自分のせいだ。自分が見たい姿を彼女に投影させていた。自分が決断をくだした。そして今、その決断のつけがまわってきた。これがありのままの彼女の姿だ。今後も変わることはないだろう。単純な話だ、これ以上話すことはない。

「そろそろペンダーリーに戻ろうか」イアンはそれだけを言うと、馬の向きを変えた。

フェリシティはほほえんで優雅にうなずき、イアンに従った。

その日も暮れかけたころ、パーシーが到着してもイアンの沈んだ気持ちはどうにもならなかった。だが意外なことに、パーシーは常にまとっていた皮肉屋の鎧《よろい》を脱ぎ、見るからに上機嫌だった。ほほえんでいた。明らかに幸せそうだった。

どういうことかと首をかしげていたところに、パーシーが、自分がもはや私生児ではなく、正式なロバートソン家の一員になったことを報告した。その前日の午後、エディンバラにあるスコットランドの裁判所がマクファーソンの執拗《しつよう》な圧力に屈して、彼を嫡出子として認めたのだ。

イアンの目の前で、報《しら》せを聞いたバートランドの顔から血の気が引いた。クロードは怒ったように鼻を鳴らし、淀《よど》んだ目でレディ・アデラを睨《にら》みつけている。レディ・アデラはそれを盛大におもしろがっていて、パーシーの背中を小粋に叩《たた》いてから、クロードに顔を向けた。「おまえの番はすぐに来るから。やきもきするんじゃないよ」その声には悪意が満ちていた。「一週間後――いや、ひと月後かねえ、その件は。せいぜい一度に一件ずつ。年寄りのマクファーソンにそれ以上は手に余るだろう」

だがイアンにとってそれ以上に意外だったのは、パーシーに対するフェリシティの反応だ。いつもの高慢な鼻をさらに高く持ち上げ、私生児と、いや元私生児と同じ屋敷にいることに嫌悪感を表すものとばかり思っていたのだ。思いちがいだった、完全に思いちがいをしていた。パーシーがフェリシティの小さな手を握り、何かしら褒め言葉らしきものをささやいて手首に軽くキスをすると、彼女はほんのりと頬を染めさえしたのだ。イアンは我が目を疑った。自分はこれまでどういう形であれ彼女の純真さを傷つけないよう、心に負担を与えないよう、慎重すぎるほど慎重に接してきた。だがパーシーは、口にでもキスができそうな雰囲気だったし、彼女自身も自分からキスを返して、おまけに感謝までしそうな様子だった。

ジャイルズはジャイルズで、いつもの気取った態度でパーシーの存在を受け止め、素性はともかく淑女の扱いはとことん心得ている男のようだね、とイアンの耳元で低くささやいた。

だが例外がひとりいる。イアンはそう思いながら、ブランディに目をやった。

その夜の夕食の席で、パーシーは、嫡出子として認められてからジョアンナの父、コナン・マクドナルドを短時間ながら訪問した件をうれしそうに語った。「みんなにも見せてやりたかったね。あなたのお望みどおり名前の件をきれいさっぱり整えて戻ってきましたよと言ってやったときの、あの偏屈おやじの顔。顔はすっかり紫色になっていたが、あのパグみたいな顔の娘からぼくを追い払えないことだけは理解したらしい。もはや正真正銘ロバートソン家の人間だからね。名前の力は大きいよ」

「なぜですの？」フェリシティはとっておきの魅力的な声で言った。「すてきだと思われない女性に、なぜ求婚を？」

「当ててみようか」ジャイルズの目が、それぐらいお見通しだと言わんばかりにきらめいた。「そのジョアンナって女性は女相続人なんだろう？」

「ご名答」パーシーは満足げに笑った。「それにあの純朴なおでぶちゃんは、世界がぼくを中心にまわっていると信じている。もちろん、財産があるわりにコナン・マクドナルドはまだ商人の臭いをぷんぷんさせているけど、まあ、あれぐらいの臭いなら我慢できるってものだ」

「それと、しつこくまとわりつかれるのにも」ジャイルズが言った。

「まあ、しばらくのあいだならね」パーシーがうなずいた。

奇妙なものだ、とイアンは思った。フェリシティは、パーシーとなら強いスコットランド訛《なま》りもわけなく理解している。またも胸が沈んだ。どうやらぼくはまったく彼女が見えていなかったらしい。完璧に何ひとつ見えていなかった。どこまで愚かだったのだろう。

イアンはハギスをひと口フォークで口に運んだ。ハギスも今ではすっかり口に合うようになっていた。

「で、マクドナルドはおまえを受け入れそうかい、ぼうや?」レディ・アデラが尋ねた。

「疑っているんですか? アンガスじいさんは朽ち果ててもね、いまだスコットランドの紳士社会じゃ強い影響力を持っているんですよ。それにこのぼくが、現ペンダーリー伯爵の地位や高名さを褒めたたえないと思いますか? 爵位を継いだのはイングランドの公爵だと知らせたとたん、おやじさんの意地の悪い目が真ん丸になりましたね」

レディ・アデラは関節炎を患った指を彼に向かって振った。「まさか、自分が公爵の相続人だとかなんとか、マクドナルドに言ったんじゃないだろうね、この悪党が」

なんだと? イアンは思わずワイングラスを握りつぶしそうになり、テーブルに戻した。「公爵位の跡継ぎはまだ生まれていない。一、二年先には必ずや顔を見せてくれるだろうけどね」

ジャイルズがフェリシティの耳元でささやいた。「どうやら忙しくなりそうだね。ご主人さまから命令がくだったよ。さあ、がんばって子作りしないと。きっとかわいい妊婦になるよ。大丈夫、ずっと妊娠しているわけじゃないから」

ブランディは彼の甘いささやきを聞いて、月に向かって咆哮《ほうこう》をあげたくなった。今夜は細長い月しかかかっていないけれど。

「口を慎め、ジャイルズ」イアンの声には冷ややかな怒りがこもっていた。

だがジャイルズは公爵に目を向け、口元を歪《ゆが》めてただにやりと笑った。ワイングラスを掲げる。「乾杯しようか、イアン。今度こそ幸運が訪れるように」

ブランディはびくりと顔を上げた。イアンの日焼けした顔が青ざめている。今度こそ、ってどういう意味？

このときまでブランディの隣で黙りこんでいたコンスタンスが、突如作法も何もなくナプキンをテーブルの上に投げだし、食堂から飛びだした。

「あの生意気娘はどうしたんだい？」レディ・アデラが誰ともなく尋ねた。「まったく、若い娘には困ったものだよ。突然泣きだしたかと思えば、急に笑いだしたりするし。いらいらするったらありゃしない。わたしがあの年ごろには、あんなじゃなかったのに」

「そう言ったところで誰にもわからない」クロードがそう言って、悦に入った笑い声をもらした。「いったいどれだけ昔のことか」

「ぼくが様子を見てきます」バートランドはそう言って、食堂を出た。

しゃくり上げながら怒りを吐き捨てる声に導かれ、バートランドは応接間の奥の小さな居間に向かった。扉が少し開いている。中をのぞくと、コンスタンスがソファーに身を投げだし、うつぶせになって激しく泣きじゃくっていた。

黒髪がむき出しの肩になびいて、その姿はひどく美しく、バートランドは彼女を抱きしめてキスをしたくてたまらなくなった。彼女が泣きやんで、キスを返してくれるまで。それでもバートランドはただ隣に腰を下ろし、そっと声をかけるにとどめた。「ネイ、泣くんじゃないよ。泣かなきゃならない理由なんてどこにもないだろう?」

「バートランド?」コンスタンスは熱のこもらない声で言うと、手で涙を拭った。

「アイ、そうだよ」バートランドは言った。なぜ彼女はもっとちがう目でぼくを見てくれないのだろう。ぼくが彼女を見るのと同じ目で見てくれればどんなにいいか。

「おばあさまかクロードおじさまに言われて来たの?」しゃくり上げるコンスタンスに、バートランドはほほえんだ。

「ネイ、そうじゃない、きみが心配だから来たんだ」バートランドはベストのポケットからハンカチを取りだした。「さあコニー、涙を拭いて。何があったか話してごらん」

コンスタンスは目と頬を軽く押さえ、バートランドから視線をそらして、ハンカチを指のあいだでねじった。

「話してくれ、コニー、ぼくは信用できるだろう? 昔から友達だったじゃないか」アイ、そうだ、腹立たしいほどずっと友達だった。

コンスタンスには彼の目に浮かぶ不満が読み取れなかった。ただの親切心しか。そして打ち明けた。「パーシーがあのひどいジョアンナと結婚するのよ。彼ったらそれをためらいもしていない。愛してもいないのに、ほしいのはお金だけなのに。卑劣だわ。そんな彼に憧れていたなんて、自分でも信じられない」

　バートランドは内心でパーシーに感謝した。「でもね、コニー、パーシーの立場もわかってやらないと。彼はエディンバラでの放蕩《ほうとう》生活を愛している。だが放蕩生活っていうのは、快楽を維持する金がなければ先は惨めなものだ。彼は自分が求めているものを選んだ。そのために好きでもない女性と結婚しなければならないんだから、ある意味、ぼくは気の毒だと思うよ」

「もっと高潔な人だと思っていたのに」コンスタンスはそう言うと、またしゃくり上げた。「それに、バートランド、あなたが彼をかばうなんてどうして？　今まではそんなことなかったじゃない。いつだって、彼はよくない、目を留めるに値しないって言ってた」

　それは確かに事実だが、今の自分にはパーシーに対して公平になるだけの、それどころか少しは寛大になるだけの余裕もある。「ネイ、そりゃあね、ぼくだって彼の行動には賛成できないよ。ただ、そういう行動に出た彼の気持ちもわかるっていうだけだ。パーシーのことは忘れるんだよ、コニー。彼にはきみの愛情を受ける価値なんてない」

　コンスタンスが一瞬黙りこんだ。パーシーのことはもう心から消えたか？　バートランドは心底願った。

「それでもやっぱりよくない」彼女は言った。

「人生はいつもいつも思いどおりに行くわけじゃない。それはきみもわかっているだろう？　十六年ここで暮らしてきたんだ。ぼくたちはみんな、アンガスと暮らしてひどい目に遭ってきた。相手がレディ・アデラに変わったところで、そうめざましくよくなるものでもない。ただ、変わったってだけだ」

「でもブランディは？　わたしはエディンバラにも行ったことがないというのに、どうしてブランディはロンドンに行くの？」

少なくともこの抗議に対しては、コンスタンスを責めるわけにはいかなかった。無理もないことだ。「ブランディは長女だろう、コニー。たとえ」少し気の利いた意見を加えてみる。「きみのほうが女性らしいと考える人がいてもね」

「アイ、まあそうね」

「しかし、彼女が本当にロンドンに行くかな？　そう望んでいるのは公爵で、ブランディじゃない。きみはレディ・フェリシティが公爵と結婚したあと、きみたちのうちのどちらかを自分の屋敷に招くと思うかい？」

「ううん、ありえない。彼女は意地の悪い女性だわ、バートランド。かわいそうなイアン。どうしてあんな女性と結婚するの？　お金が目的なんてありえないわよね。だったらどうして？」

「どうしてかな。ひょっとしたらロンドンの女性はみんなあんな感じで、彼女がいちばんましだったのかもしれない。きみが彼女と楽しく過ごすなんて想像もつかないよ。だけど、エディンバラなら別だ。美しい街だよ、コニー。近いうちにきみも、あの街にゆっくり滞在することになるんじゃないかな。イアンが言っていたよ。ロンドンといえど、我らがスコットランドの首都以上に魅力的なわけでもなければ、いい店があるわけでもないって」

この話を丸ごと信じたふうには見えなかったが、それでもコンスタンスはそれ以上は何も言わなかった。立ち上がって、ドレスの皺《しわ》を伸ばす。「親切なのね、バーティ」バートランドに向かって顔を上げる。「泣いていたってわかる？」

バートランドは彼女の手からハンカチを取り、ういういしく柔らかな頬から涙を拭った。

「ネイ、いつもと変わらずきれいだよ。もし誰かに訊《き》かれたら、頭痛がしたからと答えることにしよう」

「ありがとう、バーティ」

揃《そろ》って食堂に戻ったが、コンスタンスが突然席を外したことについて誰も何も言わなかった。ただイアンは、レディ・アデラがクロードに向かって意味ありげにウィンクをするのを目撃した。

ブランディは妹を見て、おそらくパーシーが原因だろうと察した。今度こそ、妹も彼が本当はどういう人間か気づいてくれていたらいいのだけれど。戻ってきたコンスタンスはずいぶんすっきりして落ち着いた様子だった。バートランドはいったい何を言ったの？

夕食のあと、ブランディはなんとかジャイルズに話しかけようと勇気を奮い立たせた。

その機会は、フェリシティがパーシーに懇願されてピアノの前に座り、モーツァルトのソナタを華麗に弾きこなしているときに訪れた。ブランディの質問にジャイルズは首を横に振った。「そうかブランディ、きみはマリアンヌのことを知らないんだね」

「ネイ」

「ぼくがイアンに言った〝今度こそ幸運が訪れるように〟というのは、彼の最初の妻のことだよ。彼女はギロチンで処刑された。イアンは彼女を救えなかった。手は尽くしたんだけれどね」

「マリアンヌはフランス人で……ド・ヴォーなのね？」

「記憶力がいいね。そう、彼女は小柄で、美しくはかなげで、自分の両親にも夫のイアンにも大切にされていた」

「そうでしょうね」

ジャイルズはブランディの美しい瞳に悲しみがよぎったのを見て、はっとした。なるほどそうか、どうやらすでにイアンが少女の胸に女性の感情を解き放っていたらしい。しかたない。ジャイルズは達観して肩をすくめた。この娘は若い。若い心は壊れはしない、少し傷つくだけだ。

ジャイルズは最後に自分が傷ついたときのことを思い出した。あれはたしか二年以上前のことだ。今ではもう相手の女性の名も思い出せなかった。

23

イアンは、早朝からバートランドや小作人たちと一緒に大量のチェビオット種の羊を柵の中へ集めて過ごし、おかげで全身に羊の臭いが染みついて、今にも自分までめえめえと鳴きだしそうな気がしていた。自分でもむっとするほどのこの臭いを家族には、とりわけジャイルズとフェリシティには嗅がれたくない。イアンは足早に奥まった小さな入り江へと向かった。海水ならこの状態を少しはなんとかしてくれる気がする。

ひょっとしてフィオナが砂の城でも作っていないかと周囲を見まわしてみたが、流木や巨大な黒い岩石、それに一面に散らばる小石以外、なんの気配も見あたらなかった。イアンは服を脱ぎ、それを陽《ひ》のあたる乾いた岩の上に置いた。

冷たい海水に足を浸すと、肌がひりひりした。その刺激を無視して、海水が腰の深さに来るところまで歩き、そこから長く安定したストロークでさらに沖へと泳ぐ。海水の冷たさに自分ではすっかり慣れたつもりだったが、それはどうやら思い上がりだったようだ。海水は依然冷たく、そのうち唇が青く変色してくるのもわかった。ネズミイルカが手を伸ばせば届きそうなほど近くにやってくる。フィオナのネズミイルカか。それでもイアンはまだ水から上がる気にはなれなかった。体を仰向けにして水に浮かび、雲ひとつない青空を見上げる。なんてすばらしい場所だろう。このまま二度とロンドンに戻れなくても、たいしたことがない気さえする。ロンドン。その地で絶え間なく要求される社会的義務、そしてフェリシティ。結婚相手、ぼくを愛しているわけではないが――ぼくに対してか、ぼくの財産と爵位に対してかは知らないが――敬意だけは抱き、しぶしぶぼくの子供を産むと言いきる女性。まったく、どうして残りの人生すべてを代償にするような過ちを犯してしまったのか？　なぜここまで鈍感だったんだ？

イアンはため息をつき、太陽のまぶしい光に目を閉じた。もう何も考えたくなかった。

ブランディは岬を歩いていた。気持ちが落ちこみすぎて、タータンチェックのショールのせいでドレスの背中に汗染みができていることすら気づかないほどだった。フィオナもかわいそうに。今日の午後はレディ・アデラとふたりきりで過ごさなければならない。レディ・アデラの主張で、週に一度三時間、淑女としての手ほどきを受けることになったのだ。五十年もたてば習慣や慣行も大きく変わっていると口添えしてやりたかったけれど、祖母から向けられる毒舌を思うと、その勇気もなかった。おかげでフィオナはレディ・アデラの足元の、古くて赤いブロケード織りのクッションに座らされ、下手な刺繍《ししゅう》をしたり、祖母が愛情を勝ち取った五十年前の昔話を聞かされたりしている。

ブランディは浜辺に下りる急な坂道を慎重にくだっていった。岩の上にきちんとたたんで置かれた男性の衣類にも、すぐには気づかなかった。ただ目の上に手をかざし、じっと海を眺めた。

それがイアンだと気づいたのは、彼が水中で立ち上がり、陸地に向かって歩きはじめる直前だった。ブランディは彼を見つめた——ほかに目を向ける場所があろうはずもない。彼と比較できる男性などこの世には存在しない。目の前の彼は、黒髪が頭に張りついて、いつになく少年のようだった。けれど少年みたいに見えるのはそこまで。ブランディの視線はいつしか胸元を覆う豊かな黒い体毛へと引き寄せられていた。浅瀬まで来ると、引き締まった腹部も見えた。体毛の筋が下へ向かうにつれて広がり、股間の茂みへとつながっていく。目が離せなかった。あの日、突然彼の寝室に入ってしまったときと同じように。ああ、なんてきれいなの。あのたくましく力強い脚。足はまだ見たことがないけれど。でもそれもきっときれいなはず、タータンチェックのショールを賭けてもいい。イアンは水辺を離れると、岩だらけの海岸で一瞬足を止め、頭上に腕を大きく持ち上げた。

ブランディは息が止まるかと思った。きっと彼には理解できないだろう。自分のその動きでブランディの体に何を起こしたかなんて。たとえそうだとしても、彼を手に入れるのはわたしじゃない。彼はいっそう手の届かない人になった。それなのにわたしは、こうして裸の彼を見ただけで、これをこの惨めな日に贈られた最高の慰めだと思うほどになっている。

さっき城でフェリシティとロンドンを巡ってちょっとした口論になった。フェリシティからエディンバラはイングランドの首都とは比べ物にもならないと言われたものだから。どうでもいいようなことだった。それでもブランディは気持ちが落ちこんで言い返す気にもなれず、ただフェリシティを睨《にら》みつけて踵《きびす》を返し、彼女を応接間にひとり残して出てきたのだ。

ブランディはまだイアンから目をそらすことができなかった。間抜けな子供みたいにぼうっと突っ立っているべきでないのはわかっている。でもここで黙って立ち去る気にもなれない。いやよ、手にできるものがあるなら手に入れたい。だって目は彼の全身にうっとりと釘付《くぎづ》けになっているし、下腹部の奥は何かにせき立てられているみたいに熱くなっている。いいえ、正直に言うなら、激しい欲望に駆られているみたいに。ブランディの脳裏に、廃屋となっている小作人の小屋で彼と過ごした午後がよみがえった。あのときは、彼に強く抱き寄せられてキスをされただけ。あの胸に裸で抱きしめられるのは、あの縮れた黒髪に素肌をくすぐられるのは、あの手で背中を、そしてさらにもっと下をなでられるのは、いったいどんな感じなのだろう？　もはやこれは疑いようがない。イアンの裸を見て、わたしは男と女のこうした営みを知りたくなっている。これがパーシーなら、もし彼がまた体に手を伸ばしてきたなら、きっと引っぱたいてやるだろう。でもイアンなら、そう、相手がイアンなら、好きなだけ触れさせてあげたいと思う。

イアンは白シャツのボタンを留め終えた。シャツにはあいにくいまだ羊の臭いが染みついていたが、裾を黒いニットのズボンの中にたくしこみ、腕に皺《しわ》くちゃのネクタイをかけて、ブーツに足を入れる。そこでふと目の端を鮮やかなつぎはぎの色彩がかすめ、ブランディの方向に顔を向けた。それがブランディの色褪《いろあ》せたタータンチェックのショールだということにはすぐに気づいていた。

「ブランディ！」おいおい、またか？　イアンは叫んだ。「何をしている。すぐにこっちへおいで。すぐにだ。頼むから、今来たばかりだと言ってくれないか。陽射《ひざ》しがまぶしくて、ぼくの姿なんて見ていないと」

ブランディはその場を動けなかった。気づかれないようにひっそり立っていただけなのに。ばつの悪い思いをさせるつもりなんてなかった。それなのに、結果的にそうさせてしまった。またしても。

イアンはため息をついた。「もういいよ。それでいつからそこにいたんだい？」

「本当のことを言うと、だいぶ前から。あなたが仰向けに浮かんでいるのも見たし、ネズミイルカが近くに泳いできたのも見たわ。そのあと水から上がって、ずっと歩いてきたのも」

イアンは生々しい欲望が押し寄せるのを感じた。だめだ。彼は声を荒らげた。「ブランディ、いいか、きみがぼくをこんな状況に追いやったのは、これで二度目だ。裸の男をじろじろ見てはいけないことぐらい、わからないのか？　まわれ右で、まっすぐ城に戻るべきだったことぐらい、わからないのか？」

もちろんわかっていたわ。でも今肝心なのはそのことじゃない。ブランディは下唇を舌で湿らせた。喉がからからだった。彼とキスがしたくてたまらなかった。でも彼は怒っている。わたしはどうすればいいの？　やはり自尊心を保ったままここを離れるには、こうするしかないみたい。ブランディはくるりと踵を返すと、崖を上がる坂道に向かって駆けだした。

「おい、待て」イアンは叫び声をあげると、あとを追って駆けだした。とにかく彼女をこの手でつかまえたかった。つかまえたあとのことは考えていなかったが、そこで自分がどうしたいのかを見極める必要があった。

そのとき、銃声が轟《とどろ》いた。とっさに衝撃は感じなかったが、やがてイアンは背中にナイフを突き立てられたような感覚に襲われた。何かに押されるように砂浜に前のめりに倒れこむ。とても動けそうになかった。起き上がろうとしたが、焼けつくような痛みで息がつまった。しだいに目の前が闇に覆われ、体から力が抜けた。

ブランディは銃声にびくりと振り返り、その場で凍りついていた。イアンを唖然《あぜん》と見つめる。ぴくりとも動かない。白いシャツに血がにじみ、その深紅の染みがどんどん広がっていく。こんなこと、あるはずがない。でもこれが現実。イアンが撃たれた。どうしよう、彼が死んでしまう。いやあ！　ブランディは彼の名を叫びながら、全速力で駆け寄った。そばにひざまずき、銃弾が飛んできた方向を人の姿はないかと振り返る。

ふたたび銃声が響いた。銃弾が顔の横をかすめて飛んでいく。ブランディはイアンの上に身を投げだし、精いっぱい自分の体で彼を覆った。大変。誰かが彼を殺そうとしている。事故なんかじゃなかった。またも銃声が響く。その弾はブランディの頭からすぐそばの砂をはじき飛ばした。

ブランディは精いっぱい大声をあげて、声がかすれるまで叫んだ。かすれてもなお叫びつづけた。それしか自分にできることはなかった。きっと誰かの耳に届くはず、届いてもらわなくては困る。イアンに三度も発砲した人間のことは今は考えずにおこう。その人物が今なお銃で狙いを定め、自分たちに向かってきている可能性も。

今の敵は時間。血を流しているイアンにただ覆いかぶさっている時間が永遠に思える。そのときブランディの目に、崖を駆け下りてくるバートランドとフレーザーの姿が映った。その姿が涙でかすんではじめて、自分が泣いていたことに気づいた。

「バーティ」ブランディは叫んだ。「よかった、来てくれて。お願い、急いで。彼が撃たれたの」ブランディは急いでイアンの体から身を起こし、傷を確認するためにシャツを開いた。

肩からショールを外して丸め、背中の真っ赤な傷に力いっぱい押しあてる。

「どうした、ブランディ。叫んでいたのはこのせいか？　これはひどい」バートランドはイアンのそばからブランディを引き離し、フレーザーに向かって声を張り上げた。「急いで人を呼んできてくれ。それと誰かにちびロバート《ウィー》を呼んでこさせろ。さあ、早く行け。なんてことだ、背中から撃たれている」バートランドは出血を少しでもやわらげようと、指で傷口を押さえた。「銃声はぼくたちも聞いた。それからきみの叫び声だ。誰がこんなことをしたんだ、ブランディ？　相手を見たのか？」

「誰も見ていないの、バートランド。彼、大丈夫？」

「どうかな。傷は深いが、銃弾が臓器に達しているかどうか。詳しいことは、ちびロバートが来るまでわからない。それはともかく、さあ、手を貸してくれ」

パーシーとジャイルズが崖を駆け下りてきた。ジャイルズは無言のまま、いとこの状態を確認した。「誰がやったか、見たんだろう？」ブランディの蒼白《そうはく》な顔を見上げて、険しい声で言い放つ。

ブランディは黙って首を横に振った。

ジャイルズが言った。「とにかく、今はどちらでもいい。さあ、バートランド、パーシー、彼を城へ運ぶよ」三人は慎重にイアンを持ち上げた。そこから崖の上に到着するまでが、永遠にも思えた。

「くそ、公爵は真っ青だ」バートランドが言った。「いったい誰がこんなことを?」

「事故かもしれないだろう」パーシーが言った。「ほかにどう説明がつく。事故だよ」

「でもまあ、意識がなくてかえってよかったかもしれない」ジャイルズがイアンの重心を移動させて、言った。「まったく、なんて重いんだ」

ようやく城に到着した。ブランディは彼らのすぐ後ろから、悲鳴をあげるモラグと茫然《ぼうぜん》とするコンスタンスの脇を通り抜け、許されるかぎりぴたりとついてともに公爵の寝室に入った。

バートランドが振り返って優しく言った。「よくやったね、ブランディ。だがきみはここまでだ。ぼくたちが服を脱がせて、ベッドに寝かしつける。ちびロバートが到着したら、ここへ案内してくれ。いいね?」ブランディは無言で、真っ青な顔で、ただ見上げていた。バートランドが肩を揺さぶった。「いいかい、彼は助かる。ぼくが保証する。きみにできることはもうない。さあ行って。きみにはほかのみんなに説明する仕事があるだろう」

ブランディはイアンのそばを離れたくなかったが、しかたがないのもわかっていた。そう、一階に下りてみんなに何があったかを説明しなければ。そしてちびロバートを待つ。ブランディはパーシーに目をやった。彼がイアンを広いベッドの上に抱え上げようとしていたから。その目はいつもより伏し目がちで、唇も冷たく固く引き結ばれていた。ブランディは取り乱した目をバートランドに向けた。「彼をひとりにしないで、バートランド、約束して。あれは事故じゃない。誰かが彼を殺そうとしたの。三度も撃ってきたのよ。お願い、絶対に彼をひとりにしないで」

「わかった、約束する。さあ、行って」

ブランディは血のついた衣服を着替える間も惜しみ、一階の応接間に向かった。

「さあ、これをお飲み」レディ・アデラがブランデーのグラスを手渡した。

ブランディはブランデーを煽《あお》るように飲んで、咳《せ》きこんだ。肺が破裂するかと思った。けれどそのうち腹部に焼けつくようなぬくもりが広がり、ゆっくりと気持ちが落ち着いてきた。ブランディは空のグラスをサイドテーブルに置いた。

「あなた、公爵に何をしたの？」フェリシティが怒鳴り立てながら、応接間に入ってきた。

「いやだ、血だらけじゃない。あの人の血ね。いったい彼に何をしたのよ？　このふしだら女」

「誰かが彼を殺そうとしたの。奥まった入り江の海岸で。三発撃ってきたわ。そのうちの一発が背中に命中した」

フェリシティはブランディの血だらけのドレスを茫然と見つめていた。唇がわなわなと震えている。そして悲鳴をあげたかと思うと、気を失って絨毯《じゅうたん》の上に倒れた。小さく埃《ほこり》が舞い上がる。

「情けないねえ」レディ・アデラはそう言って、鼻を鳴らした。

ブランディはコンスタンスと一緒に両側からフェリシティの腕を取り、ソファーに引っ張り上げた。

「そのドレスについているのはイアンの血なのね、ブランディ？」コンスタンスが怯《おび》えたようにささやいた。

「およし、コンスタンス。わかりきったことをいちいち言わせるんじゃない」レディ・アデラがブランディを振り返った。「おまえも気をしっかりお持ち。今フレーザーが治安判事のトレヴァーを呼びに行っている。だが、ドレスを着替えに行く前にこれだけは教えておくれ。誰がこんなひどいことをしたのか、おまえは見たのかい？」

「ネイ、おばあさま。あたりを見まわしたけど、誰も見なかった。誰が撃ったにせよ、犯人は崖の上の岩陰に隠れていたんじゃないかしら」

レディ・アデラはブランディの青く引きつった顔から目をそらすと、自分の節くれ立った指を考えこむように見つめた。

「密猟者よ、きっと密猟者だわ」コンスタンスが言った。

「ここ何年も密猟者は見ていない」レディ・アデラは言った。「密猟するほどのものもない。人はそこまで愚かじゃないよ。ネイ、公爵は誰かに殺されかけたんだろう」

それでもしばらくすると、コンスタンスは治安判事のミスター・トレヴァーにも自分の信念を繰り返した。

「ここの半径八十キロ内に密猟者がいるなんて考えられない」ブランディは言った。「祖母も言ったように、ここで何を密猟するっていうの？　対象がないじゃない」

「ですが」ミスター・トレヴァーが口を開きかけたところで、聞き覚えのあるちびロバートの声が聞こえてきて、ブランディは彼を出迎えようと部屋を駆けだしていた。ちびロバートはブランディの姿に衝撃を感じつつも、ただうなずきながらその説明に耳を傾けた。そしてブランディの案内で公爵の寝室に向かうと、彼女の手を軽く叩《たた》いてから、目の前で寝室の扉を閉めた。

時が止まった気がした。ブランディは応接間に戻った。ミスター・トレヴァーがレディ・アデラと低い声で話している。

ブランディが入っていくと、彼は顔を上げた。「結論をくだすのはブランディの話を聞いてからにしましょう、レディ・アデラ」眉間に皺が寄っていた。その皺はブランディがいくつか事実を語ると、さらに深まった。「要するに、公爵はあなたがいらしたから命拾いされたわけか」ミスター・トレヴァーがレディ・アデラを振り返った。「それで、話を戻しますが、もはやミスター・パーシヴァルは曖昧な立場ではなくなられたわけですな？」

「アイ、それは事実だ」レディ・アデラはゆっくりと、狐《きつね》が雉《きじ》を見るような目を彼に向けた。そして居住まいを正し、毅然《きぜん》とした口調でつづけた。「だが、ばかなことを考えるのはよしておくれ、トレヴァー。この事件に家族の誰も巻きこんでもらいたくない。どうせ次はクロード・ロバートソンの痛風が悪知恵の働いた偽装で、彼が引き金を引いた可能性はないかとかなんとか訊《き》いてくるんだろう。だが犯人はどこかの手に負えないならず者に決まっている。こうしている間があったら、その恥知らずを捜しに行ったらどうだい？あなたにはがっかりだよ、子供のころから見てきたけど。母親だって知っている。彼女、膝が悪かったねえ。とにかく今後は礼儀ってものをわきまえてものを言っておくれ。さあ、そんな余計なことを考える暇があれば、さっさとそのならず者をつかまえに行ったらどうだい」

ミスター・トレヴァーは口まわりの皺を深めただけで、顔色ひとつ変えなかった。たいしたものだと、ブランディはほとんど畏怖の念を抱いた。おばあさまにあそこまで言われたというのに。

トレヴァーは言った。「これは深刻な事件なんですよ、レディ・アデラ。そしてわたしは自分の責務を果たそうとしているんです。少なくともさしあたっては、そのならず者の件は忘れていただきたい。わたしの知るかぎり、このあたりには誰ひとりおりませんしね。今あなたにお尋ねしているのは、イングランドの公爵の死を願っていそうな人物に心あたりがおありになるかどうか、です。いいですか、ロバートソン家は気高いとか誠実だとか、そんなことはお話しいただかなくて結構。肝心なのはそこじゃない。ひとりの人間の命が危険にさらされているんです。しかもあなたの親族の方なんですよ」

パーシーの名がブランディの心にくっきりと刻まれた。その名前を金切り声で叫びたかった。そうよ、彼はあっという間に崖をくだってきたわ、まるで待ちかまえていたみたいに。けれどもブランディは無言を貫いた。考えてみれば、ロバートソン家の人間は誰でもそれなりにイアンの死で恩恵をこうむる。

レディ・アデラは杖《つえ》を床に強く打ちつけ、うんざりしたように鼻を鳴らした。「いいかい、トレヴァー、悪党が自分の本性を現すと思うかい？　もう一度言っておく。ここを嗅ぎまわるのは見当違いだ。ロバートソン家にあんな卑劣なまねをする者はいない」

トレヴァーは何も返さなかった。前伯爵のアンガスなら相手が誰であれ、機嫌を損ねた瞬間に背中から撃ちかねなかったと言ってやりたかったが、彼ももはや故人だ。それにレディ・アデラに脳卒中で倒れられでもしたらこっちが困る。やはりミスター・パーシヴァル・ロバートソンがもっとも有力な容疑者だろうか。嫡出子として認められ、爵位継承者の列に名を連ねたわけだから。しかし、クロードとその息子のバートランドはどうだ？　この狡猾《こうかつ》な老伯爵夫人が、不名誉な廃嫡を撤回しようとしているらしいじゃないか。だめだ、この分では家族の誰も容疑者から外せない。それにしても哀れな話だ。なぜイングランドの公爵が？　しかも自分の領地で？　あんまりだ。素面《しらふ》じゃとても耐えられない。

トレヴァーはゆっくりと立ち上がり、暇《いとま》を告げた。「我々を信用してください、レディ・アデラ。明日になれば公爵からも話が聞けるでしょう。また出直してきます。彼のご無事を祈っていますよ」

レディ・アデラは鼻息を荒らげ、追い払うように手を振った。「無事に決まっているだろう。わたしの血縁なんだからね。臆病者の銃弾なんかじゃびくともしないよ」

クラブがミスター・トレヴァーを玄関ホールまで送っていくと、レディ・アデラは軽蔑のまなざしをレディ・フェリシティに向けた。フェリシティはまだ茫然とした様子でソファーに座りこんでいる。実に頼りなく、はかなげだ。レディ・アデラはそうしていられる能力に逆に感心した。「ブランディ、レディ・フェリシティの侍女を呼んできておやり。自分の部屋のほうが休まるだろう」

ブランディは命じられたとおりにした。何かしているほうが、気がまぎれてありがたかった。

24

昼になり、午後に入っても、ちび《ウィー》ロバートはまだ階下に下りてこなかった。

「おまえがショールを引き裂いたからといって、彼が早く下りてくるわけでもあるまいに」レディ・アデラは言った。「そりゃあ衝撃だったとは思うよ。銃声を聞いて、公爵が倒れるのを目のあたりにしたんだからね。彼に覆いかぶさったことだって、わたしは責めたりしない。彼を救ったんだ、立派なものじゃないか。気を楽になさい、ブランディ。おまえはいい娘《こ》だ」

「アイ、おばあさま」けれどもブランディはフリンジに容赦なく八つあたりしつづけた。祖母がいつになく優しい。ブランディはふと思った。イアンのことで気が高ぶっているせいか、そんなことまでが気になってならなかった。

クラブが医師を案内して応接間に入ってきた。「エルジン・ロバート医師です、奥さま」

「見ればわかるよ、クラブ。それで、ちびロバート、公爵の容態はどうだい?」

エルジン・ロバートは五十年以上前から呼ばれつづけ、すっかり慣れきったこの呼び名に気分を害することもなく、疲れきった足取りで部屋に入ってきた。彼の体は自分の意志とは関係なく、百五十センチ程度までしか育たなかったのだ。ちびロバートはふくよかな手で眉をなで、レディ・アデラの前に進みでた。

「公爵は大丈夫、回復なさると思います、伯爵夫人」優しい、ほとんど少女のようなやわらかな声で彼は言った。「弾は背中の、ちょうど左肩の下に命中していました。それでもあなたのご親族は、こちらが逆に心配になるぐらい毅然《きぜん》となさってましたよ。わたしが弾を取りだすときも、声ひとつあげられなかった。今は青白い顔でぐったりなさっていますが、静かにお休みです。このあと心配なのは熱と感染症ぐらいでしょう」ちびロバートはコンスタンスからうれしそうに紅茶のカップを受け取ると、ゆっくりと飲んだ。「公爵は若く、強靭《きょうじん》な方です。立派に、きわめて立派に乗り越えられるでしょう。それにしても厄介なことになりましたね。トレヴァーは何か突き止めたんでしょうかね、誰が撃ったかについて。ブランディ？」

「ほんと、厄介だよ」レディ・アデラは言った。「ばかなトレヴァーは間抜け面でやってきて、間抜け面で帰っていった。あの男につかまえられるのは林檎《りんご》を盗んだいたずら小僧ぐらいのものだ。公爵を撃ったのはこの家の人間だと決めつけている。それに、いや、よそう、ブランディにこれ以上血生臭いことを聞かせるのはかわいそうだ」

「公爵はお目覚めになっています？」ブランディは尋ねた。

「ネイ、アヘン剤をたっぷり投与しましたから。今は眠られることが何よりなんです」

パーシー、ジャイルズ、バートランドが揃《そろ》って応接間に入ってきた。どの顔も青く、こわばっている。

ちびロバートが三人を振り返った。「皆さま方、先ほどはお力添えをありがとうございました」そこで不意に顔をそむけた。気づいたのだ、この中の誰かが公爵をこの状態に追いやった可能性に。厄介なことだ。

バートランドがうなずいてから尋ねた。「トレヴァーは来ましたか、レディ・アデラ?」

「アイ、今もちびロバートに話していたところだよ。あの男はばかみたいにただ騒々しいだけだとね。なんせ、罪をロバートソン家になすりつけようっていうんだから。どうせ、やったのはどこかのならず者だよ。ロバートソン家にあんなまねをする人間がいるはずもない。そもそも、あれほど射撃の下手な者はいないだろう。三発撃って、最初の一発以外は全部外しているんだからね」

ジャイルズは片方の眉を跳ね上げ、パーシーとバートランドにじっと目を向けた。

「クロードおじさまはどこ?」ブランディは唐突に尋ねた。

バートランドが見つめ返した。「よしてくれよ、ブランディ。まさか父がこんな卑劣なまねをしたかもしれないなんて言いだすんじゃないだろうね?」

「だったらついでだ」パーシーが割りこんだ。「イアンが撃たれたとき、誰がどこにいたか知っている者はいるかい？　ことによると、彼を衰弱させたのはブランディだった可能性もある」

「まずは、きみがどこにいたかから訊《き》いてみるかい、パーシー」バートランドが冷ややかに言った。

「おいおい、いとこ殿。なんだか穏やかじゃないな。言っておくが、ぼくはきみたちの大切な羊の不快な悪臭を逃れようともがいていたんだ。風で臭いが広がるから、それがまた難儀でねえ」

「ここでもめたところで真実にはたどり着けないと思うけど」ジャイルズが言った。「それに信頼や友情を固める助けにもならない。ところで、フェリシティはどこに？」

「ヒステリーを起こして、気絶したわ」コンスタンスが言った。その声には少なからず軽蔑がこもっていた。

「ばかなことを訊いたね」ジャイルズがそう言って、ふっと息をついた。「それぐらい想像がつきそうなものなのに。世の中にはどうしたって変わらないことがあるものだ」

　ちびロバートは困惑して、所在なさげに紅茶のカップをのぞきこむようにしていたが、そこで立ち上がり、レディ・アデラにお辞儀をした。一刻も早くこの場を立ち去りたかった。残らなければならない人たちが気の毒だ。彼は言った。「わたしがこれ以上長居する必要もないでしょう。明日の朝、また公爵の様子を見に来ます。ブランディ、そんなに怯《おび》えた顔をしなくてもいい。彼はきっとよくなるからね。心配するんじゃない」

「でも夜のあいだに、何かあったら?」ブランディは動揺した声で尋ねた。

「わたしの家は十五分と離れていないよ」

　クラブがちびロバートを送っていったあと、バートランドがブランディに向き直った。

「きみが海岸にいたのはイアンにとっては幸運だった。だけど、下手をするときみまで墓場行きだったんだよ。みんながどれだけぞっとしているか」

　パーシーが言った。「どうして海岸なんかにいたんだ、ブランディ?」

「悪臭を避けていただけよ。あなたと同じようにね、パーシー」いつしかブランディはひとりひとりの顔を見つめていた。そこに罪を表す兆しが表れていないかどうか探るように。けれど何も見あたらなかったし、これ以上的外れな言い争いを聞くのもごめんだと思った。ブランディはそっと応接間を抜けだした。向かう先は公爵の寝室。彼のそばには近侍のマブリーがついている。目的はこの人物に会うことだった。

　フェリシティの部屋の前を静かに通りすぎた。本当は拳を振り上げて揺らしたかったが、もちろんそんなことはせず、ただ歩きながら彼女が消えてくれることをそっと願うにとどめた。ブランディは静かに公爵の部屋の扉を開け、薄暗い部屋の中に滑りこんだ。マブリーの姿はなく、主人をひとりきりにした彼に内心で毒づく。イアンの深く、規則正しい息遣いが聞こえ、足音を忍ばせてベッドサイドに歩み寄った。イアンは自然に眠っているように見えた。試練の疲れは顔には表れていなかった。
「ミス・ブランディ。ここで何をしておいでです?」
ブランディは振り返ると、とっさに指を唇にあてた。
彼は近づいて、声をひそめた。「ここに入られてはなりません。いけないことです」マブリーは言った。近づいてみると、彼女の瞳にくっきりと恐怖が、恐怖と苦悩が浮かんで
いる。弱った、この手のことには年を取りすぎたようだ。マブリーの手は、ちびロバート
が銃弾を摘出しているあいだ公爵の汗を拭いていたせいで、いまだ震えが止まらなかった。
ブランディは再度唇に指をあててみせた。
「公爵さまはお休みになっています。眠っていらっしゃるんです。医師から、もう大丈夫
だとお聞きになりませんでしたか? いいえ、声をひそめる必要はございません。大軍を
丸ごと眠らせるほど大量のアヘン剤を投与されていらっしゃいます」
それでもミス・ブランディはひと言も発せず、身振りでついてくるようにと示してきた。
マブリーは彼女についていきながら、ここでエールが一杯飲めればと思った。そうすれば、
この老体も少しはしゃんとするのに。
ブランディは前置きもなく言った。「公爵を絶対にひとりにはできないわ。たとえ一瞬
たりともよ、マブリー」
「ご自分のことがおできになるようになるまでは、そのつもりでおりますよ、ミス・ブラ

ンディ。どうぞ公爵さまのことはご心配なく。わたくしがここでついておりますから」

「ネイ、あなたはわかっていないの。誰かが彼を殺そうとしたのよ。誰も信用できないの、わかる？　今の彼は無力な赤ん坊同然だわ。自分の身を守れないのよ」

「同じことですよ。わたくしがここにおります。わたくしがお世話いたします」

ブランディは祖母の傲慢な口調をまねた。「いい？　昼間はあなたが付き添って、夜間はわたしが付き添うから」よし、言えた。

「ですが、それは不適切というものでございます、ミス・ブランディ。でしたら、ジャイルズさまかバートランドさまに――」

「そのうちのどちらかが公爵を撃ったのではないと言いきれる？　言いきれないわよね。わたしは公爵を、誰ともふたりきりにはしたくないの。いい、マブリー？　これ以上はどんな危険も冒せない。公爵が死んでしまう」

マブリーはたるんだ顎をさすり、疲れた頭で知恵を絞った。「もし、おっしゃるとおりに危険だとすると、なおさらここにいていただくわけにはいきません。小柄な女性ですし、失礼ですが――」

再度レディ・アデラの傲慢な口調の出番だった。「そこまでよ、マブリー。祖父のアンガスはなかなかの銃の収集家でね。その祖父の拳銃を一挺《ちょう》拝借するし、外の扉の鍵もかける。これで安心でしょう？」

マブリーには銃と女性がさほど相性がいいとも思えなかったが、ミス・ブランディに引き下がるつもりはないことははっきりとわかった。少なくとも彼女が公爵を撃ったわけではないらしい。誰かがやったことにはちがいない。ただし、それはミス・ブランディではない。さて、どうしたものか。

マブリーは苦々しい表情を向けた。「それではあなたがお疲れになってしまいますよ。あなたのおばあさまになんと言われることか」

「がたがた言わないで。とにかく今は、公爵を絶対にひとりにしないと約束して。あとであなたの夕食を運んでくるわ。そうしたらあなたは自分のベッドに入るのよ」ブランディは彼から別の反論が返ってくる前に背を向けた。そして背後から聞こえてくる困ったようなため息に、頬をゆるめた。

炉棚の上の小さな時計が弱々しく十回鳴った。ブランディは暖炉脇の、普段は熱くなったスープの鍋をのせておくのに使っている棚から立ち上がり、静かにベッドに歩み寄った。手のひらを公爵の額にあててみる。まだ熱くない。よかった。でも、ちびロバートからこ数日はいつ発熱してもおかしくないと聞いている。

「もう二度とあなたを傷つけさせない」ブランディはそうつぶやくと、身をかがめて彼の口にキスをした。「今はゆっくり眠って、体をいやして。わたしが見守っているから」ブランディは身を起こすと、暖炉のぬくもりのそばに引き返した。そこですばやく衣類を脱ぎ捨て、頭から綿のナイトガウンをかぶって襟元の紐《ひも》を結ぶ。そしていつもより念入りに髪のよりをほぐし、波打つ豊かな髪にブラシをかけると、ショールを肩にしっかりと巻いて、ベッドサイドに戻った。

イアンはぴくりとも動かずに横たわり、深く規則正しい寝息をたてている。ブランディはあらかじめベッド脇に引き寄せておいた大きな椅子に腰を下ろすと、足をヒップの下に引き寄せた。緊張を解く前にもう一度鍵のかかった扉と、そばのナイトテーブルの上に置いた小さな拳銃を目で確認する。隣の部屋からマブリーの寝息が聞こえていた。その部屋へとつづく扉も鍵がかかっている。ブランディがそうしてくれと強く要求したからだ。あと気がかりなのは廊下からマブリーの部屋に通じる扉だけ。そこには鍵がない。

この寝ずの番のことを知っているのは、レディ・アデラとマブリーだけだった。意外にも、レディ・アデラはブランディの話に最後まで耳を傾け、突飛な行動だとは言いつつも反対はしなかった。

〝ま、ほかの誰にも口外しないほうがいいね〟祖母はそう言って、視線をそらした。〝あの甘ったれフェリシティに大騒ぎされて、わずかに残った平和まで台無しにされるのはごめんだ〟

その夜、騒ぎが起こることはなかった。翌朝、ブランディはマブリーに肩を揺さぶられてはっとした。

「ああマブリー、もう朝なの？　ごめんなさい。服を着替えてからあなたを起こしに行くつもりだったのに」

マブリーは喉の奥で低い声をあげてから、眠りつづける主人の顔を見つめた。「さあ、お急ぎください、ミス・ブランディ。あとはわたくしがお世話をいたします」

その朝の遅い時間に、ミスター・トレヴァーが公爵への面会を求めてやってきた。ちびロバートがそれを許可し、そのふたりが一階でレディ・アデラとコーヒーを飲んでいるあいだに、マブリーが主人をそっと起こした。

イアンはしぶしぶ目を覚ました。アヘン剤と肩の強烈な痛みでいまだ頭が朦朧《もうろう》としていた。

「ああ、公爵さま、またお目覚めになって本当によろしゅうございました」

イアンは起き上がりたかった。そして起き上がろうとしたが、肩の痛みで引き戻された。毒づき、目を閉じて、ひどい痛みをなんとか制御しようと、軽く、ゆっくりした呼吸を何度か繰り返した。吸って、吐いて。

「横におなりになっていてください、公爵さま」マブリーがとっておきの優しい声で言った。「今スープを持ってまいります。ミス・ブランディが温めてくださっているんですよ」

まったく別人のような声で、イアンが言った。「ぼくはどれくらい眠っていた？」

「昨日の午後からずっとでございます。ちびロバートから強力なアヘン剤を投与されて。公爵さまは覚えていらっしゃいますかどうか」

「ちびロバート？」公爵はゆっくりと繰り返した。「その名に、なぜか聞き覚えがある」

「お医者さまでございますよ。大変小柄なスコットランド人ですが、腕は確かです。彼が背中から弾を取りだしてくださったんです」

イアンはびくりとした。横たわりながらも、誰かにあの銃弾を取りだされるときの耐えがたい激痛が鮮明によみがえったのだ。同時にほかの記憶も引きだされ、顔から血の気が引くのがわかった。

「マブリー、ブランディは無事か？　海岸で彼女も一緒だった。ぼくが撃たれる直前だ。なんてことだ、無事なのか？」

「ご心配には及びません。ミス・ブランディにお怪我《けが》はございませんよ。それどころか、わたくしが聞いた話によりますと、あのお嬢さまがあなたさまのお命を救ってくださったんだそうです」けれど、そのお嬢さまが自ら公爵の夜間警護を買ってでられていることは黙っていたほうがいいだろう。公爵がお知りになれば、立腹されるのはわかりきっている。女性や女性はどうあるべきかについて、強い固定観念をお持ちのお方だ。「公爵さま、スコットランドの治安判事ミスター・トレヴァーがお会いしたいとお待ちです。どうでしょう、お話しになりますか？」

イアンはうなずくと、頭の靄《もや》を取り払おうとした。ブランディが用意してくれたというスープを飲み、用を足したところで、地味な黒い服を着た眉毛のやたらと太い紳士がベッド脇にやってきた。

「お話は数分ですませます、公爵」

イアンはふたたびうなずき、なんとか背中の痛みを忘れて気持ちを集中させようとした。ひょっとしてマブリーは嘘《うそ》をついたのか？　ブランディは本当に無事なのか？

「それにしても、公爵はじつに運のいいお方だ」

「マブリーからブランディがぼくを救ってくれたと聞いたが」そう言いながら、公爵は自分を撃った犯人を突き止める手がかりを必死に思い出そうとした。

「そのとおりです、公爵」トレヴァーには、公爵がいまだ集中できる状態には見えなかった。痛むのだろう。それがありありと伝わってくる。そういうことなら、今はブランディの話題でいい。「どうやらあなたが倒れられたとき、彼女がとっさに覆いかぶさったようですね。それからあとの二発はかろうじて彼女からそれました。大声で泣き叫んで、その声に犯人もひるんだんでしょう。彼女の悲鳴と銃声を聞きつけて、お身内の方々が駆けつけたというわけです」

「誓って、彼女は無事なんだな？」

「嘘偽りなく。あなたのことで怯えてはおられますが」

「一歩間違えば、彼女の命も危険だった。いったいなぜそんなばかなことをしたんだ?」

「アイ、結果的には無傷でしたが。今度のことではお身内の皆さん、ひどく心を痛めておいでです。何か、気づかれたことはありませんか、公爵? ゆっくりで結構ですから思い出してみてください。何をなさっていたか、何を考えていらしたかも」

「ぼくは泳いでいた」公爵が言った。「羊の臭いがひどくてね。城に戻る前に体に染みついた臭いをできるだけ洗い流したかった。海から上がって、ブランディと少し話をした。それから彼女が、そう、それから彼女が先に帰ろうとして。何かが聞こえたのはぼんやりと覚えている。あれが銃声だったのだろう。そのあとのことは何も思い出せない」

痛みで公爵の眉間に深い皺《しわ》が刻まれるのがわかった。トレヴァーは立ち上がった。「ちびロバートを呼んできましょう。あなたに必要なのはわたしではなく、彼だ。話のつづきはまたのちほど。ひょっとするとまだ何か思い出されるかもしれない。どんなことでも手がかりになりますからね」

イアンは彼の言葉を朦朧と聞いていた。寝室の靄を取り除こうと何度も何度もまばたきを繰り返す。またもくっきりとブランディの姿がまぶたに浮かんだ。頬を染め、海岸で見つめていた姿が。ひたすら見つめていた姿が。ああ、まただ。またすべてを見つめている。うっとりとした顔で。

それから誰かがそばに来て、冷たいグラスの縁を唇に押しあてた。イアンは反射的に口を開け、冷たい液体を何口かゆっくりと飲んだ。そして目を閉じると、やがて静かな闇に包まれた。

「傷は順調に回復しています。感染症もございません。ですが、熱は下がっておられません」黒い上着姿のちびロバートは応接間で、集まった家族と向き合った。話しながら、公爵の婚約者、レディ・フェリシティに目をやる。これほど軟弱で、すぐに気を失う女性に会ったのははじめてだ。屈強でたくましく、人の上に立つことに慣れた公爵にお似合いの女性とはとても思えない。彼女は妻となっても気を失ったり、泣いたりしてばかりいそうだ。だが幸いなことに今は、自分の言葉で真っ青にはなっても前のように卒倒はしなかった。

ブランディが静かに尋ねた。「熱はいつまでつづくのかしら?」

ちびロバートは答えた。「はっきりとは言えないのですよ。下がらないままの人もいますし。昨日も申し上げましたが、公爵は若くて、これまでに診た誰より強靭な方です。必ず切り抜けられますよ。わたしが保証します」

「でも彼は公爵なのよ」フェリシティが叫んだ。

ちびロバートはほんの少しユーモアを交えて言った。「アイ、確かにそうです。まちがいなく爵位も彼の回復におおいに役立ってくれるでしょう」

「そうではなくて、レディ・フェリシティが言いたいのは」ジャイルズが、フェリシティに優しい笑みを向けながら穏やかに言った。「公爵のような地位の人間がどうしてこんな目に遭わなければならないのかってことじゃないかな」

ちびロバートは立ち上がった。「それはミスター・トレヴァーの仕事です。わたしが公爵にしてさしあげられるのはここまでです、レディ・アデラ。看護についてはマブリーに伝えてあります。それではわたしはこれで」

バートランドがちびロバートを扉まで送っていった。

「なんてことだ」クロードがいらだたしげに言った。「痛風が、昨日一日で一年分は痛んだ気がする。銃で撃たれるとはね」

「背中を撃たれることに比べたら痛風なんてたいしたことないだろうに」パーシーからあきれたように言われ、クロードは今にも彼に飛びかかりそうになった。

「およし、クロード」レディ・アデラはそう言ったきり、黙りこんだ。そこに集まった面々の顔をひとりずつ眺めていく。

バートランドが戻ってきた。「みんな知っているだろうが、イアンはトレヴァーに、今明らかになっていること以外は話せなかったらしい。ブランディから聞いていること以外は何も」

「だから、わたしもレディ・アデラと同感だね」クロードが割って入った。「犯人はどうせどこかのならず者だ。知っておるだろう、連中はろくでもない」

　ブランディはため息をついて立ち上がった。「わたしはこれで失礼していいかしら、おばあさま。フィオナの勉強を見てやらなくてはいけないし。それに公爵の具合も確認したいし」

「そんな陰気な顔はするもんじゃないよ。幼いあの子が悪い夢でも見たら困るだろう」レディ・アデラは追い払うようにブランディに手を振ると、またも考えこむような目つきで順に集めた身内の顔を見ていった。「わたしは謎は嫌いだし、悪党ってやつも、五十年以上もその手の人間と一緒に暮らして大嫌いになった。そんな悪党がこのペンダーリーにやってきたなんて、考えただけで吐き気がする」

「そうでしょうかね、レディ・アデラ」パーシーが穏やかに切りだした。「トレヴァーが容疑者に含めているのが男だけとは限りませんよ」

「なんだと、パーシー」バートランドは頭にきて、このまたいとこを殴りつけたくなった。

「レディ・アデラが杖《つえ》をつきながら銃を撃ったとでもいうのか？」

「ただ意見を言っただけじゃないか。トレヴァーはこの先もあたりをうろついて、あれこればかげたことを訊いてくるわけだろう？　だったら淑女の面々がその楽しい戯れから外されるって理由はどこにもない」

　フェリシティが立ち上がって、震える声でジャイルズに言った。「気分が悪いの。マリアに言って、ラベンダー水をこめかみに塗ってもらわないと。いったいどうして公爵はこんなひどいところに来ることにされたのかしら。その結果がこのありさま――スコットランドの野蛮人のせいで命まで落としかけて。ああ、こんなところにさえ来なければ」

「それならお帰りになったら?」コンスタンスが甘い口調で言った。「あなたのしていることといったら、不満を言うか、気絶するか、わたしたちの名前を呼ぶかだけじゃない。なんの役にも立ちゃしない。アイ、もう帰って」

フェリシティが彼女に向き直った。「なんて意地の悪いスコットランドの小娘なの。きちんとした英語も話せないくせに。それに、あなたの野暮ったい姉はどうして公爵の様子を見に行きますの? 彼女は彼となんの関係もないのに。なんの関係も。わたくしは婚約者よ。必要とあれば、様子を見に行く立場にあるのはわたくしでしょう。今は具合が悪くてできませんけれど。ああ、こんなひどいところ、大嫌い」

「イアンの様子ならぼくも見に行っている」ジャイルズが言った。「ちびロバートの言うとおり、まだ熱が下がっていないようだ。だがマブリーがついている。具合が悪くなれば、知らせてくれるだろう」

「アイ、マブリーの話では意識も混濁しているらしい。くそっ」バートランドは突如自分の太腿に拳を叩《たた》きつけた。

「それは、公爵の具合が悪いことに対する怒りかい? それとも犯人が急所を外したことに対して？」パーシーが神経を逆なでするような声で言った。

「なんてひどいことを言うの」コンスタンスが拳を握りしめて、立ち上がった。

ジャイルズが割って入った。「マブリーから、公爵は一分たりともひとりにはしていないと聞いている。我々の犯人捜しもいったん熱を冷ましたらどうかな。そうだね、どうでしょう、レディ・アデラ――よろしければですが――このあたりでアフタヌーンティーにしませんか」

25

「イアン、大丈夫よね、ブランディ？」フィオナが怯《おび》えた不安そうな顔を向けた。フィオナとて死について知らないわけではない。祖父のアンガスも亡くなっている。けれど祖父は年寄りすぎて、あれ以上の長生きを想像するほうが難しかった。ブランディは幼い妹の首元までベッドカバーを引き上げ、身をかがめて、額にキスをした。

「ネイ、おちびちゃん、これ以上彼に悪いことは起きないわ。心配しなくていいのよ。イアンは大きくて強いもの。きっとよくなるわ、保証する」

ブランディはフィオナの部屋を出ると、自分の部屋に向かった。応接間や夕食の食卓ではなじり合いが繰り広げられるのが目に見えている。そんなものに付き合う気にはとうていなれなかった。

十時近くになって、マブリーがイアンの寝室に迎え入れたのは青白い顔の憔悴《しょうすい》したブランディだった。その目はすぐにベッドに向かった。「今夜は静かなのね、マブリー。熱が下がったの？」

その声があまりに期待に満ちていて、マブリーは否定するのもつらかった。「そうではないんですよ、ミス・ブランディ。ずっとうなされていらっしゃいます。譫言《うわごと》をおっしゃってうなされたり。もう六年にもなりますのに、いまだあのお方の名前をお呼びになるんです。何度も何度も。あのころもそれはひどかった。わたくしもずいぶんと心配したものです」マブリーは弱々しく首を横に振った。

ブランディはマブリーを見つめた。「亡くなった奥さまのことね？」

「はい、ミス・ブランディ。公爵はどうやら夢の中であの悲惨な出来事を思い出していらっしゃるようで」マブリーは老いて疲れきった体をどすんと椅子に落とし、目を閉じた。公爵がひとりでフランスから戻られたときの青ざめた顔は、今も目に焼きついている。マブリーは声を大きくした。「あのころは、ご友人方も公爵が正気を失われるのではないかと心配なさっていました。国王陛下からもお悔やみの言葉をいただいたのを覚えております。悲しみの日々でした。じつに悲しい」

ブランディは気持ちを強く引き締めた。マリアンヌはとうの昔に亡くなり、わたし、ブランディはこうして生きている。イアンは今わたしの力を必要としている。彼を亡霊と共有するしかないのだとしたら、そうしよう。フェリシティのことなんて、考えるまでもない。「ベッドに行って、マブリー。今にも椅子から落ちてしまいそうよ」

マブリーは続き部屋の扉に向かった。「公爵がうなされて手に負えなくなったら、呼んでくださいませ」

「アイ、わかっているわ。扉には忘れずに鍵をかけてね、マブリー。今の傷だけでもじゅうぶん危険な状態なのに、同じ悪党にまた狙われる心配までしたくないから」

マブリーは続き部屋に引き上げると、幅の狭い扉に鍵をかけた。そして小さな控えの間の真ん中でしばしたたずみ、車輪付きの硬いベッドに目をやった。もう何週間もこのベッドで夜を過ごしてきた。それでも今朝モラグがシーツを替えたかと思うだけで、体がかゆくなってくる。レディ・フェリシティ同様、マブリーもスコットランドになど来なければよかったと思っていた。公爵には一刻も早くよくなってもらい、すぐにでも、この土地を発《た》つことに同意してもらいたい。なんせここは食べ物も奇妙なら話し方も奇妙で、おまけにいつも潮風が吹いている。

黒い上着をゆっくりと脱ぎながら、マブリーは閉じた扉に目をやった。目を狭め、薄くなった眉をひそめる。公爵をお守りするのがミス・ブランディというのはどう考えてもよろしくない——できればどなたか男性、たとえばそう、ジャイルズさまのほうが適任だろうに。頑固なお嬢さんだ。公爵に好意以上の感情を抱かれている気がする。結局傷つくのはわかりきったことなのに。高慢なレディ・フェリシティは好きになれないが、かといって身分がどういうものかもいやというほど身に染みている。正式発表もすませ、財産契約もすべて合意して、今や公爵は足かせをかけられたも同然の身。公爵さえ尋ねてくださっていれば、レディ・フェリシティとお気の毒な最初の奥さまとのちがいを喜んでお話ししただろうに。残念だ、とマブリーは思った。じつに残念でならないが、できることはもう何もない。何も。

ブランディはベッド脇に静かにたたずみ、公爵を見つめた。熱で顔が赤くほてっている。ブランディはその顔を冷たく湿らせた布で拭いた。首から肩、さらには腕と冷たい布で拭いていく。イアンが何かしら意味のわからないことをつぶやき、枕の上で顔をそむけた。ブランディはもう一度その顔を拭いた。イアンはその手を払いのけようとしたが、そうするだけの力がなかった。

「じっとしていて」ブランディはささやいた。部屋は暖かかったが、熱があることを考えて、どっしりとした厚手の羽毛のベッドカバーは裸の胸まで引き上げた。胸から背中にかけて巻かれた白い布が、縮れた黒い胸毛にくっきりと浮かび上がる。ブランディは包帯を包む布の部分をそっとなでた。

イアンの呼吸が静かになった。苦しげに寝返りを繰り返すことはなかったが、それでもいまだ熱は下がらなかった。

ブランディは今にもこの場で倒れこみそうだった。でもせめてこの熱が下がらないと。ブランディはさらに半時間、公爵の体を拭きつづけた。それからうんと背筋を伸ばしてから、すでにオレンジ色の燃えさしが重なっただけの暖炉に向かい、もう一度火をおこした。そしてナイトガウンに着替え、あらためてタータンチェックのショールを肩にしっかりと巻きつけて、椅子に沈みこみ、ぬくもりを求めて粗い羊毛の毛布を顎まで引き上げた。

やがてくぐもった怒鳴り声に眠りから引き戻された。すぐにイアンのそばに身を寄せ、顔をのぞきこむ。彼の苦悩に満ちた声を聞いて、目の奥に涙がこみ上げた。

「マリアンヌ、マリアンヌ。きみが信じてくれていれば……話してくれていれば。ぼくがなんとかしておふたりを助けたのに……マリアンヌ、どうして信じてくれなかった？　遅すぎた……ぼくが駆けつけるのが遅すぎた」

「ちがうのよ、イアン、あなたのせいじゃない。彼女が亡くなったことで自分を責めないで。さあ、静かに、落ち着いて。わたしがいるわ。彼女よりずっと深くあなたを愛しているわ。わたしなら決してあなたを残していかない。どうして彼女はあなたを信じなかったのかしら」

イアンが身をよじり、激しく腕を振りまわしはじめた。ブランディは傷口が開かないか不安になり、意を決して涙を振り払うと、彼の脇に腰を下ろして全力で肩を押さえつけた。

「じっとして、イアン、お願いだから動かないで」

イアンの声が大きくなり、そのときブランディにも、今彼に見えているものがはっきりと見えた。ギロチン、その刃が音をたててマリアンヌの首をめがけて落ちてくる。そこでブランディは気づいた。マリアンヌが両親を救うためにフランスに行ったことに。でもどうしてイアンに打ち明けなかったのだろう？　どうして彼に助けを求めなかったのだろう？　自分の夫なのに、どうして？　何か納得がいかない。

「あなたのせいじゃないわ、イアン」ブランディは何度も繰り返した。自分の声が彼の耳に届くことを祈って、信じてくれることを祈って。指先をイアンの唇にあて、頬と頬を寄せてぎゅっと抱きしめる。

指先から、イアンがまたもマリアンヌの名をささやいたのが伝わってきた。やるせなさと、彼に亡霊を忘れさせたい一心で、ブランディは唇で彼の口をふさいだ。イアンがキスにこたえてきた。そして彼の舌が口の中を探ってきたとき、ブランディは自分の体にこみ上げる欲望に――少なくとも欲望だと思うものに――愕然《がくぜん》とした。ひょっとしてこれが、ロバートソン家の男たちが何かと口にのぼらせる情欲というものなの？　自分の体が今のこの感覚をもっともっと求めているのがわかる。彼に触れたいと、抱きしめてもらいたいと思っていることがわかる。彼の腕が背中にまわり、大きな手がブランディの背筋をヒップまでなで下ろした。

体を離さなければいけないのはわかっていた。イアンは自分が何をしているかもわかっていない。わたしを最初の妻と勘ちがいしている。マリアンヌだと思いこんでいる。ブランディはなんとか身を引こうとしたが、彼が腕の力を強め、動くことができなかった。

「イアン、だめよ、こんなことはだめ」とはいえ、自分が本音ではこの行為をつづけてほしいと願っているのはわかっている。彼も、そして自分自身も欺こうとしていることも。

イアンの唇が突如ゆるんだ。明るく、澄んだ瞳でまっすぐに見つめてくる。

「いとしい人」彼がささやいた。「ぼくのかわいい人」そしてブランディを抱き寄せて、キスをした。差し迫った味がした。彼の要求の高まりを感じる。ブランディは口を開けて、彼の舌を受け入れた。

イアンはわたしをマリアンヌだと思っている。漠然とした絶望感にとらわれたが、すぐに思い直した。わたしは彼を受け入れる、すべてを受け入れて身を任せる。今夜彼はわたしのもの、それでいい。今夜かぎりで。

突如イアンが強い力でブランディを体の上に引き上げた。羽毛のカバー越しでも、下腹部にはっきりと硬くなった彼自身が感じられる。イアンがナイトガウンをめくり上げ、ヒップをなでるのを感じながら、ブランディは彼の首元に顔を埋《うず》めた。恥じらいも、不安もなく自ら進んで手を貸した。裸の彼に触れていると思うだけで頭がどうにかなりそうだった。ブランディ自身も切迫した思いで、自らナイトガウンを脱ぎ捨てた。毛布をめくり上げる。そして彼を見つめた。彼のすべてを、根元を黒い毛で覆われ、そこから大きく張りつめた彼自身を。どうしよう。この先彼が何をするかはわかっている。でもこれが中に入るなんて想像もできない。ブランディは一瞬恐怖に見舞われたが、すぐに振り払った。彼はわたしを求めている――いいえ、本当は亡霊を求めているようなものだけれど、でも彼のためなら喜んで亡霊にでもなってみせる。

「愛しているわ」ブランディは彼には聞こえないと知りつつも、告げた。たとえ聞こえていたとしても、それはブランディの言葉ではなく、マリアンヌの言葉として彼の耳に届くのだろう。

イアンの手が今度はさらに優しくヒップをもみほぐしだした。ブランディは彼の体の上で、むき出しの下腹部も脚もすべてぴたりと重ね合わせ、再度体の力を抜いた。

イアンがブランディの背中の後ろで固く腕を組むと、ぐるりと回転してブランディを組み敷いた。そして指を胸から腹部へと滑らせ、さらに下の秘めやかな部分を探りだす。彼の指がもたらす快感にブランディは衝撃を受けた。なんてすてきなの、この感覚。ああ、どうかやめないで。この快感を終わらせないで。ブランディは自分の感覚がどんどん研ぎ澄まされていくのを感じた。これから何が起こるのかはわからなかったが、そのすべてを経験したかった。ブランディは腰を持ち上げて、彼の指に押しつけた。

彼の指がブランディを押し開き、中を探るのを感じた。そこに彼自身がつづく。無理よ、純粋に無理。だって大きすぎる。それまでの興奮がいっきに消えていた。ブランディはイアンの首にしっかりと腕をからめ、体を弓なりにそらせた。そこでイアンが中に入り、そのあまりの痛みに体がびくりとのけぞる。このままふたつに引き裂かれるのではないかと、このベッドの上で死んでしまうのではないかと怖くなるほどだった。

けれどそれも処女膜を破られるときの痛みに比べれば、なんでもなかった。体の奥が引き裂かれるようだった。叫んではいけないのはわかっていた。そんなことをしたら、マブリーが起きて、寝室に駆けこんでくる。

イアンが突如大きく体を引き、もう一度力いっぱい中に押し入った。今度は完全に奥までしっかりと、体を合わせて、息を荒らげて。

イアンが体を動かしだした。ブランディの知らない言葉をつぶやきながら。フランス語、フランス語の愛の言葉。だめ、叫んではいけない。絶対に。イアンが顎に、鼻に、口にキスを浴びせる。ブランディはあまりの痛さに、彼の首のくぼみに歯を押しあてた。こぼれる涙が彼の頬を濡《ぬ》らす。イアンはブランディをきつく抱きしめたまま、体を前後に動かし、しだいにのぼりつめていった。彼の体が突如ぴくりと張りつめ、激しく震えだす。ブランディもこらえきれず声をあげたが、すぐさま彼の首筋に顔を埋めて声をかき消した。体の奥で彼が脈打つのを感じた。喉から絞りだすような低いうめき声が聞こえてくる。体の奥底に何かが滴るのがわかった。やがてイアンの体からがくりと力が抜け、ブランディの体にのしかかってきた。枕に顔を並べたイアンの口から深い吐息のようなあえぎ声がもれた。

ブランディはただじっと横たわっていた。イアンは重かったが、今は気にもならなかった。今彼はわたしのもの、わたしだけのもの。イアンの呼吸が穏やかになり、頬に温かな息遣いを感じた。イアンがひと言低いうなり声をあげ、静かになった。どうやら眠ったらしかった。

今わたしはこの人の一部。ブランディは両腕でイアンの腰をぎゅっと抱きしめた。そのままじっと横たわり、これ以上は重みに耐えられないと思ったところで、精いっぱいそっと体の下から滑りでた。隣に横たわり、ほのかな蝋燭《ろうそく》の明かりで彼の顔を見つめる。そして引きしまった顎の線をそっと、羽根のように軽く指でなぞってみた。

今夜だけはわたしのもの。マリアンヌの亡霊にもフェリシティの存在にもこの幸せを邪魔させたりしない。ブランディは自分たちふたりの上にカバーを引き上げ、彼の肩にそっと頬を寄せた。そしてそばを離れなければならない時が来るまで、その幸せを噛《か》みしめていた。

イアンははっと飛び起きた。一生分もの長いあいだ、心が体から離れていた気がした。いや、ひょっとすると二生分かもしれない。一瞬自分がどこにいるのかすらもわからず、窓から射《さ》しこむまぶしい陽射《ひざ》しをぼんやりと見つめた。心と体がようやくひとつになったことを確信して、ためしに肘で体を起こしてみる。

「公爵さま」

「マブリーか、まいったな、今何曜日の何時だ？　ずいぶん長いあいだ眠っていた気がする」

「公爵さま、お気は確かでございますか？」

「正気だと思うよ」イアンは慎重に背中を曲げ、痛みに顔をしかめた。「肩も治りかけている」

「今日は木曜日で、もうすぐ朝の十時になります」

「つまり、昨日から意識がなかったわけか？」

マブリーの老いた顔から深い皺《しわ》が消え、笑顔で主人に答えた。「そうでございますよ、公爵さま。それにしばらく熱でうなされておいでで。わたくしどももみんな、どれだけ心配しましたことか」

「うなされていた？　譫言を言っていたということか？」イアンは記憶の断片をつなぎ合わそうと眉を寄せた。

「はい」マブリーは主人に歩み寄り、小声でつづけた。「またすべてを思い出しておいででした、公爵さま」

このひと言で公爵にはじゅうぶん通じるはずだ。

だが意外にも、公爵はこの話を聞き流した。「それにしても、ぼくもずいぶんと嫌われたものだな。ほとんど何も思い出せないが。犯人はつかまったのか？」

マブリーは首を横に振った。「それがまだなのでございます、公爵さま。ミスター・トレヴァーという、スコットランドの治安判事が捜査されていますが。お望みでしたら、ジャイルズさまをお呼びしましょうか？　わたくしはご家族と一緒にはおりませんでしたので」

「ああ頼む、ジャイルズから話を聞きたい。しかし、まずは腹が減ったな。ひげも剃《そ》りたいし、風呂にも入りたい。ジャイルズを呼ぶ前に、そっちを先に用意してくれないか、マブリー」イアンはふと言葉を切り、老僕をじっと見つめた。「今にも倒れそうな顔だぞ。ひょっとしてひとりで看病していたんじゃないだろうね」

「そんなことはありませんよ、公爵さま。夜間はミス・ブランディが代わってくださっていましたから。いえ、お怒りにならないでください。ミス・ブランディが意志の強いお方なのはご存じでございましょう。まだ横になっていてくださいませ。すぐに戻ってまいります」マブリーは主人の怪訝《けげん》そうな顔を見て、つづけた。「呼び鈴の紐《ひも》が切れているのですよ。ちびアルビー《ウィー》を呼んでまいります」

「ここにはどうもちびが大勢いるようだな。ぼんやりとだがちびロバートという名を聞いたような気がする」

「スコットランド人の医師でございますよ。今朝も往診にいらっしゃるはずです」

マブリーが部屋を出て静かに扉を閉めると、イアンはゆっくりと脚をベッドから下ろして立ち上がろうとした。自分が無力とは思いたくない。だが脚はまだ体重を支えきれず、イアンは小さく毒づいた。ベッドに座りこみ、伸びてきたひげを手でこする。このまま体に不自由が残ったらどうなる？　イアンはベッドカバーを乱暴にめくり上げた。

白いシーツに乾いた血の痕がくっきりとふたつ、浮かび上がっていた。とぎれとぎれの記憶の断片が結びつき、そこで凍りついた。自分の下半身に目をやると、そこにもやはり血の痕、さらには精液も。思わず眉に手を走らせた。思い出した。ああ、なんてことだ。まさか、ブランディにそんなことをしてしまったとは。ひりひりとした痛みを感じて、首筋に手をやる。歯形の感触があった。頬にも指を走らせる。そうだ、涙だ。体の奥深くに入ったとき、彼女は泣いていた。押さえつけて、のしかかって、何度も何度も満ち足りるまで、奥深くに体を埋めたときに。彼女には苦痛しか与えていない。それに彼女はじっと耐えていた。

マブリーが急いで戻ると、公爵はベッドに起き上がってぼんやりと空間を見つめていた。きっと痛みがひどいのだろうとマブリーは思った。なんと強く、誇り高いお方だろう。日ごろからむやみに病で寝つかれることはないが、それにしても撃たれてまだ二日もたたないのに、もうベッドサイドに起き上がっていらっしゃるとは。「公爵さま、いけません。お体が弱っていらっしゃるのですから。しかたのないことなのですよ。また熱がぶり返したら困ります。さあ、横になって、カバーをかぶってください。ジャイルズさまはぜひお会いしたいそうです。お話しなさりながら、スープも召し上がりますか？　体力をつけなければいけませんからね」

イアンは黙ってうなずいた。「そうだ、マブリー。風呂はあとでいい。まずはスープを用意して、ジャイルズを呼んでくれ」

十分後、ジャイルズが寝室にやってきた。いったん戸口で足を止め、いとこの様子を眺める。「やあ、イアン。食欲があるってことは、回復している証拠かな」ジャイルズがベッドに歩み寄り、いとこをしげしげと見つめた。「気分はよくなったのかい？」

「ああ、ジャイルズ、だいぶよくなった。ぼくはスープを食べさせてもらうが、きみはまあかけてくれ。知っているかい、ここではこれをチキンスープと呼ぶんだそうだ。しかしどこにもチキンなんて入っていない。なんの味もしない、ただのだし汁だ」

「なんの味もなくてかえってよかったじゃないか。ここの料理人のトライフルみたいな味がしたらどうする？」ジャイルズは公爵ににっと笑いかけて、ベッドサイドにある革の椅子に腰かけた。そして目の前で両手の指を合わせ、思案げに指先を打ちつけた。「何か覚えていることはないのかい、イアン？　今明らかになっていること以外で。海岸にいつもは見ない奇妙な影があったとか、怪しい物音を聞いたとか？」

「覚えているとも、覚えすぎるぐらいに」公爵はゆっくりと言った。「しかし残念ながら、記憶の中に、ぼくを殺しかけた人物を特定するようなものは何もない。マブリーの話では、トレヴァーという名の人物が調べてくれているそうだな」

「ああ、レディ・アデラいわく、間抜けな老いぼれだそうだ。ぼくが思うに、人柄は悪くないんだが、なにぶん手がかりになることがほとんどないからね。想像がつくだろう、あれからロバートソン家の人間は互いにいがみ合ってばかりだ。言いがかりや非難の応酬でね。きみさえ旅ができるまでに回復したら、すぐにここから連れだすつもりだよ」

公爵はスプーンを下ろし、しばらく黙りこんだ。そして口を開いた。「それはできないな、ジャイルズ。臆病者に見られるのがいやで言っているわけじゃない。そうではないんだが、ぼくにはまだここでやり残したことがあってね。いや、ぼくを殺そうとした人物を突き止めたいと言っているんじゃない。おそらく時間の無駄だろう。ろくでなし《バスタード》がわざわざぼくの目を引くまねをするとは思えない」

「パーシーのことを言っているのかい？」

「彼が生まれだけでなく、人格までろくでなし《バスタード》なら、そうなるね。それで、レディ・アデラはこの件をどう言っている？　教えてくれないか。彼女のことだ、おそらく黙ってはいないだろう」

「不機嫌そうに、悪党も謎も嫌いだとかは言っていたな。それ以外は、ほかの家族と一緒だよ。言い争いに加わっている。フェリシティのことは、まあきみも想像つくだろうけど、手を焼かされているよ」

公爵は不意に言った。「きみは知っていたか、ジャイルズ？　夜間はブランディがぼくに付き添ってくれていたらしい。ばかなことをするものだ。たしなめておかないと」

「いや、今はじめて聞いた。フェリシティが知ったら、また荒れそうだな。天井の垂木《たるき》も壁際の甲冑《かっちゅう》も無事ではすまないかもしれない。ブランディって娘《こ》は、本当に変わっている」

「ああ、それにはまったく同感だ」

「きみが撃たれたあと、あの娘、クロードにまでどこにいたのか訊《き》いていたよ。まるで小さなテリア犬だ。だけどね、イアン、たとえどういう理由があるにしても、きみがここに残ることに賛成はできない。いいかい、誰がきみを殺そうとしたかについて、ぼくも含めて、まだみんな容疑者すら挙げられないんだ。犯人にまた狙われるかもしれないのにここに残るなんて、無茶にもほどがある」

「大丈夫だよ、ジャイルズ、じゅうぶん注意するから。それにロバートソン家の人間に囲まれていたら、悪党もそうそう手出しできないだろう」

ジャイルズは公爵の意見に不満げな様子だったが、それ以上は何も言わなかった。公爵は、一度決めたら頑として動かないことで有名だ。

「しかし、フェリシティはまたご立腹じゃないかな。彼女、誰彼かまわずにまくし立てているからね。ここはうんざりするくらいひどい場所だ、きみがよくなったらすぐにでも発つつもりだ、と。一度なんて、レディ・アデラがフェリシティに杖《つえ》を投げつけるんじゃないかと冷や冷やしたよ。なんとか思いとどまってくれていたけれど。でもまあ、正直言って、ぼくが彼女なら何をしていたかわからないね。きみのかわいいブランディは無言で立ち上がって、部屋を出ていった。あのときは、ひょっとして銃でも取りに行ったんじゃないかとしばらく息をつめていたね。まあ、それならそれで、おもしろい展開ではあったわけだけど」

「フェリシティと話す必要がありそうだな。これからマブリーにひげを剃ってもらって風呂を浴びるから、そのあとフェリシティをここへよこしてくれないか、ジャイルズ」

そうだ、フェリシティと話をしなくてはならない。ぜひとも話さなくては。

26

「きみは、ぼくよりずっと勇気がある」ジャイルズが公爵の腕を軽く小突いて、部屋を出ていった。

イアンは自分を殺しかけた可能性のある人物について考えてみた。けれど気づくと頭に浮かぶのは犯人ではなく、ブランディのことばかりだ。「まいったな」イアンはぼそりとつぶやいた。

ジャイルズが一階に下りていくと、フェリシティはひとりで応接間にいた。おそらくほかの面々もいたのだろうが、彼女のせいで逃げだしたのだろう。フェリシティはきつい声でうんざりしたように言った。「あら、ジャイルズ、公爵のご機嫌はいかがでした？　今日は下りていらっしゃるのかしら？」

ジャイルズは彼女のすねた口元と、細く狭めた美しい目を見つめた。そしてほんの少し笑いを含んだ声で言った。「イアンはだいぶ回復しているようだったよ。これからひげを剃《そ》って、風呂にも入りたいというんでマブリーに任せてきた」

「そう、あの方ひどく毛深いから」ジャイルズに向かってというより、ひとり言のようにフェリシティはつぶやいた。

「そのとおり」ジャイルズは言った。「ところで、風呂から上がったら、イアンがきみと話したいそうだ。少ししたらぼくが彼の部屋まで連れていってあげよう。傷の痛みと熱のせいで少しやつれているからね、きみが衝撃を受けるといけない」

「あのぞっとする人たちのうちの誰かがこんなことをしたわけでしょう。いったい誰なのかしら。誰も何ももらさないのよ。わたくしたちには想像もできないほど下品な言葉で罵り合っているけれど、あれはきっと互いをかばっているんだわ、絶対にそう。それにあの品のない医者――びっくりするほど背が低いの。医者なのに、あんなに背が低いってどうかしているわ。しかもあの人、わたくしを侮辱したのよ、ジャイルズ」

ジャイルズはちびロバートがフェリシティの神経の細さに対して、彼女が求めているほどの気遣いは見せなかったことをうっすらと思い出した。「しかたないんじゃないかな。彼は、そう、公爵のことで頭がいっぱいだったわけだし」ジャイルズは小さく、おしゃれな嗅ぎたばこ入れを引っ張りだすと、指一本の慣れたしぐさで蓋を開け、たっぷりとつまんで嗅いだ。上品に小さく鼻を鳴らしてから、袖についたたばこのかすを払う。「かわいそうに、マブリーも年だからね、疲れ果てていたよ。日中は公爵につきっきりだったからね。よかったよ、ブランディが――」

「あれも上流の人間にしかるべき敬意を払わない男ですわね。出来の悪い老いぼれはさっさとわたくしの屋敷から追いだしてしまわなくては。でもどういうことですの？　あれが日中は公爵につきっきりだった？　ブランディ？　あの無礼な娘《こ》がどうしたっていうんです？　まさか、またロンドンに来ると言いだしたとか？　言っておきますけど、ジャイルズ、わたくしは絶対にいやよ。わたくしがポートメイン公爵夫人になったら、あんなみっともない恥知らずな娘を屋敷に入れさせたりするものですか」

「ブランディ？　いや、なんだったかな。忘れたな」ジャイルズは視線をそらし、大きな炉棚の上に並んでだらりとぶら下がっている、埃《ほこり》だらけのバグパイプに目をやった。その隣には縁飾り付きのロバートソン家の紋章がかかっている。

　けれどフェリシティの目はごまかせなかった。「よりによって、あなたがわたくしに隠し事をしないで。わかった、夜間はあの娘が公爵に付き添っていたということね、そうでしょう、ジャイルズ？」

「まあ、そういうことだ。だがきみが怒る道理はないと思うね。自分が付き添うと申し出たわけではないだろう？　彼女が立派に公爵の看護をしたことはまちがいない」

「ふん、あのあばずれがどういう看護をしたかは想像がつきますわ」

「忘れてはいけないよ、フェリシティ。イアンは重症だったんだ。ほかの女性とよろしくやるどころか、自分で食事をとることもできなかったと思うよ。それともうひとつ、イアンは自分が後見人を務めている娘をあばずれ呼ばわりされるのはいやがると思う。さてと、そろそろ上に行ってもいいころかな。そうだ、言っておくけど、イアンはここに残るつもりでいるから。ぼくも説得はしたが、帰るつもりはないそうだ。イングランドに戻る前にやらなければならない仕事があるらしい。いや、彼は言いだしたら聞かないからね」

フェリシティは突然立ち上がった。「ばかばかしい。あの方はきちんと判断できる状態にないじゃありませんか。もちろんそう言ってくださったんでしょうね」

「きみも知ってのとおり、イアンは一度こうと決めたら頑として動かない男だ。あれこれ言ってみたが、どうにもならなかった。自分の婚約者がどれだけ意志の強い石頭か、きみだってそろそろわかっているだろう。一度こうと決めたら、人がどうこう言ったぐらいで意志を変えたりしない」

「意志が強いですって」フェリシティは白い歯をぐっと食いしばった。「いったいわたくしをなんだと思っていらっしゃるの――最初の奥さま、マリアンヌみたいにか弱くて、ただにこにこしているだけのお人形？　彼に言ってやるわ。あなたはもうおわかりでしょうけれど、わたくしは敷物みたいに床に敷かれて、踏みつけられているつもりはありませんの。意志が強い？　いいわ、それを見せていただこうじゃないの」

「おいおい」ジャイルズの言葉もよそに、フェリシティはスカートの裾を持ち上げて、駆けださんばかりに部屋を出ていった。あんなにきびきびした彼女を見るのははじめてだとジャイルズは思った。見事な動きだ。

まもなくフェリシティは、公爵の寝室の扉を激しく叩《たた》いていた。

マブリーが扉を開けて、目を見張った。彼女が息を切らしている。殺気立っている。

「レディ・フェリシティ?」

「そうよ、レディ・アデラじゃないわ」フェリシティははねつけるように言った。「公爵にわたくしが会いたがっていると伝えてちょうだい、マブリー。廊下は隙間風がひどいのよ。待たせないで」

「公爵さまはすでにお待ちになっていらっしゃいます、レディ・フェリシティ」マブリーはさっと脇に退いた。

「入ってくれ、フェリシティ」イアンはベッドから声をかけた。そしてマブリーに小声で言った。「席を外してくれないか。エールでも飲んでくるといい。あとで戻ってくれ」

マブリーはフェリシティの脇を抜けて部屋を出ていった。

フェリシティは部屋を見渡した。特大の暖炉にちらりと目をやってから、巨大なベッドに目を向ける。いかにも男の部屋だ。殺風景で、部屋を彩る掛け物も雰囲気をやわらげる家具もない。この人にお似合いだわ。イアンはベッドの真ん中に横たわっていた。白い枕に黒い頭がくっきりと浮き上がって見える。

「ジャイルズからだいぶよくなられたと聞きましたわ、公爵」フェリシティは努めてなごやかな声を出した。思いどおりにことを進めるためなら、多少腰を低くしても自尊心は傷つかないと、常日ごろ母に言われてきた。でもいざやってみると、傷つかなくもない。

「アイ」イアンはフェリシティの嫌いなスコットランド訛《なま》りで言った。「来てくれてありがとう、フェリシティ」イアンは皮肉な口調でつづけた。「どうしてもきみと話さなくてはならない気がしてね」

「ジャイルズから、ペンダーリーを発《た》つおつもりがないと聞きましたわ。わたくしには、ここにいるのがお体のためになるとは思えませんの。ジャイルズの勘ちがいですわよね？　どうかお願い、よくなったらすぐにここを発つとおっしゃって」

イアンは迷うことなく言いきった。「ジャイルズにも話したが、ここにはまだまだぼくの手を必要としていることがある。こうなったからといって尻尾を巻いて、イングランドに逃げ戻るわけにはいかないんだよ。残念だよ、フェリシティ。きみにはぼくの考えはわかってもらえないようだ」

フェリシティはイアンの声の棘《とげ》にたじろいだ。いったい何を怒る必要があるの？　こっちはただ常識を言っているだけなのに。フェリシティは指がイアンをぶちたくてうずうずするのを感じたが、淑女たるもの、そんなまねはできない。でも言葉でやり返すのは可能だ。「残念なのはこちらですわ、公爵。わたくしの気持ちはどうなりますの？　下品で不作法な田舎者ばかりに囲まれて、わたくしが楽しいわけないじゃありませんか。ご存じかしら、ここの人たちは大声で怒鳴り合ったり、罵り合ったりしているんですよ。しかもおわかりでしょう、その中のひとりは殺人犯なんですから」

イアンは、撃たれる前とはさらに違った目でフェリシティを見ていた。撃たれる前も、それ以前とはかなり違った目で見ていたけれど。今の彼女はただ辛辣で意地の悪い女に見える。寛大なところなどまるでなく、他人に対する気遣いもない。悪意に満ち、ひたすら人を見下す女だ。ここで手をゆるめるつもりはない。口調も言葉もやわらげる気にはなれない。

イアンは低く冷たい声で、薄い笑みを浮かべて言った。「見てのとおり、ぼくはまだ殺されてはいないよ。それにきみはロバートソン家の人たちを下品で不作法だと言うが、ぼくにはきみこそ態度を改めるべきに思えるね。ペンダーリーに来てからというもの、ぼくは一度だってきみの口から思いやりのある言葉を聞いていない。伯爵令嬢であることに誇りを持っているようだが、きみの礼儀作法は口汚い魚売り女となんら変わりない」

「魚売り女ですって？　ここでどうしてわたくしの礼儀作法が話題になるんです、イアン？　ああなるほど、そういうこと。つまり、あのあばずれブランディの作法がお気に召したわけですのね」

「この話にブランディは関係ないよ、フェリシティ」イアンは感情を交えずに言った。それでも声は見事なまでに冷たく、彼女への嫌悪感に満ちていた。「ブランディがあばずれか。きみがそんなふうに考える人だったとはね。ブランディのほうはきみをどう思っているのやら」

「あんな娘、取るに足りません。何を考えていようと知ったことじゃないわ。あの娘はあばずれ、それ以外の何物でもない」フェリシティの口から嫌悪の気持ちが次々とあふれでた。口を縫いつけられでもしないかぎり、止まりそうになかった。体が怒りに震えているのもわかっていたが、それすらもうどうでもよかった。「わたくしが知らないとでも思っていらっしゃるの、イアン？　ジャイルズから聞いていますのよ。夜間はあなたの大切なブランディがかいがいしくお世話をしていたんですってね。彼女の世話はいかがでしたかしら、公爵？」

「ブランディは親切な娘だ。ときに行きすぎるくらいに」イアンの胸が、背中の痛みと同じぐらいに罪悪感で痛んだ。

「わたくしにあのふしだら娘を見習えとおっしゃっているの？　それともあの気高いマリアンヌみたいにただおとなしくうつむいて、あなたのばかげた気まぐれに従っていればお気に召すのかしら？」

「言葉がすぎるぞ、マダム」フェリシティはイアンが思っていた以上に本性をさらけだしてくれた。よくぞ底意地の悪さを見せてくれたと拍手喝采を送りたいほどだ。イアンはさらに煽《あお》りたくなっていた。

「そうかしら？　そういえば、マリアンヌのこととなると、いっさい話そうとなさいませんのね。わたくしのこと、自分がマリアンヌにそっくりだと気づかないほど間抜けな女だと思われます？　あなたの愛人たちが皆、黒髪に緑の瞳だってことぐらい、わたくしも存じています。あなたの偏った好みはかなり有名ですもの。でもいいかしら、わたくしはあなたのマリアンヌではありません」

「それは当然の事実だろう、フェリシティ。で、要するに何が言いたい？」

イアンの冷静さにフェリシティはかっとなった。「要するにですわね、公爵、わたくしはマリアンヌの身代わりにはならないってことです。これまであなたのこと、わたくしにも、ご自分の名前にも責任をお持ちの方だと思っていましたけど、残念ながら誤解だったかもしれませんわね。あなたの態度は、イングランド貴族というより野蛮なスコットランド人みたいですもの」

「ぼくこそ、きみの態度には考えさせられるよ。そう、きみの言うとおり。ぼくときみに共通点はほとんどない。スコットランド人と呼んでもらっておおいに結構だ」

「あなたはわたくしがお気に召さないようですけれど、そうでない方もいらっしゃいますのよ、公爵。たとえば、ハードカッスル侯爵。あのご立派で上品なお方も求婚してくださったのですけれど、あなたのことがあったので父に止められて」フェリシティはわざと効果を狙って、額に手を打ちつけた。「なんてことかしら。あなたがいらしたから、わたくしはあの方に目も向けなかったのに」

「ホーレスが聞いたらきっと涙を流して喜ぶだろうね。きみにとって彼は世界一いい男に見えているようだが、賭けてもいい、それもきみが逆らうまでの話だ。ああ、もう言い争いはたくさん。ぼくの計画は話したとおりだ。もう一度言う。考えを変えるつもりはない。絶対に。それでもまだ文句があるなら、どうぞつづけてくれ。言いたいことははっきり言うのが健康の素《もと》なんだそうだ。母がいつもそう父に言っていた」

「どうせあのばか娘は甘い言葉で機嫌を取っているんでしょう、あなたの気分に合わせて。ちょっと顔で合図しただけで、すぐに駆け寄ってなんでも望みを叶《かな》えてくれるとか？　それがあなたのお好みですものね、公爵。無知で、めそめそするだけの小娘――」

いくらなんでもこれは限度を超えている。イアンは鋭い口調で言った。「口を慎みたまえ、マダム。ここまで性格をむき出しにしては、ハードカッスル侯爵もさすがに持て余すぞ」

「まさか、あなたがこんな方とは思いもしませんでしたわ。地位や身分に目がくらんだわたくしがばかだった」

「フェリシティ」イアンは極度に落ち着いた口調で言った。「きみにはうんざりだよ。本音を言えば、きみがこの部屋に入ってきた十分前からうんざりしていた。それが今では死にそうなほどうんざりしている。ジャイルズなら、金切り声でわめいても聞いてくれるかもしれないが、ぼくはごめんだ。これ以上は耐えられない」

フェリシティはすっくと立ち上がって、胸を張った。「これは侮辱です。許せません」口調は女王のように儀礼的で冷ややかだった。「わたくしは、あなたのお体が回復なさりしだい、一緒にロンドンに戻られることを求めます。もし拒否なされば、公爵、この婚約は解消させていただきます」

イアンは踊りだしたくなった。歌いだしたくなった。罪悪感は何ひとつなかった。あるのは大きな解放感だけだ。イアンはきわめて静かな口調で言った。「拒否する」

フェリシティはいくぶん驚いた顔で彼を見据えると、踵《きびす》を返し、顎を上げて扉に向かった。

それから肩越しに、皮肉たっぷりな声で言った。「スコットランドのご親族とどうかお幸せに、公爵。わたくしが『ガゼット』に婚約解消を発表しても、異存はありませんわよね」

「結構だとも。ご両親によろしく。ああ、そうだ、フェリシティ、地位が公爵より一階級下だからといって侯爵を侮辱するんじゃないよ。いくらおつむの鈍いホーレスが相手でもね」

「お黙りなさい」フェリシティは金切り声を投げつけてから、ありったけの力をこめて扉を閉めた。

数分後、話し合いの結果を確認しようとジャイルズが部屋に入ったとき、イアンは懸念をいっさい取り払った顔で、わずかにベッドに身を起こしていた。「驚いたな。まるでクリームをなめきった猫みたいな顔だ。いったい何があった?」

「祝福してくれ、ジャイルズ。ぼくはもう婚約者のいる男ではなくなった。フェリシティが婚約を破棄したよ。近いうちに我らが尊敬すべきホーレス、つまりハードカッスル侯爵が幸せを手に入れるだろう」

ジャイルズは息をのんだ。「待てよ。笑っているのか」

「そうさ。きみは前々から言ってくれていたな。彼女はマリアンヌとは似ても似つかない、素直じゃないし、とりわけ親切でも優しくもないと。今なら信じられるよ。もっと早くきみの言うことを信じていればよかった。喜んでくれ、危ういところで恐怖の家庭生活から逃れられたんだから。まったく、この目はどこまで節穴だったんだろうな。過去にとらわれてはいけないのに。なんといっても今は……」イアンはそこで言葉を切った。深い笑みで目が輝いている。

「今は、なんだい?」

「いや、なんでもない。ひとり言だよ。ところで、ジャイルズ、きみにたっての頼みがある。申し訳ないが、フェリシティをロンドンまで連れて帰ってくれないか」

「いいとも」ジャイルズはそう言って、ほほえんだ。あのフェリシティと六日間も過ごすことになるのにどうして笑っていられるのか、イアンには不思議でならなかった。

「お薬です、公爵さま」

「わかったよ、マブリー。ほらな、ジャイルズ。彼は片時もぼくのそばを離れない。このベッドにいるかぎり、国王よりも安全だ。だからぼくのことは心配しないでいい」イアンはいとこに大きな手を差しだし、ジャイルズはその手をしっかりと握った。「ありがとう、ジャイルズ。気をつけて帰ってくれ。近いうちにまたロンドンで会おう」

「ああ必ず。フェリシティは明日の朝ここから連れてでるよ」

「今日の午後にでもペンダーリーを発つんだと、金切り声できみを蹴飛ばさないことを祈るよ」

ジャイルズがもう一度じっといとこの顔を見つめた。「ひどい顔色だよ、イアン。もう休んだほうがいい。興奮はこれでおしまい。婚約破棄の話もこれでおしまい。ご主人さまを頼んだぞ、マブリー」ジャイルズはそう言い残して、部屋を出ていった。

公爵はマブリーに特大の笑みを向けた。「わかっているんだろう、マブリー。ぼくはむしろ祝いたい気分なんだ。クラレットを持ってきてくれないか。ワインセラーにいくらかはあるだろう」

マブリーが部屋を出ようと後ろを向く寸前、老いて湿っぽくなったその目が確かにきらりと光るのをイアンは見た気がした。

27

翌日の午後遅く、公爵が応接間に入ると、ざわめきが起こった。

「大丈夫ですか、イアン」バートランドが腕を貸そうと、駆け寄った。「いくらなんでも起き上がるのはまだ早いでしょう。ベッドで寝ていないと。ちび《ウィー》ロバートはなんて言っているんです？」

「ほぼ丸一日寝て過ごしたよ」イアンはバートランドに向かって、少しばかり無理はあったが、にやりと笑ってみせた。「それに寝室にいるのも、ひとりでいるのももう飽き飽きしたからね」バートランドから目を離し、伏し目がちながら、ほかの面々に軽く会釈する。ブランディにも目を向けた。だが彼女は少し顎を上げただけだった。イアンにしても近づいてキスをするわけにもいかず、軽く会釈するにとどめた。

「おやおや」暖炉のそばの背もたれの高い椅子から、レディ・アデラが言った。「今朝バーティから真っ青な顔をしていたと聞いたばかりなんだよ。それなのに午後にはこんなに元気そうになって、いったいどういうことかねえ」

「レディ・フェリシティが出ていったからよ」コンスタンスが言った。「あの後ろ姿を見たら誰だって元気を取り戻すわ」

一瞬レディ・アデラがコンスタンスを睨《にら》みつけたが、やがて笑い声を張り上げて杖《つえ》を打ち鳴らした。コンスタンスはいかにも得意げな表情を浮かべた。

「そのとおり」イアンはそう言って、またも視線をブランディに向けた。「コンスタンスの意見に同感だよ。なんだかここもぱっと明るくなった気がしないかい、緊張から解放されて……そう思うだろう、ブランディ？」

「誰かさんの顔を引っぱたきたくて指がうずかなくなったのは確かだけど」ブランディが妹に向かってにやりと笑った。「試練だったわよね。ほんと、癪《しゃく》に障る人だったから」

「あんまりしょげ返っているようにも見えませんな、公爵」クロードが言った。「今のは本音ですか？　本当にあのご婦人がいなくなって喜んでらっしゃる？」

「もちろん。あなたの想像以上にね、クロード」

「まあどうか座って」パーシーが長椅子に公爵の場所を空けながら言った。「またあなたの体をかつがされるのはごめんんだ。あなたって人はとんでもなくでかいんですからね」

クラブが戸口に現れ、夕食を告げた。イアンはブランディのほうを向いて、腕を差しだした。何も言わず、ただ待つ。そしてくいと眉を跳ね上げてみせた。本当はウィンクしたい気分だった。だがそんなことをしたら、彼女が逃げだしかねないのはわかっている。

ブランディはこくりと小さくうなずいて、イアンの腕に手をあずけた。

いつものようにレディ・アデラが応接間を出る支度に手間取っているあいだに、イアンはブランディに身を寄せ、小声でささやいた。「レディ・フェリシティが婚約を破棄したことは聞いている？」

「アイ、聞きました。そのあと彼女、わたしたちのことをどう思っているかも大喜びで話してくれたわ。たっぷり十分はかけて。コンスタンスはうるさい小娘で、フィオナは下品な赤毛。そういうのが延々とつづいて、わたしの番が来て、あのときはフェリシティのコルセットがはじけるんじゃないかと思ったくらい。結局わたしはただのあばずれってことみたいなのだけど、何を言いたいのかちょっと要領を得なくて。でもひょっとしてそこで訊《き》き直していたら、否定したんじゃないかしら。本気でわたしを怒らせたら、殴りかかられるんじゃないかとびくびくしていたみたいだから。わたしはそれならそれでよかったんだけれど、でも結局フェリシティはそこで攻撃をやめたの。少なくとも身の危険を感じるときは、自分を抑えることができるみたい」

「きみの目に殺気を感じたわけだ」

「ええ、たぶん。目は殺気立っていたでしょうし、拳も握りしめていたから」

「フェリシティはばかじゃない。彼女は彼女、ただ残念なことに、ぼくが考えていた女性ではなかっただけだ。おかげでぼくはひとりの男には身に余る幸運を手に入れた」イアンは天を仰ぎ、やがて静かな声で告げた。「きみのことだよ、ブランディ」

　ブランディはイアンを見上げ、眉をひそめた。「本当にもう大丈夫なの？」

「疲労感はあるが、それはつきものだろう。肩も痛むが、耐えがたいほどじゃない。心配なのは、居眠りをしてスープに顔を突っこまないかどうかぐらいだ」

　夕食のあいだ、ロバートソン家の誰かの顔に罪悪感を見つけられると期待したところで、失望が待っているのはわかっていた。クロードを除いてロバートソン家の全員がそれぞれ見舞いに寝室を訪れていたが、誰もが怒りと不安をあらわにし、怪しい態度を見せる者などいなかったからだ。加えてこの夕食が疑惑を孕《はら》んだ重苦しい雰囲気のものになると思っていたとしても、同じく失望することになっただろう。イアンは内心でにやりとほくそえんだ。なんせロバートソン家の面々はこんなにも開けっぴろげに事件のことを語っている。

「決まっているよ」レディ・アデラが茹《ゆ》でた鮭《さけ》をフォークに突き刺して言った。「あなたを撃ったのは、役立たずのならず者に決まっている」

「そうなると」イアンは軽い調子で言った。「誰であれ、もうとっくにペンダーリーから離れているでしょうね。我らが羊に目をつけていないのを祈るばかりだ」

「ほほう、まだユーモアのセンスが残ってるんですか」クロードがバノックを口いっぱい含んで、舌鼓を打ちながら言った。「わたしなんぞ、誰かに撃たれたら冗談も言う気にならない」

「どうする、クロード?」パーシーが得意の冷笑を浮かべて言った。「公爵があなたを犯人だと訴えたら。銃の腕はお粗末でも」

クロードがバノックにむせて、バートランドが背中をとんとんと叩《たた》いた。「少しは口を慎んだらどうだ、パーシー」バートランドが怒りの声をあげた。「その嫌味な物言いにはもううんざりだ。まわりの人間を惨めにしたり、怒らせたりするだけじゃないか。口を閉じてろ。でなきゃぼくが外に引きずりだして、そのきれいな顔を叩きのめしてやる」

「そうよ、ばかなことを言わないで、パーシー」コンスタンスが言った。「あなただってわかっているはずでしょ。クロードおじさまがこの痛風の脚であんなところまで行けるわけがないもの。おとなしくしてて。でないとバーティがあなたを叩きのめすとき、わたしも手伝うから」

「おい、なかなかいい娘《こ》じゃないか、バーティ?」クロードが息子に言った。

「知っている」バートランドはコンスタンスの赤くなった顔をちらりと見て言った。

「おもしろい展開だな」パーシーが言った。「わかった、おとなしくしておくよ。コンスタンスを怒らせたくない」

バートランドはイアンに向き直った。「トレヴァーはすべての石をひっくり返してみる男です。ただここにある石の下にはどうやら何も隠れていない。妙だと思いませんか。まさに、誰もが嫌いな謎だ」

たつもりでも、悪党が隠れている石だけはひっくり返していないんだよ。ひょっとすると巨岩なのかもしれないね。だとしたら問題だ。トレヴァーにはひっくり返すだけの力がない」

「ありうる話です」イアンは言った。ほかにどう言える？　この中の誰かが大嘘《おおうそ》つきかもしれないと言うのか？

「これからどうするおつもりです、公爵？」パーシーがいつもの皮肉は欠片《かけら》も感じられない、珍しく真剣な声で尋ねた。

　イアンは少し考えてから言った。「少し状況を見たいことがあってね。明日にははっきり決められるだろう」

　レディ・アデラは言った。「でもまあ、あのめそめそした小娘から解放されてよかったじゃないか。まったく、いらいらする娘だったねえ。不満や泣き言ばかりで、しまいには誰も気にかけなくなった。どれだけ大騒ぎしてもね。あれはいい妻にはならないよ、イアン。わかりきっている。厄介払いできてよかったんじゃないかね」レディ・アデラはいくぶん沈んだ調子で言った。「しかしこんなことを言ってはなんだが、ミスター・ジャイルズ・ブレイドストンまでいなくなったのは寂しいねえ。しゃれた男だった。ブレインリー卿《きょう》のことをなんでも知っていた。考えてもごらんよ。アドルファスが死んで三十年もたつっていうのに、いまだ若い男たちの心に彼の悪の精神が生きているんだからね。アイ、できるものならわたしもアドルファスに会いたかった」レディ・アデラが黙りこんだ。ブランディは祖母の考えていることがわからなくてよかったと思った。

「ブレインリー卿は『地獄の火クラブ』の創設者のひとりなんだよ」イアンがブランディに言った。

ぽかんとした顔で、尋ねるように首をかしげてイアンを見つめる。

「いや、それには答えないでおこう」イアンは何も言わなければよかったと悔やんだ。ブランディがそのまま見逃してくれそうになかったので、肩をすくめてしぶしぶ言った。「まあ言わば、金だけはふんだんにある悪意に満ちた若者の集まりだ。他人を傷つけることに喜びを見いだしていた」

イアンはいささかほっとした気分で、食事の終わりを迎えた。傷の痛みが我慢の範囲を超えはじめていた。早くベッドに戻り、アヘン剤で痛みを忘れてしまいたかった。

「心あたりはまったくないんですね、イアン」バートランドが、女性たちにつづいて応接間に向かうために立ち上がりながら言った。イアンが短くうなずくと、バートランドは低い声でつづけた。「厄介な状況だと思います。あなたにしてみれば心底信じられる人間が誰ひとりいないわけですから。一日だろうとひと月だろうと、とにかくペンダーリーに残られるかぎり、あなたがひとりになることはないと周囲に知らしめたほうが賢明でしょう」

イアンは言った。「いやバートランド、心配してくれるのはありがたいが、ぼくにはマブリーも――」

「くたびれた老人じゃないですか、イアン。ぼくたちの誰もうあんな思いをするのはごめんだし、何よりあなたを危険な目には遭わせられない。あなたが城をお出になるときは、少なくともふたりが同伴するようにします。これが何よりの予防策です。反対はなしですよ」

「アイ」イアンは疲れた笑みで言った。「きみが聖ジョージを気取りたいなら、反対はしない。どうやらトレヴァー同様に、ぼくも犯人を突き止められそうにないからね。いや、バートランド、何も言うな。きみと同じで、ぼくにも疑っている人物はいる。だがあくまで疑っているだけだ。はっきりとした証拠はない」

それからイアンはもう一度ブランディと話そうと周囲を見まわしたが、どこにも姿は見えなかった。ブランディを臆病者だと思ったことはなかった。その一方で、熱で正気をなくしている男に処女を捧《ささ》げるような娘だと思ったこともなかった。いったいなぜそんなことをした？　イアンは家族に短くおやすみとだけ告げると、物思いに耽《ふけ》りながら自室に戻った。

翌朝イアンは早くに目覚めた。肩の奥に痛みはあったが無視することに決め、はてしなくつづく廊下を階段に向かって延々とマブリーの小言を聞きながら歩いた。

「もういいだろう、マブリー」ロバートソン家の巨大な玄関ホールにたどり着いたところで、ついにイアンは告げた。「疲れたら、上に行って横になるから。おまえは濃い紅茶でも飲んでおいで」

ブランディの姿はなかった。予想どおりだ。イアンは朝食をとってから、彼女を捜しに行った。応接間にもいなかった。フィオナの子供部屋にも。外の、しゃくなげの茂みの中にも姿は見えなかった。

イアンは城を出て、足早に海岸に向かった。今朝の護衛役なのか、バートランドとマブリーがそう離れていないところからついてきている。ブランディは海岸にたたずんで、海を眺めていた。ありがたいことに、フィオナは少し離れたところでうずくまり、流木や砂で遊んでいる。バートランドとマブリーが崖の上で立ち止まるのがわかった。ここでブランディに話しかけるのを見てふたりになんと思われようと、もはや気にもならなかった。

イアンは崖からの坂道を静かにくだり、ブランディに声をかけた。「逃げないでくれ。今のぼくには追えないとわかっていて、不公平だろう。そうだよ、そこにいて、ぼくの話を聞いてくれ。それぐらいはしてくれてもいいんじゃないか？　きみは勝手に自分の思いどおりにして、ぼくを安心させる言葉も告げずに去ったんだから。こう言われるのは不本意かい？　追いつめられた顔だね。ならいい。これで追いつめられたなら、話のしようがある。とにかくそこを動かないでくれ」

ブランディは動かなかったが、本当は逃げだしたかった。恥ずかしかったわけではない。それどころではなかった。怖かった。単純に怖かった。彼はわたしを叩きのめす力があるのに、そのことにすら気づいていない。こうなったら話を聞くしかない。彼の言い訳に、謝罪の言葉に、過ちを正そうとする説得に我慢して耳を傾けるしか。どのみち彼が説得してくるのはわかっている。話を聞きさえすれば、逃れられる。そうしたら身を隠して、すべてを忘れることにすればいい。イアンはまっすぐ近づいてきた。すぐ間近まで。そして奇妙な笑みを浮かべてブランディを見下ろした。

スコットランドに来てから日焼けしたはずなのに、それでも顔はひどく青ざめていた。ブランディは彼の顔に手を近づけ、指先でそっと顎に触れた。「まだベッドを離れるには早すぎたんだわ。肩が痛むんじゃない？　ちびロバートを呼びましょうか？　崖の坂道を下りてくるなんて無茶もいいところだわ」ああ、わたしったらなんてことを。イアンに触れて、まるで自分のものみたいに扱うなんて。ブランディはゆっくりと脇に手を下ろした。

「ほかに言いたいことはあるかい？　もうないか。いいだろう、ちびロバートには午後に診てもらうことにしよう。これ以上後ずさってごらん。きみを臆病者と呼ぶよ。さあ、動かないで、ブランディ」

「命令するのね。わたしは昔から命令されるのが嫌いなのに。レディ・アデラに訊いてみて。子供のころ、この頑固なオコジョってよく怒鳴られたものだわ」

おしゃべりは心を落ち着かせるのに役立つはず。ああ、でも想像以上に難しい。ブランディは喉の奥でくっと絞るような音をたてると、くるりと向きを変え、崖の上へと戻る岩の道に向かって駆けだした。けれど三歩と行かないうちに力強い腕に腰を抱きとめられ、持ち上げられ、まるで荷物か何かのように右腕の下に抱えこまれた。

怒りがすぐさま恐怖へと変わった。「やめて、イアン。傷口が開いてまた出血したらどうするの。放して、わたしはもう駆けだしたりしないから。お願いだから下ろして。自分を傷つけるようなことはしないで」けれどもイアンは耳を貸さず、抱きかかえる腕の力をさらに強めた。

「ぼくなら平気だ。だがこの状況ではきみを信用する気にはなれない。今はぼくの言うとおりにしてもらう。きみの意見は聞かない」イアンは波打ち際の、濡《ぬ》れた砂の上にブランディをどさりと落とした。「さあ、どうする？　きみを縛りつけなきゃならないのかい、ブランディ？　ぼくたちのあいだにあったことに向き合わないというなら、そうするしかないだろう。今のきみの態度は、一人前の女性のものじゃない。子供そのものだ。だがきみがもうれっきとした女性なのはわかっている。女性なら女性にふさわしい行動を取れ」

ブランディは、両手を腰にあてそびえ立つ彼を見上げた。「背中は痛くなかった？」

「まだ大丈夫だ。だが痛んだとしたら、それはきみのせいだ」

イアンはブランディを見つめた。水際で仰向けになり、肘で上半身だけを持ち上げて、顔を真っ赤にしている。恥じらいからか？　それとも怒っているのか？　今は判断がつかないが、まあそのうちわかるだろう。しかし、なんと見事なブロンドの髪だ。そのせっかくの髪を後ろに引っつめて、女子学生にしか似合わないようなおもしろみのない太い三つ編みに編みこむとは。そのときひとつ記憶がよみがえった。顔をくすぐる、ふわりとした豊かな髪。なんてことだ。記憶をとらえ、あともう少しで彼女とその髪の匂いを感じられそうに思ったとたん、その記憶は、もう味わえない香りの感触だけを残して消えていった。あの夜の記憶はほとんどないが、いつか、一瞬残らず思い出せる時が来るかもしれない。ブランディを強く抱きしめ、彼女とひとつになった瞬間も――いや、だめだ、考えるのはやめておこう。少なくとも今のところは。

イアンは手を差しだして、ブランディを立ち上がらせた。「まずは、礼を言わせてくれ、ブランディ。マブリーとちびロバートがきみを賞賛していた。あとで詳細を聞いて十年寿命が縮まったが、感謝している。きみは命の恩人だ。だが、なぜだ？　いや、女性はか弱い悲鳴をあげて気絶するべきだったなんて、愚かなことを言っているわけじゃない。それではぼくは悪党に息の根を止められていたからね。そうじゃない、きみにいくら感謝してもしきれないほど、感謝している。きみはぼくに命をくれた。だけど、なぜなんだい、ブランディ?」

これなら答えられる。でもどうしてイアンがこんなことを訊いてくるのか、それがブランディにはわからなかった。決まりきったことなのに。ちびアルビー並みの知能でもわかることなのに。ブランディは肩をすくめ、すり減った長靴で小石を蹴った。「なんだかわたしをヒロインみたいに言ってもらってるけれど、そんなんじゃないの。あっという間だったわ。あなたはうつぶせに倒れて、意識をなくしていて、銃弾が当たった背中から血があふれていた。本当のことを言うとね、何も考えていなかったの。あなたを誰にも傷つけさせたくなかった。だから自然と体が動いただけ」ブランディはそこでもう一度肩をすくめた。

「ぼくもそうだよ、誰にもきみを傷つけさせない」

「紳士はそういうものだから」

「それはどういう意味かな?」

「ロバートソン家の誰かが同じ状況に陥ったら、あなたは助けるでしょう?」

「きみはちがうと?」

ブランディはいたずらっぽい笑みを浮かべ、両手を広げてみせた。「撃たれたのがパーシーだったら、逆方向に逃げるかも」

「そう、そこだ。マブリーはこうも言っていた――いつものつんとした硬い口調で――きみがふた晩ぼくの見張り番をしたのだと。ぼくは無力だし、犯人が城内にいる可能性もある、とうていぼくをひとりにはできないと言われたと。おじいさんのアンガスの銃まで持ちだしてきたそうだね。弾は出るの？」

「アイ、自分で装弾したから。それにきっとマルタかマブリーから聞いたでしょうけど、昨夜《ゆうべ》とその前の夜は、寝室の扉は開け放っておいたの。外の廊下には蝋燭《ろうそく》を灯《とも》して」

「なんのために？　ああ、なるほど。ぼくを守る計画の第二弾ってわけか。ぼくの意識が戻ったとなると、きみは寝室にはいられない。ぼくに気づかれて、ベッドに引きずりこまれるような危険は冒せない。二度までも」

ブランディはイアンをまっすぐに見つめた。塩気を吸って湿った巻き毛が風に吹かれて、頬にかかる。ブランディは髪を払いのけた。「本当のことを言うとね、あなたにベッドに引きずりこまれたんじゃないの」

28

「なるほど。そう来るわけか」イアンはブランディを間近で見つめ、目の下に隈《くま》ができているのに気づいた。「よく寝ていないようだね。いけないな。気持ちはわかるが、よくない。ぼくを守ってくれたことにはもう一度礼を言うよ。そのうえでここからは、ぼくがきみをベッドに連れこんで襲ったことを話し合おう」

「だから言ったでしょう、あなたはわたしをベッドに引きずりこんでもいないし、襲ってもいないの」

「ブランディ、ちゃんとぼくを見ろ。レディ・フェリシティはもういない。ジャイルズのおかげだ、自分を犠牲にして彼女をロンドンに送り届ける役を引き受けてくれたんだから。お礼に目が覚めるような新しいベストでも贈らないとね。えんじと藤色のものなんかどうだろう。きみはどう思う？」

「わたしはとてもほっとしているわ、フェリシティがいなくなって。気持ちのいい人ではなかったから。でもあなたは寂しさも感じているかも――」

イアンは低い豊かな笑い声をあげた。「寂しさ？　フェリシティがいなくなって？　おいおいブランディ、いったい誰の話をしているんだ？　ぼくはとうに自分の過ちに気づいていたよ。ペンダーリー伯爵になったのは、神のお導きと感謝しているくらいだ。ロンドンを離れて、ここに来る口実ができたんだからね。フェリシティに宛てたたった一通の手紙にきみのことを書いて、その書き方に嫉妬した彼女がここまで押しかけてくれて、本当によかったと思っている。彼女がここに来なかったらぼくは本性を見抜けず、手遅れになるところだった。本音を言うとね、おそらくフェリシティもぼくと同じ結論に達していたんじゃないかと思う。ぼくのことを、縁を切って当然の、品のない身勝手な男だと思っているだろう。いいかいブランディ、ぼくは彼女がいなくなって寂しさなんて少しも感じていない。肩さえ痛くなければ、救われたことに感謝して、地面にひざまずいてキスをしたいくらいだ」

「そう」

「そう？　言うことはそれだけかい？　どういうつもりかは知らないが、とぼけるのはここまでだ。よせ、殴るのはなしだぞ。ぼくが気を失って倒れたらどうする？　いいかい、よく聞くんだ。きちんと話し合おう。きみもこれ以上逃げてばかりはいられない。ぼくたちは関係を持ったんだ、ブランディ。ぼくがきみの処女を奪った。翌朝、ベッドに腰かけたときに気づいたよ。きみの血とぼくの精液がベッドと、そしてぼく自身にもついていたからね」

ブランディは顔をそむけて大きな岩に腰かけ、足をヒップの下に引き寄せると、すり減った長靴の上からスカートをなでつけた。イアンの脳裏にまたも記憶がよみがえった――よりによってまざまざと――ブランディのヒップと太腿の感触が。指がうずうずした。突き上げる欲望があまりに鋭すぎて、ブランディから目をそらさずにはいられないほどだった。しかもブランディは男の欲望をまったくと言っていいほどわかっていない。確かに自分との経験から男を知ってはいるが、なんといっても一夜だけのことだ。しかも彼女は処女だった。

「そう、きみは処女で、ぼくが許可願いもなくそれを奪った。そしてきみは、ブランディ、屋敷じゅうに大声で助けを求めることもしなかった。ぼくを打つこともしなかった。そうしていれば、ぼくも正気を取り戻しただろうに。なぜ打たなかった？」

ブランディは座りこんでいる岩と同じように、黙りこんでいた。

「こんなにおとなしいきみははじめてだな」

イアンは手を伸ばして、ブランディの片手を握った。冷たい手だ。イアンはその手を大きな自分の両手に挟み、包みこむようにさすって温めた。

「ブランディ。きみには謝らなければならないことがたくさんある。特に、痛い思いをさせたこと。正気なら、そんな思いはさせなかっただろうに。いや、正気ならそんなこと自体にならなかったわけだが。熱で意識が朦朧《もうろう》としていたのなら、手加減なしだっただろう。つらい思いをさせて本当に申し訳ない。女性にとってはじめての経験が苦痛であってはならないのに」

ブランディは海を見つめていた。「痛くなんてなかった」ただそうつぶやいた。ええ、はっきりと覚えている。確かに痛かった。でも痛みなんてなんでもない。イアンに抱かれて、愛撫《あいぶ》されて、キスをされたのだ。そう、痛みなんてなんでもない。出血したことさえ気づかなかった。腿のあいだはまだひりひりしているけれど、でもこれもしかたがないこと。彼は大きかったから。そのことを思い出すと、ブランディの顔は陽射《ひざ》しを浴びすぎた鼻のように真っ赤になった。「そうよ」ブランディは彼のほうを見ずに、ふたたび繰り返した。「痛くなんてなかった。多少はつらかったとしてもたいしたことはないわ。気にしないで」

イアンは眉間に皺《しわ》を寄せ、ブランディの手を放した。振り向くと、イアンはネクタイを外して首を見せた。「ごらん。痛くなかったのなら、どうしてこんなことをしたんだい？」

「それは」首にはブランディの歯形がついていた。薄くなってはきているが、まだはっきりとわかる。「忘れていたわ。大声を出すわけにはいかないのに、叫びそうになって。声を殺そうとして、きっとあなたを噛《か》んでしまったのね。痛んだら、ごめんなさい」

イアンはぐるりと目をまわしてみせた。「ああ、死ぬほど痛いよ。傷が一生残るかもしれない。こんなこと、許せるわけがない。きみがぼくの頬に残していた涙の跡を見せられないのが残念だよ。翌朝でも塩の味がした。シーツの血痕については、モラグがあの衛生観念と同じように識別能力も欠如していることを祈るばかりだ」

「だからどうだというの？　今さらどうなることでもないでしょう。どうしてこんな話ばかり？　お願い、首にネクタイを戻して。いいえ、動かないで。わたしがやるわ。あなたが肩を痛めてはいけないから」ブランディはそっと優しくネクタイをもとどおりに結び直した。

「いや、あの夜のことはいろんなことにかかわってくる。ぼくはきみの処女を奪った。きみは淑女だ。すべて承知のうえの愛人じゃない。きみは自分からぼくに抱かれた。そのことは受け入れよう。だがなぜそうしたいのかを知りたいし、それが理解できるまできみをこの海岸から帰すつもりはない」

そこでブランディはイアンを見上げ、すぐにそれがまちがいだったと気づいた。彼があまりにすてきで、ほしくてたまらなくなったからだ。

「理解することなんて何ひとつないわ」ブランディは彼に触れたい思いを抱えつつ、言った。「あれは、わたしが自分で決めたこと。アイ、そうなの。あなたに抱かれたのは、抱かれたかったから。男と女のことを知りたかったから。はじめてそう思ったわ。この人となら、この人となら、と。たったひと晩でもよかったの。もう機会がないのはわかっていたから。全部わたしが自分で決めたことよ。あなたは何も関係ない」

「全部自分で決めたこと？　それはずいぶんと寛大だな。そこにぼくの意志は入らないのか」

「あなたは自分が誰かもわかっていなかった。わたしが誘ったのよ、イアン。あなたは否《いや》も応もなかった。紳士だから罪悪感を感じているのね。とりわけわたしが処女だったものだから。でもその必要はないの。もう一度言うわ。あれはわたしが決めたこと。わたしは自分がしたいことをしただけ」

「だからぼくが罪悪感を感じる必要はない、か。まあ実際のところ、これまであまり処女と関係を持ったことがないのも確かだが」そこでイアンははたと言葉を切った。ブランディの言葉をあらためて思い出したのだ。「きみはぼくに抱かれたかった？」

「アイ」ブランディは正直に言った。「抱かれたかった」

「それでぼくに抱かれた。だがあまり楽しいものではなかっただろう？」

「それでもわたしにはじゅうぶんだったの。あなたはどのみちすぐに忘れると思うわ、イアン。わたしもそうしてほしい。あなたはおかしな罪悪感に苛《さいな》まれているけれど、そんなものは持ってほしくない」

「だがぼくは忘れたくないんだよ」イアンはそう言ってブランディの手を取り、彼女の体が自分に寄りかかるまでぐっと引き寄せた。手を伸ばし、指先で彼女の眉をそっとなでる。

「きみはきれいだよ、知っていたかい？」

　ブランディはただ黙って、口元を見つめている。イアンはごくりと唾をのんだ。抑えることができなかった。身をかがめ、軽く唇を合わせる。塩の味がした。なめた瞬間に笑みがこぼれた。ブランディがびくりと跳び上がり、イアンは体を離した。

　そして今度はきっぱりとした口調で言った。「ぼくはもうありがたいことに婚約している身ではなくなった。今ならきみに誠意を尽くすことができる。結婚してくれないか、ブランディ。ぼくの公爵夫人になってほしい」

　ブランディには最初からイアンがこう出るのがわかっていた。なんといっても、生まれつきの紳士なのだから。どれだけブランディがすべての責任は自分にあると言っても、実際そのとおりなのだけれど、それでも彼は結婚を申し込む。

　ブランディはひと言で言った。「いいえ」

　イアンはその衝撃のひと言に耳を疑い、ただ見つめていた。「今、なんて？」

「あなたとは結婚しないと言ったの」ブランディはイアンの手を振り払おうとしたが、イアンは放さなかった。

「嘘《うそ》だろう？　いいかい、ブランディ、この件できみに選択肢が多くあるとは思えない。ぼくたちは関係を持ったんだよ。ぼくはきみの中に種を残したんだ」

「だから？　どうして、イアン、どうしてわたしに選択肢がないと言うの？　わたしが処女ではなくなったから？　傷物だから？　かまわないわ。わたしは結婚するつもりなんてないもの。問題にはならない」

「今のがもっともばかげた意見だよ。この半時間、このきれいな口からさんざんいろんなばかげた言葉を聞いてきたが。まったくもう」

イアンは再度身を寄せて、キスをした。彼女の口が開くのを感じたときには、たまらない気持ちになった。だめだ、もうやめておかないと。もう一度彼女を抱くのが、今ここで、この海岸でというわけにはいかない。

イアンはブランディの温かな唇に向かって言った。「お互いに、正しく適切なことをしよう。ぼくはきみに結婚を申し込んだ。約束するよ、きみを必ず幸せにしてみせる。さあ、議論はこれで終わりだ。わかったね？」イアンはまた彼女にキスをした。「わかったと言ってくれないか。結婚すると。なんなら、ただうなずくだけでもいい」もう一度、さらにもう一度キスをする。キス以上のこともしたかったが、かろうじて踏みとどまった。

ブランディは体をのけぞらせた。にっこりとほほえみかける。「すてきなキスだわ。少しみだらで、それでいて甘くて熱い。思っていたとおり」

「やめろ、少なくとも今は聞きたくない。さあ、結婚すると言ってくれ。そうしたら息ができなくなるまでキスをするから。潮が満ちて、波にさらわれそうになるまでキスをするから」

ブランディは彼の腕の中に体を戻した。手を上げて軽く頬に触れる。自分がイアンよりずっと年を取っているように思えた。老いているばかりか、心まで病んでいるような気がした。「イアン、これだけは教えて。わたしたちのあいだのことがなくても、レディ・フェリシティに破談にされていた？」

「またばかなことを。彼女が婚約を破棄してくれてぼくが心から喜んでいるのはわかっているだろう。彼女のことはまったく関係ない」イアンは実際に身震いした。

ブランディはうつむいて、指先の割れた爪を見つめた。なんでもよかった、イアン以外なら、彼の唇やその美しく男らしい顔以外ならなんでも。ブランディはゆっくりと言った。「わたしがあなたと関係を持たなければ、わたしを自分の奥さんにだなんて、考えもしなかったでしょう？」

予想外の質問だった。ここは慎重に答えなければならない。答え方をまちがえば台無しになる。

イアンは低く穏やかな声で言った。「これまで自分をとりわけ鈍い人間だと思ったことはない。今も、人を見る目はそこそこある気がしている。きみとのあいだに何も感じていなかったわけじゃない――その事実をある程度意識したのは、はじめて、きみが寝室に突然入ってきたときかな。子供扱いして、無視するような態度をとっていたことは否定しない。あのときはまだレディ・フェリシティと婚約していたからね。きみを絶対に手に入らない相手として見るしかなかった。小作人の小屋で過ごした午後のこと、覚えているかい？　きみにキスをして、きみもキスを返してくれた。あのとき、きみがほしくてたまらなかった。そしてきみも好意を持ってくれているのがわかった。さっき、言ったね。ぼくが熱を出したあの夜、ぼくに抱かれたかったと。ひと晩だけでいいから抱かれたかったと。今ぼくはそれを残りの生涯、毎夜のものにしようと申し出ている。きみが自分の意志でぼくに身を任せたことは事実なのだろう。そしてきみが今も、そしてこれからも気まぐれに男に身を任せる女性でないのもはっきりしている。そうなると、ぼくがきみの体だけでなく心ももう自分のものだと考えても無理はないだろう？　もちろんぼくもきみが好きだ。好きにならないわけがない。聡明《そうめい》で、愛情にあふれていて、ユーモアのセンスもある。相性がいいのもわかっている。うまく言葉にできなくて申し訳ないんだが、ぼくにはきみがぼくのプロポーズを受けない理由がどうにも見あたらない」

やはり言わなければならないのだろうか。きちんと伝えなければならないのはわかっている。でもつらい。口に出すのは胸が張り裂けそうにつらい。ブランディは黙ってイアンを見つめた。これが別の人生なら、彼の過去が別のものだったらちがう結果になったのに。でもそれは今さら叶《かな》わない。

ブランディは言った。「問題はわたしの気持ちじゃないの、イアン。わたしの気持ちは関係ない」

「いったいどういう意味だ？」

「いいわ、あなたがそう言うなら。わたしは若くて経験もないけど、愚かな人間じゃないわ。愛がないとわかっていながら結婚はできない。その愛が一方通行でもできない。ネイ、黙って聞いて。最後まで話させて。わたしがイングランドの公爵夫人になるとしたら、あなたはきっと大変な我慢と忍耐を強いられる。だってわたしはあなた方のやり方をなんにも知らないんだもの。フォークの使い方をまちがえるとか、女王陛下に向かって不適切に大声を張り上げるとか、そういうことじゃないの。あなたは公爵になるべくして生まれついた人よ。王国の貴族として育てられてきた人。でもわたしを育ててくれたのはあのレイ・アデラ。アイ、そうよね、それを聞いたら誰だってうなりたくなるわ。しかもわたしはこのペンダーリーを出たこともない。わたしの知っている場所はここだけ。付き合ってきたのもここにいる人たちだけ。みんなひとり残らずスコットランド人。この意味、わかるでしょう、イアン？」

「今きみが言ったことなど――どれもなんでもないことだ。ぼくがひとつひとつ教えていく。たいした問題にはならない。きみの考えすぎだ」

「そう。それなら本題に入るわね。生木を裂かれるようにつらいけど、そうするしかないみたい。結婚できないのはね、あなたがわたしを愛していないから。あなたが愛しているのは彼女だから。それがわかっているから、あなたとは結婚できないの」

イアンはブランディを揺さぶってやりたかった。それからキスをして、できれば怒鳴りつけてもやりたかった。「フェリシティを愛しているわけないだろう。一度も愛したことなどない。いい加減ぼくを信じて、ばかなことを言うのはよさないか」

「フェリシティを愛していないことぐらいわかっている」

「じゃあ、いったい誰の……」そこでイアンの声は、崖を転がり落ちる石のようにふっと消えた。ただブランディを見つめるしかなかった。頭の中にも、舌先にも言葉はいっさい見あたらなかった。

ブランディは彼を落ち着かせたくて笑みを浮かべようとしたが、どうしてもできなかった。ああ、胸が耐えられないほど苦しい。「アイ、そうよね、あなたにはマリアンヌを愛していないとは言えない。もちろん、フェリシティのことは本気で好きではなかったでしょう。最初の奥さまの生き写しにすぎないから。わかってくれるわね、イアン。わたしはこれからどうがんばっても、六年前に亡くなった女性からあなたを奪い取ることはできないの。あなたはわたしを見るたびに、わたしの不作法を見るたびに、彼女を思い出して、そしてわたしを憎むようになる。彼女を愛さずにいられないなら、どうぞ愛しつづけて。でもわたしを幽霊と競わせるようなことはしないで」

イアンははじかれたように岩を離れ、ブランディの前に立った。陰りを帯びた目を狭め、イアンは怒鳴りつけた。「ふざけるにもほどがある。ぼくにどこまで罪悪感を感じさせれば気がすむんだ？　いいかい、今きみが言ったことは受け入れられないし、受け入れるつもりもない。なぜわからないんだ、ブランディ。物事は正しい状態に持っていかなければならない。必要なのはそこだ。それ以外に選択肢はない」

ブランディも立ち上がり、まっすぐ堂々と向き合った。「もう一度言うわ。今度のこと、あなたにはなんの罪もないの、公爵。不名誉なことは何ひとつない。それなのにご自分を犠牲になんてしないで。わたしとベッドをともにしたことは誰にも知られないから、安心して。わたしは絶対誰にも言わないから」

イアンは手で空を切るしぐさをした。いらだたしさに耐えかねて、咆哮《ほうこう》をあげたくなるほどだった。だがそれでも――彼女は知っていた、知っていたのだ。イアンは低く息を吐いた。「マリアンヌのことは忘れてくれ。彼女は死んだんだ、ずっと前に。きみは生きている。ぼくも生きている。結婚しよう。一緒に生きていこう。それがぼくたちにとって最善の道なんだから。ぼくはきみを大切に思っているし、きみはぼくを愛してくれている。長いあいだきみほどほしいと思う女性に出会ったことはない」

「でも愛しているとは言えない。そうでしょう、イアン？　マリアンヌを愛したようには愛していない」

イアンは完全にこわばっていた。「ブランディ」やがて、低く切羽詰まった口調で言った。「ぼくと結婚して、一緒にイングランドに戻ってほしい。ぼくがここに残るのが無謀なことだというのはきみだってわかるだろう。ぼくを撃った男が、このまま素知らぬ顔で逃げつづけている事実にこれ以上目をそむけてはいられない。ぼくがここにとどまる本当の理由はきみだけだ。チェビオット種の羊も今ではすっかり農場に落ち着いている。結婚してくれ。一緒にイングランドに戻ってくれ」

「できないわ」ブランディは言った。「ごめんなさい、イアン。でも、できないの」ブランディは無理やり顔をそむけた。「犯人が誰であれ、あんなことがあったのだもの、アイ、あなたはイングランドに戻るべきだわ。あなたがまた怪我《けが》をするなんて、耐えられない。帰って、イアン。ペンダーリーはあなたのおかげで救われたわ。あなたは誰も予想もしなかったほどよくやってくれた。今のバートランドは自信と責任感にあふれている。あなたが彼に、この新しい世紀にわたしたちを養っていく手段を与えてくれたからよ。これでわたしたちは生きていける。何もかもあなたのおかげ。今ではここに羊までいるんだもの。あなたの言ったとおりよ。羊たちは順調だわ。今のわたしたちは、両手いっぱいに金貨を手にしたジプシーよりも幸せ。だからあなたは帰って」

イアンはブランディを見つめていた。これ以上何も言葉が見つからなかった。

ブランディはこくりと小さくうなずいた。そして何も言わず、イアンをその場に残し、いまだ砂の城をまっすぐに直そうと苦心しているフィオナに向かって歩いていった。

29

イアンはバートランドとともに、クラブとマブリーが馬車の積み荷の指示をしているあいだ、ペンダーリー城の正面入り口の階段にたたずんで静かに話をした。公爵の二頭立て二輪馬車はその少し先で、緊張した面持ちのちび《ウィー》アルビーに手綱を引かれて待機している。朝もまだ七時をまわったばかりの早い時間だが、空気には、明るく晴れやかな一日を予感させる春のぬくもりが感じられた。

　公爵は命が惜しくて去ろうとしていると誰もが思っているかもしれないが、誰ひとりとしてそれを口に出さずにいることが、イアンにはありがたかった。誰ともどんな議論も交わす気にはなれなかった。自分を殺そうとした犯人が誰かについては特に。

「イアン、本当はまだまだここにいていただきたいですが、やはりぼくとしてもスコットランドから離れられたほうが安心していられます。手紙を書きますよ。チェビオット種の羊の状況もお知らせしないといけないし」

「そうしてくれ、バートランド。小作人たちの幸せな暮らしぶりを聞けたら、ぼくもうれしい。よければ、一族の様子も教えてくれないか。不在の主人で不在の親族になるが、みんながどうしているかは知っておきたい」前夜、みんなに別れを告げたとき、レディ・アデラも含めひとりひとりの顔を間近で眺めた。本当にこの中に、自分の死を望んでいる人物がいるのだろうかと。ブランディはその場にいなかった。またしても雲隠れだ。

ブランディはイアンが個人的に話しかけるのを避けるように、夕食がすむとそそくさと退出を申し出た。イアンにしても、これ以上彼女にかける言葉はなかった。お互いに言うべきことはすべて話した。この先も彼女を理解できることはないだろう。永遠に。

マリアンヌはとうの昔に亡くなった。故人だ。ぼくがときどき最初の妻の夢を見たところで、ふたり目の妻が気にする必要がどこにある？　ときおり彼女の死で感じた鋭い痛みがよみがえることがあっても。パリのあの悪夢を思い返したり、苦しかった日々を思い出すことがあっても。妻なら理解できるはずだ。目をつぶれるはずだ。

ぼくは彼女に好きだと告げた。ブランディは愛していると言ってくれた。そう、彼女はまだ若い。

「これからもトレヴァーの尻を叩《たた》いて調べさせますよ。もっと何かできることがあるに決まっている」

「うまくいくことを祈るよ、バートランド」

「ちょっといいかしら、公爵。出発される前にお話ししたいことがあるの」

ブランディの声を聞いて、イアンははっとバートランドに向けていた顔を振り向かせた。彼女の姿が目に入ったとたん、心の奥深くで何かがうごめくのを感じた。何かしら温かいものが心を満たしていく。だが同時に、首を絞めてやりたいような思いにも駆られた。彼女は数メートル先に立っていた。不安げで落ち着かない様子だ。まあ、それも無理はない。ひょっとして気が変わったのだろうか？　許しを請い、結婚してほしいと懇願するつもりか？　そうか、きっとそうだ。イアンは彼女に向かって一歩足を踏みだした。あのばかげた三つ編みを解き、髪を指でほぐしてやりたい。そしてその髪に顔を埋《うず》め、ラベンダーの香りを胸いっぱいに吸いこむのだ。ラベンダー？　どうしてラベンダーの香りだと知っている？　そうか、彼女を抱いたあの夜の記憶か。その香りが一瞬色濃くよみがえり、そしてたちまち消え去った。

「マブリーとクラブの進め具合を見てきます」消えるタイミングを心得ているバートランドはそう言うと、馬車のほうへ歩いていった。

「こんなに早く発《た》たれるおつもりとは知らなくて。少しお時間をいただいていいかしら？」

いったいどういうことだ？　ブランディの口調はとても自分を託そうとしている女性の、公爵夫人になりたいと懇願しようとしている女性のものには聞こえなかった。イアンはうなずいて、ブランディの後ろから城に入り、応接間に向かった。

イアンが何かしら話したそうにしているのを見て、ブランディは機先を制した。「わたし、お金がいるの」単刀直入に切りだした。

「え、何？」

「たぶん百ポンドぐらい。ご負担でなければ」イアンの黒い瞳が狭まるのがわかった。断らせるわけにはいかない。ブランディは彼の袖に手をかけて、急いでつづけた。「フィオナとわたしに持参金を持たせるおつもりだと聞いたわ。わたしは今お金が必要なの。その分だけ、あとで持参金から差し引いてもらってかまわないから」

「百ポンドも何に必要なのか、先に聞かせてもらうのが常識じゃないかな？」我ながらなんと冷たい言い方だと思ったが、どうすることもできなかった。またしてもラベンダーの香りが浮かんで消えた。

ブランディが顎を上げた。まっすぐイアンの顔を見つめてくる。「服を買うためよ、公爵」

ばかな。イアンは思った。なぜそんな嘘《うそ》をつく？　いったいどういうことだ？　イアンはブランディの真意を探ろうと、まじまじと彼女を見つめた。恐れと決意。彼女の表情豊かな顔には、その相反する感情が複雑に入り組んで浮かんでいた。そして懇願していた。口調にはさほど表れていないが、目が訴えかけている。その百ポンドがどうしても必要なのだと懇願している。爪を短く切りそろえた彼女の指が、ショールの房飾りを激しくむしっていた。あの指でもう一度この袖に触れてくれないだろうか。ああ、あの温かくて柔らかい手。あの手に触れられるのがどれだけ心地よかったか。

ほかにどうできるというんだ？　イアンは折れた。「いいだろう。紙とインクを持ってきてくれ」首をかしげるブランディにイアンは言った。「ここできみに百ポンド紙幣を渡すのもばかげた話だ。支払い命令書を書こう。それをマクファーソンに見せれば、ぼくの資金からきみ宛に金を出してくれる」

ブランディは即座に部屋を出ていった。こっちの気が変わらないうちにということか。数分もたたずしてブランディが戻ったときもまだ、イアンには彼女がなぜそれほどまでに金を必要としているのか、見当もつかなかった。しかもなぜ百ポンドなのか。

イアンはブランディの差し伸ばした手から紙とインクを受け取ると、マクファーソン宛に指示を書きはじめた。だが金額を書こうとした直前、手が止まった。ブランディが百ポンドの価値を理解しているとは思えなかった。金を必要としている理由はどうあれ、不自由な思いはさせたくない。イアンは金額を二百ポンドと書きこみ、署名をしたためてから、その紙をブランディに手渡した。

ブランディは口の中で内容を読み、その金額に気づいたときには紙を落としそうになった。

イアンはさらりと言った。「服というのはぼくが考える以上に高価なものだからね。エディンバラでもそうだった。身につけるものは大切だよ。きみだっていつも身ぎれいにしていたいだろう」

「ええ、本当に。ありがとう、公爵。道中、どうかお気をつけて」

「ブランディ――」イアンは一歩そばに近づいた。

ブランディがすぐさま体の前で両手を広げて後ずさる。

そういうことか。イアンは自分の声がこわばるのがわかった。「まあ、いいだろう。ぼくはこれでロンドンに戻る。そうなると誰かがぼくの心配をする必要ももうないわけだ。きみの考えはよくわかったよ。もうどう言ってもきみの気持ちを変えることはできないらしい。お別れだね、ブランディ。きみなら望みどおりのものを手に入れるだろう。やはり白馬に乗った清らかな騎士かな。きっと過去も、つらい記憶も持たない男にちがいない」

イアンはわざとらしいお辞儀をして、応接間をあとにした。後ろは振り返らなかった。男には自尊心というものがある。

ブランディはゆっくりと窓辺に近づいた。イアンとバートランドが握手を交わすのが見えた。馬車の扉はすでに閉まっていた。背後にある収納庫《ブート》には旅行用鞄《かばん》が紐《ひも》でしっかりとくくりつけられ、窓からマブリーが顔を出してクラブと言葉を交わしている。やがてイアンが優雅なしぐさで二頭立て二輪馬車に乗った。最後にバートランドに手を振り、ヘラクレスの手綱を打つ。小さな馬車はぐいと引っ張られ、たちまち生い茂るしゃくなげの茂みにまぎれて見えなくなった。

イアンは行ってしまった。本当に、いなくなってしまった。わたしもその気になれば一緒に行けたのに。彼と結婚できたのに。ああ、やはりこの代償は大きすぎる。ブランディは彼がくれた紙を見下ろした。二百ポンドとは比べ物にならないほどに。

涙は嫌い。涙なんてなんの役にも立たない。ただ目を腫らして赤くするだけ。十八年生きてきて、泣いて気分がすっきりしたことなんて一度もない。けれどこのとき、ブランディは自分の頬を涙が伝っていることに気づいた。しょっぱい味を感じたのだ。ブランディは手でさっと口を拭った。でも泣いている暇なんてない。やることがたくさんある。マクファーソンの住まいはバーウィック。ここから歩いて二時間はかかる。

ブランディは背筋を伸ばし、サンダルを頑丈な遠出用の長靴に履き替えようと自分の部屋に向かって階段をのぼった。

五日後、ポートメイン公爵はヘラクレスとカンターをポートメイン公爵ロンドン邸の大きな円柱のそびえる正面玄関前に停《と》めた。ヨーク・スクエアの東の角を占める巨大な建築物だ。よく晴れた四月の午後で、空には雲ひとつなく、スコットランドほどではないが空気も澄んでいた。それでもイアンの気分が浮き立つことはなかった。雨が降っていたほうがまだ気が楽だったぐらいだ。雨でも霧でも、どちらでもいい。この憎らしいほどの上天気でさえなければ。

その夜はひとりで夕食をとり、不在のあいだに届いた山のような招待状と手紙を整理していった。

社交の季節の最中とあってか、数かぎりないパーティや集会に出席が求められていた。イアンは多種多様の一流の招待状をひとまとめにして火に投げ入れようとしたところで、ふと思い直した。こうやって家に閉じこもるのがいちばんよくないのかもしれない。スコットランドは捨ててきたのだから、今度はイングランド人に戻るのが筋だろう。もぐらのように穴に逃げこみたくはない。そう、人生は満ち足りたものでなければ。楽しむことにするか。少しでも興味をそそられる女性がいれば、片っ端からものにして。飽きるほど女を抱いて。

それから数週間、ポートメイン公爵は友人たちからスコットランドの伯爵とからかわれながら、あちこちの社交界の集まりに顔を出し、たいして魅力的とも思えない若い女性たちとですら踊る姿が目撃された。レディ・フェリシティに振られたことを忘れようとしているのではないか。そんなささやきが聞こえても、まわりの誰も否定はしなかった。公爵自身はレディ・フェリシティについてひと言も口にしなかった。それゆえ社交界は、薄情な彼女を薄情と呼ばない公爵を高潔な人物と褒めたたえた。やがてレディ・フェリシティがハードカッスル侯爵と一緒にいるところがたびたび目撃されるようになり、社交界はさらに騒然となった。話題の紳士は彼女の関心が増すにつれて大胆になった。ふたりはいたるところで目撃されるようになった。

噂《うわさ》は尽きなかった。公爵はあたりかまわずあちこちの賭博場で同じだけの時間を過ごし、そのたびに別の女性を連れていて、しかもその相手は誰の目にもどんどんいい女になっていった。

また公爵はオペラも好むようになった。何日もつづけてボックス席にいるところも目撃された。当然ながら、とんでもなく美しく、しかもそのすばらしい肺を見事なまでの胸のふくらみで包みこんだ主演歌手と一緒にいるところがしばしば見られるようになった。公爵はまったく人目をはばかることなく、あくびをしたり、ベストやネクタイを直しながら彼女のアパートメントから出てきた。まるでわざと世間に見せつけているようなものだった。

ポートメイン公爵が荒れているのは誰の目にも明らかだった。社交の季節が終わりに近づいた六月のはじめになっても、公爵と浮き名を流した若い淑女たちの誰も公爵から結婚の申し出を受けなかったことに、驚く者はいなかった。その一方で、レディ・フェリシティは『ガゼット』に婚約を発表した。彼女は秋にハードカッスル侯爵と結婚するらしい。あの浮気女。誰ひとりとして公爵を悪く言う者はいなかった。公爵が荒れれば荒れるほど、まわりは同情した。高潔な人だ、立派な人だ、若い牡鹿《おじか》並みに暴れまわるのも今の公爵には必要なことだろう。見守っていこう、そう、せめて秋までは。

イアンは婚約の記事を読んで、首を横に振った。だが、執事のジェームズだけは公爵の険しい口元がふっとゆるんだのを見逃さなかった。「気の毒に、まだ気づかないか」公爵がそうつぶやくのが聞こえた。「まあいずれわかるだろう。そのときは手遅れだが」

六月半ばに差しかかったある日、イアンがやっとの思いで寝室を離れたとき、時計が十二回音を鳴らすのが聞こえた。もう昼か。階下に向かいながら、人生最悪の二日酔いと呼べるほどの気分の悪さを感じた。オックスフォードで過ごした日々も品行方正とは言いがたいものだったから、これは相当なものだ。オペラ歌手をはじめとした、これまで体とベッドを温めてくれた四人の愛人たちのことが頭に浮かぶ。少々やりすぎたかもしれない。そろそろ潮時だろう。

思いやりのある料理人が淹《い》れてくれたとびきり濃いコーヒーを飲んでいるところに、ジェームズが音もなく脇に現れ、公爵宛の手紙をのせた銀のトレイを差しだした。

「またか。みんな、そろそろ街を離れてブライトンにでも向かおうって良識はないのか？　もう招待状はいいよ。どれもこれも不愉快なパーティばかりでうんざりだ。ついでに自分にはもっとうんざりだ」

ジェームズはいちいちこの手のコメントに返事はしなかった。公爵と自分とのあいだに、言葉は必要ない。けれど公爵の意見には同感だった。今の言葉には、この公爵邸に勤める使用人全員が同感するはずだ。公爵がさまざまな大きさの封筒をより分けていくあいだ、ジェームズは黙って主人の脇に控えていた。公爵が一通の手紙を手に取ったのを彼はいくぶん意外な気持ちで見守った。はるばるスコットランドから届いた手紙だ。さらに奇妙なことに、封を開ける公爵の手がわずかに震えていた。

公爵は手紙を一読してから、もう一度また読み直した。それから作り笑いをして言った。

「なるほどな。ジェームズ、どうやらパーシーは少なくとも目的のひとつは達成したらしい」

「どういうことです、公爵さま」

「ロバートソン家の親族のひとりだよ。私生児だったパーシーだ。二週間後にペンダーリー城でミス・ジョアンナ・マクドナルドと結婚することになったらしい。ありがたいことに、このぼくもご招待くださるそうだ。思うに、新婦の父親がペンダーリーの新しい主人が本当に英国の公爵かどうか、パーシーのでっちあげでないかどうか確認したがっているってところじゃないかな」

「そうでございますね」ジェームズは言った。

公爵はしばらく黙りこんだ。指先を合わせて軽く打ちつけ、その黒い瞳はひたすら朝食室の隅に据えられたブール細工の飾り棚の上にある優美なマイセン焼きの人形を見つめている。

「公爵さまはスコットランドに戻られるおつもりですか?」ジェームズは好奇心を抑えきれず、ついに尋ねた。あそこで何かがあったのは確かだろう。公爵とレディ・フェリシティとの婚約解消に関係する何かが。その何かがいいことと悪いことの両方をもたらした。いいことは、あの強欲女との結婚を取りやめられたこと。悪いことは、ロンドンに戻られて以来、公爵が見ていて痛々しくなるほど荒れて、いつもの節度ある生活からかけ離れた振る舞いをなさっていることだ。

公爵が椅子に座ったままゆっくりと振り向いた。ジェームズはその顔から険しさが消えているのを、いやそれどころか笑みさえ浮かんでいるのを、安堵《あんど》というより驚きの思いで受け止めた。主人がほほえんでいる。晴れ晴れと、心から。

「なあジェームズ、この世で愚かな男ほど価値のないものはないな。どうやらぼくはこの世の誰よりも愚か者らしい。目が節穴もいいところだ。我ながらあきれるぐらいだよ。願わくば、手遅れでないことを祈るしかない。スコットランドの夏はヒースの花が満開でさぞかし美しいだろう。手紙の用意をしてくれ。ジャイルズに手紙で今夜はキャンセルすると伝える。ああ、それからジェームズ、マブリーにあと一時間で出発すると言ってくれ。馬車とぼく専用の二頭立て二輪馬車を玄関にまわして、一時までに旅の支度を整えるんだ。遅れないようにしてほしい。五日後にはペンダーリーに着いていたい」

「長くあちらに滞在なさるのですか?」ジェームズが尋ねた。

「そうだな、結婚式があるからね」公爵はそう言って、両手をこすり合わせた。「できるだけ連絡するよ。心配するな」

ほどなく公爵は、明るい黄褐色の乗馬服に袖を通していた。炉棚の置き時計にちらりと目をやり、懐中時計の時間も確認する。そして寝室を出ようと振り返ったとき、鏡台の特等席に据えたマリアンヌの小さな細密画が目に入った。画家の手によって、まるで生きているように描かれた葉緑色の瞳をのぞきこみ、額から後ろに引っつめられた艶やかな黒髪と、優しげなかわいらしい唇を見つめる。その柔らかな口がどんなふうに震えるかも覚えている。けれどその記憶にわずかたりとも心を動かされることはなかった。

公爵は細密画を手に取り、大股で階下へ下りていった。「ジェームズ」執事を呼びつける。「留守のあいだに、この絵を絵画展示室に移しておいてくれ。これはそこに飾るのがふさわしい」

公爵は細密画をジェームズの伸ばした手の中にほうりこむと手袋をはめ、颯爽《さっそう》とした足取りで出ていった。二頭立て二輪馬車に乗りこむときには、口笛さえ吹いていた。

30

　一面に咲きほこるアネモネの中に横たわり、ブランディは腕枕をして雲をちりばめた空を見上げていた。だんだん黒ずんでいく雲が、海からの突風に煽《あお》られてしだいに空を覆っていく。一陣の強風がブランディの三つ編みに吹きつけ、ほつれた巻き毛を目に打ちつけた。

　ブランディは体を起こした。いつからか忘れるぐらいもう何日も気が重くて、何をする気も起こらなかった。ほつれ毛を手の甲で払うと、目の前にそびえる城を見つめる。灰色の城は、弱々しい午後の光に荒れた岩肌をさらしていた。ブランディはゆっくりと立ち上がり、ドレスの皺《しわ》を手でなでつけた。そろそろ城に戻らなければ。城に戻ったら、笑顔でいるようにしないと。パーシーとジョアンナ・マクドナルドの到着は明日。いえ、ひょっとしてあさって？　はっきりと思い出せなかった。それぐらい気にもならなかった。

　あのモラグでさえ結婚式に備えて風呂に入り、みんなを驚かせたというのに。

　どうしてだろう。二カ月もたつのに心の痛みが少しもやわらがない。崖沿いの道をゆっくりと歩きながらブランディは思った。わたしだって、イアンを忘れられると思うほど愚かじゃない。イアンもたまには思い出してくれているかしら？　だとしたら、どう思っているだろう？　きっと腹立たしい思いばかりだろう。あの別れの日の朝も、ひどく怒っていた。それでも二百ポンドは言うとおりに出してくれた。

遠くから聞こえる車輪の音に気づき、ブランディはため息をついた。きっとジョアンナとパーシーが一日早く着いたのだろう。目を上げると、泥跳ねのついた二頭立て二輪馬車が湾曲した道を優雅にまわり、城前の砂利敷きの車寄せに停《と》まるのが見えた。

「着いたぞ、きっちり五日だ。よくやった。嵐に遭わずにすんだじゃないか」イアンは馬車から飛び降りて、湯気を立てている馬たちの首を軽く叩《たた》いた。城に目をやる。ブランディになんと話しかければいいか、何度も何度も考えた。考えられるいくつかの再会場面に備えて、いくとおりも用意した台詞《せりふ》を頭の中で繰り返した。顔を合わせたとたん肩にかつぎ上げて連れ去ることすら考えた。ブランディが泣きながら結婚してほしいと懇願する場面も想像した。いや、じつを言えば、首尾よくその場面を想像できたのは一回だけ。いつになく楽天的な気分になれたときだけだった。

筋状になった黒い雲が海上の空に渦巻いている。雲が気になったのか、それとも単に澄んだ潮の香りに惹《ひ》かれたのか、イアンはふと崖に目をやった。さほど離れていない場所に、ブランディが立っているのが見えた。風を孕《はら》んでスカートがふくらんでいる。彼女はこちらに気づいていないのだろうか。そう思うほど、ブランディはぴくりともせずにたたずんでいた。

頭の中で繰り返した台詞は端から存在すらしなかったように、見事に吹き飛んでいた。イアンは大声でブランディの名を叫び、両手を大きく広げて一歩踏みだしていた。

声は風にかき消され、イアンの口が大きくブランディと動くのだけが見えた。イアンが戻ってきた。わたしのもとに帰ってきた。ブランディはスカートの裾を持ち上げ、全力で駆けだした。そのまま勢いよく開いた腕の中に飛びこむ。イアンが抱きとめようと中腰になっていなければ、一緒にひっくり返っていただろう。ブランディは彼の首に強くしがみつき、頬をすり寄せた。

「ああ、イアン」ブランディは首元でささやいた。「戻ってきてくれたのね」

ブランディのまつげが頬をくすぐる。イアンは彼女の背中と腰を両腕で強く抱きしめた。ブランディがしがみついたままぶるりと身を震わせる。イアンは全身で笑い声をあげた。

「おいおい、ぼくを絞め殺す気かい？」イアンはブランディのこめかみにささやいた。

ブランディは笑って身をそらし、キスを始めた。耳に、首に、顎に。イアンは熱い唇にキスを返した。すべてを受け入れ、すべてを与えようと待ち望む唇に。ああ、彼女にもっと触れたい、すべてに触れたい。だがここペンダーリー城の前でそんなことができるはずもない。イアンは欲望をこらえ、腕の力をゆるめてブランディの体を少しずつ下げていった。だがブランディの足が地面に着いても、体から手を離すことはできなかった。

ブランディは首をそらしてイアンを見上げた。「戻ってきてくれたのね」また同じ言葉を繰り返す。「本当にうれしい」

イアンは吐息をもらし、ふたたびブランディを抱き寄せるとさらに何度もキスをした。

「なんて柔らかな唇だ。この味、この感触。きみにこうするのをどれだけ夢見たことか」

「ずっとこんなふうにキスをしてくれる？」

「ああ、きみの重みで爪先がそり返るまでね」イアンは唇を重ねたまま笑い声をもらし、それから何度もキスを重ねた。

「ねえイアン、まさかパーシーの結婚式のためだけに戻ってきたわけじゃないでしょう？」

「もちろんだよ」イアンは、ブランディの髪から漂うすがすがしい潮の香りを胸いっぱいに吸いこんだ。「もちろんきみのために戻ってきた。きみだけのために。ぼくはもうきみのものだ。わかるね、ブランディ？」ブランディが一瞬ためらいを見せた。イアンは彼女にもう一度キスをして言った。「ぼくが愚かだった。自分の気持ちに気づくのに、ここまで時間がかかるとは。今ぼくの心にあるのはひとつだけ、きみと結婚して愛に満ちた暮らしを送ることだけだ」

「マリアンヌは？」

「彼女のことは、ほろ苦く遠い思い出だ。ぼくの心はもうマリアンヌも、彼女に似た人も求めていない。ぼくが求めているのは、豊かなブロンドの髪に琥珀《こはく》色の瞳をした気の強いスコットランド娘だ。分別があって、その機転でいつもぼくの心を釘付《くぎづ》けにして、北海よりも情の深い娘だ。答えてくれないか。ぼくのものになってくれるね？　ぼくの公爵夫人になってほしい」

「あなたはすてきな人よ、イアン。優しいし、あなたにキスをされたときの感覚も大好き。それでもあなたは、レディ・アデラが言うところの独裁者なのでしょう？　少なくとも若いころのアンガスおじいさまはそうだったと言っていたわ。口うるさくて、誰に対しても横暴で、おばあさまのすることなすこと横やりを入れていたって」

「もしぼくがきみのおじいさんのように独裁者になったら、カーマイケル・ホールから遠慮なく追いだしてくれていい。そのときは山羊《やぎ》とでも寝る。きみを自分の思いどおりにしようなんて思っていないよ。ただきみを愛したいんだ。きみの笑っている顔が見たい。きみが想像もできないほどの喜びを与えてあげたい」

「それ全部？」

「ああ、全部だ。今は思いつかなくても、きっともっともっといろんなことをしてあげたくなると思う」

「本当に？　でもわたし、きれいな英語も話せないのよ。ひとつひとつあなたに教えてもらわなくちゃいけないわ。わたしに我慢しなくちゃならないことがきっとたくさん出てくると思う」

「アイ、だがぼくはもうきみなしでは生きていけないからね。ぼくの母を呼んで、きみの教育係になってもらおう」

「あなたのお母さま?」

イアンは笑った。「大丈夫だよ、ブランディ。ぼくには自分の親を使って生身の人間を苦しめる趣味はない。まあ、憎いやつならともかく、自分の妻にはね。いや、相手がパーシーならどうかな。ひょっとすると母ならパーシーの根性を叩き直せるかもしれない。ともあれ、ぼくらはやっていけるよ、わかっているだろう。きみならきっとぼくの周囲の人間誰もに愛される」

「いやな人がいたら、叩きのめしてくれる?」

「もちろんだとも」

ちょうどそのときヘラクレスが主人の背中を鼻先で小突いた。

「ほら見ろ、馬たちも賛成してくれているじゃないか。ぼくがこいつに背中を踏みつけられる前に、イエスと言ってくれないか」

「アイ……イエス」

イアンは身をかがめてもう一度キスした。このときばかりは軽く。本当はもっと、もっと深いキスをしたかったし、彼女もそれを求めているのはわかっていたが。「さあブランディ、報告に行こう。レディ・アデラとバートランドと、それに蚤《のみ》だらけのモラグにも」

「彼女、パーシーの結婚式に備えてお風呂に入ったの」

「それはすごいな。みんなずいぶん驚いただろう。フレーザーはどうしていた？」

「首を横に振りながら、ただうろうろしていたわ。モラグの次は誰に報告するの？」

「小塔にのぼって、チェビオット種の羊たちに向かって叫ぶというのはどうかな？　マクファーソンが聞きつけて、祝いに駆けつけてくれるかもしれない」

「それはどうかしら」ブランディが言った。

イアンは眉を寄せた。「小塔にのぼるのは反対かい？　どうしてだい？　もう気が変わったとか？」

「そうじゃないの。あなたはもうわたしのものよ、イアン。ただ今夜はまだわたしたちふたりだけの秘密にしておきたいの。みんなに報告するのは明日まで待ってもらえないかしら。お願い、イアン。わたしにとってはすごく大切なことなの」ブランディはイアンの口に指先を添えた。「ネイ、お願い。何も訊《き》かずにそうして。明日家族のみんなに話しましょう――あなたの気持ちが変わらなければ」

「ぼくの気持ちが変わらなければ？　それはどういう意味だい？　ぼくをからかっているのかい？　朝になったら、時計の針が八時を指したら、ぼくが心変わりするとでも思っているのか？」

「からかってなんていないわ、絶対にちがう。お願いだからこのことだけはわがままを通させて」ブランディは懇願した。イアンはとうてい納得できなかったが、何にせよ、彼女にこんなふうに懇願させるのもいやだった。

「わかったよ」そう言って、もう一度ブランディにキスをした。「だがこれだけは言っておくよ、ブランディ。もしつまらない理由でこんなことを言っているなら、お仕置きだからね」

ブランディはイアンの背中に腕をまわして、ぎゅっと抱きしめた。見上げて、にっこりとほほえむ。「そのときはお望みのままに、公爵さま」

イアンはうなり声をあげた。「先が思いやられるな。きみの笑顔を見るためなら、きみから優しい言葉を聞くためなら、ぼくはどんなことでもしてしまいそうだ」

ブランディは笑って、彼の腕を指でつついた。

馬丁の姿が見あたらなかったので、イアンとブランディはふたりでヘラクレスとカンターを馬小屋に入れた。馬具を外し、新鮮な干し草で馬の体をこするイアンを、ブランディは黙って眺めていた。イアンがふと目を上げ、額に皺を寄せた。「痩せたね」

「少しね。このところ食欲がなくて」

「目の下に隈《くま》がある。よくないいな」

「あまり眠れていないの。でもそれもあなたのせいよ」

「二カ月待とう。そのあいだに痩せた分を取り戻すんだ。できなかったら、そのときは思いきった手段を取るしかない」

「思いきった手段って、何をするの、公爵?」

「それはそのときのお楽しみだ」イアンは彼女にさらにキスをした。小屋には馬と干し草と亜麻仁油の臭いが満ちていた。

　クラブが青白い顔に満面の笑みで公爵を出迎え、そのまま丁重に応接間へ案内していくのと入れ替わりに、ブランディはイアンのそばを離れた。そしてモラグに言って、ちびアルビー《ウィー》に水もれしない桶《おけ》を自室に持ってこさせた。

　二時間後、洗い髪がまだ湿った状態で、ブランディは大きな食卓の向かいからイアンにはにかんだ笑みを向けていた。けれども彼の目は延々とおしゃべりをつづけるコンスタンスに向けられていた。

「まさかパーシーの結婚式に戻っていらっしゃるとは思わなかったわ。みんな、想像もしていなかったんじゃないかしら。だってパーシーのこと、好きじゃなかったでしょう?あなたへの態度も、それにひょっとしたら彼かもしれないわけだし、あ、いえ、今のは忘れて。そうよ、ロバートソン家にあなたの命を狙う人がいるはずがないわ。イアン、それだけは信じて」

「おしゃべりがすぎるよ」レディ・アデラが、イアンの目の前で手つかずのまま冷たくなっているレンズ豆のスープさながら、苦々しげな声で言った。「まだなんの証拠もないらしいじゃないか。これ以上血生臭い話は勘弁してもらいたいね。あれから二カ月だよ、公爵。二度とあなたがあんな目に遭わないことを祈るしかない」

誰もがいっせいに食事に集中しだした。静まり返った部屋の中に、レディ・アデラの遠慮のない笑い声が響く。

「そうそう、血といえば、ジョアンナ・マクドナルドももうすぐ血を見るわけだね。気の毒に。ロバートソン家の男たちは処女しか娶《めと》らないからね。アイ、哀れジョアンナはどんな初夜を迎えるのやら」

ブランディはそこでワインにむせて笑った。

レディ・アデラが孫娘に冷ややかな目を向けた。「普段は処女を気取っていながら、今のはなんだい。どうして初夜で笑えるのかね？　何も知りもしないで。男と女のことで知っているのは、せいぜい触りぐらいだろう。だからパーシーがちょっかいを出しかけたときでも、何もさせなかったんだろうに」

「もちろんですよ」イアンが言った。「もしそんなことになっていたら、彼はぼくに殺されていましたからね。運のいい悪党だ。これ以上彼が運を無駄にしないように祈りましょう。もうさほど運が残っているとは思えない」そしてイアンはバートランドに言った。

「それで、羊の話を聞かせてくれないかな。小作人たちはチェビオット種の羊たちとうまくやっているかい？」

「みんな、笑顔ですよ。すでに生活にゆとりが出てきましたからね。羊は食べるものだと思っていた連中も、だんだん愛情が湧いてきたみたいで。そのうち大半がペットになるんじゃないかと心配しているくらいです」

「しかし羊ってやつは、目に入るものはなんでも食うな」クロードが息子に向かってフォークを振った。「どこもかしこも羊だらけだ」

「それにすっごく臭うの」コンスタンスが言った。「内陸側から風が吹くと大変。臭くて臭くて。夜も臭うことがあるくらい」

「アイ、バーティ」レディ・アデラが意地の悪い声で言った。「もっと気をつけないと。コンスタンスに嫌われるよ。そうなったら、お相手はモラグぐらいだ」

「あら、おばあさまったら」コンスタンスはバートランドの顔を意識しながら、鼻を鳴らしてみせた。けれどもバートランドは涼しい顔で、コンスタンスはそれにあきれると同時にひどくばつが悪かったが、どうすることもできなかった。

バートランドがわずかにおもしろがるような口調で言った。「言っておきますが、レディ・アデラ、屋敷内でいちばん鼻が利くのはフレーザーだと思いますよ。ぼくは少なくとも二度は臭いを嗅がれて、許可が出なけりゃ食堂に入れてもらえない。だからコンスタンスにも」そこでコンスタンスにほほえみかけた。「羊が来てから、いやな思いはさせていないはずだ」

「羊が一匹死んだの」ブランディがイアンに言った。「いらつきベン《ブリックリー》に診てもらったわ。悪い病気か何かで、ほかの羊に伝染するといけないから。でもいらつきベンは病気じゃないって言うの。昆布を食べて、それがお腹《なか》でふくらんだせいだって」

「それでぼくがとりあえず昆布を片づけておきました」バートランドが言った。「厳密に言えば、コンスタンスとふたりで」

「ふたりで会ったのはその一回きりだろう、バーティ」そしてクロードは公爵に向かって言った。「こいつは朝から晩まで、帳簿と睨《にら》めっこですよ。父親や一族のみんなと過ごす時間も惜しいらしい」

ブランディは顔を上げた。「あら、でもあなた、ときどきバートランドに昼食を届けていなかった、コニー？」

コンスタンスは居心地悪そうに椅子でもじもじしている。イアンは内心でふっとほほえんだ。どうやらバートランドはこの二カ月のあいだに彼女との距離を縮めたらしい。バートランドもずいぶんと頼もしくなったものだ。イアンはテーブルの向こうのブランディをほほえましく思いながら見つめた。はたして彼女は、自分が妹を困らせたことに気づいているかどうか。

　レディ・アデラの態度も今夜はいつになく穏やかなものに感じられた。だが考えてみれば、今も資金はペンダーリーに絶え間なく流れこみつづけている。自分に利用価値があるかぎり、この老女が怒りをあらわにしないことは容易に想像がつく。

「ミスター・ブレイドストンはお元気かい？」レディ・アデラの目つきや口調から急に辛辣さが消えた。「ずいぶんと粋な男だねえ、彼は」

「ジャイルズは元気にやっていますよ、レディ・アデラ。急にこちらに来ることになったもので、彼には手紙で知らせておきました。彼もきっとあなたにご挨拶をしたかったことでしょう」

「わたしから見れば、あれはちと人間が軽すぎるな」クロードが言った。「他人の噂《うわさ》をあれやこれやせっせと集めるものじゃない。いつか我が身に跳ね返る」

　イアンは懸命に自分を抑えていた。そうしていないとブランディばかりに目が行き、ブランディばかりに話しかけてしまいそうだった。頭の中はブランディでいっぱいだ。ブランディがほしい。彼女と結婚するとこの場でみんなに叫びたい。いったいなぜ明日まで待ってほしいなどと彼女は言ったのだろう？　あれこれ考えてはみたが、それらしい理由にはまったく思いあたらない。イアンはひそかに、ブランディが今着ているモスリンのドレスは、タータンチェックのショールと一緒に燃やしてしまおうと心に決めた。

　魚料理を食べている最中、ふと二百ポンドのことを思い出した――ドレスを買うため、そうブランディは言っていた。嘘《うそ》が下手だ。本当は何に使ったのか、あとでじっくり訊いてみよう。

顔を上げたイアンに、レディ・アデラが言った。「ずいぶんとお疲れのようだね。今日の夕食はなかなかのものだったし、わたしはすこぶる気分がいい。今夜は娘たちの歌は強要しないよ。クラブ、ほら、のんだくれ、全員にポートワインを注《つ》いでおくれ。そうすれば我らが公爵もお休みになれる」

〝我らが〟公爵？　変われば変わるものだ。

それからしばらくして、レディ・アデラはコンスタンスとブランディを連れて食堂を出ていった。レディ・アデラは去り際、戻ったばかりのイアンを領地の話でうんざりさせないようにとバートランドに釘を刺した。「このわたしがイアンに先に休んでいいと言ったんだよ。なのにおまえときたら、羊の話がしたくてうずうずしているじゃないか。時間はいくらでもあるんだからね。それからクロード、あんたもイアンにぐずぐず言うんじゃないよ。とにかく今夜はおよし。一日二日イアンをゆっくりさせておあげ」

クロードはぐずぐず言わなかったが、バートランドの熱弁は止まることなくつづいた。二十分もすると、クロードは杖《つえ》を床に打ちつけてレディ・アデラたちのもとへ行こうと言いだした。

応接間にブランディの姿はなかった。イアンはレディ・アデラに声をかけて、部屋をあとにした。そして螺旋《らせん》階段をのぼり、薄暗い長い廊下の先にある伯爵の寝室へと向かった。途中、ブランディの部屋の前で足を止めた。そして扉を叩こうと手を持ち上げた。ブランディの顔が見たかった。いや、キスをして抱きたかった。体力の限界まで、これ以上つづけたら死んでしまうところまで抱きつづけたかった。だが無理だ。そんなことができるはずもない。イアンはふたたび、さらに先の自分の部屋に向かって歩きだした。

外は夏の嵐が吹き荒れていた。寝室の窓に雨が激しく打ちつけて、流れ落ちる。イアンは色褪《いろあ》せたカーテンを引いて、音をたてて燃える暖炉に近づいた。泥炭の塊を投げ入れ、火力が衰えた燃えさしをブーツの先で掻《か》く。前回ペンダーリーに到着したとき同様に、そばにマブリーの姿はなかった。彼はたっぷりあと一日は馬車に揺られるだろう。

イアンは旅行鞄《かばん》から小型の拳銃を取りだしてベッド脇のテーブルに置いてから、服を脱ぎ、ナイトガウンに着替えた。そしてクラレットをグラスに注ぐと、革の肘掛け椅子にゆったりと身を埋《うず》め、暖炉に向かって脚を伸ばした。

まろやかなクラレットが体を中から温めてくれた。炎がやがて揺らめきながら大きく燃えはじめる。

かすかに扉を叩く音が聞こえ、イアンはびくりと身を起こした。音はやまない。イアンはすばやく立ち上がると、拳銃を手に取った。「入れ」そこで我が目を疑った。「ブランディ、いったいどうしたというんだ？」

31

　ブランディはゆっくりと寝室に入ると、音をたてずに扉を閉めた。首元から爪先まで、流れるように覆う白い綿のナイトガウンのせいか、ひどく子供っぽく見える。けれどイアンは、その髪に息をのんだ。腰まで届くほどの長い髪が豊かに波打っている。顔色が真っ青だった。まるで死ぬほど怯《おび》えているように。いったいどうしたというんだ？

　イアンは一歩近づいた。「ブランディ、こんなところに来てはいけないだろう。いや、そんなことはどうでもいい。いったい何があった？　なぜそんなに怯えている？」

　そしてブランディに手を差しだした。本当は抱き寄せたくてたまらなかったが、そこはぐっとこらえて、ただ両手を握りしめた。

「ブランディ？　頼む、なんとか言ってくれ。いったい何があった？」もう抑えきれなかった。イアンは両手を肩に置いた。「なんてことだ、震えているじゃないか。ああそうか、ぼくもこんな銃を持ったままだ」イアンはあわてて銃をベッド脇のテーブルに置いてから、彼女のそばに戻った。「さあ、まずは暖炉のそばで体を温めよう。話はそのあとだ」

　それにしてもおかしなナイトガウンだ。おそらく何年も前から着ているものだろう。見えるのは、素足の爪先だけとは。しかもブランディはかたくなに目を合わせようとしない。いったいどういうことだ？

「さあここにお座り」

　イアンは暖炉のそばに椅子を引き寄せると、彼女と向き合うように自分の椅子の向きも変えた。

　ブランディは座らなかった。ひとつ大きく深呼吸してから、意を決して口を開いた。

「わたしがどうして今夜、婚約を報告したがらなかったのか、不思議に思っているでしょう？　それにはちゃんとした理由があるの」

「わかった、じゃあそのちゃんとした理由とやらを聞かせてもらおう」イアンは言った。

「ただし先に言っておくが、聞いたところでたぶん納得はしないよ」

「本当にちゃんとした理由なの。我慢して、笑わないで聞いて。あのね、イアン、あのはじめての夜、あなたと愛を交わしたのはマリアンヌなの」

「はじめてってだけじゃない。一度きりの夜だ」

「真剣に、ちゃんと最後まで聞いて。わたしは確かめなきゃいけないの、わかる？　知りたいのよ。あなたが愛しているのはわたしだってこと――今のあなたが求めているのは、マリアンヌではなくてわたしだってこと」

予想もしなかったことだった。イアンはブランディをじっと見つめた。やがて、ひどくゆっくりとした口調で言った。「つまり、今夜は一緒に過ごしたいということかい？　ベッドをともにしたいと？　結果は明日知らされると。おいおい、ブランディ、これまでも独創的な娘《こ》だとは思っていたが、これはいくらなんでもやりすぎだ」

「結婚生活のこの部分って、あなたにはたいしたことじゃないのかもしれないわ。でもわたしにはちがうの。大切なことなの。そんなふうににやにやしないで。ひどいわ。わたしは真剣に話しているのに。お願い、イアン、今夜は一緒に過ごさせて」

「結果がどうなるか、不安でたまらないよ、ブランディ。寝言で母の名前をつぶやいたらどうなるか。いや、ふざけるのはよそう。だがぼくは嘘《うそ》はついていない。マリアンヌのことは遠い思い出だ。今のぼくにはなんの関係もない。思い出の中にはつらかったことも、美しかったこともある。だがその記憶もずいぶん薄れてきた。マリアンヌのことは今のぼくたちになんの関係もない。ぼくがようやく光を見つけて、人生の正しい道を歩きだしたことを知れば、彼女だって喜んでくれるだろう。その道を示す光がきみなんだよ、ブランディ。本当の理由はそれだけじゃないんだろう？　ベッドの才能がないと判断されて、きみに結婚を断られるのはあまりにつらい」

「そんなことはありえないとわかっているくせに」

「わかったよ、ブランディ。苦渋の決断だ、きみの提案を受け入れよう」

ブランディはふざけるイアンを平手打ちしてやりたいと思ったが、気づいたときにはすでに機会を逸していた。歩み寄ったイアンに、体をふわりと抱き上げられていたのだ。その顔には、見ているだけで爪先が丸まるほど官能的な笑みが浮かんでいた。

「しかたのない娘だね」イアンはそうささやいて唇を寄せた。ブランディの体をきつく抱きしめ、片手を豊かな髪にからませて、もう片方の手を背中から腰へと滑らせる。

イアンはしばらくしてから体を離すと、にこやかに笑った。

「すごくよかったわ。お願い、もっとつづけて、イアン」

「本当にこのあとのことも覚えていないのかい？　ひょっとするとそのほうが幸いだったかもしれない。きみにとって楽しいものじゃなかったはずだからね。だが今度はブランディ、今度こそは、すばらしい夜にしてあげるよ」

イアンはキスをはじめた。ああ、彼女がキスを楽しんでくれている。自ら唇を開いている。イアンは激しい興奮でどうにかなりそうな気分だった。ブランディが体を押しつけてくるのを感じた。きっとブランディも硬くなった彼自身の感触を腹部に感じているだろう。少なくともこの体に彼女が驚くことはないはずだ。そう、前にこの体を美しいと言ってくれたことがある。そのことが快感となってイアンを奮い立たせた。

重ねた唇からもれた自分のあえぎ声にブランディは驚いてびくりとした。「まだだよ」イアンはそう言って、ブランディの口の中に舌を入れた。背中にまわしていた手をそっとナイトガウンの首元に近づけ、紐《ひも》を解きはじめる。するとブランディは思いがけず体をこわばらせ、身を引こうとした。「どうしたんだい、ブランディ？　こんなにその気にさせながら、ナイトガウンは脱がされたくないのかい？」

いよいよだわ。もう後戻りはできない。でも、ああ、どうしよう。イアンが顔を歪《ゆが》めたら、耐えられないかも。顔には出さなくても、きっと醜いと思われる。

「ブランディ？」

ブランディは背筋を伸ばして、胸を張った。「ネイ、わたしは立ち向かわないといけないの。自分でやらなくちゃ。やらせて、イアン」そして一歩後ずさった。イアンは問いかけるように首をかしげたが、何も言わなかった。「少し待ってね」ブランディはひとつ大きく深呼吸した。もう引き返せない。ブランディはナイトガウンのリボンを解いた。もう一度深呼吸して、袖から腕を抜き、ナイトガウンの上身ごろを腰まで滑り落とした。そして背筋を伸ばした。反応を待つ。イアンの顔をじっと見つめて。

イアンは喉がつまったような息苦しさを覚えた。息を吸いこむ。我が目を疑った。この世にこれほど驚くことがあるだろうか？　ブランディの体は細く、少女のように薄いものだとばかり思っていたのだ。イアンはこれまで見たこともないほどすばらしい胸のふくらみにただただ魅入った。豊かなふくらみは透きとおるほど白く、先端の淡いピンク色は周囲のクリーム色と見事に溶け合っている。イングランドのどこを探しても、これほど美しい胸はないだろう。

「なんと！」

想像していたとおり、イアンの顔色が変わった。ああ、やっぱりだわ、最悪の悪夢が現実になってしまった。ブランディはイアンに背を向けた。いっそ死んでしまいたかった。

「ブランディ」イアンは動揺した。

ブランディは胸を両手で隠そうとしたが、とても覆いきれなかった。ブランディは逃げだしたい思いをこらえ、息を大きく吸って言った。「わかったわ、イアン。もうじゅうぶんだから。わたし、ずっとこの醜い姿をあなたに見せないようにしてきたの。でもそれがいけなかったのね。求婚を受ける前にきちんと話しておくべきだったわ。わたしが誠実じゃなかった。あなたがこの姿に耐えられないなら、離れる覚悟はできているの。誰もまだわたしたちのことは知らないわけだし」

「醜い？」イアンは目を凝らした。どこかにひどい痣《あざ》でもあるのだろうか。肩のほくろのことを言っているのか？　だが目の前にある見事な肉体は、どこも白く滑らかで、見ているだけでたまらなくなるほど柔らかそうだった。ああ、なぜあの腕を下ろして、もっと見せてくれない？

ブランディが腕を下ろして脇につけた。「ごめんなさい。こうして見ると、牛みたいでしょう。どんどん大きくなってしまって、ずっと下着で締めつけていたの。誰にもこんなひどい姿だと気づかれないように」視線に耐えられなくなったのか、ブランディはナイトガウンをつかんで胸にあてた。今にも泣きだしそうな顔をしていた。

今なんて言った？　この胸が醜い？　イアンはわけがわからずに首を横に振った。この混戦地帯は慎重に進まなければならない。

イアンはゆっくりと言った。「確認してもいいかな。きみは自分の胸が醜いと言っているのか？　きみの姿が不格好だと？」

ブランディがうなずいた。ますます惨めな情けない顔をしている。イアンはこらえきれず、頭をのけぞらせて笑った。

「ひどい、いくらなんでもそこまで笑わなくても」

イアンは大きく息を吸って、気持ちを落ち着かせた。どうやらブランディは本気でそう思っているらしい。「いいかい、ブランディ、ぼくはきみの姿を笑ったんじゃない。きみのばかげた勘ちがいを笑ったんだ。いったいどこの誰に、そんなばかげたことを吹きこまれたんだ？　牛みたいだとか、不格好だとか。本当に誰かに醜いなんて言われたことがあるのか？」

「アイ、モラグに言われたわ。十四のとき、どのドレスも胸のボタンが留まらなくなったの。そうしたらモラグが笑って、わたしは市場に出荷するメロンをふたつ、胸で育てているようなものだって言ったわ。そのうち伯爵の孫娘が服の下に隠しているものが噂《うわさ》になって、笑い物にされるって。男たちはじろじろ見るし、こんなに胸が大きいとだらしない女だと思われるって」

「なんて女だ、とんでもないな。殺してやりたいくらいだ。少なくとも今殺せば、彼女もきれいな体で墓に入れる」

「でもモラグの言うとおりだったの。下着でできるだけ締めつけていたけど、パーシーは気づいていたから。ずっとショールもかけていたのに。わたしのこと、いつも変なものでも見るような目でじろじろ見ていた。わけがわからなかったわ。わたしはこんなに変なのに、そのわたしを求めてくるなんて」

「やつはきみを変だと思っていたんじゃないんだよ、ブランディ。小作人の小屋でふたりきりになった日のことを覚えているかい？　あのときだってぼくはきみを求めただろう？　結局きみに拒まれたけれど」

「わたしは、あなたに拒まれたんだと思っていた。でもそうかもしれないわね。わたしはこの姿をあなたに見られたくなかったから。気が引けたの。まじまじと見られたあと、顔をそむけられるのが怖くて」

「ぼくは顔をそむけているかい？」

「でも今は、胸を隠しているから」

イアンは手を伸ばして、ブランディの手からナイトガウンを奪い、腰まで落とした。

「ほら、ぼくはまだ顔をそむけていないだろう。わかるかい？　どうやらぼくたちはお互いにずっと思いちがいをしていたようだ。ぼくがエディンバラで買ってきた青いベルベットのドレスもそうだね？　たしか胸元が大きく開いていた」

「すてきなドレスだわ。あれを着ると女王さまになった気がした。でもイアン、人前では着られないわ。胸が余計に大きく目立ってしまうの。ふたつの大きな山みたいになって、谷間が喉元までせり上がってしまう」

イアンはほほえんだ。今度は笑わなかった。「ブランディ、ぼくがこれまできみに嘘をついたりだましたりしたことがあるかい？」

「ネイ」

「両手を前に出して、ナイトガウンを離してごらん。そう、床に落とすんだ」

それでもブランディは長いあいだ動けなかった。ただじっとイアンを見つめていた。

「わたしにはとてもできない」

「さあ、手を出して」

「ああ、どうしよう」ブランディは片手をイアンに向けて差しだした。それでももう片方の手は腰のところでナイトガウンをつかんでいる。

「そっちの手も、さあ」

ブランディはきつく目を閉じて、残りの手も差しだした。ナイトガウンが一瞬ヒップでとどまり、それから柔らかな音をたてて床に落ちた。

イアンは喉がつまりそうになった。なんということだ。彼女は自分のこの美しさに気づいていないのか。この輝くばかりの美しさに。彼女に触れたくて、白い肌を愛撫《あいぶ》したくて手がうずいた。ブランディを味わいたかった、溺れたかった。豊かな胸、それをさらに際立たせるウエストの見事なくびれ、形のいいヒップ。下腹部にも余計な肉は見られず、滑らかな肌がつづく先にはダークブロンドの縮れ毛が三角地帯を作っている。そしてそこから伸びる長く、すらりと引き締まった脚。まちがいなく、これまで出会った誰よりも美しい女性だ。ああ、ぼくはブランディを愛している。誰よりも愛している。

それにこの胸。どれだけ眺めても一生見飽きるはずもない。

「目を開けて、ブランディ。こっちへ来てごらん」イアンはブランディの手を取って足元のナイトガウンをまたがせると、古びた衣装だんすの隣にかけられた細長い鏡へと導いた。そして鏡の前にブランディを立たせ、両肩に手を置く。「きみは美しい女性だ。ほら、自分の目で、ぼくの言葉に嘘がないのを確かめてごらん」

イアンが肩に置いた手に力をこめた。ブランディは覚悟を決めて、鏡の中に目をやった。とたんに大きな胸が飛びこんでくる。「いや」思わず声が出た。「なんてひどい」ブランディは彼の手から逃れようとした。

「未来の夫を嘘つき呼ばわりさせないよ。ほら、ブランディ、よく見るんだ。きみはこんなにもきれいだ。このきみが自分のものになると思うだけで、ぼくは膝が震えてくる」

ブランディは目を開け、もう一度鏡の中の自分と向き合った。イアンが背後に立ち、むき出しになった肩に手を置いている。鏡の中で目が合った。イアンがゆっくりとブランディの顔と肩にかかる髪を背中側に払いのけた。そして背後から手をまわし、手のひらでブランディの顎を持ち上げた。

「顔で嫌いなところはあるかい？　ない？　いいだろう。それじゃあ下へ行くよ」

抑えるんだ、とイアンは自分に言い聞かせた。とにかく自制心を利かせろ。だが男としてこれ以上はないほど苦しかった。イアンはひとつ深呼吸してから、両手を下へ滑らせた。指で肌をなぞりながら、胸のふくらみを包みこむ。そこでたまらずに息をのんだ。

ブランディのまつげが細かく震えた。唇が開く。イアンは身を乗りだして、ブランディのこめかみに軽くキスをした。青二才じゃないんだぞ、落ち着け。これぐらいやり遂げられる、やり遂げなくちゃならない。自分の低い声が聞こえた。

「きみの胸は最高にきれいだよ。そういえば、モラグは痩せすぎだった。おそらくきみに嫉妬して、くだらないことを言ったんだろう」

イアンは名残惜しさを振り払って両手を胸から下へと滑らせ、ウエストを抱えた。指で下腹部をなぞるうち、彼女が震えだしたのがわかった。欲望に火がついたのだろうか。とまどっているだけでなければいいが。いや、大丈夫そうだ。彼女の呼吸が速まっている。

もう少しだが、まだ先へは進めない。まずはブランディに信じてもらわないと。信頼してもらわないと。自分が彼女の中で溺れるのはそのあとだ。

「前にきみは言ったね。美しいのはぼくのほうだと。きみって人は何もわかっちゃいないんだよ、ブランディ」

ブランディはイアンの腕の中でくるりと向きを変え、両腕でしがみついた。「本当にそう思う、イアン？」

「アイ、そう思うよ」

ブランディがイアンのガウンの紐を解いた。ブランディの手がはだけた胸から腹部をなでていく。自制心がすべて吹き飛んだ。

「いけない娘だ」イアンはガウンを脱ぎ捨てた。何かが破れる音がしたが、気にもならなかった。イアンはブランディを腕に抱き上げて、ベッドへと運んだ。「今度は痛くないようにするよ。気を楽にして」

あなたはなんてたくましいの。言いかけたブランディの乳房の先端を彼の唇が包みこんだ。信じられないほど甘美な刺激が全身にさざめき、下腹部に届く。イアンはブランディの豊かなブロンドの髪に両手を埋《うず》め、唇を求めた。舌で執拗《しつよう》にじらして口を開かせる。そのあいだにイアンの手は背中を伝い、腰をなで、腿のあいだに滑りこんだ。

「ああ、あれをするのね、イアン？」

「どうした？　両手でぼくを包みこんで」イアンは自分自身に感じる彼女の手の柔らかさを心地よく味わった。だがそれを堪能するのはまた今度だ。彼女は人生をともにする相手だ。この先いくつもの夜が待っていることに今は期待しよう。「だけど今は何もしなくていいから。ぼくに任せて、きみは楽しむんだ」

「でも」言いはじめたブランディの唇をイアンが覆った。「ああ、イアン。わたし、どうしたら」

「いいから力を抜いて。楽しむんだよ」

イアンは両手でブランディを抱え、腰に顔を近づけた。熱い欲望をむき出しにして体に舌を這《は》わせる。ブランディはその衝撃に思わず声をあげた。「どうしよう、こんな――」ブランディは下腹部の奥深くに予想もしなかった欲望が激しく突き上げてくるのを感じた。やめないで。やめられない。やめたら、死んでしまう。ブランディは彼の口に腰を押しあて、すべてをゆだねた。やがて生まれてはじめての絶頂を迎えたときには、今ここで死んでもきっと悔いはないとさえ思った。

イアンはブランディの興奮が静まるまで、手と口を使って愛しつづけた。それからゆっくりと、少しずつ中に入ってきた。ブランディは彼をさらに奥へと導くように、両手を背中にまわした。痛みは覚悟していた。自分の体が彼を受け入れてはち切れんばかりになっているのがわかる。けれどそこに痛みはなく、待っていたのはたとえようもなく満たされた思いだった。イアンがさらに深く、深く入ってきた。やがてブランディは、どこからが彼でどこからが自分かわからなくなる錯覚に陥った。彼に組み敷かれて自然と体を動かし、自然ときつくしがみついていた。イアンが咆哮《ほうこう》をあげて背中を弓なりにそらしたとき、ブランディは彼を見つめた。そしてはっきりと気づいた。自分はこの世を去る瞬間までこの人を愛しつづけるだろうと。

ブランディは物憂げな満足感に酔いしれた。この部屋の外には、自分たち以外には、何も存在しないような気さえしていた。それならどんなにいいか。今のこの瞬間を終わらせたくない。この瞬間だけを繰り返して味わっていたい。イアンはブランディにのしかかったまま、枕の上で顔を並べていた。呼吸はいまだ荒くて深く、心臓の激しい鼓動が胸のふくらみ越しに響いていた。彼自身をいまだ体の奥深くに感じる。なんてすばらしい気分なのだろう。

「愛しているわ」ブランディはイアンの肩に向かってつぶやいた。「今度はあなたを噛《か》まなかったわね」

イアンは笑い声をあげ、肘で体を持ち上げた。「ブランディ、ぼくのきみへの欲望はちゃんと伝わったかな？　ぼくがきみの中に入りながら、マリアンヌや別の女性のことを考えているように見えたかい？　ぼくを夫として、恋人として受け入れてくれる気になった？」

ブランディは伏し目がちにイアンを見つめて、うなずいた。今の気持ちを伝えるだけの言葉が見つからなかった。こう繰り返すしかなかった。「愛しているわ。あなたを永遠に愛している」

「ぼくもだよ。心から愛している。きみのこの胸もね」イアンは身をかがめて、両胸にキスをした。低いうめき声をもらしてから、もう一度唇を寄せる。「本当に世界一きれいな胸だよ。あのモラグめ、殺してやりたい」

「だめよ」ブランディが大真面目な顔で言った。「殺すなら、わたしがやるわ。ほんとに憎らしいったら」

イアンが低く喉を響かせて、心から楽しげな笑い声をあげた。「二カ月も無駄にしたね、ブランディ。でももう二度ときみを放さない」

「ベッドでも？」

「結婚したらきみに何をしようと思っているか、きみにはまだ想像もつかないと思うよ。いや、ひょっとしたら想像がつくかな。だが、これだけは言わせてくれ、ブランディ。きみを幸せにすることが、これからのぼくの生きる目標だ」そう言ってイアンは、ブランディが小さく悲鳴をあげるほどきつく抱きしめた。耳にキスをする。「首を噛まないでくれてありがとう」

「どういたしまして。ねえイアン、ひとつ訊《き》いていい？」

その真剣な声の響きに、イアンはわずかに身を引いて、ブランディの顔をよくよく見つめた。「アイ?」

「あなたは本当に子供をほしいと思っている? 前に冗談で、半ダースの小さなフィオナがほしいと言っていたでしょう? あれは本気だったの? それともジャイルズとふざけていただけ?」

「子供はほしいよ。だが跡継ぎに固執しているわけじゃない。子供はきみが望むだけでいい。避妊の手段もあるからね。きみが望むなら、その手段を使ってもいい」

ブランディは満ち足りた様子で吐息をついた。「子供がほしいと聞いてほっとしたわ。でも避妊が可能だなんて知らなかった」

「確実ではないけどね。だがきみが望むなら、使ってもいい」

「そうね。またいつか。それであなたはいつ結婚しようと思っている、イアン?」

「すぐに、できるだけ早く。そうだな、明日でもあさってでもいい。三十分後でもかまわない。もう一度愛し合ったあとはどうだい? だったら十五分後だ」

「ネイ、あまり先延ばしにするのはよくないわ」

イアンの目の前で、ブランディの口元に小さな笑みが浮かんだ。おいおい、また何か企《たくら》んでいるのか?「何がよくないんだい?」

「結婚式まであまり間が空くとだめなの。そうね、待ってもあと一日か二日」

「また何か話が食いちがっているのかな？　ぼくの勘ちがいか、きみの勘ちがいか。それともきみのところの意地悪ばあさんみたいに、ぼくをからかっているのか」

「ちがうわ。ほっそりとした姿？　ほっそりした姿で式を挙げたいだけ」

「ほっそりとした姿？　きみはじゅうぶん細いじゃないか。出るべきところが出ているだけだ。これから料理人のハギスをたらふく食べる計画でもあるのかい？」

「ネイ、よして、考えただけで気分が悪くなる」

「ブランディ、もういい。ふざけるのはここまで。これ以上じらさないでくれ。きみはいったい何を言おうとしている？」

「わかりました、公爵」はじめて聞く、しおらしい声でブランディは言った。「子供がほしいと聞いて、本当によかった。あのね、クリスマスには生まれるのよ、わたしたちのおちびちゃん《ウィー・ベーン》」

32

イアンはブランディを見つめた。妊娠した？　まさか。あまりの急な展開にイアンは頭が追いつかなかった。「妊娠したのか」まるでブランデーを飲みすぎたあとのように、頭の中が真っ白だ。「子供が生まれるのか」

「アイ」

「なぜ知らせなかった？　なぜすぐに手紙で知らせなかったんだ？」

「だから今知らせているわ、イアン」

頭が働きだした。そのとたんに恐ろしくなった。「もしぼくが戻らなかったら、どうするつもりだった？」腹立たしさのあまりブランディを強く揺さぶりたかった。それと同時に声をあげて喜びたかった。たった一度の交わり。彼女は純潔を捧《ささ》げ、そしてぼくの子供を身ごもった。今のこの気持ちは、ブランディには想像もつかないだろう。しかしもしこのまま知らずにいたらどうなっていたことか。イアンはブランディの隣に仰向けで横たわり、薄暗い天井を見つめた。「答えるんだ、ブランディ」

「どうしていいかわからなかったの。気づいたのも、つい最近だから。少しずつ実感が湧いてきて、そうしたらだんだん不安になってきて。でもこうしてあなたに打ち明けたでしょう。だからそんなに冷たい怖い声は出さないで」

イアンはいらだった低いうなり声をあげた。つい最近か。まあいい。もし戻らなければ、手紙で知らせてきていたかもしれない。だとしたら自分はどうしていたか？　きっと宴《うたげ》に向かう男のように喜び勇んで戻ってきただろう。そしてすぐに結婚していた。ああ、しかしなんてことだ。あのとき正気に戻ってスコットランドに来なければどうなっていたことか。まあいい、結局戻ったんだから。子供が二カ月も早く生まれたら、口さがない連中がなんと言うか？　いや、それはたいした問題にはならない。どのみち彼女はすぐにカーマイケル・ホールに連れて帰る。

イアンは振り向くと、ブランディをきつく抱き寄せた。「きみはぼく以上の頑固者だと、いつかきみに言ったね。いや、ちがうとは言わせない。きみに比べたら、ぼくなど従順な聖人だよ。いいかい、今度隠し事をしたら、お仕置きだよ」

「でもそれはクリスマスのあとにしてね」

突如イアンはきっぱりと宣言した。「ハノーヴァー・スクエアで盛大な結婚式は挙げない。豪華な結婚式がなくてもかまわないね？」

「もちろん、当然じゃない。知らない人たちに、わたしがウエディングドレスにつまずくのを今か今かと楽しみにされるのはごめんだわ」

「よし。準備はバートランドに手伝ってもらおう。式は土曜日に挙げるよ。いいね、ブランディ？」

ブランディがしばらく黙りこんだ。あまりのもどかしさにイアンが身を震わせそうになったとき、彼女がふっと肩に身を寄せて言った。「ええ。でも細いうちに式を挙げたいからよ」

この瞬間どれだけほっとしたか知れない。けれどもイアンの頭はすでに先のことを考えていた。「きみの体のことは心配しなくていい。エドワード・ムルハウスに任せよう。サフォークの医者で、ぼくの大の親友だ。彼が面倒を見てくれる」

「男性なの？」愕然《がくぜん》とした声だった。

「医者はみんなそうだよ。もちろん彼もだ。いいかいブランディ、エドワードはまだ若いが、どこの誰より腕は確かだ。おいおい、いったいどうしたんだ？　ひょっとして医者に体を診られるのが恥ずかしいのかい？　断りもなくぼくの寝室に押しかけて、二度も誘惑をしたきみが何を言っている」

ブランディがイアンの脇腹をつついた。見事な胸のふくらみが脇に触れるのを感じる。イアンは目を閉じて、ごくりと唾をのんだ。

「それとこれとはちがうでしょう？」ブランディはそう言うと、イアンに体を押しあてた。

彼の両手が腹部をそっとなでる。「ここにわたしたちの赤ちゃんがいるのね」ブランディは小声で言った。

「ああ、信じられない」イアンの指がさらに下へと下りていく。

「だめよ、イアン」ブランディは言った。「わたしと戯れたいなら、その前にわたしに誘惑させてくれなきゃ」

「なるほど」イアンは言った。「それはいい考えだ」

ブランディがイアンの胸に頬を寄せ、幸せそうに眠りにつこうとする直前、イアンは彼女に訊《き》きたかったことを思い出した。

「ブランディ、あの二百ポンドはなんのためのものだったんだい？」

ブランディはしばらく黙っていた。体に触れる彼女の胸から激しい鼓動が伝わってくる。イアンはまたも彼女を抱きたくなった。いや、だめだ。ふたりともひどく疲れている。彼女はおそらく体の芯に痛みすら感じているだろう。

「言ったでしょう、あのお金はドレスを買うためだったの」

「嘘《うそ》はよさないか、ブランディ。本当のことを言ってごらん」

「どうしてそんなにこだわるの？　二百ポンドぐらい、あなたにはなんでもないことなのに」ブランディは体をずらし、イアンの肩に寄り添うようにして顔を埋《うず》め、くぐもった声で言った。「お願い、イアン、これ以上苦しめないで。今は言えない」

「どうしても？」

「アイ、どうしても。そんなに怖い目で見ないで。約束したじゃない、赤ちゃんが生まれるまで怖がらせないって」

「怖がらせるぐらいならいいはずだよ。行動にさえ移さなければ。まあいい、知恵を絞って推理するか。このつづきはまた今度だ、ブランディ」

イアンをごまかしきるのは無理。それはブランディにもわかっていた。でも今のところはまだ別の嘘を用意する必要もなさそうだ。ブランディはふたたび彼ににじり寄って体をあずけると、肩にキスをして、胸に顔を埋めた。

翌朝イアンは明け方近くに目を覚ました。ペンダーリーに到着したマブリーが扉を開けてこの光景を目にしたら、卒倒してしまう。イアンはブランディを起こさないように気をつけながら、ナイトガウンを着させた。彼女のこの安らかな眠りを妨げたくなかった。この美しい胸を覆い隠すのも気に入らなかった。いや、それどころかできればほかの部分も覆いたくない。男としては耐えがたいことだった。

朝の早い召使いたちに気づかれないよう注意を払いながら、ブランディを彼女の部屋へと抱いて運んだ。そして額にそっとキスをしてから自分の寝室に戻り、ふたたび数時間の眠りについた。

朝食室にまだブランディの姿はなかった。イアンはブランディを思い浮かべて、ひとりにやついた。今ごろ満足げな笑みを浮かべてまだベッドに横たわっているだろう、またぼくに会えるのを心待ちにしながら。ああ、まったく、男というのはなんと単純な生き物だ。

ところが次に朝食室に現れたのはバートランドだった。クラブに案内されて入ってきた彼が脇に分厚い帳簿を抱えているのを見て、イアンはかすかに顔をしかめた。

「おはようございます、イアン」バートランドが溌剌《はつらつ》とした声で言った。腹立たしいほどぐっすり眠った顔だ。いや、まあ、そんなことはどうでもいい。「昨夜《ゆうべ》はよくお休みになれましたか？　ネイ、まだ少しお疲れのようですね。お気の毒に。でもこれをごらんになれば、きっと元気になりますよ」

「もうじゅうぶん元気だよ、バートランド」公爵はそう言うと、窓の外の錆《さ》びた大砲に目を向けてほほえんだ。「その前に朝食をとらせてもらっていいかな？」

「もちろんです。クラブはどこだ？　公爵に早くポリッジをお持ちして。さてと、それじゃあ待っているあいだ、この二カ月の成果をざっとご説明しますね。しっかりお聞きください、イアン」

「昨夜聞いたんじゃなかったかな」

「ああ、あれはほんの触りですよ」

「まるで悪魔だな、バートランド。わかった、聞くよ。さあ話して、ぼくの頭を腐らせてくれ」

バートランドは、公爵が心ここにあらずと気づきながらも、とりたてて何も言わずに独演状態で話しつづけた。だが三十分ほどして、公爵が考えこむように窓の外を眺めているのを見たときには、さすがにひと息つくことにした。「ナポレオンも、きっとぼくの労をねぎらってくれるでしょう」

「え？　ナポレオン？　いったいなんの話だ、バートランド？」

「戯言《ざれごと》ですよ。ただの戯言。あなたの心がずいぶん遠くに行っている気がしたもので、確かめるために言ってみただけです。どうやらそのとおりだったようだ」

「いや、そんなに遠くでもなかったよ」公爵はにやりと笑った。「許してくれ、バートランド。実を言うと、今は別のことで頭がいっぱいでね」

「前の犯人にまだ命を狙われているんじゃないかと？」

「いや、そのことじゃない。しかし言われてみれば、確かにまだ気を抜くべきではないな」

「それじゃあ、何をお考えなんです？」

公爵はバートランドに満面の笑みを向けた。「じきにわかるよ。そうそうきみに話そうと思っていたんだ。昨夜、食事の席できみとコンスタンスを見ただろう？　二カ月前よりずいぶんと前進したものだと思ったよ」

バートランドは、拳を強く握りしめてぐっと気持ちを集中させた。「そこなんですよ」

そして突然声を張り上げた。「彼女はまだまだ子供なんです。そりゃあ見た目もしぐさもブランディより大人びていますけど、あんなのはただ虚勢を張っているだけだ。ただお転婆なだけなんですよ。それなのにレディ・アデラもうちの父もああしてずっとぼくたちのことをからかって。あんなことをされたら、逆効果でしかない」バートランドはふうっとため息をつき、いくぶん感情を抑えて言った。「実際のところ、ぼくには彼女にあげられるものなんて何もないんです。離れの住居で父親と三人で暮らそうとでも言いますか？　パーシーが問題じゃなくなったことはありがたいですが、コンスタンスが夢見るものはまだ変わっていない。豪華な衣装に馬車に自分専用の召使い。もちろん上流社会での付き合いも。でもここペンダーリーでぼくが彼女に与えてやれるものといったら、せいぜい羊の群れぐらいのものだ」

「まるで悲劇の主人公気取りだな、バートランド。そんなことは問題じゃないだろう。ぼくの考えを話してもいいかな？　余計なお節介ときみが気にしなければだが」

「お節介だなんて、ぼくが思うわけがないでしょう」バートランドは言った。「レディ・アデラやうちの父を相手にしているのに。ふたりには容赦ってものがないんです。片方が口を閉じれば、もう片方が口を開く」

「ぼくが思うに」公爵は言った。「きみはもっと強引に出たほうがいいんじゃないかな。昨夜見ていて、確信したよ。コンスタンスはきみに無関心じゃない。それどころか、はっきりとした態度を――きみがはっきりした態度に出て、この曖昧な状態を終わらせるのを待ち望んでいる。コンスタンスは憧れの強い娘《こ》だろう？　彼女が求めているのは少々強引に求婚されることだとぼくは思うよ。そのあたりを考えてみたことはあるかい？」

　バートランドは額にかかる赤毛を指でかき上げた。口には出さなかったが、これまでになかったほど深く考えこんでいる様子だった。そして突如、手のひらで膝を打った。

「本当にそう思われますか？　本当にはっきりした態度に出さえすれば彼女がぼくのものになってくれると？」

「もちろんだ。きみならできる、バートランド。ここで男《マスター》になれないなら、ぼくは縁を切らせてもらう」

　バートランドは、帳簿のことなど完全に忘れて立ち上がった。「アイ」そして公爵に向けてというより、ひとり言のように言った。「やります。今すぐこれからってわけにはいきません。じっくり考えて、作戦を練らないと。そのせいで、一七四五年もイングランドに我らがキルトを奪われたんだから。あれも戦略不足だった。幸いぼくは計画を立てるのは得意なんですよ。何をどうすればいいか、しっかりと考えます」

「幸運を祈るよ」公爵はバートランドの背中に声をかけた。バートランドは顔を上げることも、振り返ることもなく朝食室を出ていった。

　バートランドは昼間仕事をしているあいだも、男らしく振る舞う自分の姿を何度も心に描いた。浮かんだ場面が気に入らなければうなり、気に入ると満面の笑みを浮かべた。離れの家に体を拭きに戻ろうとしたそのとき、コンスタンスがやってくるのが見えた。そよ風が柔らかな黒い巻き毛を揺らしている。なんて麗しい姿だろう。バートランドは胸を張り、コンスタンスを待ち受けた。

「ひどい、羊みたいな臭いがするわ、バーティ」

最高の滑り出しとは言えないが、まあいいだろう。バートランドはこの機会を利用することにした。戦略はできあがっている。「アイ、コニー。これぱかりはどうしてやることもできない――少なくとも昼のあいだはね」

コンスタンスが緑色の瞳を大きく見開いた。見事なまでに黒くて濃いまつげだ。彼女はそれをじゅうぶん意識している。いや、そんなことはどうでもいい。「昼のあいだはってどういう意味？」コンスタンスは目を輝かせていた。

「つまりね、コニー。夜なら、きみがぼくをいやがることはないってことだ」

「まあ」コンスタンスが自分の爪先に視線を落とした。

「少し歩こうか」バートランドは言った。ふたりとも、ただ向かい合って突っ立って、これではまるで彫刻だ。〝マスター〟というのは散歩をするものだ。そして歩きながら自然に話をする。コンスタンスを手に入れるためとあれば、いつになく雄弁にもなろう。

「アイ」コンスタンスはそう言い、バートランドが手を差しだすと、ためらう様子もなく指をからめてきた。

バートランドは唐突に切りだした。「コニー、十七になるのはいつだった？」

「八月よ、バーティ」

「うっかりしていたよ。ごめん。ほかに考えることが多すぎて。それにしても不思議な気分だと思わないか？　ぼくはきみを生まれたときから知っている」

コンスタンスは子供のころの、丸々としたぼさぼさ頭の自分を思い出して、ぞっとした。それから十四歳のバートランドの姿が頭に浮かび、思わずくすくす笑った。「あなたはのっぽで痩せっぽちだったわね。それにその赤毛でしょう？　まるで嵐の前の夕焼けを見ているみたいだった」

「もじゃもじゃの赤毛と、きみのきれいで滑らかな黒髪。ぼくたちの子供はどっちだと思う、コニー？」

コンスタンスの指がきゅっとこわばった。落ち着かない笑い声をあげる。そして靴の爪先を地面にこすりつけた。「なんか変よ、バーティ。長い時間陽《ひ》のあたる場所にいすぎたせいじゃない？　大丈夫？」コンスタンスはまつげの下から上目遣いにバートランドを見上げた。

「ネイ、長いあいだ陽のあたる場所にいすぎたのはきみのほうだよ。それもぼくのせいで。だがもうパーシーに子供っぽい憧れを抱くのはやめろ。もちろんほかの男にも。ぼく以外の男のことは考えるな」

　コンスタンスは黒い巻き毛を肩から払いのけた。「いやだと言ったらどうするの、マスター・バートランド？」

　やった。彼女が自分から呼んでくれた。マスター。うん、いい響きだ。バートランドは口元がゆるむのを感じながら言った。「そうだな。叩《たた》く」そこでコンスタンスの肩をつかみ、自分を見上げるまで軽く揺さぶった。

「叩く？」コンスタンスが息をのむのがわかった。「本気で言っているの、バーティ？　あなたがわたしを叩くの？」自分でも意外だった。自信がこみ上げてくるのを感じる。これでやるべきことはすべてやったか？　もし自分ひとりなら、どうすればいいかもわからずにあとで悔やむことになっただろう。お節介をしてくれた公爵に、感謝だ。

「アイ、青黒い痣《あざ》ができるぐらいに叩く。もしきみがほかの男に目をやったら」

「でも、そんなことをされたら、美人が台無しよ」

　バートランドは厳しい表情を崩さないように意識しながら、同時に声を落として意味ありげにささやいた。「ぼくがきみのそのきれいな顔を傷つけるわけがないだろう、コニー。叩くのは、そうだな、きみのかわいいお尻にしよう。アイ、きみをぼくの膝にのせて、ペチコートをまくり上げて、それから、ああだめだ、その気にさせないでくれ」コンスタンスに目をやると、彼女は舌で下唇をなめている。バートランドは急いでつづけた。「ひょっとすると、ぼくがきみを膝にのせてペチコートをまくり上げるのは、叩くためじゃなくてそうしたいからだけかもしれない。自分の喜びのために。きみの美しく白い肌をこの目で確かめたいから。その柔らかさをこの指で感じたいから」

コンスタンスは頬をばら色に染めていた。唇もわずかに開いている。そしてはじめて見るような目でこちらを見つめている。ぼくは天才的策士だ。

「コニー、結婚しよう。八月、きみが十七歳になったらすぐに。それ以上はとても待てない」

コンスタンスが切れ上がった目を向けた。その目を見るだけで今すぐ服をはぎ取り、苔《こけ》むした地面の上に押し倒したくなる。そしてコンスタンスは指先を軽くバートランドの頬にあて、こくりとうなずいた。

バートランドはすぐさま彼女をきつく抱きしめて、キスをした。自ら開く彼女の唇があらためて実感させてくれる。ぼくは〝マスター〟になった。しかもはじめての挑戦で。

33

公爵は、人々の集う応接間を見まわした。ブランディの姿はない。いったいどこに行ったのだろう？　今日は朝から一度も姿を見ていない。今度は何をしかけるつもりなのか？ブランディが次は何をしてくれるのか、イアンはいつしか楽しみにするようになっていた。驚かされるのは嫌いではない。しかも彼女は驚かすのがじつにうまいときている。そこにバートランドが絵に描いたような満足げな表情で入ってきて、それを見た瞬間、イアンの頭からブランディのことが吹き飛んでいた。

「バートランド」イアンは満面の笑みで言った。「そのうれしそうな顔からすると、彼女を手に入れたな」

「アイ、おっしゃるとおり。ですが、まだみんなには言わないでください。夕食の席できちんと婚約を発表したいんで」突如バートランドがイアンの背後の扉に目を向け、口をぽかんと開けた。「なんとまあ」どうやらまともに言葉も出ないらしい。

振り返ったイアンの目に、優雅な身のこなしで応接間に入ってくるブランディの姿が映った。おお。イアンは息をのみ、茫然《ぼうぜん》とその姿を見つめた。ブランディはイアンがエディンバラで彼女に買ってきた、青いベルベットのドレスに身を包んでいた。ぴんと背筋を伸ばし、胸を張って歩いてくる。輝くような胸が大きく開いた胸元からこぼれんばかりになっている。髪は高く結い上げ、ドレスと揃《そろ》いの青いベルベットのリボンを結んでいた。頬を彩るように長い巻き毛を二本、むき出しの肩に垂らしている。その見事な変身ぶりにイアンは感心した。いや、それどころか、我が目を疑った。少女だった彼女が、すっかり大人の女性に見えるのだ。しかも、これ以上は考えられないほど美しい女性に。確かにブランディの言ったとおりだ。胸元の谷間が喉元近くまで及んでいる。今夜ふたりきりになったら、きみの言ったとおりだったと言ってやろう。そのときの彼女の怒りを思い浮かべると、イアンの頬はゆるんだ。

バートランド以外の家族も揃って言葉をなくしている様子を、イアンは愉快な気分で眺めた。

ブランディはイアンを目で捜し、彼の賞賛に満ちたいたずらっぽいまなざしを受けて、さらに大きく胸を張った。

コンスタンスが我に返ると、まくし立てた。「ブランディ、いったいどうしちゃったの？　その髪、自分で結ったの？　三つ編みしか知らないんだと思っていた。それに――その胸。知らなかったわ、そんなだなんて。ほんとびっくり。きれいよ。昨日とはまったくの別人みたい」

レディ・アデラが突如咆哮《ほうこう》のような笑い声をあげた。「余計なことは言うんじゃないよ、おまえたち。そう、あんたもだよ、クロード。舌を引っこめて、飛びだした目の玉も奥に直しておくんだ。おやおや、ブランディ、もう貧弱な子供のふりをするのはよしたんだね。こっちへ来て、よく見せておくれ。おやまあ、若いころのわたしを見ているようだよ」

「まさか」公爵は言った。「それはあまりに恐れ多い」

少なくとも体だけはコンスタンスのほうがはるかに成熟していると思いこんでいたバートランドは、こう言うのがやっとだった。「きれいだよ、ブランディ。イアンが買ってきたそのドレスがよく似合っている。ドレス以外も、完璧だ」

「落ち着かないねえ」クロードが言った。「昨日まで子供だったのに、今じゃまるで女王陛下みたいだ。痛風がうずくよ。今までずっと隠していたあの部分に目をやると、心臓までおかしな具合に音をたてる」

ブランディはただうなずいて、レディ・アデラの足元ではなく、隣の椅子に腰を下ろした。みんなが自分を見ているのはわかっていた。本当はここに来るまで、死ぬほど不安だったのだ。けれど応接間に入って見つけたイアンの表情は、望んでいたとおりのものだった。大丈夫、わたしは美しい。頭から爪先まで。この胸さえも。それどころかクロードおじさまの心臓はこの胸を見ると、おかしな具合に音をたてるらしい。なんて楽しいの。ブランディはイアンに向かってほほえんだ。あのまなざし、わたしにはそれだけでじゅうぶんだわ。いけない人ね、本当にいけない人。

「あとは、爪を噛《か》む癖をやめることだね」レディ・アデラが言った。「わたしがおまえぐらいの年のころには、もっときれいだったし、爪を噛むようなこともしなかった」

クラブだけは、ブランディを見ても表情ひとつ変えなかった。「夕食です、公爵さま」

公爵は立ち上がり、ブランディのもとに向かった。「ミス・ロバートソン、よろしければこのわたくしにエスコートさせていただけるかな」

「せっかくのご丁寧なお申し出ですもの、公爵。ネイなんて懐の小さなことは申せません」

「きみは〝小さく〟なんてないだろう？」イアンはブランディの耳元でささやいた。「それに、ぼくには何があろうとネイとは言わせないよ」

いけない人ね。あなたってば、本当にいけない人。ブランディはイアンに目をやって思った。わたしをこんなにも夢中にさせるなんて。

玄関広間を抜けて、食堂に向かいながら、イアンは感慨深げに言った。「ひょっとして、昨夜《ゆうべ》のきみだけじゃぼくが満足できないかもしれないと、こうして特別に着飾ってくれたのかい？　華麗なドレス姿のきみ、生まれたままの姿の悩ましいきみ、どちらも手に入れられてぼくは果報者だ」

「わたしも同じことを考えたのよ、イアン。あなたがここにいらして間もないころ、わたし、あなたの寝室に突然入ってしまったでしょう。そうしたらあなたが立っていて、その姿があまりにきれいでわたしは目が離せなくなった。思い返してみると、あのときあなたはずいぶんと堂々としていたわ。まるで孔雀《くじゃく》みたいに。そしてそのあと、夜会服姿のあなたを見た。すごく対照的な姿でね。それは今もそう。わたしも、こうしてどちらのあなたも手に入れられて、すごく果報者だわ」

「つまり、そう思ったのはきみのほうが先だったわけだ」

ブランディは幸せいっぱいの笑顔を返した。

イアンはブランディを席に着かせてから、自分は食卓の上座に向かった。そしてそばに控えるクラブに小声で告げた。「シャンパンがあれば、数本持ってきてくれないか」

バートランドははやる気持ちを抑えながら、モラグとクラブが食堂を出ていくのを待った。そして公爵の目配せを合図に、咳払《せきばら》いをしてから、コンスタンスにすばやく安心させるような笑みを送った。

「聞いてください。お父さん、レディ・アデラ、おふたりにずいぶんお節介や品のない言葉で冷やかされてきましたが、コンスタンスのおかげでようやく決心がつきました。おふたりのお望みどおり、彼女と結婚して、息子の務めを果たそうと。手短に言えば、彼女は十七になるこの八月に、ぼくの妻となります。アイ、ぼくはなんて孝行息子なんでしょうね。父親を喜ばせるために、こんなことまでするなんて」

「バーティったら」コンスタンスが声をあげた。「ちょっとふざけすぎじゃない？」

「得意がらせてあげて、コニー」ブランディは言った。「殿方には、ふざけて得意がることも必要なのよ。それで自分を大きく見せるの、孔雀みたいに。でも、よかったわね。おめでとう」

「だから言っただろう、クロード」レディ・アデラが満面の笑みで言った。「うちのコニーなら、絶対にバーティをその気にさせるって。でも変だね。そんな気配はまったくなかったけれど。バートランド、うちの孫娘とはいったいどこまでいっているんだい？」

「それはこれからでしょうよ」クロードが笑った。「バーティのこの目からすると、コニーは当分まっすぐ歩けそうにない。こうなったらおまえが村のあばずれに手を出さないよう、ここにいるお嬢ちゃんにがんばってもらわないとな」

　バートランドはうなり声をあげそうになった。まったく、この父親の口はどうにかならないものか。バートランドはコンスタンスに目を向けた。意外にも、彼女はまんざらでもない顔で、きれいな黒髪を肩から払いのけている。どうやら父親の品のない言葉に気をよくしているようだ。

「クロードおじさま、バートランドはほかの女性に目移りなんてしませんから。わたしがお約束します」コンスタンスの言葉を聞いて、バートランドは息がつまりそうになった。

なんてことだ、八月が待ち遠しくてたまらない。

「八月に結婚ねえ」レディ・アデラが眉間に皺《しわ》を寄せた。そしてわざとらしく唇をすぼめると、得意の屁理屈《へりくつ》をこねはじめた。「クロード、この娘《こ》は結婚にはまだ少々早すぎるように思うよ。バーティもまだ遊び足りないだろう。結婚は二、三年先まで待ったらどうだろうね？」

「おばあさま、わたしはもうすぐ十七よ」

「レディ・アデラ」バートランドは、この老婆はいったい何を企《たくら》んでいるのかと訝《いぶか》りながら切りだした。「コンスタンスの母親は、十六であなたの子息に嫁がれたと聞いていますよ」

「墓穴を掘りましたね」公爵は言った。

クロードはとまどいの表情を浮かべていた。部屋に来たばかりで、話の内容がさっぱりわからないときの顔だ。「レディ・アデラ、なんで今さら？　もっといい嫁ぎ先はないか、ふた股をかけたいってことですかい？」

「アイ、ふた股どころか、三股かも」ブランディは言った。

「お黙り、ブランディ。少なくともコンスタンスはちゃんと夫を見つけたじゃないか。おまえはどうせこのまま白髪頭になるまで、わたしのもとで暮らすんだろうけどね」けれどもブランディは大胆なほど満面の笑みを返して、レディ・アデラをぎくりとさせた。彼女は矛先をバートランドに向けた。「おまえもおまえだよ。物事には順序ってものがあるだろう。コニーに結婚を申し込む前に、どうしてわたしか父親に断りを入れなかった？　コニーはまだまだ子供だからね。男の扱い方ってものを何もわかっていない。アイ、バーティ、おまえの行動は道理をわきまえていないよ」

イアンは、この状況が楽しくてたまらず、思わず口を出していた。「レディ・アデラ、バートランドが道理をわきまえない人間のわけがないでしょう。どうぞご安心ください。バートランドはきちんと筋を通しています。コンスタンスに申し込む前に、ぼくに許可を求めてきましたからね」

「公爵に？」レディ・アデラが大声を張り上げた。「あなたの許可なんぞがなんの役に立つっていうんだい？」

「心外だな。ぼくは彼女の後見人ですよ」

「公爵か何か知らないが、無礼な男だね。どうにも気に入らない」そう言うレディ・アデラが突如狡猾《こうかつ》な顔で、椅子に座り直した。「そうだ、後見人というからには、公爵、あの娘に何かしらしてくれるつもりなんだろうね？　いくらなんでも手ぶらで嫁がせるわけにはいかないだろう」

「ええ」公爵はこの夜の北海のように穏やかな声で言った。「もちろん、そうするつもりです」彼はそこで言葉を切り、まずはクロード、それからバートランドに目を向けた。

「ここでふたりに聞いてほしいことがある。ふたりとも、誰かがぼくの命を狙っていたことは忘れていないだろう。いや、犯人は今もまだ命を狙っているかもしれない。どういうことであれ、二カ月前の真実は今も真実。そう考えるのが筋だと思う。だがぼく自身、はっきりと確信できていることがある。バートランド、きみはこの件に無関係だ。そしてクロード、あなたも」

　イアンは一瞬言葉を切り、食卓に並ぶ怪訝《けげん》そうな顔を眺めた。

「ぼくは最近、よりいっそう思うようになった。たとえ遠い血のつながりがあろうとも、イングランドの人間がスコットランドの領地や爵位を持つべきではないと。少しずつだが、スコットランドという国を理解できるようにもなってきた。この国の人々のことも、この国の習慣も。やはり、スコットランドの伯爵位はスコットランドの人間が持つべきだと思う。スコットランドの法に則《のっと》ってクロードとバートランドの相続権が復権されたらすぐに、伯爵位とペンダーリーはふたりに返そうと思っている。もともと元伯爵が廃嫡しなければ、クロードの父にあたるダグラスが爵位を継いでいたわけなんだからね。レディ・アデラ、それもぼくからコンスタンスへの持参金の一部と考えてよろしいですね？　彼女はいずれ、ペンダーリー伯爵夫人になるわけだから」

「このことだったんですね。ぼくが今朝話していたとき、あなたが考えこんでいらしたのは」バートランドは驚きのあまり、ほかに言葉が思いつかなかった。

「まあ、このこともある」

「こいつはたまげた」クロードは公爵を、まるで今はじめて出会ったようにまじまじと見つめた。「今日は驚きっぱなしだ。心臓がまたおかしな具合に音をたてている。ブランディの胸――いや、若い娘たちを目にしたとき以上だ。いやあ、たまげた」

「説明しておくれ、公爵」レディ・アデラが金切り声をあげた。公爵は一瞬、フォークを投げつけられるかと思った。彼女はなぜこんなにもいらだっている？

公爵は食卓のざわつきを手で制した。「これ以上説明することなど何もありません。先ほどお話ししたとおり、スコットランドの伯爵位はスコットランド人が継ぐべきだというだけです。そう、イングランド人のぼくはイングランドの土地を所有するのがふさわしい」

「イングランドの人間は強欲なろくでなしだ。冷酷で欲深いやつばかりだ」レディ・アデラは言った。「そのイングランド人が簡単に領地や肩書きを手放すわけがない」

公爵は笑顔を向けた。「ひょっとすると、ぼくが変わっているのは、その汚れた血のせいかもしれませんね」

「でもあなたはペンダーリーにイングランドの資金を注《つ》ぎこんでくれました」バートランドが言った。

「ああ、必要だったからね。だが資金を注ぎこんだ甲斐《かい》はあった。ペンダーリーはこれから大きく発展するだろう。なんといっても、バートランド、ここにはきみの優れた管理手腕がある」

「このわたしがペンダーリー伯爵か」クロードが突如声をあげた。「たまげた、たまげた。わたしがペンダーリー伯爵とは」

「コニー」バートランドが穏やかな笑みを浮かべて言った。「近い将来、きれいな衣装も馬車も必ずきみのものにしてあげるからね。エディンバラの屋敷だって夢じゃないかもしれない」

「わたしが伯爵夫人」コンスタンスは言った。「なんだか、びっくり」

「お見事だわ、公爵」ブランディは胸がいっぱいで、張り裂けそうだった。

「あなたの母親は不貞でも働いたんじゃないのかね、イアン」レディ・アデラは言った。「あんな虫けらみたいな男の子供が、こんな大胆なことを考えつくとは思えない」

「虫けら？　第四代ポートメイン公爵が虫けらですって？　今の話が事実かどうかは母に確認をしてみなくちゃなりませんが、しかしながら父のことはぼくもよく覚えている。十九のときに亡くなりましたからね。立派な人でした。いろんな側面がありましたが、虫けらなんて呼ばれる部分はみじんもなかった」

「もし」レディ・アデラが悪意に満ちた声で言った。「スコットランドの裁判所が廃嫡を撤回しなければ、どうする？」

しましょう」

公爵はにっこりとほほえんだ。「ぼくはあなたの手腕に全幅の信頼を寄せていますよ、レディ・アデラ。しかし、もしあなたの手に余るようなら、ぼくが出ていって手をお貸ししましょう」

まだ降参しないのか？　レディ・アデラが噛みついてくればくるほど、公爵は愉快になっていた。こうして権力を脅かされるのはかなりの打撃になっているはずだ。そしていよいよ、レディ・アデラに降参の手を上げさせる瞬間が近づいてきた。彼女が銀器すらも溶かしそうなほど辛辣な声でこう言ったのだ。「それはそうと、イングランドの公爵閣下、ブランディとフィオナのことはどうするおつもりだい？　あなたとフェリシティの縁談がだめになったおかげで、ブランディの未来は台無しだよ。不憫《ふびん》な娘だねえ。ここで一生わたしと暮らすことになるんだろう。小間使いみたいに、こき使われて」

「それもまた極端な」バートランドが言った。

「お黙り、バーティ」レディ・アデラが言った。「さあ、イングランドの公爵閣下、懐の深いところを見せてもらおうじゃないの。残りのふたりはどうする？　中でもブランディはもういい年ごろだ、婚期を逃しかけていると言ってもいい」

ブランディにとって、祖母の突拍子もない発言はいつものことだった。「わたしはもう婚期を逃しかけているの？」

「おまえは余計な口出しをするんじゃない。さあ公爵、この娘たちにいったいどんな輝かしい未来を用意してくれるのか、聞かせてもらおうじゃないか」

「そうですねえ」公爵は目の前の、まるで食欲をそそらない蟹《かに》のスープに眉を寄せながら、ゆっくりと言った。「今のぼくにできることはひとつ」

「アイ？　いったいなんだい？」レディ・アデラが身を乗りだした。イアンが贈った美しいノリッジショールが肉汁に浸らんばかりになっている。

　公爵が吐息をついた。「婚期を逃しかけているとなれば、ぼくが結婚するしかないでしょう。少なくとも後見人はぼくなんですから、断られる心配もない。ええ、ぼくが結婚しましょう。彼女が婚期を逃さないように、ぼくが身を挺《てい》します。簡単なことではないが、これが最善の、正しい道だ。あなたに喜んでいただくためにそうしますよ、レディ・アデラ」

「ブランディと結婚？」レディ・アデラの甲高い声が響いた。ショールの先はすでに肉汁に浸っている。「そんなことができるものかね。くだらない冗談はよしておくれ。おもしろくもなんともない。あなたがわたしの孫娘と結婚？」

「イアン、あなた――」バートランドの言葉はつづかなかった。

「すごいわ、ブランディ、公爵夫人よ。そしてわたしは未来の伯爵夫人。わたしたち、社交界で有名になるわね。人気者になって、みんながわたしたちの格好をまねしたりして。想像してみて」

「これまたたまげた」クロードは言った。「ひょっとして、冗談では？」

「とんでもない」そして公爵はつづけた。「フィオナに関しては、夫捜しはまだ少し先の話になるでしょう。おお、クラブがシャンパンを持ってきてくれた。完璧なタイミングだよ、クラブ」

「まだ酔っ払ったことは一度もないんだけど」コンスタンスが言った。「今夜は酔ってもいいかも」

乾杯の際、レディ・アデラは律儀にそれぞれのめでたい報告を復唱したが、表情はとうていうれしそうなものではなかった。クロードが合間を縫って、またも繰り返した。「たまげた。このわたしがペンダーリー伯爵とは」レディ・アデラが彼のほうを向き、シャンパンのグラスを、その繊細な脚にひびが入るほど乱暴に食卓に戻した。

「お黙り、この間抜け。まるでアンガスそっくりじゃないか。あの男は、なんにも知らないくせして、自分がここの城主だなんて死ぬまでいばり散らしていた。わかっているだろう。わたしはこの城の女主人というだけじゃない。昔からずっとここの主人だった。それは公爵が出ていったあとも同じことだ。わたしはこれからもバグパイプを吹きつづけるよ。おまえなんぞ、それに合わせて踊るだけだ」

なるほど、そういうことか。公爵はクロードに目をやった。おもしろい展開になりそうだ。公爵はそちらの期待と同時に、クロードが期待外れの人物でないことを心から祈った。

クロードは堂々とした顔で胸を張った。そして驚くほど落ち着き払った口調で言った。

「あなたって人はいつもこうして権力を振りかざす。アイ、アンガスが生前中からそうだった。彼が何も言わないのをいいことに、我々を頭から押さえつけるわ、気まぐれで踊らせたかと思うと、次の瞬間には縮こまらせるわ。だが今のあなたは、ただのペンダーリー伯爵未亡人だ。それを考えると、本来あなたが住むべき場所は、寡婦の住居として建てられたうちの離れってことになる。それでも、そう、心がけしだいではこの城に住まわせてやらなくもない。これからは口を慎んで、このわたしにペンダーリー伯爵として、この城の主人としてふさわしい敬意を払うっていうならね」

レディ・アデラの顔が怒りで紫色に変わった。彼女がこのまま事切れでもしないかと不安に駆られていなければ、イアンはクロードのこの演説に拍手喝采を送っていただろう。

「レディ・アデラ、あなた、自分で言っていたじゃないですか」クロードが低い声でつづけた。「そろそろ回復させるときだと。公爵はあなたの代わりにやってくれただけだ。誤解しちゃあいけません。この先もあなたがやるべきことをやらなければ、彼が引き受けてやってくれる。それだけのことだ」

バートランドがレディ・アデラを見つめて、椅子から身を乗りだした。「話してくれませんか、レディ・アデラ？　祖父のダグラスのこと。なぜ当時の伯爵は突然祖父を廃嫡にしたんです？」

34

「アイ、レディ・アデラ」クロードが言った。「どうやら打ち明ける時が来たようですな。わたしはもともとあのことを憎んでおった。城の内部が腐ったのも、この胸の内が腐ったのも、全部そのせいだ。さあ、話してください。いやなら、わたしから話しますよ。そもそもあなたが無鉄砲で色好みだったことが――」

「お黙り、クロード」レディ・アデラは椅子に沈みこんだ。淀《よど》んだ老いた瞳を閉じる。「おまえは口を開けば泣き言ばかりだ、昔っからそうだった。ろくなことにはならないから、おまえには話すなとダグラスに言ったんだ。案の定だったよ」

「おさまるところにおさまったじゃないですか」バートランドが言った。「何もかもあるべき姿に戻るんです。これでロバートソン家も絶えずにすんだ。聞かせてください、お父さん。どうして我が家が相続から外されることになったのか。お父さんの死に際までなど、とうてい待てない」

「アイ」ブランディもテーブルに肘をついて、身を乗りだした。「わたしたちも聞きたいわ、クロードおじさま。このままおじさまが雷に打たれでもしたら、誰も真実を知らないままになってしまう」

レディ・アデラがひびの入ったシャンパングラスをつかんで、じっと見つめた。「ネイ、クロード、おまえは何も言わなくていい。おまえだと頼りないからね。わたしが話すよ。知ってのとおり、本当なら爵位は長男のダグラスが継ぐはずだった。そしてそのあとはクロードがね。当時のわたしは今よりずっと若くてね。ダグラスは、軟弱で女にだらしない弟のアンガスとは大違いの、ちゃんとした男だった。アイ、そうだよ、わたしたちは恋仲になったんだ。誰にも気づかれずにうまくやっていた、老伯爵に干し草置き場で見つかるまではね。伯爵は怒り狂ってね、ダグラスを気絶するまで殴りつけた。そしてその日のうちにダグラスの血筋を切り捨てたんだ。自分の長男とその子孫を廃嫡にして、相続から外したんだよ。アンガスは理由も何もわからず、ただ満足げにほくそえんでいた。わたしはこれで懲りたと思ったんだろうね、義父はアンガスには何も言わなかった。妻に裏切られた息子を不憫《ふびん》に思ったのかもしれない」

「わたしはこの話を、父ダグラスが死ぬ間際に聞かされた」クロードは言った。「レディ・アデラ、あなたはそのころすでにもうかなりの年でね、わたしは父の話がにわかには信じられなかった。あなたを抱きたいなんて男がこの世にいるとはとうてい思えなくてね。だが事実だった」

公爵はレディ・アデラの様子がやけに気になった。「そういうことなら、ブランディの血筋をもう少し調べたほうがいいかもしれませんね。秘密だの不義密通だの、こうなると彼女がいったい誰の血を受け継いでいるのかわからない」

その言葉は期待どおりの効果をもたらした。レディ・アデラが背筋を伸ばし、頭をさっと持ち上げて、炎のような目で睨《にら》みつけてきたのだ。「口を慎んでもらいたいね、公爵。あなたの屋敷にだって、戸棚の奥に汚れた雑巾の一枚や二枚は押しこんであるだろう」

「汚れた雑巾などと呼ばんでもらいたいね、失敬な」クロードが鋭い口調で言った。「ダグラスは合法な結婚をした。わたしは合法に生まれたんだ」

「公爵」ブランディが言った。「そろそろ応接間に移動するのはどうかしら？　コニーがみんなのためにピアノを弾いてくれるわ。ピアノを聴けば気も静まるし、みんな、落ち着きを取り戻せるんじゃないかしら」

「たまげたな」クロードはその晩何度目かの言葉をつぶやいた。

寝室に引き上げるころには、レディ・アデラもすっかりいつもの自分を取り戻していた。イアンは彼女が節くれ立った手をこすり合わせながらこう言うのを聞いた。「伯爵夫人に公爵夫人か。アイ、わたしもたいしたものだね、あの娘《こ》たちをこれほど立派にするとは。次はフィオナが楽しみだ」

寝室の扉の外で、イアンはブランディにキスをした。名残惜しかったが、扉を開けて、彼女ひとりを部屋に入れる。「土曜日か」イアンはまるで永遠の別れでもするような口調で言った。「それまで待つしかない」

「わたしは何も口を出せないのね？」

「ああ。さあ、おやすみ。ひとりで。おとなしく。最後にもう一度キスをして」


「このたびは、おめでとうございます、公爵」フレーザーがいつものように移植ごてを持つ手を軽く上げ、丸々とした顔いっぱいに笑みを広げて挨拶をした。

「ありがとう、フレーザー。バートランドはどうしている？　未来の妻を思ってぼんやりしているか？」

「ちょうど昼食中ですよ、公爵。それに、えええ、ぼんやりしてらっしゃる。フォークを持ったまま、ぼうっと宙を見て、まるで気がふれたみたいににやにやしたりして。クロードさまのほうも――まあ、公爵さまなら察しがおつきになるでしょうが、昨夜《ゆうべ》はほとんどお休みになってねえです。バートランドさまによると、ずっと暖炉の前にいらしたとか。自分がペンダーリー伯爵かとつぶやいては、膝を打って、運命がどうとかこうとかおっしゃってたそうです」

イアンは声をあげて笑った。フレーザーに案内されて居間に入ると、バートランドは文字どおり身動きひとつせずに食卓に座っていた。食事をするわけでもなく、手つかずの昼食を前にしたまま、ぼんやりと窓からフレーザーの見事な庭を眺めている。彼はイアンに気づくと顔を上げ、とびきりの笑みを浮かべた。

「イアン、どうぞ、どうぞ。フレーザー、公爵に自慢のスコーンとストロベリージャムをお出しして。ぼくと同じように公爵も精をつけないといけない――ふたりともこの先、やることが山積みだ」

公爵は小さな円卓のバートランドの向かいに腰を下ろし、フレーザーが部屋を出ていくのを待った。「どうやらその山はきみが想像している以上に高くてね、バートランド。じつは今日ここへ来たのもそのためだ。スコットランドで結婚特別許可を得るにはどうすればいい？」

バートランドが驚いて目を丸くした。「どうしたんです、ずいぶんと気が早い」

「ブランディが心変わりするといけないからね。それに司祭のこともある」

「スコーンをお持ちしました、公爵さま」フレーザーが静かに背後に歩み寄った。公爵はうなずき、ふたたびフレーザーが部屋から下がるのを待った。

「そういえば、パーシーとジョアンナの到着は今日でしたね。ふたりの式の司祭を使われるおつもりですか？」バートランドは首を横に振った。「ああ、パーシーがどんな顔をするか、楽しみだ」

「少なくとも婚約者がそばにいるかぎりは、おとなしくしているだろう。彼にとっても大事な式だからね。きっと人あたりよく、礼儀正しい態度で応じてくれるさ」

「アイ？　どうした、フレーザー？」バートランドが振り返って尋ねた。

フレーザーが眉をしかめていた。「よくわからねえんですが、バートランドさま。ちび《ウィー》アルビーが公爵さまにこれをと」フレーザーが折りたたまれた一枚の紙を公爵に差しだした。

「なんだ？」イアンはフレーザーから紙を受け取り、机の上で開いた。なぐり書きされた大きな文字に目を走らせる。最初からもう一度。それでも目にしている内容は信じがたいものだった。

〈崖沿いの道から西に入ったところに、今は使われていない木の納屋がある。ブランディを生きて返してほしければ武器は持たずに、ひとりで来い〉

「フレーザー、ちびアルビーを連れてこい。今すぐだ」

「アイ、公爵さま」

「どうしたんです、イアン、何事ですか？　なんの手紙です？」

イアンが首を横に振ったところに、フレーザーにがっしりと腕をつかまれたちびアルビーが大きな足を引きずるようにして部屋に入ってきた。

公爵はたたまれた紙を手に取った。「これを誰から受け取った？」

ちびアルビーは彼の声の険しさにたじろぎ、大きく見開いた目をバートランドに向けた。

「答えろ、アルビー。公爵宛のこの手紙を誰から受け取ったんだ？」

「顔をすっぽり隠した男です、公爵さま。すごく急ぎの、大事な用だと言ってました。さっさと公爵に届けないと、悪魔に魂を奪われるぞって」

「イアン、なんてことに」

「失礼するよ、バートランド」公爵は足早に扉へと向かった。「このことは誰にも言わないでくれ。すぐに戻る」

　離れの家を飛びだした公爵は、大急ぎで城へと戻った。寝室の扉を開け、跳び上がらんばかりに驚くマブリーをよそに、象牙の柄のついた小型拳銃をつかんでヘシアンブーツの中に滑りこませる。〝ブランディを生きて返してほしければ〟なぐり書きされた文字が繰り返し脳裏によみがえり、そのつど懸命に心を抑えた。気のふれた人間の仕業だ。気のふれたスコットランド人の。ロバートソン家の誰かにはちがいない。しかしいったい誰なんだ？　十分後、イアンはヘラクレスの頭に馬勒《ばろく》をつけた。鞍《くら》をのせて腹帯を締め、足をかけて鞍に飛び乗る。そして踵《かかと》をヘラクレスの腹に打ちつけた。

　ヘラクレスが鼻を鳴らし、後ろ脚を大きく蹴って前方に飛びだした。主人にもう一度踵を打ちつけられ、速度を全開にして走りだす。イアンが崖沿いの道へとつづく砂利道へと進路を変えても、ヘラクレスはほとんど速度を落とさずに駆けていった。

頬に刺すような刺激を感じ、ブランディは意識を取り戻してゆっくりと目を開けた。こめかみがずきずきと痛んで、低いうなり声をあげる。一瞬何がどうなっているのかわからなかった。こめかみの痛みがやわらいでから、恐る恐る頬に手をあててみる。頬に感じた違和感はどうやら藁《わら》が触れていたせいのようだった。

「殺してしまったかと思ったよ」

ブランディは声のするほうへと目をやった。低く静かな声。いかにもイングランド人らしい話し方。目の前の干し草の山にジャイルズ・ブレイドストンが腰かけていた。手にゆるく拳銃をぶら下げて。

「ジャイルズ？　ここで何をしているの？　これはどういうこと？」

「きみは利口な娘だ、ブランディ。当ててごらん？」

ブランディはジャイルズを見つめた。意識を集中させたかった。頭の痛みを忘れたかった。ブランディはゆっくりと言葉にした。「わたしは崖の縁に立っていたわ。海岸にいるフィオナを見ていて……」手のひらでこめかみをさすった。「何か音がしたの。聞き慣れない音。振り返ろうとしたけど、でも間に合わなくて。そのとき誰かに石で殴られた。そこから先はわからない」

「石じゃなくて、この拳銃の柄だ」

ブランディはジャイルズを見据えた。「わたしたち、誰ひとり気づかなかったわ」その落ち着いた声の響きは自分でも驚くほどだった。「みんな、目が節穴だったのね」

「そうかもしれないね、ブランディ。だけどぼくとしては、自分の計画がそれだけ見事だったと思いたいな。そう、きみの言うとおり、スコットランド人は誰ひとり、イングランド人を疑わなかった――イングランド人、しかも公爵の実のいとことくればなおさらだ」

「海岸でのこと――あなただったのね、ジャイルズ。あのときイアンを撃ったのはあなただったのね」

「そう。きみが邪魔さえしなければ、今ごろぼくはポートメイン公爵だったのに。あのときはきみに腹が立ってたまらなかったよ、ブランディ。あんなふうに彼に覆いかぶさるんだからね。だからあと一発が撃ちこめなかった。きみを撃てば、ぼくが疑われるのはわかっていたからね。きみたちロバートソン家の人間は身内を殺したりしないだろう?」

ブランディは周囲を見まわし、すぐに状況を察した。「そういうこと。ジャイルズ、わたしは囮《おとり》なのね」

「そうだ、なかなかやるじゃないか。今ごろイアンはきみのために必死で馬を飛ばしているだろう。気の毒なことだ。なんの意味もないのに。それどころか言わば自分の最期の瞬間に向かって急いでいるようなものだ」

35

　ジャイルズが突如立ち上がって、納屋の扉に向かって耳をそばだてた。「おや、どうやら我らが英雄が、乙女の救出にご登場のようだ」

　ブランディは体をねじってどうにか上半身を起こし、納屋の扉の方向に目を向けた。声を張り上げる。「イアン。来ちゃだめ！　来ないで！　ジャイルズに殺される」ブランディが息をのんで見つめる前で、イアンががたつく木の扉を蹴破って飛びこんできた。納屋の薄暗い隅をめがけて肩から転がり、四つんばいになって身を起こす。イアンは目を慣らそうとすばやいまばたきを繰り返した。部屋の中はひどく暗い。ジャイルズが叫んだ。

「よせ、公爵。右手に拳銃を隠していることぐらい、こっちはお見通しだ。ちょっとでもおかしな動きをしてみろ。ぼくがブランディを殺す。ほうら、見てみろ、彼女のこめかみに拳銃を突きつけているぞ。その銃をこっちによこせ、イアン。今すぐだ」

　イアンは分の悪さを思い知らされた。古い納屋の中、しかもこちらはまだ目が見えないも同然だ。イアンはいとこのいる方向に目を向けた。ジャイルズか。まさかジャイルズとは。最初から犯人は彼だったのだ。ロバートソン家の人間ではなく、イングランド人のいとこ、名目上の相続人。イアンは銃をジャイルズに向かって投げた。「さあ、言われたとおりにしたぞ。その銃を彼女の頭からどけろ」

　ジャイルズはブランディのこめかみにあてていた銃を下ろした。

　イアンは声をかけた。「ブランディ、大丈夫か？」ブランディは干し草の山に寄りかかるようにして立っていた。ジャイルズはすぐ脇にいる。伸ばした手の先にピストルを持って。

「アイ。ああ、イアン、どうして来たの？」

「ばかなことを言うな、ブランディ。それにしても巧妙なものだな、ジャイルズ。筆跡までスコットランド人を装うとは――パーシーの犯行にでも見せかけるつもりだったか。彼がクロードとバートランドの廃嫡撤回を阻止するために、ぼくを殺そうとしたと」

「ああ」ジャイルズが短くうなずいた。「あの筆跡はなかなかだったと自分でも思うよ。イアン、きみさえ最初のときに死んでいてくれたら、こんな手間取ることはしなくてすんだのに」

「なぜなんだ、ジャイルズ？」

「そのぶしつけな態度、きみのそれが嫌いなんだよ、公爵。だけどどうしても本当のことが聞きたいというなら、ぼくも欲に駆られたからと答えるしかないな。ぼくはね、ただのミスター・ジャイルズ・ブレイドストンでいることがずっと気に入らなかったんだ。きみのことは、母親の子宮から産声をあげて出てきた瞬間から憎んでいたよ。そのときからきみは勝ち組で、自分は負け組と決まっていたわけだからね。きみはいずれポートメイン公爵になる。ぼくは何者にもならない」

無意識の時間稼ぎか、イアンはゆっくりと言った。「年の差はわずか二歳だ、ジャイルズ。そりゃあ、生まれたときからぼくが爵位を継ぐことはわかっていただろう。しかし憎んでいたって？　ぼくはきみに憎まれるようなことは何ひとつしていないだろう。きみを鼻であしらうような人物がいるとも思えない。収入だって立派なものだ。望めば、たいていのものも手に入る。時間もあり余るほどあって、暮らしぶりも優雅そのものじゃないか」

「はした金だよ、イアン。あんなものははした金だ。ぼくが借金から解放された日が一日たりともあったかどうか。それどころか、きみの名目上の相続人であることが、しつこい取り立てを食い止める唯一の砦《とりで》だったぐらいだ。まあ、こんな話はよそう。ぼくはこれで本物のポートメイン公爵になるんだから。きみはペンダーリーの領地も爵位も放棄するつもりらしいが、それももちろん覆させてもらう。レディ・アデラがあの愚かなクロードじいさんの廃嫡を撤回しようとしたところで、こっちにはきみの莫大《ばくだい》な資産がある。連中がどうあがこうと無駄だ。公爵というのは生まれ持つ権利を放棄したりしない。きみは愚か者だよ」

イアンは怒りも不信感も出すまいと、必死に声を冷静に保った。「だがぼくがマリアンヌと結婚したときには、何も言わなかったじゃないか、ジャイルズ。彼女が亡くならなければ、あと一年もすればぼくの跡取りが生まれていたことだってじゅうぶんに考えられる」

ジャイルズがほとんど優しいとも言える声で言った。「いとこ殿、ぼくがきみの若妻としょっちゅう一緒に過ごしていたことを忘れたのかい？　彼女とは年齢も同じだったし、信頼を得るのにそう苦労はしなかった。彼女、きみのことは尊敬して畏敬の念すら抱いていたからね。ずっと不思議だったんじゃないのかい？　両親を救うためとはいえ、どうしてマリアンヌがフランスに戻るなんていう大胆な行動に出たのか？　さぞかし悔しい思いもしただろう。何もかも、自分が彼女の信頼を得なかったせいだと思っているんだろう？　だから彼女をギロチンから救えなかったのだと。あれはきみがクラブにいた日だ。その日の午後、ぼくは彼女を訪ねて、サー・ウィリアム・ダクレが彼女に懐妊を告げたことを知った。あのときは驚いたねえ。それからしばらくして引き返して、ぼくは彼女に一通の手紙を渡した。あれもずいぶんあわてた筆跡を装っておいたよ。彼女の敬愛する両親ヴォー伯爵夫妻から娘に宛てた手紙だ。一度フランスに戻って、ロベスピエールの裁きの前に弁護をしてほしいという内容の。あのときのぼくの言葉には説得力があったんだと思うよ、なんせ彼女はすっかり信じこんでいた。ぼくはこう言ったんだ。大事な跡取りを身ごもっているると公爵が知れば、フランスまでの旅を許すはずがない。そうしたら案の定、ぼくになんとか手を貸してほしいとすがってきた。ぼくがマリアンヌをパリまで送ったんだ。さすがにきみに置き手紙を残してきたと涙ながらに言われたときにはひやりとしたけどね。ぼくに迷惑をかけるといけないから、ぼくの名前はいっさい出さなかったと言うじゃないか。ほっとしたよ。それからはさっさとことをすませた。マリアンヌを告発する文書を市民委員会に送り、自分は一時間もしないうちに定期船でロンドンに引き返した。彼女のご両親が一週間近く前にギロチンで処刑されていたと知ったのは、そのあとだ。皮肉なものだと思ったよ。知ってのとおり、そのあと彼女もギロチン台にのぼることになったけどね」

公爵は、すぐには話がのみこめなかった。ジャイルズが仕向けたことだったのか？　マリアンヌが殺されるように。この男がギロチンの刃を落としたも同然だったのか？　この男がマリアンヌを殺した。イアンは今すぐジャイルズに飛びかかりたかった。飛びかかって息の根を止めてやりたかった。その怒りはとうていこらえきれるものではなかったが、それでも頭の隅にかろうじて残っている理性が、ここは抑えろと大声で怒鳴っていた。

「なんて卑劣なやつだ。マリアンヌにはなんの罪もなかったのに。彼女はその人生で誰ひとり傷つけたことなどなかった。おまえが彼女を殺したんだ。くそ。この手でおまえを殺してやる」

「そうしたい気持ちはわかるよ、公爵。動くな、動けばブランディを殺す。考えてもみろよ。ああするしかなかったことぐらい、頭を使えばわかるだろう？　マリアンヌに息子でも生まれたあかつきには、ぼくがポートメイン公爵になる希望の芽が断たれるじゃないか。債権者たちをがっかりさせるだろう？　友人たちだってそうだ。手短に言えばだね、このぼくはぱっとしないただのミスターになり下がってしまうってことさ」

ブランディにはイアンの怒りが手に取るようにわかった。手が震えている。彼を落ち着かせるためにも時間を稼がないと。ブランディはジャイルズの注意を公爵から引き離そうと、口を開いた。「でもレディ・フェリシティは？　彼女もイアンと結婚することになっていたわ。でもあなたは彼女を殺さなかった。あなたが狙ったのはイアンだった」

ジャイルズが目を向けた。ただし一瞬だけだ。「言っただろう、ブランディ。スコットランドはなんとしてでも逃せない絶好の機会だったんだよ。疑惑の目がロバートソン家の誰かに向くのはわかりきっていた。そうそう、レディ・フェリシティのことだったね。そう、彼女はマリアンヌとは似ても似つかない女だった。強欲で冷たい女だ。イアン、彼女を追い払えたのは幸運だったね。さすがのぼくも彼女には手こずらされたよ。なんせ、ポートメイン公爵夫人になる気満々だったからね」

公爵がゆっくりと言った。「ぼくだけでなく、フェリシティにも手厳しいことを言っていたわけか——てっきり、ぼくを案じて警告してくれているものとばかり思っていたが。そうか。そういえばやたらとぼくが子供をほしがっていると言って、彼女を怯《おび》えさせていたのを覚えているよ。嫌悪感を抱かせて、婚約を破棄させようとしていたわけだ」

「ご名答。だが、もはやフェリシティを追い払うのは無理かとあきらめかけていたときだ。きみの独裁者然とした頑固さと彼女のロバートソン嫌い、いや、誰よりブランディ嫌いの感情がうまく噛《か》み合ったのは。フェリシティと一緒といえど、ロンドンまでの帰路はじつに楽しかったよ。費用はきみ持ちだし、しかももうあの女に気を遣う必要もなかったからね」

「どのみち、きみがわざとブランディへの嫉妬をかき立てたんだろう、ジャイルズ？　スコットランドまで様子を見に行こうとけしかけたのも、ぼくの誠意に疑問を抱かせたのもきみじゃないのか？」

「当然だろう。案じるふりをして、フェリシティの母親にこっそり耳打ちしておいた。こっちもまた娘に負けず劣らずの女だったからね。しかし、きみがロンドンを発《た》つ前によこした手紙には驚かされたよ。ブランディと結婚するつもりだって？　ぼくとしたことが想像もしていなかった。うかつだったよ。いったいどういう気分だったんだい、イアン？　婚約者と愛人とひとつ屋根の下で過ごすってのは」

「イアン、だめ」ブランディは手で制した。イアンの足がぴたりと止まる。ジャイルズがびくりと後ずさった。彼の体は今やブランディの目と鼻の先にある。ブランディの感情は異常なほど静まり返っていた。この自慢話が終われば、ふたりともジャイルズに殺されるのは目に見えている。ブランディはジャイルズの声などほとんど耳に入らないほど、武器になりそうなものを探して、必死に目を周囲に走らせていた。こうなったら飛びかかるしかない。そう思いかけたとき、干し草の山の下に半ば埋もれている、長い木の取っ手がついた鋤《すき》が目に入った。じりじりと、靴の爪先があたるところまで鋤ににじり寄る。

「わかるだろう、イアン」ジャイルズは言った。「ブランディとの結婚をぼくが見すごせるわけがない。残念だが、こうするしかないんだ。じつに卑劣な計画だと思うよ。ぼくだって本当は彼女を殺すようなまねはしたくない。しかしこればかりはしかたなくてね。きみにメモを届けた瞬間から、ブランディの運命は決まっていた」

ブランディがゆっくりとジャイルズの背後に移動するのがイアンにもわかった。頼む、なんとかやつの注意を引きつけてくれ。一瞬だけでいい。

「さてと、きみへの説明はここまでだ。ぼくにはこれからロンドンへの長旅が待っている。ロンドンでくつろぐぼくのもとに、きみがスコットランドのロバートソン家の手にかかって非業の死を迎えた報《しら》せが届く寸法だ。そのときは、大騒ぎさせてもらうよ。誇り高き我がいとこがスコットランドの野蛮人に殺されたと、貴族院でも泣き叫ばせてもらう。そうしたらどうなるかな？　たぶんこのばかげた名ばかりの城もロバートソン家全員もそこまでの運命だろう」

イアンは目の隅で、ブランディが干し草用の鋤を手に取ろうとしていることに気づいた。今ジャイルズに感づかれたら、台無しだ。イアンは急いで口を開いた。「よくわかったよ、ジャイルズ。きみがぼくを憎んでいたってこと。ぼくの目が節穴だったんだろう。ぼくが秘書にきみ宛の請求書を清算させていたときも陰で笑っていたのか？　支払いをしたことで余計に憎しみを募らせたのか？」

「憎んでいたと言っただろう。今さらなんだ」

「最初に計画を思いついたのは、このスコットランドの相続の話が決まったときか？」

「いや、そのときが最初じゃない。きみを先に死なせてやろう。もういいだろう、イアン。ぼくだって情けがないわけじゃない。本当に残念だよ。だがこれで永遠にお別れだ」

「やめて！」ブランディが金切り声とともに、干し草用の鋤を振り上げた。ジャイルズの背中めがけて力いっぱい振り下ろす。

ジャイルズがくるりと振り返り、拳銃の柄でブランディの頬を殴って地面に叩《たた》きつけた。イアンがジャイルズに飛びかかり、全力でその腕をつかむ。ふたりは全身で互いを押さえつけながら、息を切らして睨《にら》み合った。ジャイルズが銃口をイアンの胸に向けようと力をこめる。だがイアンの握力は強く、劣勢になったジャイルズがなんとか彼の腕を逃れようともがいた。イアンをつかんだまま、背後によろめく。イアンの足が干し草用の鋤の尖《とが》った刃先を踏んだ。弾みで木の取っ手が跳ね上がり、イアンの腕にあたる。その隙にジャイルズはイアンの腹部に拳を打ちつけると、さっと背後に飛び跳ねて、銃口をイアンの胸に突きつけた。

「そこまでだ、ミスター・ブレイドストン！」

その鋭い怒号もジャイルズにはほとんど届かなかった。引き金にかけた指に力を入れたとたん、耳の中で炸裂《さくれつ》音が轟《とどろ》いたからだ。

ジャイルズが愕然《がくぜん》として顔を歪《ゆが》めるのをイアンは驚愕の思いで見つめた。ジャイルズの全身から力が抜け、地面にどさりと崩れ落ちた。

「大丈夫ですか、公爵？」

イアンは自分をのぞきこむ、がさついた顔を見つめた。一瞬驚きすぎて言葉も出なかった。「おかげで助かった。しかしあなたは？」

「スクロギンスといいます」男は煙を噴いている拳銃を下ろし、イアンが立ち上がるのに手を貸した。「二カ月前あなたをお守りするよう、こちらのお嬢さんに雇われましてね。しっかり尾行させてもらいましたよ、公爵。ロンドンを遊び歩かれていたときも、このスコットランドまでの旅も。じつはスコットランドには一度来てみたかったんですよ。来てみたら、こうなりましたけど。動きがあったのはここだけです。ロンドンでは何もなかった」

あの二百ポンド。

ブランディは肘をついてどうにか起き上がった。ジャイルズに殴られて、まだ目がかすんでいる。ブランディはイアンにほほえんだ。「いいの、わたしなら大丈夫よ、イアン、本当にもう大丈夫。ありがとう、ミスター・スクロギンス。期待どおりの働きをしてくださったわ。あなたのおかげで助かった」

イアンはブランディの脇に膝をつき、手で顎を包んだ。軽く指を動かして、顎の線を調べていく。そしてふっと頬をゆるめた。「顎の骨は折れていないようだ、よかった。だが青痣《あおあざ》を作ったまま結婚式を挙げることになる」そこでイアンは一瞬、ジャイルズの崩れ落ちた体に目を向けた。「死んだのか？」

「ええ、確実です、公爵。まだあなたを撃ってくる可能性がありましたからね。急所を外すような危険は冒せなかった。それにわたしが守るべき対象はあなたです」

「礼を言うよ、スクロギンス」

スクロギンスは含み笑いをもらした。「いいえ正直言いますとね、公爵、こちらのお嬢さんの考えすぎじゃないかと思いかけていたんですよ。でもまあ、たとえ片田舎をうろつくだけになっても、仕事は仕事ですからね」スクロギンスはジャイルズの遺体に眉をひそめた。「それにしても、えらくずる賢い男でしたね、あなたのいとこさんは。わたしももう少しでだまされるところだった。アイ、わたしだって素人じゃありませんよ。あなたがこのけだものを残して急に旅立たれたときには、何かきな臭いものを感じたんです。あなたもこの男に目星をつけていらしたんでしょう」

イアンは最後にもう一度ジャイルズを見た。ブランディは彼の腕に手を置いた。「このままにしておきましょう、公爵」

「あとはわたしに任せてください。あなたはこちらのお嬢さんのことをお願いします」

「地元の治安判事がいる。名前はトレヴァー。城から誰かここへ手伝いによこそう」

イアンはブランディの腕を取って彼女を支え、並んで納屋を出た。雲ひとつない青空から午後の陽射《ひざ》しがまぶしいばかりに照りつけている。イアンは大きく深呼吸した。命ほど大切なものはない。それと同時に命ほど脆《もろ》いものもない。

「きみのおかげだよ、ブランディ。しかも命の恩人だ。二百ポンドがこれほど役に立ったことは一生忘れない」

「誰を雇ったかは知らなかったの。すべてミスター・マクファーソンが手配してくれたから。元ロンドン警察の警官を雇ったとずいぶん自慢そうに言っていたけれど」ブランディは一瞬言葉を切り、イアンの横顔を見つめた。「欺くようなことをしてごめんなさい、イアン。お金の本当の使い道を話したら、あなたが気を悪くすると思ったの。余計なことをして、と。あなたは誇り高い人だもの。だからわたしひとりの胸にしまっておいた。もし知っていたら、あなたは彼を首にしていたでしょう?」

ありえるな、とイアンは苦々しく思った。自尊心が高すぎて、自分が殺される可能性すら素直に認められない男だから。イアンは背筋がぞっとした。「どうかな」しょせん、男にはこれが精いっぱいだ。「気分はどうだい？」イアンはブランディの口にキスをして、きつく抱きしめた。

「何度も頭を殴られたあとみたい。でもこのことを思えば、これから結婚生活で何があっても平気かも」

「そう願うよ。それにしてもこうしてあらためて陽射しの中で見ると、やはりきみは青黒い痣の状態で土曜日を迎えそうだ。きみをこんなふうにして、ぼくはけだもの呼ばわりされるな」

「イアン、マリアンヌのこと、わたしも胸が痛むわ」

一瞬、イアンは言葉につまった。ジャイルズは命という代償を払った。それでもじゅうぶんとは思えない。ひとりの男の強欲さゆえに、失われたものはあまりに大きい。「ありがとう、ブランディ」イアンは彼女を腕に抱き上げて、ヘラクレスの背に乗った。「さあ、家に帰ろう」

36

執事として、かれこれ三十五回以上の夏をカーマイケルで迎えるダンヴァーズは、客間の長い窓からカーマイケル・ホールの前庭を眺めていた。視線の先には、耳障りな鳴き声をあげている孔雀《くじゃく》が二羽――一羽は雄で、一羽は雌。失敗するな、ダンヴァーズは目にした瞬間からそう思っていた。それでも雄はいっこうに雌のそばを離れようとしない。その瞬間、雄のほうが騒々しいまでに色鮮やかな尾羽を広げた。ほほう、おのれの魅力全開にして、雌孔雀を追いかけまわそうという魂胆か。そのとき雌孔雀が、敷地の境界線を示す楡《にれ》林の木陰で身をかがめた。

公爵夫人があの雄をパーシーと呼ぼうとおっしゃったのはダンヴァーズにも聞こえた。公爵が、それじゃああの雌はなんと呼ぼうかと意味ありげな口調で言われていたのも。おそらく何かしら名案を挙げられたのだろう。公爵夫人はからかうように公爵の腕を小突かれていた。いずれにしても、あのパーシー孔雀は近いうちに料理人の焼き型に入れるつもりだ。あそこまでぎゃーぎゃーうるさくてはかなわない。

「片時もおとなしいときがないね」ダンヴァーズはミセス・オスミントンに言った。公爵の、きわめて有能な女中頭だ。「それにしてもドクター・ムルハウスも冗談がお好きだ。いくら公爵夫人がイングランドにはスコットランドの華やかな色合いがないとおっしゃったからといっても、あんなうるさい鳥を結婚の贈り物になさるとは。まあ、あれだけ騒がしいと鹿よけにはなるというものだが」

「ところがね、ミスター・ダンヴァーズ」ミセス・オスミントンが、腰につけた大きな鍵の束を無意識に指でもてあそびながら言った。「公爵夫人はいつものお優しい笑い声で、公爵におっしゃっていたんですよ。ここにあればと思っていたのは、孔雀ではなくてヒースだったのにと」

ダンヴァーズはうめき声をあげて、窓から目をそらした。黒い上着のポケットから大きな丸い懐中時計を引っ張りだす。「ドクター・ムルハウスが公爵夫人の診察に上がられてからもう一時間以上だ。お子さまが順調だということであればいいが」

ミセス・オスミントンが鳥のような独特なしぐさで首を上下に振った。「でもほんと、公爵夫人は頭のいいお方だわ。体調にはじゅうぶんに気をつけていらっしゃる。レディ・ドリントンのように速駆けで馬を走らせたりもされないし。あの方が合併症を引き起こされたのはきっとそのせいですよ。だってね――」そこではっとしたように言葉を切った。「そうだわ、ミスター・ダンヴァーズ。わたしったら、ついうっかりして。ずいぶん診察に時間がかかって、もうすぐお昼食の時間じゃありませんか。料理人に言って、テーブルにもうおひと方分追加させておかないと」

そのころドクター・エドワード・ムルハウスは、公爵夫人の緊張をどうにかほぐせないものかと必死に頭を悩ませていた。彼女は両目を固く閉じ、脇で拳を握りしめて、板のように体を硬直させている。恥ずかしさと居心地の悪さでどうしようもなくなっているらしい。公爵が診察を受けるようにと断固主張しなければ、おそらくこの続き部屋に入れてもらうことすらできなかっただろう。

エドワードはとびきり優しい口調でなだめてみることにした。「さあ気を楽にして、ブランディ。こう見えてもこれまで二百人以上の出産に立ち会っているんだからね。恥ずかしがることは何もない。体の力を抜いてくれ」

変化なし。エドワードは公爵に目を向けた。このままブランディが緊張を解いてくれなければ、お手上げだ。

公爵が低い声に独裁者の香りを漂わせ、顔にはいたずらっぽい笑みを浮かべて言った。「ブランディ、ここで体の力を抜かないとブランデーを喉に垂らすぞ。ほうら、先週の水曜の晩にきみがやったのと同じことだ。忘れたとは言わせない――」

「イアン、やめて」ブランディがぱっと目を開けた。拳をさらに強く握っている。今にも殴りかからんばかりだ。

公爵がならず者のようににやりと笑った。「だったら、気の毒なエドワードに仕事をさせてやれ。ぼくがちゃんと彼を見張っているから。おかしなことをされる心配はまったくない。もしそんなことをしたら、このぼくが叩《たた》きのめしてやる。殴ったあとは、そうだな、ペチュニアの花壇にでも植えるか。それであとから山羊《やぎ》を送りこんで、ペチュニアを食べさせてやろう」

ブランディがぷっと噴きだした。「そんな話、ちっともおかしくなんてないわ、イアン。わたしはつい笑ったけど、でもそれは関係なし。お気の毒でしょ、そんなことをエドワードの前で言ったりしたら」

「だったら彼に仕事をさせてやれ」イアンはもう一度言った。椅子をベッドサイドに引き寄せて、妻の手を握る。「進めてくれ、エドワード。やるべきことをやってくれ」

「ブランディ、さあお腹《なか》の力を抜いて。そうそう、それでいい。おお、今赤ん坊が蹴った」ブランディのふくらんだ腹部に慎重に手を押しあてながら、エドワードが頬をゆるめた。「元気な子だ。動きまわっている」

「腕白なんじゃないか」イアンが言った。「じつは今朝ほんの少し妻に愛情を示そうとしただけで、この子に大きな足で蹴られた。ブランディは頭だったと言い張ったが、あれは確かに足だ。だから言ったんだ、ポートメイン公爵は代々大足なんだと」おや、とイアンは気づいた。ブランディが気をそらして力を抜いている。これで診察が終わったあと彼女に撃たれなければ、驚きだな。「その点で言うと、我が息子は父親似になるぞ。大足に、すばらしい妻」

「それと忘れちゃいけないのが、生まれ持っての人あしらいの達人」エドワードが言った。

エドワードの手がシーツの奥に消えたのがわかった。好ましいことではなかったが、ブランディの出産が近づいているのはわかっている。エドワードは忠実な友だ。イアンが彼にそうであるように。

次の瞬間エドワードは立ち上がり、カバーをなでつけて言った。「何もかも順調だよ。ブランディ、体重はあまり増えていないが、かえってそのほうがいいくらいだ。きみの夫の体型を考えると、大きくなりすぎるのも考えものだからね。つまり、すべて問題なし。そうそう、よかったらきみの旦那に言ってくれないかな。チェスでぼくを打ち負かしているなんて、誇大妄想的な自慢話はいい加減にしろって。きみもチェスをするんだってね。がんばれよ、ブランディ。旦那を思いきり打ち負かしてやれ」

「がんばるわ」ブランディは言った。「約束する」

「真面目な話に戻ると」エドワードは言った。「きみは絵に描いたように健康そのものだよ、ブランディ。お腹の赤ん坊もだ。心配することは何もない。イアンにかっとなった場合は除いてね。ぼくなんて、彼がもう一度出産についてしつこく訊《き》いてきたら、彼に出産を任せようかと思っている」

「おいおい、それは勘弁してくれ」公爵はそう言った。実際青くなっている。「ちゃんと駆けつけてくれよ、エドワード。頼むから」

「あなたのほうが一枚上手だわ、エドワード。昼食のあと、イアンとチェスをしていって。今日はあなたが勝つかも」

公爵はほほえんだ。「ぼくたちは先に階下へ行くよ、ブランディ。ルーシーをここへ呼ぶから。彼女のことだ、どうせ母鳥みたいに外の廊下をうろうろしているだろう。一緒に昼食をとっていってくれるだろう、エドワード？」

「ああ」

イアンはブランディの手を軽く叩くと、エドワードと一緒に寝室をあとにした。広々とした階段を下り、第二従者の前を通って狩猟の間に入りながら、エドワードが言った。「きみがいなかったら、彼女、きっとぼくの診察を拒みつづけていたな」

「そうかもしれない。それでもああして文句を言いながらも、逃げださなかった。お腹の子が蹴ったとき、きみの診察を受けると約束していたからね。ところで、エドワード、本当にさっきブランディに話したとおり、すべて順調なのかい？」

「もちろん、そうだ」エドワードはシェリー酒のグラスを受け取りながら言った。「お腹の子は思っていたより小さかったが、それも悪いことじゃない。体重はあまり増えないほうがいいとぼくは思っている。そのほうが出産そのものが楽だからね。今はロンドンの産科医の大半がそう見ている」

エドワードが美しいクリスタルのグラス、少なくとも三百年前から伝わるグラスに入ったシェリー酒をまわした。

「ブランディの腹部、ずいぶんと前に突きだしているだろう。ぼくの経験からすると、あれは男の子だな。だがしかし、きみと賭をするのはお断りだぞ」

「ブランディは娘を期待しているんだ――妹のフィオナによく似た、かわいい赤毛の女の子を。どちらにしても来月には生まれてきてくれる」

「おやおやイアン、きみってやつはとことん真面目な家庭人になりそうじゃないか。結婚して一年もたたないうちに、ふたり目の子供もできたりしてな。それはそうと、この前ブランディから聞いたんだが、ペルセポネーみたいな暮らしを思いついたんだって？」

「冥府と地上を行き来した女神の？　そんな神話のような話じゃないよ。ブランディにこれまでのすべてを捨てて、イングランドで暮らさせるのは酷な気がしてね。毎年数カ月はペンダーリーで過ごすことにしようと思っている。きみも訪ねてくれよ、エドワード。なかなかの壮大で古い建物だぞ――あちこち穴だらけで、想像力をかき立てる崩れかけた小塔もある。それにモラグっていう、風呂に入らない使用人もいてね。風呂に入ったのはたった一度、パーシーの結婚式のときだけだ。ああエドワード、きみがレディ・アデラの向かいに座らされて、ああだ、こうだ、どうだと言われている姿が目に浮かぶよ。賭けてもいい。彼女、きみの力を試そうと絶対これまで聞いたこともないような体の不調を訴えてくるから。そうだ、きみが絶句する姿をぜひ見てみたい。来春早々にでも一緒にスコットランドに行こうじゃないか」

「聞いているだけでも大変そうだ。正直、これまでスコットランド訛《なま》りは聞いたことがなくてね。ほかの人たちもそうだろうが、ブランディの口調を聞くのはじつに楽しい。あの心地よい軽快な話し方。彼女にはなくしてほしくないね」

「ぼくがなくさせないよ。ロンドンに行けば、彼女を鼻であしらいたい連中もいるだろうが、なんといっても公爵夫人だ、面と向かってやる勇気はないだろう。ここでは気持ちよく暮らしている。本人はへまをして、ぼくにもばつの悪い思いをさせるんじゃないかとひどく気をもんでいたんだけどね」イアンはにっと笑った。「今のところ、そんな機会すらない。使用人たちは、彼女のためならなんだってやりそうな勢いだ。それでもひとり、リザという女中だけは成り上がり者を見るような目でブランディを見ていたけどね。しかし当然ながら、その女中はもうカーマイケル・ホールにはいない」

「きみに解雇されて、その女、村じゅうで公爵夫人のずいぶんな悪口を言いまわっていたよ。でもまあ、誰も気に留めていなかった」エドワードが自分の体を抱えるようにして両手を両腕に打ちつけた。「まいったな、今年は寒くなるのがずいぶんと早い」

「あのとんでもない孔雀たちも寒気を感じて、羽をたたんでくれるといいんだが」公爵が言った。

「それはあんまりじゃないか、イアン。貧しい男が公爵に精いっぱいの結婚祝いを贈ったというのに」エドワードは大きな羽目板張りの部屋を見まわした。立派な銃の収集だとエドワードは思った。一軍隊分はまかなえそうだ。それでもそこに嫉妬はみじんも感じない。イアンと一緒におもちゃの兵隊と銃で遊んだことを覚えている。あれはふたりが八歳のころだった。「あの孔雀を売った男が言っていたんだが、あの鳥、夜は寝息をたてて眠るそうだ。本当だったかい？」

「ああ、そうみたいだ。おや、ダンヴァーズが手紙を持ってきた」エドワードの目の前で、公爵が外国かららしいひどく汚れた封書を取りだし、目の前に掲げた。「レディ・アデラからだ。おそらくこれで、ブランディもきみの診察で感じた気まずさを忘れるだろう。あとは、彼女が引きつけを起こさないことを祈るだけだな。あのばあさん、何かにつけて新しい伯爵——ほら、クロードだよ——の行動が気に入らないと、ぎゃあぎゃあ不満を訴えてくる。クロードも気の毒に。まだ爵位についてひと月だよ。春に向こうへ行ったとき、彼女がクロードをどう呼んでいるか、聞くのが恐ろしいくらいだ」

ブランディはレディ・アデラが自らの悲運を怒りまかせに延々と綴《つづ》った手紙に引きつけさえ起こさなかったものの、笑い転げてスープを喉につまらせた。公爵は妻の背中をとんとんと叩き、お腹の子に気をつけてくれと諭した。

「かわいそうなおばあさま」ブランディは言った。「なんて哀れなの。それにしても信じられる？　あのクロードおじさまがおばあさまに城じゅうの鍵をコンスタンスに引き渡すように命じたなんて。よく勇気があったものだわ。しかも、おばあさまは城の中のことに口出ししすぎると言ったというのよ。無能呼ばわりして、挙句のはてに……えっと、どこだったかしら？　アイ、〝ただお節介で口やかましい、ただの伯爵未亡人だ〟と呼んだんですって。ああ、おばあさま、きっと脳卒中を起こす寸前ね」

「でなければ、そのうち彼女がクロードを撃ったという報《しら》せが届くな」

「もしかしたらおじさまの痛風の脚に杖《つえ》を叩きつけるかも」

「ぼくにもミリーという、そのレディ・アデラそっくりの大おばがいるよ」エドワードが言った。「有名な毒舌家で、地元の教区牧師も縮み上がるくらいだ。兄弟姉妹、全員が彼女に怯《おび》えながら暮らしているよ」

「そのふたりなら、一緒に暮らせるかもしれないな。競い合うのによさそうだ」公爵がつづけた。「ブランディ、ほらここ。レディ・アデラはこうも書いている。〝パーシーは見た目以上に活力があったらしく、ジョアンナの腹にもう子種を植えつけた〟どうやらパーシーは今のところいい夫らしい。彼女はこうも書いている。〝環境だよ、ジョアンナのあの骨太い性格があるかぎりは大丈夫だろう〟」

「手紙を書きましょう」ブランディは言った。「ふたりにお祝いを言わないと。パーシーのあのいやな性格に歯止めを利かせられるのは、ジョアンナだけね」

「財布の紐《ひも》を握っているからだよ」公爵が言った。「でもまだ希望がある。ブランディ、手紙の最後の一文を見てくれないか、ぼくには意味が……ああ、そうか、フィオナから頼まれて書いた一文か。〝彼女もだいぶ慣れました、ネズミ……いや、ネイル……に〟」

「ネズミイルカ。イアン、ネズミイルカよ。よかった、わたしもうれしいわ」

公爵は首を横に振った。そしてエドワードに向かって言った。「ブランディにはもうひとり、別のまたいとこがいてね。バートランドというんだが、ブランディはそのまたいとこから人魚と呼ばれていたんだ。あまりにも海が好きなものだからね。今の彼女を見て、そのことを考えるとおかしくてね。人魚の妊婦なんて想像できるかい？」

「しかし人魚はどうやって子供を産むのかな？」エドワードはそうつぶやき、ブランディがぎょっとした顔で自分を見つめているのに気づいて、あわてて咳払《せきばら》いをした。「いや、冗談だよ。よせ、イアン、何も言うな。公爵夫人に、孔雀と一緒にここからほうりだされたくない」

「あなたにはそんなことをしないわ、エドワード」ブランディは言った。「だからお願い、うちの夫にわたしは双子を身ごもっていると言って。そうしたら今の言葉にふさわしい罰を与えられるでしょう。まるまると太った妻」

エドワードは笑った。「今回はひとりだともう話してしまったよ、ブランディ。彼をぎゃふんと言わせるのにはまた別の方法を考えてくれ」

「彼女、毎日それればかり考えているよ」公爵はそう言うと、薄く切ったハムをひと口食べた。料理人の自慢料理のひとつだ。そしてもう一度手紙を見て言った。「どうやらきみのおばあさんの過剰な癇癪《かんしゃく》玉も尽きてしまったかな。彼女でさえ、きみの幸福を祈っている。よほどつらい思いをしたんだろうか。なあ、エドワード、もしきみに家庭を築く気があるのなら、恐怖支配に頼るようなまねをするんじゃないぞ」

「まだその気はない、きみをチェスで打ち負かすまでは」エドワードは懐中時計を確認した。「ぼくはそろそろ失礼するよ。いつもどおり、おいしい昼食をありがとう。今からリグビーホールを訪ねなければならなくてね。レディ・エリナーがまたご懐妊だ。今度で十人目になる。エグバート卿《きょう》と一緒になると大変だ」

「わたしも無理だわ」ブランディは言った。「なんてこと。十人目?」

三人とも立ち上がったところで、イアンが言った。「きみが何もすることがないと不満を言っていたのを覚えているよ。おできの患者すらいないと。どうだい、知り合いの紳士たちがこれ以上今のやり方をつづけるなら、きみが連中に蹴りを入れてやるっていうのは」

ふたりは屋敷の前の階段に立ち、去っていくエドワードに手を振った。ブランディは夫に顔を向けた。彼がキスをする。そしてもう一度。そして軽くブランディの腹部に手をあてた。

「愛しているよ」

ブランディは夫のいとしい顔にそっと指を触れた。「わたしもよ、イアン」

イアンがもう一度唇を寄せた。手がせり上がり、軽く胸に触れる。そして唇を寄せたまま、低くうめき声をもらした。「きみのこの手触り」唇に熱い彼の息がかかる。「この感触がたまらない」

どこからかダンヴァーズの足音が聞こえてきた。公爵はそっと息を吐き捨てた。妻の胸から手を離す。そして彼女の唇を見たとたん、たまらずに声をもらしそうになった。そのときダンヴァーズの足音がますます近づいてきたのを感じ、公爵はあわてて玄関前の芝生に目を向けた。

ブランディが両手を近づけながら、ひどく真面目な声で言った。「ねえイアン？　イングランドはスコットランドの臭いがしないわね」

「ああ。この近くに羊はいない」

ダンヴァーズがすぐ間近に迫っていた。ブランディは名残惜しさを感じながら、夫から一歩離れた。彼の手がふたたび腹部近くをさまよう。「そういう意味で、言っているんじゃなくて」

ダンヴァーズが静かに公爵の右後ろに控えて、軽く咳払いした。公爵が言った。「ああ、わかっている。だが聞いてくれ、ブランディ。ここには孔雀がいる。ダンヴァーズが料理人の焼き型に入れないかぎりね。どうだろう、ダンヴァーズ？　あのうるさい連中をもう一週間生かしておいてくれるかい？」

「まあ、それぐらいでしょうね、公爵。限界は」

ブランディは歓声をあげて、夫に抱きついた。イアンが隣に引き寄せる。

「毎日がすごく楽しいわ」ブランディは言った。「あなたと結婚して、本当によかった」

「ぼくも楽しいよ」公爵が同意した。「もしきみが結婚してくれなかったら、きみを鞍《くら》に乗せて、遠い島にでも運んだだな。そうすれば逃げられることもない」

「それは名案かも」

そのとき公爵は、ポートメイン家の執事の目の前にもかかわらず、妻にキスをした。執事は驚きのあまり目をしばたたいた。それどころか、自分が公爵に何を伝えに来たのかさえ、その瞬間に忘れていた。

訳者あとがき

時は十九世紀に入ったばかり。季節は冬、二月。物語は婚約を発表したばかりの公爵と伯爵令嬢の会話から始まります。公爵といえば、王族以外では最高位にあたる身分です。しかもこのポートメイン公爵は、莫大《ばくだい》な領地も所有する大資産家。おそらく彼を射止めるために数多くの貴族の令嬢たち、その親たちが熾烈《しれつ》な闘いを繰り広げたことでしょう。二〇〇八年に公開された『ある公爵夫人の生涯』にもこんなふうな描写がありました。公爵に娘を売りこもうとする伯爵夫人が言うんです。うちは多産の家系で、この娘《こ》は必ず男の子を産みます、と。ずいぶんと身も蓋もない言われ方ですよね。

その背景には現代とは異なる相続の仕組みがあります。先ほどの伯爵夫人の言葉でもわかるように、相続権が与えられるのは長子の嫡男ただひとり。次男や三男にも、娘にも相続権はありません。そうなると、娘たちはできるだけ条件のよい結婚相手を見つけようとし、相手には財産を相続する長男を狙うようになります。次男や三男は見向きもされない。つまり不公平さは財産だけにとどまらないわけです。

さて物語は公爵がスコットランドの爵位と領地を相続したことから、舞台をスコットランドに移し、やがて公爵は命を狙われます。

誰が公爵の命を狙ったのか。

この作品には実に多くの個性的な人物が登場します。スコットランドの親族たちは誰も彼もが個性的です。しかも腹に何かしら抱えている。使用人たちもひと筋縄ではいきません。さらには公爵にかかわるイングランドの面々までもスコットランドにやってきて……。誰が公爵の命を狙ったのでしょう。公爵のロマンスの行方と併行して、その推理も楽しんでいただければと思います。

この作品、人気作家キャサリン・コールターが初期のころの作品『The Generous Earl』に手を加えて出版したものです。先からあったのか、あとから書き加えられたのか、ところどころにキャサリンのウィットが顔をのぞかせています。ヒロインのブランディがブランデーを、なんてしゃれもあれば、ビートルズの名曲『エリナー・リグビー』をもじったものまで。ビートルズの曲ではエリナー・リグビーは天涯孤独だったのですが、この作品では……いいえ、それは読んでのお楽しみとしましょう。

今こうしてあとがきを書きながらも、キャサリンがまだどこかにわたしの気づいていないウィットをひそませているような気がしてなりません。どうか皆さま、この作品で、ロマンスとミステリーに加え、ウィット探しも楽しんでみてください。

二〇一二年二月

杉本ユミ

訳者　杉本ユミ

兵庫県出身。英米文学翻訳家。主な訳書に、リンダ・ウィンステッド・ジョーンズ『安息の地へふたたび』、キャンディス・キャンプ『罪深きウエディング』（以上、MIRA文庫）があるほか、ハーレクイン社のシリーズロマンスを数多く手がける。

招かれざる公爵

2012年2月15日発行　第1刷

著　　者／キャサリン・コールター
訳　　者／杉本ユミ（すぎもと　ゆみ）
発 行 人／立山昭彦
発 行 所／株式会社 ハーレクイン
　　　　東京都千代田区外神田 3-16-8
　　　　電話／03-5295-8091（営業）
　　　　　　03-5309-8260（読者サービス係）
印刷・製本／大日本印刷株式会社
装 幀 者／斧田絵里奈

ISBN978-4-596-91489-7